창공에 그리다

■ 서정자(徐正子)

초당대학교 교양과 교수.
숙명여대, 한양대, 한국외국어대 강사, 동국대 대학원 국어국문학과 석 박사과정 강사 역임. 숙명여대 대학원 문학박사, 문학평론가, 현대소설 전공. 한국여성문학학회 고문, 한국현대소설학회 회원, 한국여성학회 회원. 한국문학평론가협회 회원, 한국 여성문학인회 회원, 국제펜클럽회원.

저 서:『한국근대여성소설연구』『한국여성소설과 비평』
편 저:『한국여성소설선』1,『정월 라혜석전집』,『지하련전집』
　　　 박화성의『북국의 여명』『박화성 문학전집』
수필집:『여성을 중심에 놓고 보다』
공 저:『한국근대여성연구』『한국문학에 나타난 노인의식』『한국현대소설연구』
　　　『한국문학과 기독교』『한국문학과 여성』『한국노년문학연구』Ⅱ, Ⅲ, Ⅳ.
논 문:「김말봉의 페미니즘문학연구」「가사노동 담론을 통해서 본 여성 이미지」
　　　「나혜석의 처녀작 <부부>에 대하여」「이광수 초기소설과 결혼 모티브」
　　　「최초의 여성문학평론가 임순득론」「지하련의 페미니즘 소설과 '아내의 서사'」
　　　 등 50여 편.

―――――――――――●―――――――――――

창공에 그리다　박화성 장편소설 | 서정자 편

서정자 편저／1판 1쇄 인쇄 2004년 6월 5일／1판 1쇄 발행 2004년 6월 15일／발행처・푸른사상사／발행인・한봉숙／등록번호 제2-2876호／등록일자 1999년 8.7／주소・서울특별시 중구 을지로3가 296-10 장양빌딩 202호 우편번호 100-847／전화・마케팅부 02) 2268-8706, 편집부 02) 2268-8707, 팩시밀리 02) 2268-8798／편저자와의 협의에 의해 인지는 생략합니다./ 이메일　prun21c@yahoo.co.kr／prun21c@hanmail.net／홈페이지・http：//www.prun21c.com 편집・송경란／김윤경／심효정・기획 마케팅・김두천／한신규／지순이

값 25,000원

ISBN 89-5640-241-8-03810

(박화성 문학전집 8)

창공에 그리다

박화성 장편소설 | 서정자 편

푸른사상

1968년 7월 방일 시 비행기에 오르는 박화성.

社告

참신청신한 구상 여류화가의 곁의 설계

아호 朴啓淑 女史의 新小說 「꽃의 盞」은 讀者여러분의 愛護속에 이미 연재할 예정이었읍니다. 그러나 朴女史는 그간 本紙에 게재되어 큰 인기를 얻고있는 「사랑」의 작품으로 讀者諸位의 心琴을 울리고 있는 秘藏의 作家였으므로 붓을 더 가다듬기 爲하여 하기 爲하여 連載를 뒤로 미루기로 하였읍니다. 다시 그 뒤를 이어 中堅畵家 李忠根氏가 담당하기로 되었읍니다.

花盞의 그리다

朴花城 作
李忠根 畫

▲ 다음 夕刊 連載小說

五色의 彩筆을 휘갈겨 살풋을 곁들이어 새 詩를 쓰고 싶다

懇談會를 이 本社에서 가졌을 때...先生님의 作品에는...朴女史는 소서럼 이야기하기 시작하였다. 小說의 구상을...그다음 人物을 選定한다. 그리고 風景도 마치 畵家가 캔버스위에 그림을 그리듯이 五色의 彩筆을 휘두르는 女流畵家도 겸한 朴女史의 가슴 깊이 간직한...

▲同會에서...抱負와 決意를 말했다. 그리고 그作品이 가지는 의의에 대해서도...

▲先生님의 小說에는 主人公이 이렇게 생겼을까 하는 생각을 늘 해본다. 이번 小說을 추측하기 쉽도록 流麗하게...

▲설계는 한갓 創造하는 자의 苦悶에서 열쇠를 찾아내야 할 것이다. 同會에서 朴花城 先生은 이렇게 小說에 捕畵을 맡아 주시는 李忠根 先生에게...

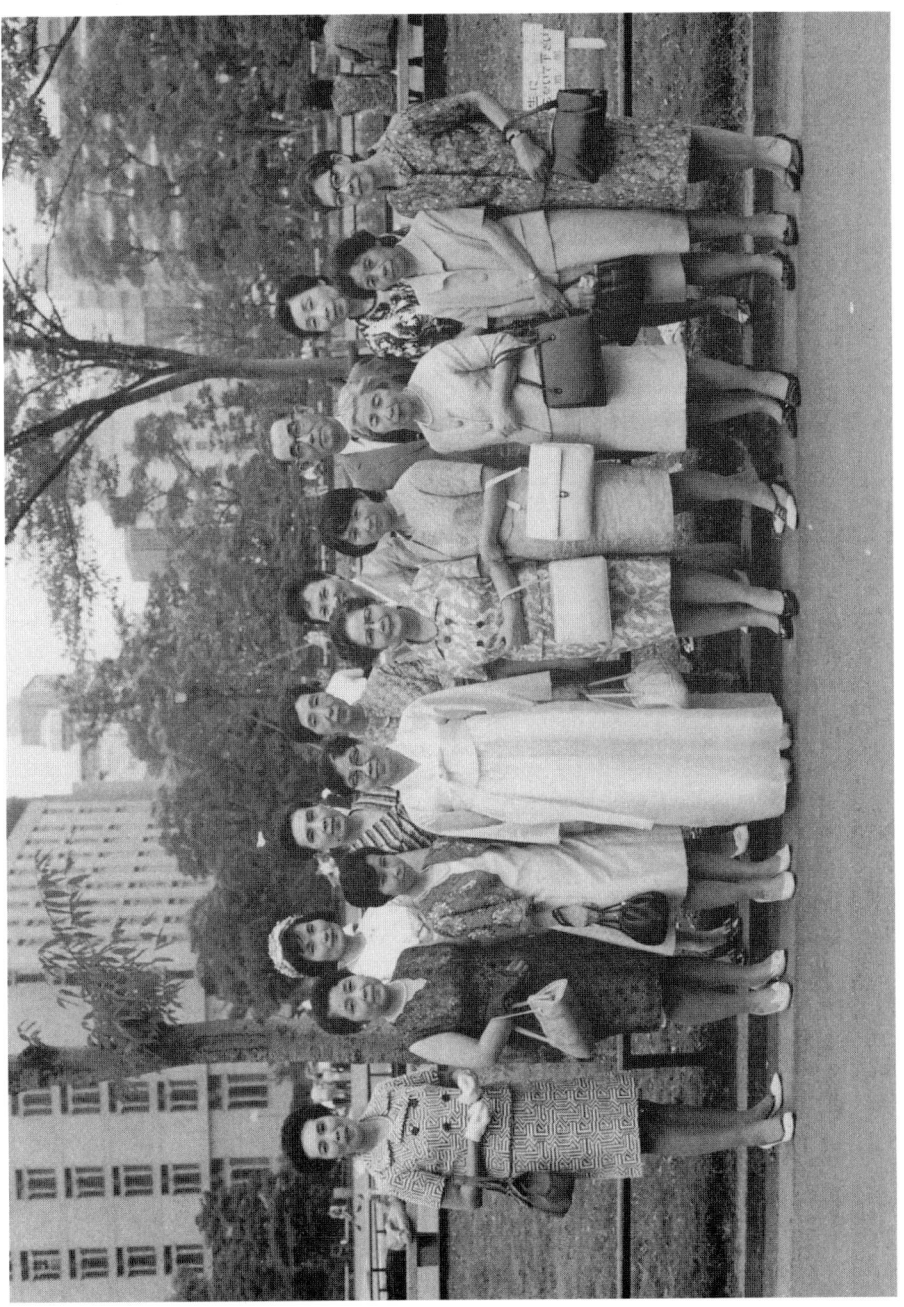

1968년 7월 한일 친화회 초청으로 방일, 동경에서 일본여대 동창들과 함께.

1964년 6월 김포공항에서 김동리 강신재씨와. 뒤서(전광용) 촬영이라고 적혀 있다.

1978년 11월 30일 박경창 환갑기념회에서. 왼쪽부터 노래 '부용산'의 작사자 박기동, 박화성, 작가 백두성, 극작가 차범석 제씨.

1966년 6월 국제펜클럽 34차 뉴욕대회 참석 차 도미, 대사관 앞에서 조병화, 차범석, 조경희, 전숙희 제씨와 (한복차림이 박화성).

1968년 7월 한일 친화회 초청으로 방일 중 오사카에서.

1966년 6월 3일 뉴욕에서. 아서 밀러와 함께.

■ 책머리에

박화성 문학전집 발간의 의의

　작가 박화성 선생 탄생 100주년이 되는 해를 기해 전집을 발간하기로 하고 준비한지 3년입니다. 푸른사상사의 한봉숙 사장의 호의로 발간하게 된 박화성 전집은 20권의 방대한 분량으로, 발간을 앞둔 지금 편자 스스로도 놀라고 있습니다. 우선은 20권이나 되는 작품의 양이요, 둘째는 출간 약속을 지켜준 한 사장에 대한 감사입니다. 자칫 출혈 출판이 될 이 작업을 선집으로 줄이지 않고 끝끝내 명실상부한 전집으로 마치어준 데 대하여 감사의 말씀을 드리지 않을 수 없습니다.

　우리 신문학사 여명기에 혜성과 같이 나타난 최초의 본격 여성작가 박화성 선생은 1903년 4월 16일(음력) 목포에서 출생, 1925년 1월 춘원 이광수 추천으로 ≪조선문단≫에 단편「추석전야」가 발표됨으로써 문단에 등단을 하여 1988년 타계하기 3년 전「달리는 아침에」(1985. 5)를 발표하기까지 60여 년 간 작품활동을 한 우리 신문학사의 거목입니다. 그가 남긴 작품은 장편 17편, 단편 62편, 중편 3편, 연작소설 2회분, 희곡 1편, 콩트 6편, 동화 1편, 두 권의 수필집과 평론 등을 제외하고도 모두 92편의 방대한 양입니다. 여성의 사회적 지위가 조선조의 그것에서 거의 한 발자국도 나아가지 못한 어두운 현실에서 여성으로서 당당한 작가로 우뚝 섰던 박화성 선생은 우리 근대문학사에 큰 발자취를 남기셨습니다.
　일제 식민지 치하에서는 일제의 침략과 억압에 고통받는 민중의 삶을 주로 그려 우리 문단의 촉망받는 신예작가로 평가를 받았으며 여성작가 최초의 장편소설『백화』를 ≪동아일보≫에 연재하여 장안의 지가를 올리기도 하였습니다. 특히 일제강점기간 친일을 하지 않은 몇 되지 않은 문학인이기도 한 박화성 선생은 해방 후에도『고개를 넘으면』『사랑』등의 소설을 통해 일제 식민지 치하에서 보여주었던 민족의식을 바탕으로 새 조국의 젊은이들이 지녀야할 도덕과 윤리를 제시하는 등 인기 작가로서 수많은 장편을 썼습니다. 문학을 통해 우리 사회의 모순을 파헤치고 증언하며 지식인의 사명을 다하기 위해 고난을 두려워하지 않았던 지사적 여성작가입니다.
　일제강점기 동반자작가로 작품활동을 시작하였던 박화성 선생은 일제강점으로부터 조국과 민족을 구원하는 방식으로 사회주의사상을 기저로 한 사회주의리얼리즘 문학을 지향하였습니다. 이러한 그의 사상은 민족애의 다른 이름이었으나 해방과 육이오 등 분단과 엄혹한 냉전 이데올로기의 시대를 거쳐오는 동안 선생으로선 격변기의 작가로서 적지 않은 갈

등과 수난을 겪기도 하였던 것으로 보입니다. 박화성 선생의 표현대로 '눈보라의 운하'를 거쳐 역사의 언덕에 이르기까지 문학을 통해 선생이 보여준 민족애와 투철한 작가정신은 우리 문학사에 길이 빛날 것을 의심치 않습니다. 박화성 선생의 탄생 100주년을 맞아 그의 문학을 기리는 기념사업의 일환으로 박화성 문학전집을 출간하고자 하는 그 필요와 의의는 다음과 같습니다.

첫째, 박화성의 문학이 우리 문학사에서 중요한 위치에 있음에도 불구하고 독자들이 그의 소설을 접하기 어려웠습니다. 그의 소설집이나 장편소설이 절판이 된 지 오래이기 때문에 독자들이 박화성의 소설을 읽을 수가 없어 그의 소설 출간을 간절히 요청하고 있는 점입니다.

둘째, 박화성의 60년 문학이 잘 정리되어 있지 못하여 그의 문학의 전모를 보기에 어려움이 많았습니다. 출간된 작품집도 구하기 어려운 희귀본이 되어 있는데다가 신문이나 잡지에 발표된 이후 아직 단행본으로 출간하지 못한 작품이 많아 이들을 발굴하여 한자리에 모아놓는 것은 박화성 문학의 진정한 모습을 파악하는데 반드시 필요한 작업이 아닐 수 없습니다. 기왕의 단행본과 문학전집에 수록되지 않은 작품들이나 새로 발굴된 작품은 다음과 같습니다.

　해방전 :
　　단편「추석전야」1925년
　　동화「엿단지」1932년
　　단편「떠나려가는 유서」1932년
　　콩트「누가 옳은가」1933년
　　희곡「찾은 봄·잃은 봄」1934년
　　장편『북국의 여명』상, 하 1935년
　　기행문「경주기행」「부여기행」「해서기행」1934년
　　평론「연작소설 젊은 어머니에 대한 촌평」1933년
　　　　「소설 백화에 대하야」1932년
　　　　「내가 사숙하는 내외 작가 — 토마스 하디 옹과 샤롯 브론테 여사」1935년
　　　　「교육가에게 감히 무를 바 있다」1935년
　　　　「작가 교양의 의의」1935년
　　　　「박화성 가정 탐방기」1936년

해방공간 :
    수필「시풍 형께」1946년
    수필「유달산에서」1946년
    수필「눈보라」1946년
    콩트「검정 사포」1948년
    콩트「거리의 교훈」1950년

6 · 25 이후 :
    콩트「하늘이 보는 풍경」1958년
    단편「버림받은 마을」1962년
    단편「애인과 친구」1966년

1978년부터 1985년까지
    단편「동해와 달맞이꽃」1978년
    단편「삼십 사 년 전후」1979년
    단편「명암」1980년
단편「여왕의 침실」1980년
    단편「신나게 좋은 일」1981년

단편 「아가야 너는 구름 속에」 1981년
단편 「미로」 1982년
단편 「이 포근한 달밤에」 1983년
단편 「마지막 편지」 1984년
단편 「달리는 아침에」 1985년

　박화성 선생의 절판된 작품의 재 간행도 의의가 있거니와 새로 발굴된 자료의 간행 역시 문학사적 의의가 있는, 매우 중요한 일입니다. 이번 처음 발굴 소개되는 장편소설 『북국의 여명』은 일제강점기 여성지식인의 항일 저항의식과 민족의식이 어떻게 싹트고 성장하여 민중과 호흡을 함께 하기 위해 일어서는가를 보여주는 성장소설로서 우리 문학사에 한 획을 그을 중요 저작입니다. 6백여 페이지에 달하는 이 소설의 발굴 소개는 박화성 문학전집 발간의 의의를 한결 더하여 주는 것입니다.

　이 외에도 박화성 선생과 관련된 자료
　팔봉 김기진의 「비오는 날 회관 앞에서—화성 여사에게 보내는 시」는 박화성의 「헐어진 청년회관」이 검열로 삭제되자 이 시로써 울분을 대신한 귀한 자료입니다. 이외에 김문집의 유명한 「여류작가의 성적 귀환론」과 안회남, 한효 등의 평론 기타 자료들을 망라하여 출간하는 박화성 문학전집은 우리 문학사상 큰 수확으로 기록될 것을 의심치 않습니다. 우리 나라 최초의 문학기념관인 박화성 문학기념관 개관을 축하하는 시화전의 시 등, 기타 박화성 선생을 추억하는 귀한 글들은 전집 발간 후 단행본으로 모아 엮기로 약속드림으로써 좋은 글들을 함께 묶지 못하는 아쉬움을 대신합니다.

박화성 문학전집은 전부 새로운 한글맞춤법(1989)에 따랐습니다. 그러나 작가의 특성을 드러낸다고 보는 표현은 그대로 살렸으며 박화성 문학기념관에 보관되어 있는 작품집에 작가가 펜으로 수정해 놓은 부분은 대조하여 수정하였습니다. 작가의 글을 꼼꼼히 찾아 읽지 않고 비평하는 풍토를 안타까워한 나머지 전집 발간에 나섰습니다만 행여 오자나 탈자 등 교정이 미비하여 선생의 작품에 누가 될까 걱정이 됩니다.

이 출판산업 불황기에 여성작가전집 발간에 적극 나서 주신 푸른사상사 한봉숙 사장님께 다시 한번 감사의 말씀을 드립니다. 방대한 전집을 선선히 응낙 출간하여 주신 것은 여성과 여성문학을 각별히 아끼고 사랑하는 마음이라고 생각합니다. 마음을 다하여 푸른사상사의 발전을 기원합니다. 또한 박화성 선생의 유족들께서 많은 격려를 주신 데 대하여 감사드립니다.

2004년 5월

편저자 서 정 자

창공에 그리다

박화성 장편소설

■작가의 말

창공에 그리다

사회: 박 선생님 이번 작품에는 무엇을 쓰시렵니까?

박 : 장선영(張鮮瑛)이라는 여류 화가입니다. 우리나라 소설에 화가를 그린 것은 드물었던 것 같이 생각합니다. 이런 의미로도 꼭 한번 화가를 그려보고 싶었습니다. 푸른 하늘을 종이 삼아 내 시를 쓰고 싶다는 이태백의 시구가 있잖아요? 이 젊은 여류화가도 오색의 채필(彩筆)을 들어 가슴에 서리는 화상을 거침없이 창공에 휘갈기고 싶은 의욕에 불타는 것입니다.

사회: 그럼 퍽 '로맨틱'하겠군요.

박 : 반드시 그런 것도 아니겠죠. 저항의식을 나타내려는 것입니다. 그러기에 그의 걸어가는 길은 평탄하지 않고, 닥치는 운명은 거칠기만 한지도 모릅니다. 그러나 그는 참대처럼 휘면서도 곧고, 명주실 마냥 가늘면서도 질깁니다. 그의 영롱한 꿈의 설계는 아무리 추잡한 현실이라도 한 폭의 그림에서 미화된 세계를 창조하는 것입니다.

창공에 그리다

차 례

- 화보
- 박화성 문학전집 발간의 의의

- 작가의 말 창공에 그리다 • 23

선언	• 27
달의 역사	• 79
스핑크스	• 117
구름의 이정(里程)	• 155
찢어진 화폭	• 184
그림자를 따라	• 210
하이네와 퀴리	• 239
분수처럼	• 271
소용돌이	• 308
용과 범	• 345
회오리바람	• 374
창공에 그리다	• 408

- 후기 『창공에 그리다』를 끝내고 • 437

- 박화성 연보 • 441
- 박화성 작품연보 • 453

선 언

　어제 오후부터 부슬거리던 비가 오늘도 한 줄기 시원스럽게 못 쏟아 본 채로 끊일락 이을락 감질만 내면서 흩뿌렸다. 눈 한 번 내리지 않은 겨울에 비나마 귀해서 그러는지 부산하게 거리를 왕래하는 사람들도 비옷이나 비신의 우장(雨裝)은커녕 우산을 들고도 가랑비를 고스란히 맞고 가는 축이 많았다.
　장애영(張愛瑛)도 홍색이 도는 머플러로 머리를 썼을 뿐 우산도 없이 유유히 걸었다.
　"엄만 늦게 와?"
　애영의 왼편 손에 매달려 가는 신아(信娥)가 엄마를 처다보며 묻는다.
　"응. 여덟 시쯤에 같게 공부 잘 하구 있어. 응?"
　부드럽기는 하나 맺힌데가 있는 음성이었다.
　"피, 울지나 말래지."
　엄마의 바른편에서 따라가는 호식(浩植)이가 입술을 삐쭉 내민다. 이 학년의 뺏지를 단 중학생이다.
　"오빠가 가만있는 데두 내가 울었어?"
　신아는 호식을 흘겨보며 쨍한 소리로 대든다.

"난 괜시리 야단치든? 오 학년이나 돼 가지구 언제나 복습에 태만하니깐 그러지."

"그럼 꼭 머리통을 튀겨야만 하나 머?"

"아니, 길에서들 왜 이러니?"

애영은 두 아이를 돌아보며 조선호텔 정문에서 차가 나오는가를 살피면서 앞을 휘돌아 걸어 내려간다. 스포츠칼라의 검정 벨트. 타이트 오버코트가 훨씬 큰 키에 척 어울린다. 평화(平靴)를 신었건만 외국 여성의 걸음걸이 같다.

"너희들 나 없을 땐 쌈만 하는 모양이지? 그래서야 되나?"

"아녜요, 어머니. 염려 마세요 유쾌하게 놀다가 오세요."

호식은 아직 변성기(變聲期)에도 이르지 않은 목소리로 어른답게 말했다.

"그럼 엄만 안심하구 너희들만 보내겠다. 호식인 그 과자봉지 터트리지 말구 할머니랑 아줌마께 잘 갖다드려. 신안 오빠랑 공부 잘 하구 응?"

마침 신촌 가는 합승차가 떠나려던 참이라 애영은 남매를 먼저 보내고 되돌아서 동화백화점 앞까지 갔다. 지나치는 남녀가 애영을 놓치지 않고 주목하였다.

남매의 어머니라고 상상도 할 수 없으리만큼 애영은 젊고 아련하다. 흑(黑)과 적(赤)의 선이 굵직하게 간 장갑이며, 겨드랑에 낀 검정 핸드백과, 같은 계통의 코트가 결코 화려하지는 않은데도 머리에서부터 라이트 레드의 구두에까지 이상하게 이국적인 조화(調和)를 이룬 차림새인 것에 더욱 싱싱한 아름다움이 배여 나오는지도 모른다.

애영은 용산행 합승에 올라 갈월동에서 내렸다. S여대 근처에 있는 신숙경(申淑敬) 생일 잔치에 참석하려는 것이다. 그는 중학의 은사(恩師)였으며 현재 근무하는 B여대의 학장이기에 흠례하지 않으려고 다섯 시까지 시간을 대어가는 길이었다.

굴다리를 끼어 나가서 걸어도 걸어도 그 골목은 나서지 않았다.

"내가 짐작을 잘못했군. 이럴 줄 알았더면 원효로에서 내릴 걸."
 길바닥은 기름을 바른 듯이 미끄럽고 빗줄기는 약간 굵어져서 귀찮다고 느끼는데 스르르 곁에서 지프차가 정거하고 운전대의 문이 툭 열리면서
 "장 선생님! 마침 잘 만났군요. 어서 타십시오."
하고 국어 강사 백남혁(白南爀)의 웃는 얼굴이 나타났다.
 "인제야 뭘요? 거진 다 온 걸요."
 "그럼 지가 모셔 올려 드리죠."
 백남혁은 훌쩍 뛰어내려서 애영의 팔을 가볍게 끌었다.
 "댁으로 모시러 갔더니 벌써 나가셨다구. 제 불찰이었어요. 미리 약속을 했더면 이 고생을 안 하실 텐데……."
 애영을 운전대 옆에 앉히고 자기는 다시 돌아서 저쪽 문으로 들어가 운전대에 앉으며 잠깐 애영의 몸을 일별(一瞥)하였다.
 "감기나 드심 어떡허시려구 그냥 나오셨나요?"
 핸들을 돌리면서 나직이 힐책하는 어조였으나 정이 서리는 염려이었다.
 "명동에서 오셔요? 애들이랑 나가셨다던데요"
 "일요일이길래 데리구 나와서 점심 먹이구 학용품을 좀 사 보냈어요."
 남혁은 무슨 말을 할 듯하다가 뒷자리에 앉아 있는 운전수를 꺼려함인지 잠잠히 차만 몰아서 S여대의 골목길을 휘어들었다.
 "늦지 않을까요?"
 애영은 그제야 장갑 목을 들치고 시계를 보았다. 다섯 시 삼 분 전이다.
 "거진 다 모였을 걸요?"
 남혁은 고개를 갸우뚱하고 말하는 버릇이 있었다. 서른 살이나 된 노총각이지만 그럴 때만은 어리게 보였다.
 "대개 몇 시에나 끝이 날까요?"
 남혁은 아직도 머리를 기울인 채로였다.

"그거야 선생님들께 달렸죠 뭐. 술에 너무 빠지시지들 마세요. 술엔 그만 정신들을 잃으시는 걸요."

"오늘은 안 그러겠어요. 몇 시에나 가시겠는지 그땐 꼭 댁에 모셔다 드리죠."

"그러실 건 없어요. 전 좀 빨리 가야 하니깐요."

"어쨌든 이따가 봅시다요."

신 학장 댁의 정문은 활짝 열리고 사오 대의 차가 넓은 정원의 한구석을 차지하고 있었다. 초인종 소리에 십칠팔 세 가량의 처녀 둘이 나와서 그들의 외투를 받았다.

"아유. 장 선생, 백 선생 다 오셨으니 이젠 정원에 다 찼습니다."

신여사는 두 사람에게 악수하면서 안에서도 들으라는 듯이 소리를 높였다. 동그스름한 윤곽에 두 턱이 져서 복스러운 얼굴이었다. 풍부한 체격에 키도 당당했다.

세 개나 달아 놓은 교자상을 가운데로 장방형의 넓은 방 안에 가득하게 앉았던 손님들은 애영과 남혁을 보고 환호로써 맞았다.

"어떻게 두 분이 잘 만나셨군요. 댁의 방향이 같으시니까 그러시기도 하겠지만……."

어느 입에서인지 이런 말도 섞여 나왔다. 자리를 찾아 앉는다는 게 우연히도 애영과 남혁이 마주 대하게 되어서 여교수들 쪽에서는 남혁을 바라보며 수군대는 소리까지 들렸다.

애영은 방 안의 장치를 잠깐 둘러보았다. 가끔씩 오는 집이지만 크나큰 온실을 가지고 있는 이 집의 꽃들은 올 때마다 달랐다.

그들이 앉아 있는 방과 연하여서 넓은 양실이 있는데 오일스토브가 적당한 온도로 훈기를 돋우고, 서너 개나 되는 티테이블에는 한창 만발한 시클라멘과 프리지어와 송이 굵은 붉은 카네이션의 화분이 놓여 있었다.

키 큰 포인세티아의 멋들어지게 휜 가지가지에는 새빨간 꽃잎이 만들어서 붙인 듯이 기묘한 형태로 활짝 피어서 구석구석을 환하게 밝혔다.
"저게 무슨 꽃인데 저렇게 황홀합니까? 저런 건 처음 보는데요?"
사람마다 가리키는 화분은 피아노 위에 있었다. 자잘하게 이어 올라간 사보텐의 푸르고 수많은 대에서 석류꽃색의 자그만 꽃이 줄줄이 맺히고 송이마다 피어서 휘늘어졌는데 애영으로도 처음 보는 장관이었다.
이러한 분위기에서 애영의 젊음은 아늑하게 취하여 갔다.
꿈을 그리는 듯이 몽롱하게 젖어 있는 애영의 크고 윤나는 눈을 훔쳐보며 남혁은 연거푸 술잔을 기울였다.
"변변치 않지만 많이들 잡수세요."
새로운 음식이 들어올 때마다 신여사는 권하는 말을 잊지 않았다.
처음에는 신여사도 애영에게 장 선생이라는 경칭을 썼지만 부하들이 다투어 드리는 술잔이 거듭함에 따라 동안(童顔)에는 불그레하게 화기가 넘쳤다.
"애영이 너만 내게 술 안 주는구나. 너 왜 날 미워하니?"
"아이, 선생님! 이 수효대로 다 잔을 올리다간 선생님 큰일나시게요?"
"그럼 이제부턴 선생님께 술 안 권합니다."
학생과장의 텁텁한 말소리였다.
"그래요. 누구나 날 미워하는 사람이 내게 술 주기로 해요"
좌석은 무르익었다. 농담도 튀어나오고 웃음도 소란했다. 주기(酒氣)가 피어나는 얼굴들은 눈만 들면 시선을 자극하는 꽃들의 화려한 색채와 훈훈한 입김에서 인간 최고의 향락에 취하여 있는 듯하였다.
술과 식사가 끝난 다음에 여흥으로 들어갔다.
먼저 방 안이 깨어져 나가는 박수 속에서 주인인 신여사가 일어났다.
누구나 선택을 입은 사람은 양실에 나가 서서 하기로 하였다. 신여사는 주저하지 않고 '바위고개'를 불렀다. 비대한 몸집에서 아직도 고운 음성이 선선하게 나왔다.

이어서 신여사의 지명이 있고 남녀의 교수들은 끌려나와 제각기의 숨은 재주들을 보였다. 시조에, 육자배기, 단가, 노래, 곱사춤, 재주넘기, 짐승의 흉내 따위들.

그 중에는 풋내기가 아닌 전문적인 정도의 독창도 있었다. 애영도 전사람의 지명을 받아 양실로 나갔다.

푸르도록 검은머리는 자연스럽게 밖으로 감겨서 어깨에 찰랑거렸다

다크그린의 타이트 원피스의 깃고대가 V형으로 파져서 녹색 구슬의 네크리스가 하얀 목에 나직하게 드리우고, 프린세스 라인으로 된 앞모양은 그의 보기 좋게 부풀은 앞가슴을 한결 돋보이게 하였다.

"오, 인제 생각났군. 애영이에게 꽃을 줘야지"

신여사는 화분에서 카네이션의 꽃 한 송이를 꺾어 왼편의 가슴에 꽂아주었다. 타는 듯이 붉은 정열의 꽃은 발그레하게 상기된 애영의 갸름한 얼굴에 광채를 더했다.

애영은 영어로 '마이 하트 크라이즈 포 유'를 불렀다. 노래의 뜻을 알아듣는 사람들은 애영의 부드러운 알토의 멜로디에서 숙연하게 얼굴빛을 고쳤다. 발음도 고우려니와 그의 표현이 처절하였다.

사랑하는 사람의 기울어져 가는 애정을 불러일으키는 부르짖음! 애끓는 하소의 기원(祈願) 그 모든 감정을 그대로 나타내는 끝 절의

"마이 하트 크라이즈 포 유, 사이즈 포 유, 다이즈 포 유, 앤드 마이 암스, 롱 포 유, 플리즈 컴백 투 미."

를 끝냈을 때는 박수소리 속에 어느 여교수의 눈이 흐려있기까지 하였다.

"이제는 우리의 시인 백남혁 선생께서 자작의 시를 낭독하겠습니다."

애영이 지명을 하지 않았는데 학생과장이 큰 소리로 남혁을 지적했다.

그는 침울한 얼굴로 일어났다. 그는 포켓에서 몇 장의 원고지를 꺼냈다.

그는 종이를 쥔 채로 두 손을 앞에 모으고 잠시 자세를 고쳤다. 표정이

우울해서 그런지 좀 들어간 듯한 큰 눈이 더 우묵하고 높은 코는 더 덩실하게 보였다.

"제가 읽으려는 것은 자작시가 아닙니다."

착 가라앉은 베이스의 음성이다. 한 발을 앞으로 비스듬히 내기에 큰 키가 약간 낮아졌다.

"오늘은 시성 하이네의 탄생일입니다. 그는 1797년 12월 13일에 라인강변 작은 도시에서 출생했습니다. 나는 오늘을 기념하기 위하여서 그의 시 「선언」을 읽겠습니다."

그는 기침을 하여서 목을 틔우고 종이를 펴서 읽기 시작하였다.

　　　선언

　　어둠의 장막이 내려오면 바다는 더욱 더 광포
　　해지다
　　나 바닷가에 홀로 앉아서
　　춤추는 하얀 파도를
　　바라보고 있노라
　　그리고 내 가슴
　　바다와 같이 부풀어올라
　　깊은 향수가 내 마음을 사로잡도다
　　정다운 모습아
　　그대 위한 이 향수(鄕愁)
　　그대는 어느 곳에서도
　　나를 사로잡고
　　어느 곳에서도 나를 부르도다
　　그 어느 곳에서도
　　그 어느 곳에서도…….
　　바람 부는 소리에도
　　파도치는 소리에도

나 자신을 가슴에서
나오는 한숨 속에서…….
가느다란 갈대를 꺾어
나는 모래 위에 쓰다
"아그네스, 나
그대를 사랑하노라!"고
그러나 심술궂은
물결이 밀려와
이 즐거운 마음의 고백을
그만 힘도 안 들이고 지워버렸노라.

연약한 갈대여,
힘없이 허물어지는 모래여,
흘러가 부서져 버리는 파도여!
나는 이미
그대들을 믿으려 하지 않노라!
하늘은 어두워지다
내 마음은 황막해지다
나 억센 손으로
저 노르웨이의 삼림에서
제일 높은 젓나무를
뿌리째 뽑아
그것을 에트나의 불타오르는
저 새빨간 분화구(噴火口)에
넣었다가
그 불이 붙은
거대한 붓으로
나 어두운 저 하늘을
바탕 삼아 쓰겠노라
"아그네스, 나
그대를 사랑하노라!"고.
그렇게 한다면

밤이면 밤마다 저 하늘에
영원한 화염(火焰)에
그 글자는 타고 있으리,
그리고 뒤이어 쉴새없이
출생하는 후예들은
환호를 울리면서
이 하늘의 문자(文字)를
읽으리라
"아그네스, 나
그대를 사랑하노라!"고.

 고저(高低)와 강약(强弱), 그리고 정열을 넣어 울부짖듯이 읽고 난 후에 청중은 박수조차 잊고 있었다.
 그들이 겨우 숨을 내쉴 때 백남혁은 아까처럼 종이를 쥐고 두 손을 모으며 눈을 감았다. 그리고 다시 한 번 자기의 좋아하는 대목을 외어 들렸다.

나 억센 손으로
저 노르웨이의 삼림에서 제일 높은 젓나무를
뿌리째 뽑아
그것을 에트나의 불타오르는
저 새빨간 분화구에 넣었다가
그 불이 붙은
거대한 붓으로
나 어두운 저 하늘을
바탕 삼아 쓰겠노라
"아그네스, 나
그대를 사랑하노라!"고.

 그가 고요히 머리를 숙이고 제자리로 돌아온 후에야 방 안이 떠나갈 듯한 박수가 오래 계속되었다.

 웬일인지 그 다음 순간부터는 좌석이 멋쩍어졌다. 긴장한 분위기와 억지로 떠들어대는 부조음(不調音)의 연속에서 남아있는 몇 사람의 여흥이 끝나고, 식혜와 수정과와 각색 실과의 향연이 새삼 벌어질 때 애영은 조용히 일어나 밖으로 나왔다.

 "아니, 왜 너 먼저 가려구?"

 신여사는 현관 마루까지 따라나와서 눈을 휘둥그렇게 떴다.

 "선생님, 저 일이 좀 있어서 그래요. 용서해 주세요."

 애영은 처녀가 거들어 주는 외투에 팔을 끼면서 웃음 섞어 사과하였다.

 애영이 정원으로 막 나왔을 때 신여사의 당황하여 하는 말소리가 새어나왔다.

 "아니, 왜 백 선생까지 이러시우?"

 애영은 머플러로 깊숙이 머리를 싸면서 행길로 나왔다. 비는 여전히 안개 마냥 흩날리지만 길은 더 미끄러웠다.

 뒤에서 나무라는 듯 클랙슨이 신경질적으로 두어 번 울렸다. 한쪽으로 비켜서는 애영의 곁으로 지프차가 들어서고 운전대의 문이 열렸다.

 "어쩜 그렇게 혼자만 오십니까?"

 애영은 그러면 어떻게 하려느냐는 듯이 묻는 눈으로 남혁을 보았다.

 "아까 약속까지 하시구선……. 자, 빨리 타십시오."

 애영은 하는 수 없이 차 속으로 들어갔다.

 뒤에는 운전수가 그린 듯이 앉아 있었다. 가끔씩 경관의 취조가 있어서 언제나 운전수를 데리고 차를 몬다는 남혁의 말이 생각났다.

 큰길로 나왔을 때 애영은 나직이 속삭였다.

 "아까 그 시 참 좋았어요. 시대는 다르지만 환상은 꼭 같은가 부죠?"

 남혁은 잠잠하였다.

 "하이네가 십팔 세기의 시성이니까 근 이백 년 전인데 지금의 내 소원과 너무나 같으니깐요."
"장 선생님께서 무엇을 바라고 계시길래요?"
그제야 남혁이 애영에게로 머리를 돌렸다.
"아까 선언 꼭 그대로죠 뭐."
"어두운 하늘에 사랑한다는 문자를 새기시기가 소원이란 말인가요?"
"천만에요."
"그럼?"
"그 컴컴한 하늘에 그 시뻘건 붓으로 내 가슴에 가득 찬 화상(畵想)을 마구 휘갈겨 보구 싶단 그 말씀예요."
"네에. 그래요?"
남혁은 꼬리가 긴 대답을 하고 나서 이어
"그러시겠죠. 과연 장 선생님다운 환상을 가지고 계시군요."
하고는 스스로 긍정하였다.
  차는 벌써 영롱한 오색의 불로 화려하게 단장한 서울역을 지나 남대문을 바라고 달렸다.
  비에 젖어서 기름을 바른 듯이 번질번질 윤이 나는 검은 지프차는 남대문을 돌아 나오는 듯이 중앙우체국을 향하여 달린다.
"집으루 가얄 텐데요?"
"지금 몇 시나 됐어요?"
"일곱 시 사십 분예요."
  그들의 집 방향으로 가자면 시청 앞을 지나 서대문 쪽으로 가야 하기에 애영은 대답에 항의를 담았다.
"좀 돌아간들 어떱니까!"
  남혁 역시 항의 섞인 어조였다.
  차가 동화백화점으로 가는 로터리를 돌 때, 화신(和信)과 미도파의 지붕에서 번쩍거리고 돌아가는 전광 뉴스며, 상점 머리마다 오색으로 빛나는 네온사인이 한꺼번에 뒤집혀서 애영의 품으로 기어드는 듯한 환각(幻覺)을 일으킬 만큼 남혁은 거칠게 풀 스피드를 놓았다.

차는 퇴계로로 가는 커브를 돌았다. 애영은 잠잠하였다. 이왕 그의 차에 편승한 이상에는 주인의 뜻을 쫓으리라 생각한 것이다.

멀리 대한극장에서 춤을 추는 듯이 깜박거리면서 명멸(明滅)하는 전광은 「지지」라는 두 자를 나타냈다가 스러졌다 하였다.

"「지지」 보셨나요?"

남혁이 불쑥 물었다.

"아뇨."

"그럼 그거나 보시기로 합시다."

차는 곧장 똑바로 달아났다. 언제나 상대방의 의사를 무시하는 남혁이었다.

"너무 늦지 않을까요?"

"최종회의 것이면 더 좋죠."

무슨 까닭으로 최종회의 것이 더 좋다는 것인지 애영은 모르는 채로 내릴 수밖에 없었다.

오랫동안 상영(上映)해서 그런지 좋은 좌석을 얻어서 둘이는 나란히 앉았다. 이층의 정면인데 그다지 만원은 아니었다.

스토리는 끝이 가까운 모양으로 어수선한 장면이 잠시 떠오르다가 그들이 비로소 스크린에 정신을 돌리려 할 즈음에 영화는 끝이 났다.

뉴스로부터 시작하여 새로이 끝까지 보는 동안 남혁은 단정한 옆모습을 구기지 않고 열심히 화면을 지켰다.

애영도 내용에 보다는 시각(視覺)에서 오는 변화에 흥미를 가졌다. 난무하는 선(線), 대담하게 뿌려진 색채(色彩), 눈부실 정도로 강렬하게 어필하는 천연색의 화려한 배경(背景)이 때를 탄 멜로디의 부드러운 리듬과 한데 어울려서 저속하지 않은 조화(調和)를 이루었으나, 어딘지 모르게 공허감을 느끼는 것은, 전체에 흐르는 상(想)과 색조(色調)에, 창의(創意)가 없이, 장식적인 효과에 치중(置重)함이라고 애영은 저 혼자 불만을 품어 보는 것이다.

그들이 극장에서 나왔을 때는 열 시 반이나 되었다.

남혁은 그때까지 애영에게 말 한 마디 걸지 않다가 차에 올라서야

"퍽 시각을 만족시키는 영화죠?"

하고 넌지시 물었다.

"글쎄요."

애영은 모호하게 대답하였다.

"장 선생님!"

남혁은 저력 있는 굵은 음성으로 새삼 정중하게 애영을 불렀다. 애영은 머리를 그에게로 돌렸다.

"이 차 보내구요 우리 어느 다방에서 조용히 얘기 좀 하십시다."

"너무 늦은걸요."

"난 할 얘기가 참 많아요."

"다음에 하죠."

"난 꼭 지금이라야 되겠는데요."

또 억지쓰는 버릇이 나온다고 애영은 속으로 웃으며

"내일 어때요?"

하고 살그머니 달래본다.

"무슨 말씀인진 모르지만 바쁜 시간에 총총하게 하는 거보다는 여유 있게 차분히 소회를 펴는 게 얼마나 좋아요?"

"그렇지만."

"그렇게 하세요! 내일은 마침 내가 학교에 나가는 날이고, 시간도 많이 남을 테니깐요."

차는 이미 아까의 오던 거리로 되돌아가고 있었다.

"싱거워요. 김이 다 빠져버리지 않습니까? 지금 잔뜩 서리고 있는데……."

"빠지면 빠지는 대로 하시죠 뭐."

"그러시겠죠. 장 선생님은 아마 그러길 바라실 것입니다."

남혁은 또 거칠게 핸들을 돌리며 남대문 지하도 위의 선로를 달려 시청을 향하였다.

"그럼 내일 어떡하시겠어요?"

감정의 변화가 그대로 운전에 나타나는 남혁을 돌아보며 애영은 부드럽게 물었다.

"글쎄요. 김 빠진 설화(說話)란 언제나 즙(汁)이 빠져버린 사과 찌꺼기 같은 게 아닐까요?"

"그렇대도 허는 수 없죠."

"그건 또 무슨 말씀입니까?"

"백 선생님이 찌꺼기 얘길 하신대두 그대로 들을 수밖에 없단 그 말씀이죠 머."

"하하하하."

남혁은 갑자기 커다랗게 웃었다. 뒤에 앉은 운전수가 민망한 듯 밖을 내다본다. 언제부터인지 와이퍼가 가느다란 몸을 부산하게 좌우로 흔들면서 굵은 빗방울을 털고 있었다.

"어쨌거나 오늘은 댁으로 잘 모셔다 드리겠어요. 파열된 감흥이야 유감천만이지만요."

"참 저기서 읽으시던 그 시, 그거 저 주세요"

"선언 말입니까?"

"네."

"그러세요."

남혁은 왼손으로 포켓 더듬어서 종이를 애영에게 내주었다.

"참 그렇군요. 장 선생님이 그걸 읽으시노라면 내 얘기를 이해할 수 있으실 겁니다."

"……."

"장 선생님이 화상을 휘갈기고 싶으시단 것이나 내가 시상(詩想)을 펼치고 싶단 그 심정, 그렇지만 내 경우는 하이네의 시 그대로니깐요."

남혁은 차차 열을 띠어 가는 자기를 의식하고 신경을 뒷자리로 보내며 문득 입을 다물었다.

"좌우간 내일 뵙구 좋도록 하죠."

잠시 뜨음한 침묵을 깨뜨리며 애영이 말을 할 때 차는 아카데미 극장 앞을 지나오고 있었다.

우산과 사람이 뒤섞인 왼쪽 포도에 무심히 눈을 보내던 애영은

"저거 인영이 아니라구? 백 선생님 잠깐 세워주세요."

하고 몸을 들먹였다. 차는 바로 인영의 바싹 앞에서 멈췄다. 인영은 우선 눈에 익은 차에 안심했다는 얼굴로 빤히 쳐다보다가 툭 열리는 문으로 나타난 남혁을 보고 깜짝 놀랐다.

"어마! 백 선생님이……."

"여기 언니도 계십니다. 저쪽으로 돌아오세요."

"인영아, 어서 들어와."

남혁과 애영의 재촉하는 말소리를 들으며 인영은 종종걸음으로 잽싸게 걸어왔다.

"자, 이리로 앉아라."

애영은 앞자리에 인영을 앉게 하려고 일어났다.

"아냐, 언니. 내가 뒤로 갈래요"

인영은 문에서 엉거주춤 머리를 숙이고 앉으려고 하지 않는다.

"잔소리 말고 앉아."

애영은 벌써 운전수 곁에 나란히 앉았다. 운전수는 그제야 애영에게 미

소를 지어 보이며 자리를 넓혀 주었다.

"어서 앉으시죠."

아직도 등허리까지를 굽혀서 서 있는 인영을 쳐다보며 남혁이 권했다.

"고집부리지 말고 앉으라니깐."

언니의 날카로운 명령에 지는 듯이 인영은 외투를 휩싸며 남혁의 곁에 앉았다. 발그레하게 상기한 얼굴이 팥색의 오버코트와 주홍의 머플러로 피어오르는 모란꽃 마냥 탐스럽게 환했다.

"어디서 오는 길이냐?"

"극장에 갔었어요."

"혼자?"

"아뇨, 동무랑."

"음."

애영은 잠깐 입을 다물었다가 다시 열었다.

"그럼 애들 못 봤겠네."

"왜요? 애들이랑 저녁 먹고 나온걸요. 언니가 보낸 빠다볼이랑 다 먹고."

맑고 듣기 좋은 음성이었다. 애영의 목소리는 약간 털털한 편에 드는데, 인영은 들이비칠 듯이 해맑은 말소리로 발음도 분명하였다.

남혁은 묵묵히 핸들을 돌리며 자매의 문답을 들으면서 너무나 서로 다른 그들 형제의 차이점을 들추어본다.

'형은 몹시 키가 크고 동생은 자칫 작고, 하나는 얼굴이 좁고 갸름한데 이쪽은 둥그스름하고, 형이 하늘을 박차고 나는 제비라면, 동생은 나직이 나무에 오르내리는 꾀꼬리라고나 할까? 그러니 성격도 애영인 참대처럼 휘는 거 같으면서도 곧아 빠졌고, 인영 씬 해면처럼 부드러우면서도 함축이 있고, 미세스는 날카롭고 감상적인데, 미스는 명랑하고 원만하고……'

남혁의 상념이 끝없이 펼쳐만 가는데 인영이가 뭐라고 하는 거 같아서

"네?"
하고 얼결에 머리를 홱 돌렸다.
"우리 집 골목을 지나왔어요."
"그랬나요? 하, 이거 원."
애영은 애영이대로 무슨 생각에 골몰했던지 남혁의 당황하는 것을 보고야
"아이, 깜빡 몰랐네!"
하고 목을 빼서 뒤창으로 밖을 살폈다.
"하는 수 없이 서대문까지 가야겠군요."
남혁은 속력을 조여서 급속도로 서대문 로터리를 돌았다. 인영의 몸이 남혁에게로 폭 기울어졌다가 간신히 바로잡혀졌다.
평창동의 까끄막길을 부르릉 달려오던 남혁의 차는 관상대를 지나 판잣집 모퉁이에서 정거하고 인영과 애영이 차례로 내렸다.
"괜찮겠어요? 꽤 맞으실 만해요?"
남혁은 문을 열고 하늘을 쳐다보며 아직도 부슬거리는 비 걱정을 하였다.
"네. 고된걸요. 오늘은 고마웠습니다. 내일 뵙죠. 안녕히 가세요!"
애영은 장갑 낀 손을 가볍게 흔들며 고개를 끄덕이고 인영은 눈과 입에 표정을 지닌 채로 남혁을 바라보다가 조용히 허리를 굽혔다. 남혁은 성급하게 차를 돌려서 왼편의 골목길로 빠져 달아났다.
내리막길을 굴러가는 테일 라이트가 사라진 다음에야 애영과 인영은 몇 십 보나 더 걸어가서 대문을 두드렸다.
"아주머니들 인제야 오셔요. 할머니가 얼마나 걱정하신다구요."
외가로 조카뻘 되는 순옥이가 반색을 하며 내달았다. 스무 살짜리로서는 퍽이나 침착하여서 십육칠 세로밖에 안 보였다.
"왜 걱정하셔?"

정원이라기에는 어설픈 뜰을 걸어가며 애영이 말을 받았다.
"우비도 없이 비 맞구 다니겠다구요."
순옥은 달음질로 가서 현관의 문을 열었다.
왜식의 자그마한 이층집이었다.
"인제야들 오느냐?"
어머니 윤씨가 마중 나왔다. 신 학장과 동년배나 되어 보이는데 풍채마저 그와 비슷하게 몸집이 부대하고 얼굴이 덕성스러웠다. 인영이가 어머니를 닮은 모양이었다.
"아이들은 자는군요."
호식의 방이 캄캄한 것과 신아가 잠잠한 것으로 그들이 잠들어 있음을 알고 애영은 조심스러운 발소리와 말소리를 냈다.
"내가 재웠다. 내일은 또 일찍 학교에 갈텐데 일찍들 자야지 않니?"
"그렇구말구요."
애영은 머플러를 벗었다. 머리까지 젖어서 기름을 바른 듯이 번질거렸다.
"저 봐! 목수건들이 다 젖지 않았니? 오버코트도 축축하고……. 감기나 들면 어떻게들 하려구. 직장에 나가는 애들이 몸조심을 해야지."
어머니는 두 딸의 머플러를 받아서 구석에 매어진 줄에 널었다.
"그래 신 선생 댁 잘 차렸더냐?"
"그럼요 굉장했어요."
애영은 외투를 벗어서 양복장에 걸며 대답했다.
"밖에다 걸지 그러우? 난 여기다 걸래."
인영은 행거에 제 외투를 끼어서 벽에다 걸었다.
그들은 한복으로 옷을 갈아입고 2층에 올라가기 전, 애영은 한쪽에 누워서 잠자는 신아의 귀여운 얼굴을 한 번 쓸어주고
"어머니 안녕히 주무세요."

하는 인사를 드린 후에 핸드백을 집어들고 층계로 올라갔다.
 이층에는 방이 두 개 나란히 있었다. 하나는 다다미 여섯 장 방인데 애영의 아틀리에요, 넉 장 반의 방에는 애영과 인영이 함께 자는 더블베드가 한쪽에 놓이고 작은 책상 두 개와 책장 하나로 방은 가득하게 차 있었다.
 인영의 솜씨인 듯 책상 위에는 화려한 한국의 무희(舞姬)와 청조한 서양 인형이 의좋게 서 있었다.
 남향의 창가로는 대여섯 개의 화분이 푸르고 붉은 색채를 자랑하며 앉아 있고 창에는 녹색바탕에 노란색 꽃무늬가 진 커튼들이 늘여 있었다.
 "또 꽃들을 옮겨야지."
 인영은 화분을 들어다가 곁방에 들여놓았다.
 화실(畵室)에는 연탄난로가 있어서 주야로 따뜻하기 때문에 이 방은 그 덕으로 온기를 얻을 수 있고 꽃들 역시 태양을 쐰 후에는 이 방의 신세를 지는 것이었다.
 애영은 침대 속에 묻어둔 자리옷으로 바꿔 입고 이불 속으로 들어가서 베개에 머리를 놓자말자 이내 남혁이가 주던 시를 펴들었다.
 "언니! 그게 뭐요?"
 인영은 애영의 머리맡에서 들여다보며 물었다.
 "이거 하이네의 시래."
 "누가 준 거구료. 언니 대답 꼴이……."
 인영은 애영의 바싹 곁으로 상큼 뛰어 몸을 던졌다. 스프링이 능청능청 뛰었다.
 인영은 애영과 나란히 누워서 글줄에 눈을 주었다.
 "이거 백 선생님 글씨 아니유?"
 "글쎄 읽기나 해!"
 애영은 잠잠히 시를 읽어갔다. 애영과 인영 사이에는 남자 동생이 둘이나 없어졌다. 하나는 아버지가 돌아가시던 전 해에 중학시절에 죽어서 아버지의 병세를 더 악화시켰었고, 큰 아우는 육군소위로서 동란 때 전사했다.

애영의 어머니가 이 중첩의 참척(慘慽) 때문에 가문의 후예가 끊어졌다고 애통하는 것은 이루 말할 수가 없으려니와 애영에게도 너무나 큰 절망이었다.

그렇게도 사랑하던 아우들, 둘 다 뛰어난 수재이었고 인물도 비범하였다. 팔이 부러진 듯, 기둥이 꺾인 듯, 애영은 남모르는 슬픔을 지녀 오며 외로워하는 것이다.

그러기에 인영에게 부어지는 사랑은 거의 절대라고 할 수 있었다. 인영은 언니를 어머니보다도 더 따랐다. 어리광도 한없이 부린다. 그러나 십 년이나 맏이인 형이라서 그런지 애영이 정색할 때면 그냥 어려워하는 것이다.

지금도 인영의 지나친 침묵에 애영은 맘이 썩었다.

"다 읽었니? 어때?"

애영은 부드럽게 물었다.

"굉장하군요. 정말 벌벌 타올라요."

인영은 애영의 손에서 종이를 쭉 뽑아 눈 가까이 대고 재삼 음미하다가

"멋진 환상이야!"

하고 종이 든 손을 가슴께로 내리며 스르르 눈을 감았다. 가슴이 불룩하게 솟아올랐다가 사르르 가라앉는다.

"인영아."

애영의 손이 인영의 허리에 걸친다. 인영이 눈을 뜬다.

"하이네는 영원히 타고 있을 사랑의 문자를 새기겠노라 했지 않아? 난 정말 이 시가 욕심난단 말야. 이건 바로 내가 외치고 싶은 구절이거든."

"나는 그 불타는 거대한 붓으로 내 가슴에 갖가지 형태로 도사리고 앉은 인생의 단면을, 그리고 샘솟듯이 솟구치는 이미지의 무수한 층계를 저 푸른 하늘에 맘껏, 기운껏, 한 번 휘갈겨 봤으면 싶단 말이야."

"언니!"

인영이 애영에게로 돌아누우며 자기의 허리에 걸쳐진 애영의 팔을 감았다.

"나, 이 시, 전부터 알았어요. 하이네의 최고 걸작 중의 하난데 말야, 과연 걸작이거든요. 나 같은 비예술인이 그런 유혹에 밤낮 사로잡히는데 하물며 언니야 어떻겠수? 더구나."

인영은 잠깐 말을 끊었다. 애영은 그대로 인영의 다음 말을 기다렸다.

"더구나 백 선생님처럼 정열에서 사는 분이야 그게 유일의 소원일 테죠."

"……."

"언니. 그게 하이네의 선언이 아니라 바로 백남혁 씨의 선언이란 걸 알아야 해요."

"얘. 너 괜시리 오버센스다. 이게 뭔 줄 알고? 오늘 연회석상에서 읽은 거야. 그걸 내가 달래서 가진 건데."

"글쎄 어쨌거나 그건 장애영에 대한 백남혁의 선언이란 밖에요."

인영은 열을 올려서 강조하였다.

"무슨 증거라도 대렴."

"아이 언니두."

인영은 발딱 뒤집혀 애영의 눈을 빤히 내려다보며,

"언니, 정말 이러기유? 증거는 이 속에 가득 찬 걸 왜 내가 끌어대우?"

하고 애영의 젖가슴을 꼭꼭 찌른다.

"아이 기집애두 참."

애영은 인영에게 찔린 유방을 양 팔꿈치로 가리며,

"엑스레이루 비쳐보려므나. 뭐 있나."
하고 씁쓸한 미소를 보였다.
"하기야 여기 서리서리 얽힌 건 이용준 씨에 대한 정열이겠지만."
"아니, 애가?"
애영은 나불거리는 인영의 입술을 꽉 쥐었다.
"또 그런 말 할 테야?"
"음음음."
인영은 머리를 가로 저으며, 이내 항복하였다.
"너 그런 말 함부로 지껄이지 마."
"우리끼리야 어떠우?"
입술이 놓이자 얼른 침대 밖으로 미끄러져 나왔다.
"이용준 씨에게 주는 사랑이나, 백남혁 씨에게서 받는 사랑이나 다 언니의 가슴에 첩첩이 쌓여 있을 텐데 말야. 언니가 증걸 대라니깐 얄밉지 뭐유?"
인영은 제 책상머리에 도사리고 앉으며,
"언니 정말 욕심쟁이야."
하고 일기장을 빼낸다.
애영은 '욕심쟁이'란 발음에 후딱 몸을 일으켜서 인영의 숏헤어의 뒤통수를 바라보았다. 머리를 숙이고 책장을 펴는 보양고 탐스러운 덜미에 홍조가 올랐다고 느끼는 순간 귀뿌리며 뺨에까지 홍훈이 확 퍼졌다.
'욕심쟁이?'
애영은 갸웃이 머리를 튼다. 인영은 잠시 붓을 들고 생각하다가 페이지를 들추고 또박또박 무엇인가를 써갔다.
애영은 다시 제자리에 털썩 누워 버렸다. 피로와 불안이 한꺼번에 온 것이다.
"얘! 고뿔 나겠다. 대강 해두고 자자꾸나."

"언니 먼저 자요."

애영은 이불의 한 끝을 뒤집어썼다. 신음 같은 소리가 새어나올 것만 같았다.

'인영은 분명코 누군가를 사랑하고 있다. 욕심쟁이라니, 내가 남보다 무엇인가를 더 가지고 있다는 말이 아닌가?'

인영은 애영의 성격과도 달리 아무에게나 상냥하다. 애영은 엄격하게 사람을 골라서 사귀는데, 인영은 두루두루 친절을 베푼다. 그러기에 누구를 더 좋아한다고 끄집어내기 힘들었다.

그러나 자기더러 욕심쟁이라 한다면 자신을 반성하여서 인영보다 하나라도 더 가진 것을 집어내야 할 것이라고 애영은 생각하는 것이다.

'내게 가까운 이성으로 이용준 씨와 백남혁 씨 그리고 선배이며 동료인 강윤기 씨가 있지 않은가. 그렇다면 인영은?'

이용준은 나이 사십이니 아무리 둘의 사이가 무관하다지만 걸맞지 않고, 강윤기는 엄연히 사랑하는 아내가 있는 사나이다.

'역시 백 선생을 사모하는지도 몰라. 오늘밤의 인영의 태도로 본다면 담담한 표정이 아닌 것을 확실하게 알 수 있었다. 차에 오르내릴 때의 시선이란 평범한 친절이나 예의는 아니었으니까……'

인영의 팔팔 책장 넘기는 소리가 들렸다. 지나간 날의 일기를 들추어보는 것이라고 짐작하면서 애영은 백남혁과의 오늘밤의 담화를 더듬었다.

그는 차를 보내고 둘이서만 얘기하자 하였고, 꼭 지금이 아니면, 김이 빠져버린다고 하였다. 말끝마다에서 트집을 잡으려 하면서 억지 비슷하게 고집을 부렸다.

그와 함께 B여대에서 근무한 것이 사 년이나 되었다. 애영이 B여대의 창립과 함께 육 년이 되었으니까 남혁은 애영보다 이 년 후에 온 것이다.

사 년의 세월은 결코 짧은 시일이 아니었다. 남혁은 해가 거듭할수록 애영을 따르는 도수가 깊어졌다.

그는 S대학 영문과 출신으로 재학시대에 신문에 당선된 시인이며 그 후로도 활발한 문학 활동과 함께 이름이 날로 높아가는 중견층에 가까운 시인이었다.

처음에는 영어만을 맡았다가 이 년째는 영어와 국어를 맡았고 현재는 현대문만을 전문으로 담당한 시간강사이었다.

그처럼 자유 분위기를 탐내는 청년도 드물었다. 그러기에 그는 만년 강사로만 있으면서 시간의 자유를 보장하겠노라 하였다.

그는 다방면에 취미와 재주를 가지고 있었다. 이를테면 매사에 애영과 서로 통하였다. 음악, 미술, 운동, 이런 것에도 애영이 음악, 문학, 수예, 이런 데에 무식하지 않은 것만큼 단수가 비등하였다.

"이 세상에 무서운 사람은 장 선생님밖에 없어요."

남혁은 가끔씩 이런 말로 애영을 칭찬하였다.

그의 아버지는 민의원이어서 가세도 넉넉하고 지체도 좋은 까닭에 사방에서 구혼자가 빗발치듯하건만 남혁은 결혼을 줄곧 거부해 왔다.

"아 그런 혼처 놓치려고 그런가?"

주위에서 강권하여도 그는 도리도리만 쳤다.

"그보다두 더 훌륭한 베스트 원이 나오겠지."

"자네, 자격 상실자가 아닌가?"

이렇게 놀리면

"흥. 자격 상실이 아니라 결혼의사 상실일세."

하거나

"결혼 취미 포기야."

하고 간단하게 대답하였다.

"네 맘에 정한 여자가 있건 시원스럽게 말이나 해봐라!"

그의 어머니가 간곡하게 타일러도 그는 태연하게

"두고 봐야죠."

그쯤 대답해 둔다고 하였다.
남혁에게는 걸 프렌드 없는 것 같았다. 언젠가 애영은 그에게서
"난 장 선생님과 사귀면서부터는 여성친구를 다 버렸어요."
하는 고백 비슷한 말을 들었으나 무심상하게 지나치고 말았던 것이다.
결코 추근추근하거나 끈덕지게 애영을 따라다니지는 않으나 애영의 학교 나가는 날에는 자기의 시간이 없어도 반드시 나와 앉아 있는 남혁이었다.
그의 집은 충정로에 있고 애영은 송월동에서 살기 때문에 남혁은 자주 애영의 화실에도 왔고 청량리까지 나가는 학교 출근 때도 곧잘 애영을 동반하였다. 차가 있을 때는 물론이려니와, 없을 때에도 남혁은 애영을 상전 모시듯이 떠받들어 온 것이다.
"언니! 자우?"
인영이 어느 결엔지 곁에 누워서 묻는 말소리가 먼데서 들리는 것 같았다. 애영은 이불을 벗었다. 불은 갔고 커튼 틈으로 회색의 부유스름한 빛이 가느다랗게 새어 들었다.
"언니 욕심쟁이라니깐 화냈지?"
언제나 섭섭한 인영이라 애영에게로 팔을 걸치며 소곤댔다.
"아니, 반성은 했지."
"뭘 반성해?"
"내가 남보다 뭘 더 많이 가졌나 하고."
"그랬더니?"
"그랬더니만 역시 그쯤 듣게 된 거 같애."
"호호, 언니 익살이야."
"남편을 가졌던 여자가 네 말마따나 주는 사랑 받는 사랑 다 독점했으니까, 네 말이 옳지 않아?"
"독점이란 말이 우습지 않우?"

"노나 갖지 않았으니깐 독점자인 동시에 욕심쟁이겠지. 너도 그 의미에서 한 말 아니냐."

"언니, 나 그 말 취소해요. 난 단순하게 지껄였는데, 해석이 어떻게 배배틀리는구려. 정말 취소해요. 언닌 욕심쟁이 아냐."

인영은 열심히 변명 비슷한 사과를 하였다.

"언니야 누구나가 다 흠모할 만하니깐 언니가 요구하지 않더라도 다 자진해서 무엇이나를 바치는 게 아니겠수? 그걸 제 삼자가 참견할 하등의 이유가 없거든요."

"그만쯤 해두구 잠이나 자자."

애영은 인영의 머리 밑으로 바른팔을 넣어서 인영을 끌어당겼다. 그 바람에 그의 머리가 애영의 가슴에 안기며 입이 막혀서 더 말을 이을 수가 없었다.

인영은 다소곳이 안겨서 숨을 쌔근거렸다. 그리고 애영에게 걸쳤던 팔이 등으로 돌아가며 지긋이 힘을 주었다. 아래층에서 미닫이를 여닫는 소리가 크게 들렸다. 아직도 어머니는 주무시지 않고 집단속을 하시는 것이라고 애영은 가만히 한숨을 내쉬었다.

'불쌍한 어머니, 장사 같은 아들을 둘이나 잃고 가냘픈 딸만 갖고 계시는 어머니, 그나마 큰딸은 불행하여서 파경(破鏡)의 상처를 가지고 있지 않는가? 어머니의 오직 남아 있는 소원은 인영이가 좋은 신랑을 맞아 행복스럽게 사는 것뿐이어늘……'

애영은 인영을 새삼 소중하게 안아 보았다. 인영은 벌써 쌕쌕 숨소리도 평화스럽게 잠들었다. 애영은 한참 후에 인영을 제 베개에 옮겨 뉘고 반듯이 누워서 잠을 청했으나 정신은 초롱초롱 맑아만 갔다.

이따금씩 트럭인지 지프차인지의 바퀴 갈리는 소리가 찍하고 들리는 고요 속에서 또렷하게 되살아나는 남혁의 울부짖음 그것은 시의 낭독이 아니라, 바로 심장을 쥐어짜는 신음과도 같은 탄식이 아니었던가.

그의 두 번째의 암송은, 눈을 감았으나마 불이 타는 듯한 뜨거운 토로(吐露)이었다. 곁 사람의 존재를 잊고, 나도 잊어버린, 오직 누군가를 향하여서 피가 나도록 하소하는 건강한 한 사나이가 있을 뿐이었다.

애영은 가슴이 답답하였다. 애송이 티가 나는 이십육 세의 청년에서 삼십이 된 오늘에 이르기까지 오늘밤과 같은 그런 태도를 백남혁에게서 발견한 것은 처음이기 때문에…….

사실 애영은 남혁을 인영의 배필로 연구하여 보았다. 외모나 건강이나 그보다도 인간성과 성격에서 애영이 접촉한 많은 청년들 중에서는 백남혁을 이길 사람이 없었다.

그러나 애영의 집안은 백씨 가문처럼 뛰어나지 못하였다. 가정끼리를 대조한다면 이쪽의 약점이 있는 것이며 남혁을 과연 남편으로서 영원히 믿고 의지할 만한 남성인가를 해부할 때에는 구원(久遠)의 여성일 수 있는 인영보다는 저쪽이 기울어질 것 같았던 것이다.

이렇게 혼자 저울질을 하면서도 그들을 무조건으로 좋은 벗이 되게 하려고 자연스럽게 교제할 기회를 주었건만 인영에게는 호의(好意) 이상의 관심이 없이 백남혁은 오로지 애영에게만 주의와 정성을 쏟아왔고 그 정성은 오늘밤에 변형(變形)하고야 만 것이다.

애영은 인영과 읽어보던 시의 구절을 외어 보려고 애를 쓰다가 겨우 잠이 들었다.

이튿날 그들은 일찌감치 조반상에 둘러앉았다. 애영은 입 속이 깔깔해서 식욕이 없었다.

"순옥아 숭늉밥이나 잘 끓여서 네 큰 아줌마 갖다 줘라."

애영의 눈치를 보던 윤씨가 부엌에다 대고 소리쳤다.

"할머니, 우리 언제 이사 가요."

숭늉밥을 들고 와서 순옥은 뚱딴지같은 질문을 하였다.

애영은 그릇을 받으며 순옥을 쳐다보았다.

"고까짓 비에도 저 건너 판잣집에서 구정물이 졸졸 흘러내려 오지 않아요? 여러 집이나 되니깐 도무지 더러워 죽겠어."

순옥은 이맛살을 잔뜩 찌푸리고 입을 뾰족하게 내밀었다.

"하긴 작년 여름에 보려무나, 겨울엔 괜찮지만 늦은 봄에서부터 여름엔 못 살 데야. 모기, 파리, 냄새, 구정물, 정말 안 됐어."

윤씨는 호식과 신아의 앞에 연방 생선살을 발겨 놓으면서 말을 이어간다.

"아이들 키울 데도 못 되지. 한집 두 집이냐? 관상대서부턴 쭈욱 사뭇 이십여 개가 있으니 볼품도 사납구."

"어머니 그런 좁은 굴 속 같은 데서 사는 사람도 있는데, 볼품 사납단 게 말이 돼요?"

인영이 바쁘게 밥을 퍼넣으면서도 그 입으로 야무지게 쏘아붙였다.

"너 순옥이도 정신 차려! 걸핏하면 더럽구 어쩌구, 우리나 깨끗하게 하면 되잖아? 그 사람들이 그러구 싶어서 거기서 사는 줄 아니?"

애영은 바로 자기가 할 말을 인영이가 대신해 주는데 고맙고 기특하였다. 어지간하면 인영이가 먼저 탓을 잡고 이사가자고 나설 텐데, 시속 여성치고 누가 우리 인영이처럼 속차고 무던하려고 애영은 다시금 인영을 눈여겨보았다.

"와! 아줌만 선생님이라 다르신데? 자선심과 공덕심이 풍부하시단 말야."

호식이가 책가방을 들어올리며 인영에게 하는 말이다.

"오빤 학교두 가까우면서 먼저 가나?"

신아도 새빨간 가죽가방을 둘러메며 쪼르르 따라나선다.

"넌 안 가까워?"

"오빠네버덤야 갑절 멀지 않어?"

남매는 분주하게 신발을 찾아 신고 나란히 꾸뻑 절을 하였다.

"할머니, 어머니, 다녀오겠습니다."

그들은 소리 높이 인사하고 밖으로 나갔다.

애영은 천진난만하게 떠들어대는 자녀들을 바라보면서도,

'아비 없는 자식들.'

하는 생각이 들면 가슴이 아팠다. 차라리 죽고 없으면 몰라도 시퍼렇게 살아있으면서 아버지의 구실을 못하는 아버지를 가진 자식들이 코가 시큰하도록 가엾었다.

"언닌 오후에 가세요?"

인영도 식탁에서 일어났다. 그는 코발트빛 스웨터에 검은 타이트 스커트를 입고 행거에서 외투를 떼어 솔질을 하면서,

"나 바빠서 내 것만 해요. 언니 걸 못 해드려서 죄송해요."

하고 생긋 웃으며 애교를 피웠다.

"대학 교수님은 천천히 가세요. 그럼 어머니 다녀오겠습니다."

인영은 쎄미힐의 구두소리를 또각또각 내면서 뜰을 지나 문으로 나갔다.

윤씨는 인영의 뒷모습이 보이지 않을 때까지 목을 빼서 바라보다가,

"애, 인영일 어서 짝 채워 줘야지 않니? 낼모레가 벌써 스물일곱이다."

"뭐 뾰족하게 내세울거나 있어야 말이지. 한 살이라두 덜 먹어서 배필을 잡아야할게 아니냐?"

윤씨는 방바닥을 말끔히 훔치면서도 입을 쉬지 않았다.

"기집애야 더할 나위도 없지. 인물도 그만함 남에게 안 빠지구 손재주가 좋아 맘씨는 곱지 도량이 넓어서 어느 대갓집에라도 가서 살 만한데……."

"혼처야 많죠. 인영일 탐내는 사람이야 좀 많아요? 그렇지만 지가 다 거절하구 마는 걸 어떡해요?"

"독신으루 지낼 작정인가?"

"어머니 너무 서두지 마세요. 저 일찍 결혼해서 뭐가 좋았어요? 요 꼴밖에 더 됐어요?"

"그거야 네가 택한 혼처였으니 누굴 원망해?"

윤씨는 어떻게 미끄러져 나간 말이 딸의 마음을 건드리니까 겁나서,

"허기야 다 팔자 소관이지 지나간 일 들추면 뭘 하겠니?"

하고 얼른 말꼬리를 돌린 후에

"난 모르겠다. 저두 제 속종이 있을 테고 네가 있으니 어련할 바 아니고."

하며 슬쩍 책임을 애영에게로 밀었다.

애영은 이층으로 올라갈까 하고 몸을 들썩이는데 윤씨는 그 기색을 채고

"뜨뜻한 데서 몸이나 좀 펴라. 또 그 머나먼 학교에 가려면서."

그는 아랫목에 요를 다시 고쳐 깔면서 딸을 붙잡았다.

"어머니, 아닌게아니라 우리 집 환경은 좋진 않아요. 그렇지만 여기를 택한 목적은 달성하지 않았어요. 호식이 학교가 바로 저 아래죠? 기앤 고등학교까지 오륙 년이나 더 있어야 하고, 신아네 학교도 그만하면 가까운 셈이죠. 성적이 좋아서 바로 그 앞에 경기여중에나 들면 안성맞춤이 아녜요. 모두들 학교 통학의 거리 본위로 집을 정한답니다. 게다가 인영이 학교두 직통이구 교통이야 이보다 더 좋은 데가 없죠."

"자랑두 많다. 난 전차길까지두 멀더라."

윤씨는 쓴 미소를 띄운 채 애영의 입을 바라본다.

"이따가 또 백 선생이 데리러 올 거냐?"

"글쎄요. 아버지 차니깐 얻어 걸려야 오겠죠. 그인 차 없음 그냥 혼자 가버려요."

"사람이야 참 무던하더구나."

윤씨는 슬그머니 딸의 눈치를 살폈다.

애영은 어머니의 다음 말이 나올 것을 피하여서 잠잠히 이층으로 올라갔다. 그는 양편 유리창의 커튼을 주르륵 밀었다. 남창에서 햇빛이 쏟아져 들어왔다.

애영은 인영이가 화실에 가져다 둔 화분을 창마다의 문턱에 쭉 늘어놓았다. 서울 일부의 움직임이 환하게 눈 아래 깔렸다.

애영은 서쪽 창가에 서서 독립문을 먼저 찾았다. 그는 날마다 한 번씩 아침이면 저 유래 깊고 역사가 찬란한, 그러면서도 그 자체가 하나의 고귀한 미술품이 되어 있는 독립문에게 문안을 드려야 한다.

아치형에서부터 아련한 이마만이 보이지만 그가 사랑하는 것은 그 부분이기 때문에 애영은 볼 때마다 수많은 축복과 키스를 퍼붓는 것이다.

그가 처음에 이 집 구경을 하러 와서도 이 창에서 볼 수 있는 고색이 창연한 이 거리와 저 독립문에게 맘이 끌리지 않았더라면 그의 어머니의 말마따나 출입구부터가 불결하고 환경이 좋지 않는 송월동의 하필이면 이 자리를 택하지 않았을 것이다. 아이들의 학교 통학이 가장 유리한 조건이라고 내세웠지만 숨어 있는 매력은 오로지 서쪽 창에 있었던 것이다.

전차와 버스가 부지런히 왕래하긴 하지만 금화산 마루턱에 다닥다닥 붙어있는 초가마을을 바라보노라면 한 세기(世紀) 이전의 풍물(風物)과 대면하여 있는 환각을 일으킨다.

비행기로 조석 식탁의 실과를 가져 나르는 세상에서 달세계에다가 로케트를 꽂아놓는 시대에서 문명이라는 두 글자와는 백년의 거리를 두고 막혀 있는 저 초가마을! 십대 조가 지은 집 그대로를 물려받아 썩어 가는 지붕에 잡초가 무성하여도 손 한 번 댈 수 없는 원시적인 빈한(貧寒)만이 깃들여 있는 동리!

애영은 그 속에서 대대로 가난과 불행만을 유산(遺産)으로 받으며 자라나야 하는 자손들의 환영을 그려보며 제대로의 세계를 전개하였던 것이다. 날마다 달라지는 계획과 추상을 낡아빠지고 헐어빠진 저 조개껍질 같은 지붕지붕에 얼기설기 펼치며 그는 틈만 있으면 이 창가에 서서 웅장한 도시의 배열(背熱)에서 낙오된 산기슭의 초가마을을 더듬는 것이다.

"이층 소제할 테니, 아줌마 아래로 내려가세요."

언제 왔는지 순옥이가 총채며 빗자루, 쓰레받기 걸레까지 한 아름 안고 등 뒤에 서 있었다.

"뭐가 있길래 아줌만 걸핏하면 거기만 서 계세요?"

순옥은 애영의 곁에 서서 창 밖을 내다보다가

"오옳지 인제야 알았군. 아줌마가 이걸 스케치 하실려구 그러시죠?" 하고 애영을 쳐다본다.

"호호 너두 유식하구나."

아늑한 꿈이 깨진 것 같기는 했으나 애영은 웃어 보였다.

"그럼 밤낮 캔버스네 스케치 판이네 하는 소리만 들으면서 그것두 모를까 봐요? 그렇지만 아줌마 여긴 구지레해요. 뭐가 좋아서 여길 그리세요?"

순옥은 지레짐작으로 저 혼자 찧고 까불었다.

"모르는 소리 작작하구 어서 청소나 깨끗이 해!"

애영은 손수 침대의 이불을 털어 다시 깔고 설백의 시트로 덮었다.

"오늘은 화실에 들어가두 괜찮아요? 접대처럼 야단 안 치시겠어요?"

"다 그대로 두고 먼지만 털고 쓸고 해!"

애영은 아래층으로 내려갔다. 어머니가 자기의 외투에 손질을 하고 있었다.

"아이, 어머닌 뭘 그런 걸 다 하세요? 인 주세요. 지가 하게."

애영은 어머니에게서 오버코트를 받았다. 어제 비를 맞아서 그런지 강아지 털처럼 몽실몽실한 것을 알뜰하게 손질하다가 포켓에 손을 넣어 보는데 꽃송이 같은 게 잡혔다. 애영은 얼른 꺼냈다. 어젯밤에 신 학장이 가슴에 꽂아 주던 붉은 카네이션이었다.

애영의 가슴이 뭉클하였다. 그 자리가 새삼스럽게 눈앞에 떠오르며 백남혁의 시 낭독 소리가 들리는 듯하였다.

확 피었던 꽃송이였는데 어느 새 시들어져서 나른하게 접어졌다.

"아이, 진작 물에다가 꽂아둘 걸."

애영은 유리컵에 물을 담아 시들거리는 꽃을 거기 넣었다. 요행을 바라는 마음에서였다.

애영은 호식의 방문을 열었다. 한 칸밖에 안 되는 좁은 방이지만 깨끗하게 정돈되어 있었다. 이 학년의 책꽂이 쳐놓고는 숱 두꺼운 책이 제법 끼어 있는 책상이었다.

'홍. 고게 어느 새 책 모을 줄을 알아.'

애영은 흐뭇한 마음으로 안방에 와서 신아의 책상을 보았다. 납작한 공책이 몇 개, 얄팍한 교과서가 서넛, 되는 양 꽂혀 있고, 책꽂이 한 칸에는 이모가 선물로 주었던 자그마한 서양인형을 소중하게 모셔 놓았다.

"아유, 기집애란 허는 수 없나 부지?"

애영은 나긋한 미소를 풍기며 어머니의 의장도 열어보았다. 그 속에는 걸려 있는 자기의 의복보다도 딸들의 손 볼 옷가지가 바닥에 쌓여 있고 역시 손을 봐야 할 손자들의 양말이며, 내의가 함께 있었다.

'어머닌 그저 자식들만……'

애영의 눈 속이 화끈 더워지며 가슴이 아리하게 아팠다. 그리고 이번 크리스마스에는 꼭 새 옷 한 벌을 지어 드려야겠다고 맘먹었다.

"아줌마! 오늘 꽃에 물 줄 날 아네요? 모두 말랐던데요."

순옥이가 통통거리고 내려오며 소리친다. 또 한 아름 소제 도구를 안았다.

"양지에다 내놓구 조금씩만 줘서 그냥 올려다놔라!"

애영은 이층에 와서 시계를 보았다. 열 시, 자기의 시간은 열 시 사십 분부터니까 어서 떠나야겠다고 외출 준비를 하고 버스 정류장으로 걸어

나왔다.
 애영의 학교는 청량리에 있어서 꽤 시간이 걸렸다. 합승은 직통이 없고, 버스도 언제나 만 원이라 백남혁과 동반하기 전에는 언제나 고생스러운 통학길이었다.
 애영은 일 주일에 월·목·토, 세 요일만 나가면 되지만 백남혁은 월·수·금·토, 나흘이나 시간을 가져서 애영과는 월요일과 토요일에 만나게 되는 것이다.
 애영이 학교에 가서 보니 남혁은 나와 있지 않았다. 오늘은 결근이라 했다.
 백남혁의 강좌는 오전 첫째 시간이어서 언제나 그는 한 과목을 마치면 애영의 출근을 기다릴 뿐 아니라 애영이가 두 시간을 마치고 나오기까지 퇴근하지 않고 있다가 애영과 함께 나가는 것이었다.
 '내 걱정하더니만 자기가 감기든 모양이지?'
 보기에는 약질 같으나 사 년 동안 한 번도 앓아본 일이 없는 남혁이었다. 차만 몰고 다녔기에 자기처럼 비 맞은 일도 없어 감기 들 이치가 없을 것 같았다.
 '무슨 사고라도 났단 말인가? 집안에 별일이라도 생겼단 말인가?'
 애영은 시간에도 남혁의 결근에 정신이 씌어서 이렁저렁 여러 가지 추측을 해 보았다. 그러나 학생들의 실기 지도에는 추호도 소홀함이 없이 정성을 들이는데 학장실에 있는 소녀가 애영을 만나러 왔다.
 "학장 선생님이 시간 끝나시거든 잠깐 다녀가시라구요."
 그는 가만가만 알려주고 돌아갔다. 애영은 열두 시 사십 분 종과(終課) 후에 학장실로 갔다.
 연회색의 긴 스웨터를 입은 앞가슴에서 은빛과 금빛이 뒤섞여 찬란한 저고리의 깃과 고름이 삐죽이 내다보고 있었다.
 "선생님 어제 얼마나 피곤하셨어요? 퍽 유쾌했었습니다?"

애영은 입에 발린 표시가 아닌 진정의 인사를 짤막하게 드렸다.
"거기 앉아!"
신 학장은 맞은편에 있는 안락의자를 턱으로 가리켰다.
"백 선생이랑 함께 타고 갔나?"
"네. 방향이 같으니깐."
나중 말은 하지 않아도 좋을 것이라고 애영과 신숙경 여사가 동시에 느꼈다.
"그런데 왜 오늘 안 나왔니?"
"글쎄요"
"어디 아프다고 하던가?"
신여사는 총명한 시선으로 애영을 더듬었다.
"그렇지도 않던데요?"
애영은 될 수 있는 대로 담담하게 대답하였으나 가슴은 평온하지 못하였다.
"음. 그럼 집안에 무슨 일이 있었던 거지."
신여사는 가볍게 그 화제를 물리치고 새롭게 애영을 감싸보며,
"어떻게 요샌 잠잠한가?"
하고 턱을 약간 들어 부드럽게 물었다
"……"
"호식이 아빈가 누군가 말야?"
말은 무심하게 하는 거 같으나 신여사는 공연한 말을 냈구나 하는 후회마저 하고 있는 것이다.
"어떻게 끝장이 나야 할텐데."
굳어져 가는 애영의 얼굴을 살피며 신 학장은 그래도 말을 계속했다.
"남의 일 같지 않게 내가 안타깝거든. 감수성은 예민하겠다, 환경은 복잡하겠다, 애영일 생각할 땐 내가 자꾸만 조바심이 난단 말야."

창공에 그리다

"그런 줄이나 알아주시니 감사합니다."

애영은 머리를 숙인 채로 겨우 한 마디 하였다.

말소리가 목에 탁 잠긴 것 같았다.

"난 늘 세상에 불가능이란 없다구 생각해 왔는데 그 문제에만은 어찌 할 도리가 없거든. 그게 죽어나 없어지면 모를까."

신여사의 어조가 끝에서 야무지게 맺혔다.

애영은 후딱 낯을 들고 신여사를 보았다. 그는 창 밖을 내다보며 손을 깍지끼고 있었으나 증오의 빛이 역력하게 그의 풍요한 얼굴에서 넘실댔다.

"그런 인간쯤 죽어준대도 사회에 손해될 건 꼬물 만큼도 없건만……."

평소부터 애영의 사사로운 일에 관심을 가장 많이 가져왔고, 현재도 진정 머리를 쓰고, 가슴을 앓아 주시는 분이 신 학장이긴 하지만 왜 하필이면 오늘 이렇게 노골적인 혐오를 발표하는 것일까? 애영은 오직 송구하기만 하였다.

"글쎄 어쩌자구 그런 게 네 짝이 됐더란 말이냐? 정말 하나님도 무심하시다."

이제는 애영을 정면으로 쏘아보며 힐책하는 말투였다. 애영의 뺨이 따가웠다. 그는 고개를 푹 떨어뜨렸다.

"나도 미쳤지. 이제야 이런 소릴 한들 뭘 하겠다구, 그렇지만 곰곰이 생각만 하면 억울해서 못 견디겠단 말야."

부모 아닌 남이 저렇게 애걸복걸하게 분하게 여길 수 있을까 보냐고 애영은 다만 맘 속 깊이 감사하고 있는 것이다.

"내가 이런 때 당자인 넌 오죽하겠니? 널 위로하고 격려해야 할 입장에서 되려 내가 이런 말을 끄집어내고 있으니 나두 맹추이긴 하지만, 무슨 일에 관련해서 생각만 하면 울컥 화가 치미는구나 글쎄."

신 학장은 무슨 말을 더 하려고 하다가 그냥 입을 다물었다. 애영의 옆모습이 너무나 처량하기 때문이었다.
 잠깐 침묵이 흐른 후에 신 학장은 오일스토브 곁으로 와서 손을 싹싹 비비며,
 "너 이용준 씬 가끔 만나겠지?"
하고 애영의 귀 가까이서 나직이 물었다.
 "부산에 가 계시니깐 못 만나요."
 애영은 살짝 아미(蛾眉)를 들며 조용히 대답했다.
 "부산에? 언제부터?"
 "봄부터일 거예요. 거기 지점장으로 갔대요."
 "그래? 그런데 난 몰랐구나."
 "선생님, 여기 앉으세요."
 애영은 안락의자를 비어놓고 곁에 의자로 옮아갔다. 신여사는 애영의 앉았던 의자에 몸을 걸친다.
 "그래두 종종 서울에야 오겠지?"
 "네. 가끔 오시죠. 구월에 왔다 갔을 걸요"
 "서신 왕래는 하고 있나?"
 "지가 게을러서 답장을 못 해요."
 애영은 비로소 가느다란 미소를 지었다.
 "그분이야말로 방향 전환이야. 연극 연출을 하던 분이 어쩌다가 실업계루 갔담."
 "아녜요. 선생님. 그이가 동경에서 전문하던 건 경제학이에요. 경제학을 전공한 이가 이를테면 방향을 전환해서 연극을 연구했죠. 그러다가 도루 본업에 들어간 거뿐예요."
 "하하, 그렇던가? 어쨌건 재미있는 분야. 그러면서도 믿음직하고 사내답고."
 "……"

"아직 속현은 안 했겠지?"
"글쎄요. 그 동안이라두 했는지 누가 알아요."
"에끼!"
신여사는 애영의 등을 탁 치면서 눈을 흘겼다.
"설마 너 모르게 했을라구."
"제가 반드시 알아야만 한다는 조건두 없지 않아요?"
애영이 그 꿈꾸는 듯한 눈으로 신 학장을 마주 보았다.
"그야, 없을 수도 있구 있을 수도 있지."
"호호, 선생님 또 그런 말씀 하시네요."
애영은 맑게 웃었다. 그들은 이미 B여대의 학장과 강사의 사이가 아니었다. 이십 년 전으로 거슬러 올라가 십육 세 소녀를 앞에 앉히고 희롱하던 담임선생과 그가 가장 총애하던 애영과의 사제지간이 된 것이다.
 젊음이 무르녹는 삼십 대의 여인 신숙경은 급중에서 제일 예쁘고도 머리가 좋은 애영을 무척 사랑했다. 때도 마치 X마스를 앞둔 이맘때였을 것이다.
 하학 후에 교무실에 혼자 남아서 졸업반 애들의 앨범 계획을 세우는데, 교내 전람회의 포스터를 그려 가지고 애영이 들어왔다. 상큼 큰 키에 두 갈래로 갈라맨 머리채가 양쪽 어깨에서 앞으로 달랑거렸다.
"선생님 다 그렸어요."
허리는 잘록하게 가늘고, 눈은 흑수정처럼 검고 시원한 애영이 말아 가지고 온 포스터를 선생님께 내밀었다.
"아유 이런, 다섯 장이나! 수고했다 거기 좀 앉아라."
신숙경은 턱으로 앞의 의자를 가리키며 포스터의 그림을 한 장씩 검토하였다.
"그냥 가죠 뭐."
하면서도 애영은 사뿐 옆으로 걸터앉았다.

"놀랍구나……. 이거 다 네 창안이냐?"
신숙경은 동글동글한 눈을 더 둥그렇게 뜨며 물었다.
"네 그저 그럭저럭……."
"네 수준이 상당한데? 이거 미술 선생님께 보였니?"
"아직 못 보셨어요."
"너 내년에 무슨 학교에 간다고?"
"미술학교에 가라구 그러시군."
"내가? 난 여의전(女醫專)에 가라고 했지."
"아녜요. 선생님께서 미술학교에 가야 한다고 하셨어요."
"그랬던가?"
"아이, 선생님. 그렇게도 깜빡 잊으셨어요."
"그야 이럴 수도 있고 저럴 수도 있지 않니?"
신숙경은 능청스럽게 눈을 깜빡거리면서 시치미를 떼다가 나중에는 하하 웃어서 애영도 속은 줄 알고 깔깔대며 웃었다.
그 이후로는 신숙경 여사의 말버릇이 되다시피
"이럴 수도 있고 저럴 수도 있다."
하는 말귀가 뻔질나게 반복되었던 것이다.
"그렇지 않니? 이용준 씨의 결혼쯤이야 반드시 네가 알아야 할 조건이 있을 수도 있고 없을 수도 있단 말야."
애영은 이십 년 전의 추억에서 깨어나 다시금 뇌는 신 학장의 말에 방그레 웃었다.
"그야말로 알쏭달쏭하군요."
"그래그래. 참말 알쏭달쏭야, 하하하"
"호호호호."
둘이 자지러지게 웃는데 똑똑 노크 소리와 함께 문이 열리며
"장 선생님 전홥니다."

하고 알리는 소리가 들렸다.
 애영이는 교수실에 가려고 일어나며 신 학장에게
 "선생님 그럼 전 나가보겠습니다."
하고 허리를 굽혔다.
 "이리로 돌리래서 이 전화로 받을 거지."
 신 학장은 자기의 전용 전화와 나란히 있는 또 하나의 흰 전화기를 가리켰다.
 "이왕 갈 텐데요. 그럼 안녕히 계십시오."
 애영은 총총히 나가서 교수실로 갔다. 점심시간이라 이삼 명의 교수가 난로가에 둘러앉아 있었다.
 "여보세요!"
 애영은 수화기를 들고 조용히 불렀다. 너무 오래 기다리게 해서 그런지 잠잠히 소리가 없다가
 "여보세요!"
하고 간드러진 여성의 음성이 불러왔다.
 "네."
 "장 선생님이세요?"
 "네."
 "잠깐만 기다려주세요."
 어느 다방이리라 아스라하게 음악이 들려왔다.
 "나 백입니다."
 굵다란 남혁의 소리다.
 "아니, 왜 오늘."
 "이거 보세요. 내 말만 들어주세요."
 "……."
 "나 어젯밤에 많이 아팠댔어요. 그래서 학교도 쉬었죠. 그렇지만 지금

은 괜찮아요. 나 지금 어디 와 있는지 아세요?"

"그걸 어떻게 알아요?"

"장 선생님 오늘은 내게 시간 주시겠다고 약속하셨죠?"

"네."

"그럼 지금 빨리 나오십시오. 거기서, 서울역 가는 합승을 타고 나오시다가 동대문 정류소에서 내리시면 됩니다. 아시겠죠?"

"네."

"그럼, 있다가 뵙겠습니다."

전화는 딱 끊겼다. 이쪽에서 무엇이라고 말할 사이도 없이 몰아가다가 끊어진 것을 누구를 탓할 수도 없어 애영은 수화기를 가만히 내려놓았다.

'아프긴 했나 봐. 말소리에 힘이 빠질 때가 다 있으니.'

애영은 남혁의 지시를 따를 수밖에 없어서 서울역행의 합승을 집어탔다.

'동대문에서 내리면 된다니 자기가 거기 나와있겠단 말인가? 시간 약속도 없이 나오라고만 하다니 싱거운 양반도 있다.'

애영은 성동역을 지날 때까지 그런 생각을 하다가 눈결에 보니 신학장의 지프차가 옆을 지나치는 것이 아닌가?

'점심 잡수러 나가시는 건가? 무슨 회의에 참석하시는 건인가? 그럴 줄 알았더면 모시고 나올 걸.'

숭인동을 지날 때까지는 신학장의 일로 머리가 가득하다가 동대문이 다가서면서야 애영은 자기가 다음 정류소에서 내릴 것을 깨달았다.

애영은 합승에서 내려서 사방을 두리번거렸다.

눈에 익은 남혁의 차를 찾으려 함이었다.

애영은 잠깐 실망하였다. 너무나 경솔하게 시간도 작정하지 않고 허둥지둥 쫓아 나온 자기를 책망도 하였다. 잇달아 들이닥치는 각 방면행의 합승의 꼬마 차장들은 목이 터지게 방향을 외치면서 들끓었다.

애영은 한 걸음씩 앞으로 걸어 나갔다. 저만치 그럴싸한 검은 지프차가 등 돌아앉아 있지 않는가.

"관 × × ×"

번호도 정확하게 남혁의 것이었다. 애영은 바쁘게 발을 옮겼다. 기웃이 들여다보니 운전대에는 낯익은 운전수가 단정하게 앉아서 이 쪽을 내다보다가 애영을 보고 재빨리 문을 열었다.

"어서 들어오십시오."

운전수는 반가운 듯이 애영에게 말하였다. 애영이 차 안에 막 발을 들여놓자

"앞 의자에 앉으세요."

베이스의 굵은 음성이 뒤에서 났다. 애영은 고개를 숙여 보이고 남혁의 곁으로 갔다.

"앞에 앉으시라니깐."

"난 여기 앉겠어요. 백 선생님이 그리로 가세요"

"난 여기가 좋은걸요."

"그럼 함께 앉아 가십시다."

남혁의 목소리에는 분명 힘이 빠져 있었다.

"떠나실까요?"

운전수가 물었다.

"아저씨 댁으로 갑시다."

엔진을 걸며 운전수는 핸들을 돌려 앞으로 미끄러져 나갔다.

"많이 아프셨나요?"

차가 종로 5가와 마주 뚫린 큰길로 올라갈 때에야 애영은 살그머니 머리를 돌려 남혁을 보았다.

"열이 좀 있었어요."

본시도 좀 우묵한 눈이긴 하지만 퀭하게 들어간 듯하였다.

"그런데 왜 나오셨어요? 편히 쉬시지 않고."
"……."
"어젯밤에 장 선생님하구의 약속도 있지 않습니까?"
"그거야 나중에 얼마든지 이행할 수 있지 않아요?"
커브를 돌 때는 애영이 남혁에게로 획 쏠렸다. 어떤 때는 남혁의 몸이 애영에게로 탁 실리기도 하였다.
"어떻게 용케 빠져나오셨군요."
남혁은 애영을 곁에 앉히고 긴 드라이브를 하는 것이 대견하여서 애영을 유심히 훑어보았다.
"학장선생님이 부르셔서 입때 얘기하다 온걸요."
"무슨 말이 그렇게 많았어요?"
"이런 얘기 저런 얘기."
"지금두 학교에 계시나?"
"아까 나 나올 때 앞질러서 가시는 걸 봤어요."
남혁은 입을 다물고 앞을 내다보았다. 차는 대한극장을 지나더니 서울역을 향하여 달린다.
"몇 시나 됐나."
남혁이 팔뚝시계를 보다가 시계를 벗겨 태엽을 감았다.
"벌써 두 시 반인데 장 선생님 시장하시죠?"
"괜찮아요. 그런데 어딜 가시게 이렇게 멀어요?"
서울역을 지난 지프차는 그저 앞으로 앞으로 달리기만 하였다.
"어디루 갔음 좋겠어요?"
남혁의 목소리는 높직이 감은 목도리 속에서 나오는 것 같았다.
"글쎄요. 기껏 간대야 시내밖에 더 되겠어요"
애영은 가볍게 응수했다. 차는 삼각지를 언뜻 지났다.
"좀 멀리 가셔도 괜찮겠어요?"

남혁은 무겁게 앉은 채로 말만을 이었다.
　"멀리라뇨? 설마 파리까지야 못 가겠죠."
　"파리요? 하하하하 정말 파리까지 모시고 갈까요?"
　남혁은 꼿꼿하게 허리를 펴며 유쾌한 듯이 웃었다.
　"파리는 나중 문제지만 대체 어딜 가시는 거예요?"
　차는 인도교의 입구에 걸려들었다. 오전에는 흐리더니 맑게 개인 하늘이 훤하게 트여 있었다.
　"겁나십니까?"
　"……."
　"못 가실 데는 아닙니다."
　"겁이야 무슨……."
　애영은 강물에 눈을 주었다. 곤곤하게 흐르기는 하나 역시 겨울날이라 물은 차게 보였다.
　'인천으로 가려나?'
　생각하는데 차는 한강을 건너자 바른길을 버리고 바로 명수대로 기어올랐다. 서서히 언덕을 감고 돌아 아담한 정원에서 멈췄다.
　운전수가 먼저 내려서 문을 잡고 있는 동안 남혁과 애영은 차례로 내렸다. 애영의 앞머리칼이 바람에 날렸다.
　"아유, 퍽 좋군요."
　애영은 물 속에 시퍼렇게 잠긴 하늘을 내려다보고 눈앞에 좍 펼쳐진 강줄기를 더듬으며 눈 아래 깔린 시가를 바라보았다.
　"자, 들어가십시다. 이층에 앉아서도 얼마든지 볼 수 있으니까요."
　남혁은 애영의 등을 가볍게 밀며 집 앞으로 갔다. 현관에는 수향(水香)이라고 부각으로 새긴 자그마한 현판이 붙어 있었다.
　"이거 우리 아저씨가 경영하시는 일테면 요정이라구 할까요? 규모가 작아서 꼭 찾아오는 손님이나 환영하는 집이죠."

남혁은 설명을 덧붙이며 안으로 들어갔다. 하얀 활동복을 입은 소년들이 남혁을 반갑게 정중하게 맞았다.

"아, 잠깐만. 저 차 좀 보내고 오겠어요."

남혁은 다시 밖으로 나가서 차를 보내고 들어왔다.

남혁은 자기 집에나 온 듯이 아무의 안내도 받지 않고 이층으로 올라가 어느 방문을 열었다.

"이거 내 방입니다. 들어가세요!"

여기서도 남혁은 애영의 등을 가볍게 밀었다

집의 향기도 새로운 파르스름한 다다미 여덟 장이 깔리고, 한가운데서는 오일스토브가 적당한 온도를 발산하고 있었다.

"난 양실은 과히 좋아하지 않아서 이렇게 꾸몄죠. 자, 저 주세요."

남혁은 애영의 외투를 받아서 옷걸이에 걸고 자기도 벗었다. 한쪽 벽에는 유명한 서예가 K씨의 한글 가로현판이 걸려 있었다.

"저거 장 콕도의 시로군요. 정말 멋지네요!"

애영은 앉을 것도 잊고 쳐다보고 있었다.

　　　내 귀는 하나의 조개껍질 그리운 바다의 물결 소리여.

노르스름한 바탕에 조형미(造型美)를 나타낸 글씨였다. 대개 한글이라면 궁체(宮體)이어서 활자처럼 쓸 수밖에 없는데 '조개'는 조개의 모양으로 '물결'은 물결을 흉내내어 전체에서 풍기는 상징(象徵)적인 아름다움이 멋지게 배치(配置)된 글자와 표구의 색채까지 한데 어울려 고상한 조화(調和)를 이루고 있었다.

"정말 욕심나는 액자예요."

"장 선생님께 드릴까요?"

"뭘요. 그렇게까지야."

애영은 남혁이 밀어 주는 방석 위에 앉았다. 책장이며 테이블이 각각 자리를 찾아 있고 강으로 향한 유리창 앞에는 조그만 티테이블과 두 개의 의자가 마주 놓여 있었다.

한글 액자 맞은 편에는 동양화의 가로현판이, 출입문의 위에는 이십 호쯤 되는 풍경화가 각각 관록을 자랑하는 듯이 걸려 있었다.

"언제 이리로 이사오셨나요?"

애영이 분주하게 펼치던 시선을 남혁에게로 몰았다.

"이사를 오다뇨?"

남혁은 씩 웃었다.

"이게 백 선생님 방이시라면요?"

"네에, 그 말씀이군요."

남혁은 방석을 들어서 애영의 맞은편에 놓고 그 위에 앉으며

"저건 너무 번잡해요. 충정로 우리 집 말입니다. 새벽부터 밤까지 들끓거든요. 아버지 출신구 지방에서 얼마나 손님이 많이 오는지 몰라요. 그래서 도무지 공불 할 수가 있어야죠."

그러는데 밖에서 인기척이 나며 소년의 목소리로

"진짓상 올릴까요?"

한다.

"응, 빨리 가져와!"

남혁은 소년에게 명령하고 애영을 바라보며 말을 계속하였다.

"그래서 아저씨께 간청했죠. 방 하나만 줍시사구요."

"그럼 줄곧 여기만 계시나요?"

"어떻게 그럴 수가 있겠습니까? 장 선생님이 송월동에 계시는 한……."

애영은 유리창으로 눈을 보냈다. 비행기 한 대가 높직이 떠가는 것이 보였다.

"조용한 시간이 필요할 때나 창작을 시작할 땐 일루 오게 되죠. 그렇지

만 이걸 얻은 지도 얼마 되진 않습니다."
 문이 열리고 소년들이 밥상을 마주 들고 왔다.
 "자, 이 물수건 쓰세요."
 남혁은 김이 나는 타월을 애영에게로 건네었다. 학교에서 바로 온 길이라 애영은 지성스럽게 수건을 썼다.
 음식은 순 한국식이었다. 미리 연락했던 모양으로 남혁이 알고 있는 애영의 식성대로 식탁은 다채로웠다.
 "장 선생님도 시장하실 겁니다. 어서 드세요. 전 아직 조반 전입니다."
 "어마! 입때?"
 "도무지 식욕이 없어서요. 어제 학장 댁에서 너무 과식했던 모양이죠."
 남혁은 먼저 신선로의 국물을 떠먹었다. 고추장 속에서 꺼낸 북어가 색깔도 곱고 맛도 희한했다. 달래장아찌, 게장, 소라구이에 애영은 거진 한 그릇 밥을 다 먹었다.
 "정말 호화스런 초대였어요. 전 너무 먹어서 몸이 무거워졌어요."
 애영은 남혁에게 사례하고 나서 일어나 창가에 있는 의자로 갔다. 남혁도 애영과 마주 앉았다.
 "음식이 법도가 있구, 퍽 맛깔스러워요."
 "워낙 아저씨 아버님께서 구한말의 재상이셨더래요. 아저씬 내게 큰아버지뻘이 되시는데 지금도 뒷방에 계시면서 책으루 소일하시죠."
 "손님은 많은가요?"
 "모두 단골인가 봐요. 꼭 찾으시는 분들만으로도 꽤 해나가니까요. 아저씬 이걸루 학비나 대구 생계나 겨우 유지하시면 된다구 하시죠."
 "이름이 좋죠? 수향이라구요. 물에 임하여서 물의 향기에 취하다니 썩 그럴 듯해요."
 "하하. 장 선생님의 해석이 그럴 듯합니다."
 남혁은 켄트의 담뱃갑을 꺼내서 먼저 애영에게로 댔다.

"노댕큐. 백 선생님은 번번이 그러셔. 못 피는 줄 아시면서두."
"그게 예의니까요."
남혁은 한 개를 뽑아 피웠다. 담배 연기가 가느다랗게 오라지어 흩어졌다. 소년들이 실과를 가지고 와서 애영의 앞에 놓고 상을 들고 나갔다.
"담배 대신 실과나 드세요."
애영은 먹음직스럽게 큰 봉강을 접시에 담아 남혁에게 놓고, 자기는 한 개를 들고 뱅뱅 돌리며 주물러서 껍질을 벗겼다.
"바람이 이나 보죠?"
애영은 강물을 내려다보며 귤 한 쪽씩을 떼어 입에 넣다가 물결이 약간 거칠어지는 것을 보고 가만히 말했다.
"석양이 되니까 바람도 일겠죠."
남혁은 연기를 획 뿜었다. 그의 표정이 차차로 심각해갔다. 애영은 잠잠히 창밖에 눈을 준 채 귤 쪽만 먹었다.
담배를 끝낸 남혁은 이윽이 애영을 바라보았다. 곁 뺨에 그의 시선을 간지럽도록 느끼면서도 애영은 태연하게 저 건너 마을의 풍경을 바라보고 있었다.
"장 선생님!"
새삼 묵중한 부름에 애영은 그에게로 얼굴을 돌렸다.
"우린 이미 소년이 아니죠?"
돌연한 질문에 애영은 눈을 깜박이며 남혁의 입을 주목했다.
"인생의 절반은 넉넉히 살아왔다고 생각하는데요."
남혁의 말은 토막이 났다. 무지 힘이 드는 것처럼 말의 꼬리를 슬슬 이어나가지 못하였다.
"이만하면 투기사업에서 요행을 바란다거나 예산 없는 도박에 빠진다거나 할 위험기는 완전히 넘어섰다고 생각하는데요."
"……."

"반성이라든지 자제(自制)라든지는 죽도록 경험하고 난 찌꺼기에 지나지 못했어요."

말의 뜻을 얼른 알아듣지는 못하나마 애영은 그가 무얼 말하려는지는 대강 짐작하였다.

"이제는 용감하게 나서야 할 때라고 생각했습니다. 주저나 유예는 결국 자멸밖에 되지 않더군요."

남혁은 말을 끊고 또 담배를 물었다.

그가 이렇게 자주 담배를 태우는 것은 애영은 처음으로 보는 것이었다.

애영은 그가 담배를 피우는 동안에 마음의 자세를 잡아야 했다. 어젯밤부터 긴급한 얘기를 해야겠다고 서둘렀고 오늘로 약속한 것을 병중에서나마 기어코 지켜내려고 여기까지 끌고 온 남혁이었다.

과거에 없던 재촉이며 용단(勇斷)이었다. 애영은 남혁의 성격을 너무 잘 알고 있다. 좀처럼 발표하지 않는 의견이나마 한 번 입 밖에 떨어지고만 보면 끝내 주장하고 기어코 수행하고야 마는 남성이었다.

그가 어떤 절박한 고백을 한다더라도 결과는 불을 보는 것처럼 뻔한 일이다. 다만 그의 자존심을 상하지 않을 정도로 회유책을 써야 하지 않을까. 애영이 머리를 짜며 궁리하는데,

"장 선생님!"

또 굵다란 무거운 음성이 침묵을 깨뜨렸다.

애영은 창에서 머리를 돌렸다.

"어젯밤에 보신 영화 좋았어요?"

"퍽 아름다웠어요."

"거기 대해서도 서로 얘기하고 싶었습니다. 어느 점이 아름답던가요?"

남혁의 미간이 약간 퍼지면서 음성에도 윤기를 띠어 갔다.

"배경이 얼마나 황홀해요. 대가들의 그림만으로 꾸며진 것이……."

"그것만요? 내용엔 별 취미가 없으신가요?"

"레스리 캬론이 퍽 귀엽더군요."

"또요?"

"모리스 슈바리에가 썩 능숙하고요."

"그리고는요?"

"호호, 무슨 강을 받으시나? 이럴 줄 알았더면 일일이 노트를 해둘 걸 그랬네요."

"결말엔 어떻게 느끼셨어요?"

"해피앤드가 아녜요?"

애영은 가볍게 받아 넘겼다. 남혁은 잠깐 사이를 두었다가

"해피앤드는 싫으신가요?"

하고 담배 한대를 또 붙였다.

"인간인데 행복이 왜 싫겠어요?"

남혁은 웬만치 질문을 끝낸 셈인지 이제는 담배만 뻑뻑 빨아서 연기를 뿜었다.

애영은 그 동안에 왼편에 걸린 풍경화를 감상하였다. 싸인은 분명하게 보이지 않으나 고호의 「올리브숲」을 연상케 하는 수법의 터치가 매우 강한 과수원 풍경이었다.

"난 이런 걸 느꼈어요."

남혁의 말에 시선을 그리로 돌리며 애영의 눈에는 호기심이 어려졌다.

"참 내게만 묻고 자기의 의견은 말 안 하셨죠?"

문득 노크소리도 은은하게 문이 열리며 소년이 홍차를 가져왔다.

"응, 마침 잘 가져왔다."

남혁은 찻잔을 얼른 당겨서 훌훌 마셨다. 아마 목이 조갈했던 모양이었다.

"이것도 마저……."

애영은 자기의 컵과 그의 것을 바꾸어 놓았다.

"그럼 장 선생님은 이거나 마저 드시죠."

남혁은 자기의 봉강을 집어서 애영의 접시에 놓고 두 잔째의 찻종도 비어 버렸다.

애영은 그의 차 마시는 모습을 물끄러미 바라보며 애처로운 맘이 들었다. 자기 딴에는 무척 긴장하고 초조하여 있는 증거가 아니겠는가.

"아까 장 선생님이 말씀하신 대로 그 소녀는 참 귀엽더군요."

두 잔 마신 차에 목을 축인 탓인지 말소리가 훨씬 부드럽게 나왔다.

"그 사내의 눈에도 귀여웠겠죠. 철딱서니 없이 마구 응석만 부리는 그 말괄량이가 심심파적의 대상으로 훌륭했으니까요. 아마 그 남성은 그 소녀를 영원한 철부지로 생각했을 겝니다."

애영은 입을 꼭 다물고 남혁의 눈이며 입이며 기색을 살피면서 귀를 기울였다.

"그러는 동안에 시간이 흘렀죠. 시간은 무의미하게 흐르는 건 아닙니다. 물이 흐르면서 반드시 자취를 남기듯이 동성에겐 우정을 남기고 이성에겐 애정을 뿌리죠."

남혁의 어조가 너무나 숙연하여서 애영도 자세를 바로하였다.

"감정이 변화되면서 지성이 눈을 뜨게 되죠. 아직까지 발견되지 않았던 모든 점이 그때부터 눈에 띄게 되고 그보다도 숨어 있던 여러 장점이 자꾸만 확대되어 가는 거죠."

"단점도 확대되지 않을까요?"

"단점이 많은 사람이라면 그렇게도 될 테죠만 「지지」에 있어선 천진난만한 순수한 성격의 매력이 클로즈업되었으니까."

남혁은 또 담배를 더듬어 만지작거리면서

"그것이 시간의 해결이겠죠. 영원한 응석받이로만 보이던 소녀가 결국 구원(久遠)의 여성으로 변모된 것이야말로 시간이 맺어준 인연이 아닐 수 없습니다. 별 색다른 줄거리도 없는 그 영화에서 난 큰 자극을 받았어요."

창공에 그리다 77

남혁은 또 서너 모금 연거푸 빨아 마시고
　　"우습지요? 이런 나이에 영화 따위에서 자극을 받았다면요?"
하며 담배를 비벼 껐다.
　　"뭘요?"
　　애영은 짤막하게 대답했다.
　　"그게 내 생활의 반영인 걸 어떻게 합니까? 직접 내게로 오는 절실한 감각인 걸요."
　　남혁은 머리를 뒤로 젖혀 등을 의자에 기대고 한 무릎을 세워서 깍지 낀 손으로 안았다. 그리고 그 깊은 눈으로 이윽이 천장을 주목하였다.
　　애영의 눈은 창 밖으로 갈 수밖에 없었다. 바람이 이는 수면에는 어둠이 안개처럼 내리고 건너편 마을에는 붉은 실과덩이인 양 큼직한 불들이 고루 퍼져서 번쩍이고 있었다.
　　애영은 남혁을 보았다. 눈을 감고 있었다. 그는 시계를 보았다. 네 시 사십 분. 누가 스위치를 돌렸는지 꽃 모양의 흰 사발전등이 확 켜졌다.
　　갑작스런 불빛에 남혁은 눈을 번쩍 뜨고 몸을 바로 잡았다. 꿈에서 깨어난 듯 그의 눈이 몽롱하게 젖어 있었다.
　　"장 선생님이 가져가신 그 시는 백남혁의 편지라고 생각하십시오. 그건 하이네의 선언이 아니라 백남혁의 선언입니다. 이제는 장애영 씨의 답장이 필요합니다. 난 선언에 대한 반응을 기다려야 하겠습니다."
　　남혁은 애영을 강하게 그러나 감싸듯이 그윽하게 바라보았다.

달의 역사

　애영은 남혁의 눈길을 피하여서 눈을 떨구었다.
　'꼭 인영의 말 그대로다.'
　정수리에서 서물거리는 남혁의 시선을 느끼면서 애영은 머리를 숙인 채 잠잠하였다. 어렴풋이 짐작은 했지만 정면으로 맞닥뜨리는 문제에 당황하지 않을 수 없었다.
　남혁은 부스스 일어나서 밖으로 나갔다. 애영은 해방된 듯이 어깨를 펴며 숨을 길게 내뿜었다.
　"난 당신을 사랑합니다. 죽도록 사랑합니다. 제발 나를 사랑해 주십시오."
　이런 말귀는 하나도 없었다. 고백은 고백인데도 끝까지 중압적인 선언이었다. 물론 그의 성격의 탓이려니와 분명히 색다른 사랑의 피력이었다.
　애영은 무거워지는 가슴을 안고 일어나서 유리창가에 섰다. 어둠은 가시고 이제는 달의 세계라는 듯이 달빛을 안은 백사장은 몽롱한 수평선처럼 뻗었다.
　달은 물에 월주(月柱)를 세우며 떠올랐다. 월주에 나타나는 물결이 오후보다도 잔잔한 것으로 바람이 잔 것을 알 수 있었다.

왼편으로 아늑하게 열린 하늘과 백사장의 경계를 지으며 수없는 불들이 반짝였다. 똑바로 보이는 중앙시가의 하늘은 달빛을 무시하고 오색의 네온사인으로 환하게 빛났다. 순간 애영은 집에서 기다리고 있을 가족들을 생각했다.

"저녁 드실까요?"

언제 들어왔는지 바로 뒤에서 남혁의 조용한 음성이 들렸다.

"불쾌하셨나요?"

무엇이라고 애영이 대답하기 전에 남혁은 바싹 뒤로 다가섰다.

"오늘은 허는 수 없었습니다."

그의 두 손이 애영의 두 어깨에 얹혔다.

"성내셔도 꾸중하신 대도 어쩌는 수가 없었습니다."

밖에서 들어왔는데도 그의 손은 더워 있었던지 그의 체온이 어깨로 스미었다.

"건방지다고 종아릴 후려치신대도 그밖에 어찌할 도리가 없었어요."

왼쪽 어깨가 무거워지면서 남혁의 턱이 실렸다. 그의 입김까지가 마치는 듯했다.

"사 년 전에 벌써 나의 운명이 결정됐었는지도 모르죠."

바로 귓가에서 그의 뜨거운 숨결이 사물댔다.

"장애영 씨!"

그의 두 팔이 조심스럽게 앞으로 돌아왔다. 조용히 조여들면서 가벼운 전율이 있었다.

"백 선생님!"

애영은 양손으로 그의 두 손을 덮었다. 싸늘한 촉감을 남혁은 느꼈다.

"내가 책망한다면 어떡하시겠어요?"

"책망은 그쪽의 자유요 결의는 이쪽의 자유이니까요."

잠깐 사이를 떠서 남혁이 대답했다. 애영은 남혁의 손을 쥐어서 자기를 감았던 그의 팔을 풀고 돌아섰다. 코가 스칠 듯이 서로가 가까웠다.
"백 선생님이 날 모르시기 때문예요."
애영은 머리를 숙였다.
"나라는 여성을 잘 아신다면."
애영은 아랫입술을 가볍게 물었다. 다음 말은 목에 걸렸는지 나오지 않았다.
"나처럼 장애영 씨의 모든 것을 잘 알고 있는 인간도 드물지 않을까요? 그러기에."
"아녜요. 백 선생님은 눈앞에 있는 나만을 아시는 것뿐예요."
애영은 남혁의 말을 가로채며 옷걸이 쪽으로 걸어갔다.
"내게 숨어있는 다른 면을 들추신다면 백 선생님은 절망하시고야 말 거예요."
"아니, 왜 벌써?"
남혁은 애영의 말대답에 보다도 애영이 떼어드는 그의 검은 외투에 더 정신이 쏠려서 황망히 그쪽으로 갔다.
"지금 곧 저녁을 가져올 텐데요."
어느 새 애영은 오버코트의 벨트를 매고 있었다.
"아무 연락도 없이 이렇게 오래 있어서 집에서들 기다릴 거예요."
"그러니까 간단히 저녁이나 드시구 가시면 되지 않아요?"
"아녜요. 조금도 식욕이 없어요. 고대 점심 먹었는데요. 난 가봐야겠어요."
"그럼 잠깐만 앉아 계세요."
남혁은 애영을 두 손으로 조용히 밀어 의자에 앉히고 자기도 외투를 입고 목도리로 목을 감고 나섰다.
애영은 학교에 갈 때면 휴대하는 핸드백 비슷한 납작하고 자그마한 손가방을 집어 끼었다.

"우리의 얘긴 아직 끝나지 않았는데요."

남혁은 애영을 내려다보며 트집스럽게 말했다.

"벌써 끝나지 않았을까요?"

애영은 고요히 일어나서 문께로 나가다가 다시 돌아서며

"좋은 곳에 초대해 주셔서 감사합니다."

하고 새삼스럽게 고개를 숙였다.

"맘에 드시면 나중에도 모시겠습니다."

소년들은 두 사람이 정원에서 사라질 때까지 현관 아래 서 있었다. 불빛을 벗어난 언덕길은 흠뻑 달빛에 젖어 있었으나 앙상한 나무 그림자로 어지러웠다.

"차를 불러다 주겠다는 걸 그만두랬습니다. 이왕이니 다리나 함께 거니실까 하구요. 괜찮겠죠?"

"네, 정말 오랜만이에요. 육이오 전에 오고는 못 왔으니깐요."

"그러세요? 그럼 마침 잘 됐군요?"

애영은 내키는 걸음으로 남혁과 나란히 서서 천천히 다리를 밟아갔다.

"춥지 않으세요?"

남혁이 외투깃을 세우고 목도리를 더 올리면서 애영을 내려다보았다.

"난 괜찮지만 백 선생님 감기신데 주의하세요."

강바람이 제법 날카롭게 뺨을 갈겼다. 애영은 남혁을 이쪽으로 세우며

"자, 이리로 서세요. 내가 강 쪽으로 걸어갈 테니깐요."

하고 바싹 난간에 다가서서 잠깐 발을 멈췄다. 강의 상류 쪽은 엷은 안개에 싸여서 꿈의 이상향인 듯 신비롭게 보였다. 애영은 하늘을 바라보았다. 아직 중천에 올라오지 않아서 동녘을 바라보면 둥근 달이 눈에 들어오는 것이다.

"오늘은 만월이군요."

애영이 나직이 중얼거렸다. 남혁도 달을 보았다. 둥글 대로 둥글고 밝

을 대로 밝은 달이었다.

"오늘이 음력으론 며칠인데요?"

남혁의 준수한 얼굴은 달빛을 받아 더욱 훤칠했다. 그도 애영의 곁에 달을 향하여 서 있었다.

"오늘이 동짓달 보름날이래요."

애영의 크고 윤나는 눈은 달을 주목하면서 대답했다.

"우연히 날을 썩 잘 선택했군요."

남혁은 장갑을 쑥쑥 빼서 양쪽 외투 포켓에 한 짝씩 넣고 담배를 더듬어 붙였다. 불이 바람을 타서 담배 끝이 빨갛게 피었다. 남혁은 달에게 대고 연기를 휘휘 내뿜었다.

"백 선생님!"

애영이 가만히 불렀다. 남혁이 대답이나 같이 담뱃불을 껐다.

"달이 퍽 곱죠?"

"네."

"달이 퍽 깨끗하죠?"

"글쎄요. 전엔 달을 무척 신비하다고 느껴왔는데 소련의 로케트가 저 몸에 박혔다고 생각하니까 그런지 아주 속되게 보여요."

"거 보세요."

애영이 발을 옮겼다. 남혁도 따라 걸으며

"무슨 말씀이죠?"

하고 머리를 기울였다.

"저 물 속에두 달이 있지 않아요?"

애영은 찰랑이는 물을 가리켰다. 물 속에 잠긴 달은 찢어질 듯 찢어질 듯이 펄럭였다.

"우리 인영이요, 전엔 달이 무척 멀게 생각했었는데 이제 아주 친근해졌대요. 인류와는 신이나처럼 절대로 합칠 수 없다구 단념했던 달이 이젠 인간과 더불어 사귈 수 있기 때문에 친밀감 마저 갖게 된다고 그래요."

"과연 과학도의 감상이군요."

"나도 백 선생님처럼 이젠 달에 대한 매력을 어느 정도 상실한 셈인데, 그렇다면 우리와 인영과의 달을 보는 각도가 백팔십 도나 틀리지 않아요?"

"그게 예술가와 과학도의 사물을 보는 차이나 자세겠죠."

"난 정말 인영에겐 감격할 때가 많아요. 시속 여성이 아니라니깐요."

"……."

"난 인영에게 배울 점이 퍽 많아요. 어떤 땐 누가 언니인 줄 모르게 지시나 조종을 당하니깐요."

남혁은 잠잠히 걷기만 하였다. 인영의 말이 나오면서부터는 애영이 혼자서 신이 난 모양이었다.

"어머니께도 그렇게 효녀일 수 없어요. 애들에게도 누가 어머닌지 모를 만큼 알뜰해요. 내가 이렇게 불행했을 때 인영이 같은 동생이 아니었더면 얼마나 고독했을까 하구요."

"아니, 달 얘길 꺼내시더니 그만 방향이 전환되지 않았습니까?"

남혁이 그제야 말을 끼었다. 쌍쌍이 지나가는 사람들이 또한 이 한 쌍을 주목하였다.

"장 선생님이 인영 씨에게 감사하신다면 저 역시 인영 씨에게 감사하고 싶은 심정입니다. 장 선생님의 훌륭한 내조자이니까요. 그렇지만 여기선 달의 얘기를 들어야죠. 사실은 수향에서의 담화랄까 그것도 아직 끝나지 않았다고 봅니다."

남혁은 걸음을 멈추고 난간에 떡 버티어 섰다.

"꽤 쌀쌀한데 왜 그렇게 서 계세요?"

애영이 남혁을 쳐다보며 딱한 듯이 말했다.

"달이 어쨌다는 거죠? 아까 말씀입니다."

"그 말씀이군요. 어서 걸으세요! 서 있으면 더 추워요."
"인제 곧 다려도 끝날 텐데 얘긴 아직 모두 미결 아닙니까?"
"걸어가면서 하면 되잖아요? 어서 오세요! 감기 더치면 난 몰라요."
 애영은 앞장서며 남혁의 소매를 살며시 잡아당겼다. 남혁은 마지못하여서 슬슬 따라 걸었다.
"뭐 별스런 의미가 있는 것도 아니에요. 장애영은 달과 같은 성질의 여인이라고 생각하심 되니깐요."
"네?"
"절 말예요. 빛도 없고 열도 없고 겨우 태양의 광선이나 받아서 형태를 변하는 달이거니 생각하시란 말입니다."
"……."
"광열이 없는 그 냉체(冷體)에서 반영되던 푸른빛이나마 예전엔 신비롭게 감수되었었지만, 한 번 인류에게 정복당한 오늘에야 아까 백 선생님 말씀대로 속되기 이를 데 없이 보이거든요."
"……."
"전엔 물 속에 잠긴 달도 시인의 감흥의 대상이 됐지 않았어요? 이태백이가 물 속의 달을 건지려다가 빠져 죽었다니깐요. 그렇지만 이젠 나부터도 저 달에 아무런 흥칠 느끼지 않아요."
 애영은 잠깐 걸음을 멈추고 물 속에서 떨고 있는 달을 가리켰다.
"보세요! 저 그림자에 무슨 매력이 있겠어요. 그리고 저 달도 마찬가지죠."
 애영은 머리를 들어 달을 쳐다보았다. 이제는 제법 높직이 떠오른 달은 자기를 비방하는 줄도 모르고 벙싯거리며 웃는 듯하였다.
"순결성을 잃은 차디찬 그리고 암흑의 흙덩이 밖에 더 되겠어요?"
 험상스러울 만큼 심각한 얼굴을 하는 남혁의 입은 떨어질 상 싶지도 않건만 그나마 말할 수 있는 촌각(寸刻)의 여유도 주지 않고 애영은 혼자서 말을 토하고 있는 것이다.

"지금은 저렇게 원만 무결한 모습을 하고 있지만 내일부턴 날마다 찌그러드는 달! 좀먹히는 듯이 깨뜨려지는 듯이 일그러들기만 하다가 나중엔 본연의 자세인 암흑으로 허무하게 돌아가 버리지 않아요? 형태나마도 자의(自意)가 아닌 타의(他意)에서 변해지는 저 달에게 무슨 존엄성이 있단 말입니까?"

처음에는 차근차근 말을 이어 가던 애영이 그의 감정의 변화에 따름인지 차차 흥분하는가 했더니 나중에는 격한 말투가 되었다.

"백 선생님!"

애영은 달을 등지고 홱 돌아서서 남혁을 쳐다보았다.

"저런 무능력하고 무감각한 달에게 무엇을 요구하시나요? 무슨 타협을 바라시나요?"

그의 말소리는 날카롭게 떨렸다. 남혁은 오히려 당황하였다. 애영의 이토록 많은 말을 과거에는 들어본 적이 없었기에……

"백 선생님이 바라고 계시는 내 회답의 전부입니다. 제발 이상 더 묻지 말아 주세요!"

애영은 말소리보다는 침착한 걸음걸이로 앞서 걸었다. 붙은 듯이 서 있던 남혁은 애영이 돌바닥을 울리는 구두소리가 사라진 후에야 꿈에서 깬 듯이 후닥닥 발을 떼었다.

애영은 길고 긴 다리를 벗어나 버스 정류장에서 잠깐 서성대다가 또 앞으로 걸어 나갔다.

남혁은 택시를 잡아타고 애영의 곁에 댔다.

"이거 타세요!"

애영은 남혁을 힐끗 쳐다보고 말없이 차에 올랐다. 남혁은 그 곁에 앉았다.

"서대문!"

남혁은 운전수에게 명령하고 이내 담배를 꺼냈다. 연기에 체하지나 않을까 싶을 정도로 그는 연기를 들이마시며 급하게 빨았다.

애영은 곁눈도 주지 않고 정면만을 바라보았다. 차의 동요에 따라 가볍게 몸은 흔들렸다.

"끝내 유쾌하게 해드리지 못해서 죄송합니다."

남혁은 애영에게도 겨우 들릴 만큼 낮은 소리로 말했다.

"뭘요. 그건 되려 제가 할 소리죠."

"무엇 때문에 피차가 불유쾌해야하는지 도무지 알 수 없군요."

남혁은 팔짱을 끼며 머리를 깊숙이 수그렸다. 아마 눈도 감았으리라. 애영은 진정 가슴이 아팠다.

"모든 게 다 제 불찰이에요. 그리고 백 선생님이 나 같은 여인과 사귀시게 된 탓이구요."

"흠."

남혁에게서 비소인지 부정인지의 콧소리가 나왔다.

"광명정대한 태양이 아닌 달을 좋아하시기 때문이죠."

애영은 타이르듯이 부드럽게 조용하게 말했다.

"아까 장 선생님이 하시던 말씀은 다 일방적인 주관적인 고집뿐이었습니다. 혼자서 왜곡된 가정에 스스로를 구속하고 계시는 것뿐이었어요."

"천만에요."

"허허. 매우 깊이 중독되신 모양인데 아무리 장애영 씨 자신이 나는 달과 같은 여인이다 하고 자처하신다더라도 상대편이 부정하고 나서면 어떻게 되겠습니까?"

"……."

"난 추호도 장 선생님의 말을 수긍하지 않았습니다. 또 설사 그 말씀을 시인한다더라도 난 시인으로서의 감정을 버리고 인영 씨처럼 과학자다운 관찰을 하겠습니다."

조금 전 다리목에서와 반대로 이번엔 남혁이가 차차로 흥분해 갔다. 자동차의 엔진소리를 이기자니 자연히 음성도 컸다.
"전엔 달이 아주 멀게 생각됐었는데 인류와 더불어 타협할 수 있게 되어서 퍽 친근하고 정답게 보인다는 그 감상을 가지면 되지 않습니까? 만일 장애영 씨의 전신이 달이었다면 나는 앞으로 더욱 달을 사랑할 수밖에 다른 도리는 없을 것입니다."
애영은 가슴이 부듯하게 차올랐다. 그러면서도 아리하게 쓰라렸다.
'이 사람에게 나의 과거를 또한 현재를 알려줄 수밖에 없다.'
애영은 혼자 맘을 정하고 있는데 남혁의 손이 자기의 손을 더듬었다. 이때까지 추운 데서 찬바람을 쐬며 얼었던 손이 이렇게 더울 수 있을까? 아까 강 위에서 담배 피노라고 장갑마저 쑥쑥 뽑아버리지 않았던가?
"손이 차군요."
얼음처럼 찬 애영의 손이 남혁의 큰 손아귀에 쥐어졌다.
"장갑은 왜 안 끼시죠?"
"총총히 오느라고 거기다 뺏나 봐요."
"저런! 내 방에다요?"
"네."
"내일 아침에라도 일찍 갖다가 드리죠."
"괜찮아요. 다른 것 끼면 되죠."
"정말 손이 몹시 차군요."
남혁은 애영의 손을 고쳐 쥐면서 힘을 더했다.
"저쪽 손도 이리 내세요!"
"아이, 괜찮아요."
애영은 운전수의 뒤통수를 힐끗 보며 고개를 틀었다.
"내가 녹여 드리죠."
남혁의 왼손이 애영의 바른손을 마저 찾았다. 연하고 작은 애영의 손은 남혁의 두 손 속에서 노글노글하게 녹아갔다.
"장 선생님의 회답이시라던 건 이쪽에서 비토(veto)합니다. 근거가 없는 걸요."
"근거가 없다구요?"
"그럼 뭡니까? 인제 그런 불쾌한 조건 따지지 말기로 합시다."
애영은 어이가 없다는 듯이 남혁에게로 낯을 돌리어 입을 열려다가 그만 두고 다시 앞을 바라보았다. 차는 광화문 네거리를 돌고 있었다.
"저녁 대접도 못해서 죄송합니다."
"천만에요."
애영은 남혁에게서 손을 빼고 외투를 여미며 내릴 준비를 하였다.
"내일이라도 찾아가 뵐까요?"
"맘대루 하셔도 좋지만 나두 인제 일을 시작해야 되겠어요. 하던 것도 있고 또……."
"그러시구 말구요. 어서 그리셔야죠. 내년 오월에 가지신 댔죠?"
"네."
"회상은 어제 같은데 어느덧 사 년이 지났군요. 내가 장애영 여사 개인전에 정열을 쏟던 때가 말입니다."
"정말 그땐 감사했습니다."
애영은 머리를 정중하게 숙였다. 남혁의 지시에 따른 차는 관상대를 지나서 섰다.
"오늘 여러 가지로 장 선생님께 괴롬을 끼쳤나 봅니다."
"……."
"나중에 찾아 뵙겠습니다. 안녕히……."
남혁은 아무 일도 없었던 것처럼 벙어리 없는 말소리로 태연하게 예의를 차렸다.
애영은 남혁이 떠난 다음에야 발길을 돌렸다. 쇠신을 신은 듯 갑자기발이 무거웠다.

식구들은 애영을 먼 데 갔다가 돌아온 사람같이 환성으로 맞았다.

"엄마 깍쟁이. 아홉 신데 인제야 오고……."

신아가 애영의 허리를 안으며 매달렸다.

"저녁은 어떻게 했니?"

"전 먹었어요. 어머닌?"

"입때 있을라구."

"인영인 이층에 있나요?"

"무슨 회의라나? 왔다가 나갔다."

애영은 이층으로 올라가 빨리 외투를 벗고 침대에 픽 쓰러졌다.

힘에 겨운 무거운 짐을 지고 마루턱을 간신히 넘어, 내리막길에서 거꾸러진 듯한 빈사(瀕死)의 절망이 애영의 몸을 휩싸왔다.

어깨에서부터 팔목이며 손끝에는 바늘 끝 만한 신경도 없이 마비된 것 같았다. 남의 것이 되려고 떨어져 나간 때처럼……. 그러면서도 무력한 다리는 발발 떨렸다.

애영은 신음 같은 숨결을 가쁘게 몰았다. 등이 휘도록 짊어졌던 짐을 부리고 난 뒤 마냥 시원할 것 같으면서도 어쩐지 허전했다.

"아아!"

긴 탄식을 비명인 양 내뿜으며 애영은 몸을 뒤쳐 똑바로 천장을 쳐다보며 반듯이 누웠다. 새하얀 바탕에서 남혁의 심각한 얼굴이 큰 무늬가 되어 어른거렸다.

애영은 눈을 감았다. 학장실이 나타났다. 신여사의 폭넓은 말소리가 앵앵 귀를 스쳤다.

"모두가 다 내게 무거운 얘기야!"

오전부터 신 학장의 경고(警告) 비슷한 넋두리를 들었다. 사실 그것은 장애영 자신의 넋두리건만 태연하게 듣는 척하였던 애영에게는 가시처럼 아프게 상처를 찌르는 자극임에 틀림없었다.

그리고 나서는 줄곧 남혁과 상대하면서 신경의 부담을 느꼈던 것이다. 그는 정면으로 도전하는 것이 아니라 정신을 바싹 차려야만 짐작할 수 있는 얘기를 담담하게 혹은 무겁게 지껄였다.

철교 위에서 애영은 필사적으로 남혁을 깨우치려고 노력하였다. 이 역시 정면의 반격이 아닌 간접적인 대항이었으나 애영에게는 너무나 벅찬 무기(武器)이어서 젖 먹던 힘을 다 들여 휘둘렀던 것이다.

하루아침에 갑자기 된서리를 맞은 상추잎처럼 애영은 기진맥진한 몸과 정신을 추스릴 수 없이 탈진 상태에 있는데 비하여 남혁은 너무나 태연하였다.

'아직도 그는 절망하지 않고 있는 것이다.'

"장 선생님의 회답이란 건 이쪽에서 비토합니다."

겨냥하고 쏜 총알을 맞지 않았을 때 그는 부상자가 아닌 것이다. 피해자는 오히려 진력하다가 쓰러진 이쪽이 아닌가?

'그는 나를 단순한 미망인으로 알고 있기 때문이다.'

그러나 아무리 단순한 미망인일지라도 남자는 삼십 세의 총각인데 상대는 여섯 살이나 위인, 그리고 자녀를 남매나 가지고 있는 여인이라면 자타가 충분히 고려해야 할 문제이었다.

'하루빨리 나의 입장을 알려 줘야 하겠다. 그러면야 설마…….'

애영은 눈을 번쩍 뜨고 자리에서 벌떡 일어났다. 서쪽창의 커튼을 밀고 눈에 익은 마을을 더듬었다.

달빛을 받은 산허리의 마을은 꿈에 잠긴 불빛들이 무심히 깜박대고 있는 하나의 평화촌으로 밖에 보이지 않았다.

"아아, 자유! 그것 아니면 죽음을 달라!"

애영은 가만히 외쳐보며 도로 침대에 몸을 던지고 증오에 찬 눈으로 맞은편 벽을 쏘았다.

창공에 그리다 91

"김민수!"

십오 년 전의 김민수(金敏洙)가 사각모에 빛도 산뜻한 연회색 레인코트를 입고 떠올랐다.

저주스러운 그 몰골이야말로 김민수를 원망할 때마다 먼저 나타나는 십오 년 전의 바로 그 회상 그 모습이었다.

애영은 스물한 살 때 미술학교를 졸업하였다. 신숙경의 권유와 자기의 희망대로 일본 동경(東京)여자미술전문학교에 입학하여서 서양화를 전공하였던 것이다.

1944년 3월 그믐께 애영은 귀국할 차표를 사려고 동경역에 갔다. 오랜 전쟁에 시달린 전투지역은 단말마적인 혼란으로 뒤범벅이 되었다.

밤색의 털실로 짠 터번을 머리에 쓰고 같은 계통의 스웨터와 몸뻬를 입은 애영의 훨씬 큰 키와 반쯤 피어난 꽃송이 같은 얼굴은 그 사람의 사태 속에서도 높이 뛰어났다.

자리를 사수(死守)하노라고 눈이 뒤집힌 사람들의 행렬 좌우에서는 성급한 무리들이 파리 떼처럼 붙어서 날뛰었다.

우선 용지(用紙)를 타야 하는 데도 애영은 맨 뒤에서 영문을 몰라 서성대다가 하는 수 없이 곁에 선 아무에게나 물었다.

"여기서 표를 사는가요?"

"아니요. 여기선 기입용지를 타는 뎁니다."

그 청년은 헛청 대답하면서 애영을 힐끗 보았다. 순간 잠깐 동요의 빛이 눈에 담겼다.

"이 용지에 가시는 데와 성명 주소를 기입하셔서 저쪽으로 가져 가셔야 합니다."

상대가 묘령의 여인인 것에 청년은 더욱 친절한 대답을 하면서, 여기와 똑같이 사람으로 뒤덮인 행렬을 턱으로 가리켰다.

"아유! 저 틈새서 어떻게 용지를 타나?"

애영은 뒤끓는 사람의 검은 무더기무더기를 아득히 바라보며 혼자서 가만히 짜증을 부렸다.

"고향이 어디신데요?"

더부룩한 머리칼에 M대학 제복을 입은 청년은 은근한 말씨로 물었다.

애영은 청년을 쳐다보았다. 키는 자기보다 자칫 높고 얼굴빛은 가무잡잡한데 눈은 크면서도 눈 귀가 길게 째진 것이 특색이었다

"경성이에요."

어쩌면 그가 동포일 것이라는 육감을 작용하면서 애영은 바른 대로 알렸다.

"그러세요?"

예감은 틀림없이 들어맞아서 청년의 입에서는 우리의 말이 툭 튀어나왔다.

그러나 다음 순간 청년은 사방을 휘휘 둘러보더니,

"잠깐 저리로 갑시다요."

하고 도로 일어를 썼다.

애영도 짐작하는 바가 있어서 그의 뒤를 따라 으슥한 데 마주 섰다.

"표를 제가 사드리죠. 사실은 내 친구가 뷰로에 있어서 부탁하려고 나왔습니다. 이대로 줄짓다간 사오 일 걸려도 못 삽니다."

그는 나직한 우리말로 조용히 말했다. 담뱃진 내음이 가볍게 풍겼다.

"서울 가시나요?"

"난 못 가구요. 내 아우가 가는데 표 사러 나왔어요."

"용지는 타셨나요?"

"네 그것도 내 친구가 저 앞에서 함께 받기로 했어요. 진작 나오셨더라면 좋았을걸. 아니 지금이라도 저 속에 비집고 들어가서 부탁해 보죠."

청년은 금새 달려갈 기세를 보였다.

애영은 미안해서,

"뭘요. 그만두세요. 지가 여기서 기다리다가 얻죠."
하고 뒷줄에 끼어 들었다.

"천만에 내일 새벽까지 계시겠어요? 어쨌거나 여길 떠나지 말구 꼭 이 자리에 서 계세요. 나 저기 어른 갔다 올 테니요."

청년은 큰 키를 휘청거리며 뛰어가서 사람의 틈으로 사라졌다.

애영은 그 청년의 말투가 서울말이어서 더 정다웠고, 활동적인 데가 있어서 미더웠다.

'이십 사오 세는 됐을 거야.'

이슥하여서 그는 돌아왔다. 무척 애를 썼는지 이마에 땀방울이 배었다.

"자, 얻어 왔습니다. 여기다가 기입만 해서 내게 주시면 표는 내가 구해 드릴 테니 오늘은 돌아가십시오. 어쩌면 비도 올 것 같군요."

그는 하늘을 쳐다보았다. 무겁게 가라앉은 하늘은 금새 무엇인가를 쏟을 것 같았다.

애영은 어떤 집 담 벽에 대고 거기에 적힌 대로를 다 써넣었으나 차마 그의 앞에 내 놓을 수는 없었다.

"다 썼어요? 이리 !주세요. 내가 이 주소로 찾아가든지 속달을 내서 어디서 전하든지 하겠어요."

그는 애영의 손에 들린 종이를 뺏어 들었다.

"아이, 죄송해서 어떡해요?"

"뭘요? 동포끼리가 아닙니까? 더구나 고향이 같은데······."

"그럼 염치없이 부탁하겠습니다. 여기 돈 있어요. 차표값이요."

애영은 책보에 돌돌 말아 가지고 간 지갑에서 돈을 꺼내려고 하였다.

"가만히 계세요! 이런 법이 없어요."

청년은 큰손을 쫙 펴서 애영의 손을 막았다.

"내가 돈만 먹구 차표는 안 드리면 어떻게 하시려고 그래요?"

어이없다는 듯이 그는 애영을 내려다보며 빙긋이 웃었다.

"넣어두세요! 그만한 돈은 있으니 차표 가지고 가서 받기로 합시다."
"그럼 전 표 그만두겠어요. 그런 폐는 끼치기 싫어요."
애영은 청년의 목에 끼어 있는 양복 깃과 그 한쪽 끝에 달린 E 자의 금빛 뱃지를 바라보며 정색하였다.
"고향엔 안 가시나요? 졸업하신 모양인데 귀국은 안 하실 작정인가요?"
"그렇지만."
"고집부리지 마시고 그냥 돌아가세요."
주위를 꺼려하던 그 청년이 이제는 거침없이 큰 소리로 말했다. 일인들의 눈이 두 사람에게로 모였다.
"돈도 안 드리구, 표 사달란 법도 없지 않아요?"
애영도 야무지게 말했다.
"아하, 아까 내 말의 반박인 모양인데 이런 법이야 있을 수 있죠. 자, 한 번 믿어 보십시오."
청년은 아까부터 곁에서 기다리던 친구에게로 걸어가며 일어로,
"지금부터 활동해야 하니까 시간이 필요합니다. 안녕히 가세요."
하고 손을 들어 보였다.
애영은 멍하니 서서 멀어지는 청년의 뒷모습만 바라보았다.
'도깨비에게 홀린 것 같다.'
애영은 발길을 돌리며 혼자 머리를 기울였다. 그러나 시원하였다. 사실 이런 때 표를 산다는 것은 결사적인 투쟁이었는데 수고 없이 받게 되었으니 다행하기는 하나 초면인 청년에게 빚을 지게 되는 것은 아무리 대범하게 마음먹으려고 하여도 꺼림칙하여서 견딜 수 없었다.
애영은 하숙에 돌아와서 짐을 챙기면서도 끊임없이 그 일만 되풀이하여 생각하였다.
'좌우간 기다려 볼 일이야.'
보기에는 과히 실없는 사내로 보이지 않았지만 이 시국에 어떻게 남의

말을 그대로 믿을 것이랴. 기입한 용지로 내 스스로가 살 것을 용지마저 주어 버렸으니 참 딱한 여성이라고 애영은 자신을 나무라기도 하였다.

이틀 후에 과연 속달이 왔다. 내용은 전일에 실례했다는 말과 표를 구하였으나 자기는 바빠서 못 찾아가니 오쨔노미즈역으로 오후 두 시까지 나오라는 말이었다.

시계는 벌써 열한 시였다. 날씨는 꾸물꾸물하여서 언제 비가 올지 모르는데 구두에 구멍이 나서 애영은 그것을 깁느라고 한동안이나 걸렸다.

전시라 가죽 구두란 구할 수가 없고, 인조가죽이라는 종이 비슷한 재료로 만든 것이라 애영은 상자곽처럼 두꺼운 종이를 오려서 구멍을 때우노라고 손끝을 찔려가며 애를 썼다.

성선(省線)을 타고 역에 내리니 비가 쏟아졌다.

"아, 오셨어요?"

그 청년은 반가이 맞았다. 사각모를 쓰고 레인코트를 입은 그는 육모무테 안경마저 걸쳐서 아주 멋져 보였다.

"아, 참 잘 오셨군요!"

말소리도 부드럽거니와 보다 좀더 부드러운 웃음을 보이며 그는 바삐 걸어 왔다. 애영의 편에서 할 인사를 그가 먼저 하는 셈이 되었다.

"얼마나 애쓰셨어요?"

애영은 허리를 굽혀서 경의와 감사의 표시를 하였다.

"잠깐 어디로 들어앉으셔야 하겠는데요."

청년은 출구를 나오자 패연히 내리는 빗줄기를 바라보며 말했다. 사실 이런 데서 표를 달라고 손을 내밀 수는 없다고 생각하면서도,

"글쎄요."

하고 애영은 모호한 대답을 할 수밖에 없었다. 비쯤 맞는 것은 문제가 아니었다. 자기 역시 레인코트를 입었으니까 걸어갈 만은 하지마는 진땅을 철벅이다가는 종이 구두의 말로(末路)가 걱정이기 때문이었다.

애영이 걱정스러운 안색으로 서 있는 것을 본 청년은,
"그럼 다시 역 구내로 들어갑시다. 저기서 차표를 드리기로 하죠."
하고 선선히 앞장서 애영의 돌아갈 승선표까지 사 가지고 개찰구로 들어갔다.
"자, 이거. 급행권과 차표입니다."
적당히 장소를 택하여 그는 포켓 안에서 차표를 꺼내어 애영에게 주었다.
"정말 감사합니다. 갑자기 너무나 폐를 끼쳤어요."
애영은 진정 고마워서 몇 번이고 머리를 조아렸다.
"그럼 삼십 일 아침에 동경역에서 만나시기로 합시다."
그는 애영에게 경례를 붙여 보이며 발을 옮겼다.
"아, 잠깐만! 여기 돈이 있어요!"
애영은 당황하여서 미리 세어 가지고 온 차표값을 그의 손에 놓아주려고 했다.
"왜 그리 급하십니까? 내 아우랑 함께 가시니까 그 날 역에서 뵙겠다지 않아요?"
"그땐 그때죠. 이거 받으셔야 해요."
애영은 약간 날이 선 말투가 되었다.
"허허. 남이 보는데 창피하지 않습니까? 그때 받겠다는데, 왜 그러세요?"
그는 긴 다리를 넓게 띄어서 벌써 출구를 나가고 있었다.
"안 돼요!"
애영은 한사코 따라갔으나 그는 빗속으로 멀리 사라져가고 있었다.
"아이참, 이게 뭐야?"
애영은 자기 손에 착 접혀 쥐여진 지폐를 내려다보며 짜증을 냈다.
"언제 봤다고 차표를 그냥 받아?"

스스로를 꾸짖으며 그 자리에 서 있다가 애영은 하는 수 없이 발길을 돌려 집으로 돌아왔다.

애영은 납덩어리를 삼킨 듯이 가슴이 답답하면서 괜스레 부화가 자꾸 치밀었다. 그의 집을 안다면 쫓아가서 당장에 갚아버려야만 가슴이 후련할 것 같았다.

그러나 하숙 주인은 처음 만난 남성이 어찌 그처럼 신용 있고 수완이 능할까 보냐고 그 청년을 칭찬하면서 모레 떠날 애영을 위하여 음식을 만들었다.

그 이튿날 하숙 주인은 식용품을 구하러 가까운 시골에 갔다 온다고 아침에 집을 나갔다. 애영이 주인을 배웅하고 막 돌아서려하는데 스프링을 입고 사각모를 쓴 학생이 모퉁이를 돌아왔다. 애영이 달려가보니 어제의 그 청년이었다.

"어떻게 여길?"

애영은 진심으로 반가워하는 기색을 보였다.

"급하게 알려드릴 일이 있어요."

청년은 손수건으로 이마에 솟은 땀을 닦으며,

"꽤 까다로운 집이군요."

하였다. 아마 집을 찾노라고 무척 애를 태운 모양이었다.

"다른 게 아니라요. 사월 일 일부턴 연락선에 지정권이 필요하대요. 뷰로의 친구에게서 기별이 왔는데 차표에 스탬프를 찍어주마 하고 도로 가져오래서 급히 찾아왔습니다."

"여러 가지루 자꾸만 폐를 끼치게 돼서 어떻게 해요?"

"전쟁 중에 나라에서야 하는 수 없지 않습니까?"

"그럼 차표를 가져와야죠."

애영은 집 안으로 들어가려고 하면서 길에 서 있는 청년에게 미안한 맘이 들었다.

"좀 들어가실 걸 너무나 지저분해서……."
하숙주인은 식량을 구하러 가끔씩 집을 비웠다. 당일 왕래하기도 하지만 어떤 때는 이삼 일씩 걸린 적도 있었다. 그런 때는 애영이 혼자 집을 보게 되지만 이웃이 한집안 같아서 무섭지도 않았다. 다만 애영이 나갈 때 부엌문에 쇠통만 채우면 둘이 다 열쇠를 가졌기 때문에 주인은 자유로 문을 열 수 있는 것이나 집 안은 매양 어수선하였다.

애영은 아직 정돈하지 않은 부엌으로 낯선 청년을 끌어들이기도 어짓발라서,

"어떻게 거기 서 계세요?"
하고 또 한 번 걱정을 하였다.

"참 짐은 어떻게 됐습니까 다 보내셨나요?"

"아니요. 내일 역에 가서……."

"안 됩니다. 몸만 가기도 바쁜데 짐이 다 뭡니까? 또 식전인데 짐 가지구 탈거나 만만하겠어요? 우린 어제 다 부쳤는데요."

"아이, 그럼 어쩌나?"

애영의 미간에 근심이 어리면서 흑수정처럼 검은 눈동자가 흐려졌다.

"뭐 염려하실 거 없어요. 지금이라도 가까운 역에서 짐 먼저 보냅시다요."

청년은 태평스러운 얼굴로 애영을 건너다보았다.

"아무래도 좀 들어가셔야겠군요."

애영은 앞서서 부엌으로 들어가며 발에 걸리는 것을 대강 치우고 이층으로 안내하였다.

"방이 너절해서……."

애영은 흩어진 종이를 주우며 아직 묶지 않은 짐에서 방석을 꺼내려 하였다.

"아니, 곧 보낼 텐데 왜 꺼내세요? 짐도 상당히 많군요?"

청년은 펄썩 바닥에 앉으며 여기 저기 서 있는 고리짝과 그림들을 한꺼번에 묶어 놓은 큰 꾸러미를 둘러보다가,

"미술학교를 졸업하셨군요?"

하며 가벼운 미소를 지었다.

"내 어쩐지 그런 상 싶더라니까요."

"어떻게 그런 걸 아세요?"

"전체에서 풍기는 무엇인가가 미술학도 같았어요."

그는 담배도 피우지 않는지 단정하게 앉아서 애영이 주는 차표를 받다가,

"마침 잘 됐군요. 짐은 보내 놓고 차표만 내가 가지고 가면 되니까요."

하고 일어나 스프링을 벗고 애영의 고리짝을 묶기 시작했다.

'이분을 안 만났더면 어쩔 뻔했지?'

애영은 이런 생각을 하며 일을 거들었다.

둘이는 짐들을 마주 잡고 끙끙대며 이층에서 끌어냈다. 그가 밖에 나가서 한참이나 있더니 구루마를 얻어왔다.

그들은 구루마의 뒤를 따라 나까노역으로 가는데 구루마꾼은 조금도 입을 쉬지 않고 지껄였다. 그래야만 힘들지 않게 끌고 갈 수 있는 모양이었다.

그는 전황(戰況)을 자세하게 보고하고 물품의 결핍을 한탄하다가,

"당신네는 좋겠습니다."

하고 불쑥 이들에게 낚시를 걸었다.

"뭐가 좋단말요?"

청년이 응수하니까

"아, 당신들은 부부가 아니면 약혼자끼리니 고향에 돌아가서 식을 올릴 게 아닙니까?"

"아이, 어쩜."

애영은 어이없다는 듯이 조금 높은 소리로 말을 막았다.
"오! 그럼 남매신가요?"
구루마꾼은 어디까지나 수다스러웠다.
"맘대루 생각해 두구료."
청년은 빙그레 웃으며 아무래도 좋다는 얼굴로 애영을 힐끗 보았다. 애영은 그의 시선을 피하면서 뾰루퉁하였다.
짐을 다 부탁하고 나니 정오가 넘었다. 구루마꾼의 말대로 약혼자끼리도 남매도 아닌 남이 이처럼 정성껏 돌보아주는 것에 감격하여서 애영은,
"점심은 집에 가서 지어 올리죠."
하고 상냥스럽게 말했다. 난리 통이라 마땅하게 사먹을 만한 식당도 없던 것이다.
"뭘요. 어서 가보세요. 난 빨리 뷰로에 가서 친구에게 이걸 전하고 스탬플 박아야니깐요."
그는 마침 얻어걸린 자동차에 애영을 태우고 재빨리 차표값을 지불하였다.
"그럼 내일 아침 여덟 시에 역에서 만나십시다."
미끄러지는 차에 대고 그는 큰 소리로 말하였다.
"아차!"
애영은 주먹으로 왼손바닥을 탁 치며 혀를 쩍쩍 찼다.
"아이, 맹추. 어쩌다가 또 돈 줄 걸 잊었담?"
엄벙덤벙하다가 기회를 놓치고 그냥 돌아오는 자신이 미웠다.
애영은 짐마저 없어진 자기 방에 돌아와서도 맘이 가라앉지 않았다. 콧등에 땀방울이 솟아나도록 힘을 불끈 써서 짐을 묶던 그 청년의 모습이 눈에 서언하고 부드럽고 잔잔한 음성이 방에 가득한 것 같았다.
'어쨌든 유능하고 바지런하고 담담한 사내야'
이쯤 평가(評價)하며 애영은 방 안을 깨끗하게 소제하였다.

애영이 저녁을 지어먹고 상을 준비하여 두었으나 하숙 주인은 그 밤에 돌아오지 않았다. 영감은 죽고 아들은 군대에 가 있는 오십여 세의 여인이라 거칠 것 없이 물건을 사러 왕래하면서 이삼 일씩 묵는 것이 예사이어서 애영은 근심하지 않았다.

그 이튿날 애영은 부엌에 자물쇠를 채우고 하숙을 떠나 일 주일 전부터 차표를 못 사서 귀국 못하는 동창생에게 들려 작별하였다. 그도 며칠 후면 떠날 수 있다고 기뻐하면서 조반을 먹고 가라고 붙잡아 바쁘게 먹고 역으로 달렸건만 차는 벌써 떠나고 그 청년의 그림자는 아무 데도 없었다.

애영의 눈앞이 아찔하면서 가슴이 철렁 내려앉았다. 머리가 핑 돌면서 자기가 서 있는 곳이 어디인가도 알 수 없었다.

'속았을까?'

그러나 순간 애영은 머리를 가로저었다.

"내가 늦은 거 아니냐? 내 자신이 저지른 불행이 아니냐?"

애영은 기둥에 몸을 기대고 눈을 감았다. 걸어나갈 기력도 없거니와 차마 이 자리를 떠나버릴 수가 없었다.

'잠깐 어디 갔더라도 다시 이리로 올 테지.'

애영은 겨우 정신을 수습하여서 눈을 떠보았다. 지나는 사람들이 이상한 눈길로 애영을 훑어보았다.

'차시간에 삼십 분밖에 늦지 않았는데 가버리다니.'

그러나 차가 떠나고 난 후의 시간은 삼십 분이거나 무효에 있어서는 마찬가지가 아닌가.

'그저 다 내 잘못이다.'

애영은 화닥닥 몸을 돌려 사방을 두리번거렸다. 아무 데서나 그와 비슷한 모습은 비치지도 않았다.

"자기의 동생은 떠났으렷다. 그렇다면 이분은 내가 안 가는 줄 알고 자기 집으로 돌아간 거나 아닐까?"

애영은 코트 포켓에 손을 넣어 그 청년에게서 온 속달을 꺼냈다. 주소는 분명하게 써 있으나 이름은 금정(金井)이라고만 하였다.

"이 주소로 찾아갈 도리밖에 없다."

애영은 성선을 타고 그의 하숙으로 향하면서도 도깨비에게 홀린 것 같은 맹랑한 심정을 진정하려고 애를 썼다.

'극히 당연한 일이 아닌가. 나는 그에게 금전을 준 일이 없다. 엄정한 의미에서 차표도 내 것이 아닐는지 모른다. 내가 차시간을 포기하였으니 그는 돌아가야 할 것이다.'

차표만 맘대로 살 수 있다면야 반드시 그를 만나야 할 필요도 없이 자기대로 또 구하면 될 일이지만, 천우신조로 얻게 된 표가 아쉽고 억울했다. 뿐만 아니라 그의 큰 돈을 들여 차표를 샀으니 마땅히 그를 찾아 원만한 해결을 보아야 할 것이다.

애영은 그의 하숙을 손쉽게 찾았다. 그러나 주인의 말은 그가 아침 차로 떠났다 하였다.

'아니, 그럼 그 청년이 나랑 함께 가려다가 내가 안 오니까 혼자 기차에 올랐단 말인가, 그렇지 않으면 동생만 보내려다가 내가 못 가니까 표가 무효 될까 봐, 그냥 귀국했단 말인가? 자기도 가려다가 아우 혼자만 보낸다더니 차표를 이용하기 위하여서 동행하고 말았나 부다. 아하, 그렇다면 나는 어떻게 해야 하나?'

돌아서는 발길이 천근이나 되게 무겁고 목덜미에 돌을 얹은 듯이 고개를 들 수가 없었다.

'게다가 짐은 떡 보내버리지 않았나? 아하, 난 어떻게 해야 옳단 말인가?'

다시 또 그 까다로운 수속을 밟자면 며칠 동안을 역에 가서 구더기처럼 우글거리는 사람들과 결사적인 씨름을 해야 할 것이 아닌가?

창공에 그리다 103

하숙 주인도 없을 텅 빈 집으로 돌아오면서 애영은 한숨을 꺼질 듯이 쉬었다.
"죠상, 인제야 와요? 여기 손님이 계신데요."
옆집 부인이 반색을 하며 내달았다.
"이분이 벌써부터 와서 기다렸어요. 한 세 시간 남짓한 걸."
재잘대는 여인의 곁으로 썩 나서는 사람은 바로 그 청년이 아닌가, 어제와 꼭 같은 그 연회색의 코트와 맵시 나는 사각모, 다만 육모 무테 안경만이 없었다.
"어마!"
애영은 너무나 반가워서 외마디를 치며 그의 앞으로 몇 걸음 다가갔다. 이 순간에 참으로 그는 구세주의 출현이나같이 신기하였다.
"아니, 웬일이세요? 귀국은 포기하셨나요?"
그는 애영의 앞으로 바싹 와서 애영의 희망에 빛나는 눈을 내려다보며 말했다.
"아이 정말 용서해 주세요. 뭐라구 사죄드려야 할는지 도무지 엄두가 나지 않아요."
애영은 어른의 꾸중을 기다리는 소녀 마냥 몸을 비틀며 눈치를 살폈다.
"행여나 어디 다른 흠에 계신가 하구 세 번이나 확성기로 장애영 씨를 불렀어요. 그 어쩌다가 늦으셨죠?"
그는 여전히 점잖고 잔잔한 말씨로 태연하게 물었다.
"아니, 죠상, 손님을 길에 세워 놓구 그게 뭐유? 어서 모시구 들어가서 차나 끓여 드려야 할 게 아니야?"
곁에서 남녀의 문답하고 서있는 꼴을 말끄러미 보던 옆집 부인이 애영을 나무랐다.
"참, 좀 들어가시죠."
애영은 열쇠로 자물쇠를 열고 안으로 들어갔다. 불기 없는 부엌도 방도

다 썰렁하게 찬기가 돌았다. 애영은 하는 수 없이 주인의 방으로 들어가서 방석을 깔라고 권하고 가스를 틀어 물을 끓였다.

"세 시간이나 기다리셨다구요?"

"네 역에서 바루 왔으니까요."

"그런 걸 난 댁의 하숙까지 갔어요."

"네? 하숙엔 왜요?"

찢어진 듯이 긴 눈 귀가 번쩍 들리면서 그의 눈이 크게 떠졌다.

"하숙으로 돌아가셨나 하구요."

"정말 덤비셨군. 이리로 와야 할 순서가 아닌가요?"

"그런 건 꿈에도 생각 않구? 그저 하숙만 찾았죠?"

"하숙에선 뭐래요?"

"아침에 떠나셨다구요. 그래서 영 절망하여 오는 길이에요."

"딱해라 잠깐이라도 절망시켜서 죄송합니다."

"그건 이쪽에서 할 말예요."

애영은 일단 시름을 잊은 듯 명랑하게 말하면서 차를 내왔다.

"어느 새 점심때가 됐군요. 네가 나가서 뭘 좀 사올 테니깐 잠깐만 앉아 계셔요."

애영이 일어나려는 것을 청년은 손을 좍 펴서 막았다.

"가만, 그래 문제가 아닙니다. 이 무효가 된 차표를 어떻게 하느냐가 더 큰 문제니까요."

"네? 무효요?"

애영은 엉거주춤 일어나려던 허리를 다시 주저앉으며 되물었다.

"그럼요. 인제 급행은 놓쳤으니까 쓸데없죠"

"그럼 어떻게 해요?"

애영은 금새 울상이 되었다.

"인제 한 가지 길밖에 없습니다."

"무슨 길이 있을까요?"

애영은 승패의 판결을 기다리는 듯한 간절한 눈동자로 그의 입을 지켰다.

"지금 바로 뷰로에 있는 그 친구에게로 가서 방책을 묻는 길밖에 없습니다."

"만일 못 한다면요?"

"글쎄요. 연락선의 지정권 문제가 참말 까다롭지요. 그렇지만 노력해 보죠."

청년은 벌써 일어나 부엌문으로 나갔다. 애영은 생각할수록 자신이 미웠다. 받아놓은 시간에 어쩌자고 차분히 앉아서 어린애처럼 밥 먹다가 차 시간을 놓쳤단 말인가? 그리고 나서의 결과란 남에게 몇 겹으로 신세만 입는 것이니, 이러고 보면 사회진출에 첫 걸음에서 이미 미끄러진 자가 되고 만 것이다.

"정말 저 때문에 갖가지로 너무나 수고하셔요"

애영은 따라가면서 미안한 말을 하였으나 그는 듣는 척 마는 척 코트 자락을 펄럭이며 집 모퉁이를 돌았다.

그가 가고 난 후 애영은 잠시의 실수가 이렇게 큰 절망을 불러오는 것을 새삼 깨달으며 방에 들어와서 책을 손에 들었으나 머리에 들어가지 않고 글자는 눈에서 아물거리기만 하였다.

"아아. 오늘은 정말 내 실수야. 내가 제 일보에서 이렇게 탈을 냈으니 앞으로 내 전도(前途)가 평탄하지 않으면 어쩌나?"

혼자 탄식도 하고,

"점심 시간인데 빈 입으로 보냈으니 일가 친척도 아니요. 오래된 친구도 아닌 터에 얼마나 나를 염치없는 여자라고 할까? 이미 나는 그에게 빙충맞은 여성으로 보였으니 하는 수 없다."

는 체념도 하였다.

애영은 여섯 시까지 기다렸으나 하숙 주인도 그 청년도 오지 않았다.
'영 안 되는 모양이지? 천치 바보!'
애영은 손가락으로 제 머리통을 툭툭 치면서 조바심을 댔다.
해가 지고 어둠이 자욱하게 몰려들었다 절망과 서글픔이 애영을 휩쌌다.
"아아. 난 어쩌면 좋아?"
무인고도에서 살아나갈 길을 잃은 낙오자처럼 애영은 빈 집에 홀로 앉아서 천장만을 바라보다가 저녁까지 굶은 것을 깨닫고 밥을 짓기 시작했다.
하숙 주인은 아들 형제를 군문에 보낸 과부여서 매인 데가 없었다. 그는 간간이 식량 때문에 시골에 가서 며칠씩 있었고, 그럴 때에는 애영이 집에 있는 배급 쌀로 혼자 밥을 지어먹고 통학하였던 것이다.
정신을 일에 들이는 탓인지 조여드는 가슴이 적이 안정이 되어서 애영은 그 청년의 밥까지 마련하였다.
두 사람의 분만 짓는다는 게 밥통이 그들먹하게 많았다.
'이젠 이분은 안 오는 사람이야.'
애영은 있는 대로의 식탁을 벌리고 막 밥 한 공기를 폈을 때,
"너무 기다리게 해서 죄송합니다."
하는 청년의 말소리가 부엌 밖에서 났다. 애영은 구르는 듯이 달려갔다.
"아유! 얼마나 고생 하셨어요?"
초이레 반달을 머리에 이고 서있는 청년의 얼굴이 부처님의 그것처럼 자비하게까지 보였다.
"난 어떻게든지 저녁 급행으로 가시게 하려고 무척 애를 썼습니다만……."
"……."
"이때까지 노력한 보람도 없이 내일 새벽 여섯 시 준급행으로나 겨우

가시게 차표를 마련해 가지고 왔어요."

청년은 자못 민망한 표정으로 겸양하였다.

"아이, 별 말씀을 다 하시네요. 가게 된 것만이 천행인데 무슨 타박을 할 계제가 됩니까."

애영은 청년의 맘씨가 한량없이 고마워서 맘껏 환영하는 웃음으로 말했다.

"그때 여기서 갔죠? 그리구는 이때까지 뷰로에 매달려 있다가 지금 바로 오는 길입니다."

"어마! 그럼 점심이랑 저녁은 다 어떻게 하셨어요?"

"굶는 척 먹는 척 했죠."

"어쩌나! 지금 제가 막 밥을 먹으려던 참이었어요. 반찬은 없지만 여기서 잡수세요."

애영은 방으로 들어가서 자기의 밥공기를 식탁 아래 내려놓고 상위를 정돈하였다.

"어서 들어오세요."

애영은 아직도 부엌 마루에서 어물대고 있는 청년을 재촉하였다. 그는 코트를 벗어서 어디다가 걸까 망설이고 있는데 애영이 그 눈치를 채고,

"저 주세요!"

하고 그것을 받았다. 애영은 코트를 못에 걸면서 친밀감을 느꼈다.

"여기 앉으세요!"

애영이 권하는 자리에 그는 조심성 있게 앉아서 점심을 굶었다면서도 두 공기밖에 더 안 먹었다.

'남성다운 데는 별로 없다.'

아우들과 견주어 너무나 여성답게 행동하는 것에 매력이 없다고 애영은 생각하였다.

'내 앞에서니까 그렇겠지.'

밥덩이를 집는 젓가락 놀림이며 그것을 입에 가져갈 때도 퍽 신경을 쓰는 것 같았다.

그에게 비하면 주인인 탓도 있겠지만 애영이 더 자유롭게 몸을 놀렸다. 밥도 세 공기나 먹고 반찬의 양도 청년보다 훨씬 굴렸다.

'퍽 순진하고 아름다운 처녀다.'

청년은 그렇게 동경하는 눈빛으로 뒷설거지를 하는 애영의 동작을 훑었다.

"벌써 열 시군요."

청년은 애영이 따라주는 녹차를 마시면서 시계를 보았다.

"인제 여덟 시간만 있으면 떠나는 거죠?"

애영은 뜨거운 차를 훌훌 불면서 눈을 치뜨며 물었다.

"동경역 출발은 그렇지만 이 집을 떠나는 건 여섯 시간밖에 남지 않았습니다. 여섯 시 출발이니까 네 시부터 발동해야죠. 성선역까진 걸어야지 않아요? 탈 거가 있어야 말이죠. 그게 족히 한 시간은 걸릴 테니까요."

"네 시면 밤중인데 어떻게 혼자 걸어갈까?"

애영이 미간을 흐리며 나직이 중얼거렸다.

"짐은 다 보냈으니까 휴대품은 없죠?"

"조그만 손가방 하나 있어요."

청년은 잠시 무엇을 생각하는 듯이 고개를 기울이고 있다가

"내가 여기서 밤을 새울 수밖에 없는가 보죠."

하고 애영을 건너다보았다.

애영은 당황하였다. 형제도 아닌 외간 남자와 한밤을 지낼 수 있을 것인가. 더구나 하숙 주인도 없는 빈 집인데······.

애영이 망설이고 있는 것을 알아차린 청년은

"내가 지금 내 하숙으로 갔다가 다섯 시 반까지 동경역으로 간다면, 그래서 장애영 씨가 무사히 또 다섯 시 반까지 거기 도착하고, 아무 탈없이

출발한다면 이를 데 없이 좋은 일입니다만 오늘 아침에 그 적당한 시간에도 실수했는데, 내일 새벽 그 시간에 어김없이 떠난다는 일을 도저히 상상할 수 없습니다. 그렇다면 장애영 씨도 애영 씨지만 내 입장은 아주 절망이거든요."
하고 손짓을 해가며 열심히 설명하였다.
"내가 처음부터 개입을 안 했다면 별 문젭니다만 이왕 뒤를 봐 드리면서 내일 새벽까지 실책이 있다면 이제는 어찌할 도리가 없거든요"
모두가 절실히 옳은 말이었다. 엄격하게 따져서 애영은 아직 독립적인 정신이 확립되지 못했고, 또 어떠한 불신임을 받더라도 당연하게끔 현재의 사실이 그렇게 되어 있는 것이다.
"비상시는 되죠? 인심은 소란하죠? 내일 새벽 네 시에 혼자 먼 거리를 걷는다는 것도 문제니까 아무래도 내가 여기서 밤을 지내야 한다는 문제가 생기는군요."
그의 회화 중에서는 '문제'라는 단어가 많이 나온다고 애영은 생각하였다.
"장애영 씨가 거절하신다면 그건 별 문젭니다 안 잔다고 끄떡없어요. 내일 차 중에서 실컷 자면 되잖아요."
애영은 선선히 말을 받으면서 또 뜨거운 차를 따랐다.
"오, 깜빡 잊었군. 오늘 이걸 좀 구했는데."
청년은 일어나 자기의 코트 포켓에서 조그마한 봉지를 꺼냈다. 그는 찻종을 비키고 접시에 쏟았다. 색깔도 고운 번쩍이는 금은 종이며 청홍 종이로 싼 초콜렛이 수북히 쌓였다.
"어쩜! 어디서 이런 걸 다……."
애영의 손이 어느 사이 새빨간 것을 하나 집었다. 청년은 빙그레 웃으며 자기는 금빛의 것을 하나 집었다.
"전 선생님의 성함을 알고 싶어요. 물론 금정 씨가 본 이름은 아니시겠죠?"

애영은 초콜렛을 오물오물 입 안에서 녹이며 그렇게 물었다.

"여기선 그렇게도 통하죠. 가나이 상이라고 부르니까요. 그렇지만 내 본 성명은 김민수라고 합니다."

"네."

입으로 간단히 대답했으나 애영은 속으로

'김민수.'

라고 뇌어보았다. 어쩐지 탁 맘에 엉기지 않는 이름이라고 생각하면서

"경제학을 전공하시는군요."

하고 그의 것에 붙은 'E'자를 바라보았다.

"알고 싶으시다면 자기 소개를 하죠. 명치대학 경제과에 있습니다. 내년엔 졸업을 하게 되구요."

그는 어줍은 듯이 또 하나의 과자를 집었다. 처음 만났을 때에 풍기던 담뱃진내 비슷한 냄새를 상기하고 애영은

"담밴 안 피우시나요?"

하였더니 그는 픽 웃으며

"실례될까 봐서요."

하고 머리를 긁었다.

"아이 괜스레 참으셨군요. 어서 피우세요."

어제 짐 묶노라고 그렇게 애를 쓰면서도 어쩌면 용케 잘도 참았다고 애영은 감탄하면서 성냥을 찾아다 그의 앞에 놓았다.

"괜찮습니까?"

"뭐가 어때요? 어서 맘대로 피우세요."

청년, 아니 김민수는 그제야 담배 케이스에서 담배 하나를 꺼내어 입에 물고 성냥을 그어 맛나게 한 모금 빨았다.

'퍽 소심한 사람이 아니라면 이중성격이 있는 것일까?'

말도 없이 뻐끔뻐끔 한 개를 다 태우고 앉아있는 그를 바라보며 애영은 화로에서 주전자를 내려 또 뜨거운 차를 따랐다.
창마다 두껍게 방공막(防空幕)이 드리워 있는 방 안은 밤이 깊어 감을 따라 더욱 아늑하고 주위는 고요하였다.
"참, 이젠 정말 이걸 받으셔야겠어요. 그렇지만 제가 오늘 못 갔으니깐 그 차표는 무효가 되고 새로 산 것까지 다 계산해야 하지 않아요?"
애영은 전에 싸 놓았던 돈에 새로이 삼십오 원을 더 얹었다.
"허허. 이거 내가 곱절장사를 하는 것 아닙니까 웬 게 이리 많아요?"
"두 번 샀으니깐 배가 될 수밖에요. 애써 주신 것만 해도 정말 어떻게 감사해야 할지 모르겠어요."
애영은 숨이 막힐 듯이 그 적요함이 싫어서 필요 이상의 쾌활을 가장하며 말했다.
"이러시면 곤란합니다. 그냥 넣어 두세요."
"그냥이라니 말이 되나요?"
애영의 말 속에는 뼈가 있었다. 그는 긴 눈을 치켜 떠 애영을 보았다.
"밤낮 돈 문제만 가지고 왜 이러세요?"
"그게 문제 걸 어떡해요?"
애영은 문제란 말을 쓰면서 생긋이 웃었다. 꼭 꽃이 웃는 것 같다고 김민수는 느끼며
"난 단연코 못 받겠습니다."
하고 돈을 애영에게로 쭉 내밀었다.
"그럼 전 귀국을 포기하겠어요."
"네? 이왕 산 건 어떡허구요?"
"그러니깐 받으셔야죠. 김 선생님의 돈을 왜 내가 쓴단 말예요?"
애영의 음성이 쨍하게 울리는 듯 했다.
목소리뿐만 아니라 애영의 눈치가 살짝 굳으면서 얼굴에 쌀쌀한 냉기

가 돌았다.

"정말요. 제가 안 드리는 것두 파렴치구요. 남끼리 왜 정확한 계산을 못 합니까? 어서 받으세요!"

애영의 태도가 강하게 나가니까 김민수는

"그럼 이것만 받겠어요."

하고 먼젓번의 지폐를 집어들었다.

"새로 산 건 어떡허구요?"

"먼저 거로 바꾼 거니까 안심하세요."

김민수는 점잖게 말하면서 차를 훌훌 마셨다.

잠시 동안의 공간이 너무나 지루하여서 애영은 화제를 꺼냈다.

"졸업 후엔 귀국하시나요?"

"글쎄요. 누가 오래야 가죠."

그런 문제에는 흥미가 없는 듯이 그는 천장을 쳐다보며 담배연기만 뿜다가

"자, 그럼 좀 주무세요. 난 이층으로 올라갈 테니요."

하고 벌떡 일어나 코트를 떼어 들고 자기의 방인 양 이층으로 올라갔다.

애영은 그가 일찍 방을 떠나는 것만이 고마워서 화로를 들고 뒤를 따랐다.

"지금 열한 시니까 네 시간만 주무세요. 또 늦어지지 말구요."

김민수는 애영에게서 화로를 받으며 당부했다. 위층이라 설렁한 공기가 휭 돌았다. 애영은 아래서 담요 두 개를 가져다가 김민수에게 주었다.

"난 뭐 앉은 채로 좀 졸다가 갈 텐데요."

그는 코트를 뒤집어쓰며 머리를 숙였다. 퍽 담담한 남성이라고 애영은 호감이 갔다.

'저 이는 꼭 나 때문에 저 고생을 하는 게 아닌가. 며칠씩 내일만 전문으로 해 주면서 아마 나 만난 것을 후회도 했겠지.'

층계를 내려오며 애영은 김민수의 억지로 짜낸 듯한 기침소리를 들었다. 애영은 잠을 안 자리라 결심했다.

넓지도 않는 단칸집, 위 아랫방에서 아무런 의리도 맺어지지 않은 젊은 남녀가 단둘이만 밤을 지낸다는 사실은 큰 모험이 아닐 수 없다고 애영은 생각하였다.

다행히 이 날 밤에는 공습경보가 없으나 어디로 가는 것인지 비행기 떼의 지나는 소리가 굉장히 크게 울렸다.

애영도 하숙 주인의 덧옷을 몸에 걸치고 쪼그리고 앉아서 머리를 무릎에 세웠다. 이층에서 풍겨 오는 것이리라 가끔씩 담뱃내가 코에 맡아졌다.

애영의 결심한 바와는 달리 눈은 무거운 장막처럼 스스로 덮였다. 며칠을 차표 때문에 시달렸고 어젯밤에 잠도 설친 데다가 새벽부터 애를 태우며 먼 길을 왕래한 탓인지 팔다리가 나른해지며 위층에서 나는 기침소리도 꿈결인 듯 멀게 들리더니 애영은 깜짝 깊은 잠에 떨어졌다.

꿈에도 애영은 차를 놓치고 애를 태웠다. 그러는데 또 다른 기차가 앞에 떡 왔다. 애영은 얼른 그 차에 올랐다. 그러나 승객이라고는 자기 혼자뿐이었다.

애영은 섬뜩한 맘이 들어서 조마조마하고 있는데 차장이 오더니 차표를 보이라 하였다. 차표가 없어져서 안타깝게 찾고 있노라니 차장이 성을 내서 애영이를 기차 밖으로 떠밀었다.

"아이그머니나!"

악을 쓰는 바람에 통통 소리가 나며 김민수가 뛰어내려왔다.

"웬일이세요?"

그는 눈을 둥그렇게 뜨고 애영을 내려다보았다. 부수수한 머리의 그림자가 저쪽 벽에 크게 박혔다.

"차에서 쫓겨나는 꿈을 꾸었어요."

소녀처럼 보시시한 얼굴이 수줍게 웃었다.

"생시에 너무 애를 태워서 그렇죠. 이왕 깼으니 어서 준비하세요. 네 시입니다. 나도 멋지게 한잠 잔걸요."

눈이 잠에서 깨어난 것 같지 않은데 김민수는 하품까지 하면서 서둘렀다.

애영은 무사히 이 밤을 지낸 것을 김민수에게 감사하고 싶었고 둘이 새벽길을 걸어가면서도 든든하게 의지하고 싶었다.

"춥죠? 이거 더 입으세요."

그는 애영에게 자기의 코트를 벗어서 어깨에 걸쳐 주었다.

동경역에서는 시간이 많이 남았다. 그는 애영에게 도중에 조심하라는 부탁을 오빠인 양 자상하게 일렀다.

"주소를 적어 주세요. 내가 댁에 전보를 쳐드리죠."

그는 애영의 주소를 소중하게 포켓에 넣었다. 발차 시간이 되어서 기차가 움직일 때 그는 줄곧 따라오다가 떨어졌다.

"언니! 언니! 양복 벗고 자요!"

인영이 애영의 팔을 세차게 흔드는 바람에 애영은 추억에서 깨어났다.

"아니 언제 왔니?"

잠도 들지 않았는데 어쩌면 인영이 올라오는 것을 몰랐던가.

"난 지금 오는 길이야"

"무슨 회의가 이렇게 길었어?"

"다섯 시부터 망년횔 했다우. 동창생끼리 말야!"

"어느 새 망년회야?"

애영은 일어나서 외출복을 벗고 파자마로 갈아입었다.

"어느 새가 뭐유? 오늘이 십사 일인데. 좌석이 밀리면 차례가 없다구 미리 했어요."

"어때? 재미났어?"

"그럼. 아주 별의별 재밀 다 봤어."

인영은 입가에 웃음을 띠며 고개를 갸웃거렸다.

"언닌 일찍 왔댔수?"

인영은 애영의 안색을 살폈다. 쓰라린 회상이 아니었던 까닭에 우울기가 없는 것을 본 인영은 안심하고

"그럼 왜 옷입은 채 눴댔수? 난 언니가 아픈 줄 알고 깜짝 놀랬어." 하며 머리털을 가렸다.

애영은 털썩 침대에 누우며 이불을 당겼다.

"달의 역사를 창조하느라구."

"달의 역사라뇨?"

인영은 빗던 손을 멈추고 애영에게로 머리를 돌렸다.

"달을 몰라? 밖에 떠있는 밝은 저 달 말야?"

"글쎄, 달은 달인데 역사는 웬 역사유?"

"까닭을 모르건 가만있어!"

애영은 인영을 등지고 휙 돌아누웠다. 멀찍감치 간 줄 알았던 남혁의 모습이 벽에, 천장에 어른댔다.

'아아, 달의 역사를 그에게 알려야 한다.'

인영은 애영의 베개에 서린 그의 검은머리를 바라보며 머리를 외로 틀고 생각했다.

'달의 역사?'

애영은 인영이 있거나 말거나 또다시 아까의 추억을 이어갔다.

스핑크스

애영은 기차의 창에 기대어 밖의 풍경을 바라보았다. 전쟁의 고된 고비를 겪은 땅에도 봄은 어김없이 찾아와 대지는 완연한 봄이었다.

"창가에 앉지 말고 앞 칸에 타지 말도록 하십시오."

조용하게 이르던 김민수의 목소리가 곁에서 들리는 양했다.

생각하면 한 사오 일 동안의 일이 꿈만 같았다. 우연히 그를 만나 갖가지의 폐를 끼치고 깊은 신세를 입어 떠나기는 하였으나 아직도 얼떨떨한 심정이었다.

차가 떠날 때 그는 앞 포켓에서 또 하나의 초콜렛 봉지를 내어 애영의 손에 놓아주며

"차 속에서……."

하였다. 내가 뭣이기에 그다지도 알뜰한 친절을 베푸는 것이며, 언젯적 친구라고 그렇게 살뜰히도 염려해 준단 말인가.

"인연? 우연?"

애영은 더 머리를 쓰기 싫어서 그를 잊기로 하였다. 그러자니 자연히 사 년 전 이맘때의 일이 회상되었다.

열여덟 살 때 막 이 학년 최종시험이 끝나던 삼월 초순에 애영은 아버

지의 부고를 받고 귀국하였다. 그 전 해 일 학년 가을에는 신동이라고까지 이름이 높았던 아우를 잃었다. 중학교 삼 학년에서 뛰어난 수재이건만 폐를 앓다가 죽은 것이다.

그때 애영은 닷새 동안 식음을 전폐하고 누워서 집에도 오지 못했다가 아버지의 상을 만나서야 고향에 왔으나, 아버지의 별세보다도 아우가 보이지 않는 것이 더 슬펐고, 그의 무덤에서는 종일 엎드려 떠나려고 하지 않아서 집안 사람들의 애를 먹였던 것이다.

애영은 쓰라린 추억에 가슴이 매었다. 졸업하고 돌아간들 기뻐하실 아버지도 그보다 더 갑절이나 즐거워할 아우도 없지 않느냐?

재학 중에서도 권위 있는 전람회에서 몇 번이나 상을 받았기에 졸업하자 곧 남쪽 어느 항구 학교의 교원 발령이 나왔기는 하지만 싸움은 끝이 없는데 어떻게 떨어져 있을까 보냐고 어머니가 반대하여서 취임도 거부한 것이다.

애영은 연락선에서도 비교적 고생을 덜 한 셈이었다. 날씨가 좋아서 멀미도 하지 않았고 경부선의 좌석도 김민수의 말대로 뒤칸 좋은 자리를 얻을 수 있었다.

'모두가 다 김이라는 분의 덕택이야.'

애영은 경성역의 흠을 바라보며 최후로 길게 소리치는 기적을 들으면서 그렇게 중얼댔다.

마침 기차가 오후 일곱 시 반에 도착하여서 역에는 중학교 오 학년생인 아우 우영(宇瑛)과 열한 살인 인영이 나와 있었다.

"어떻게들 알고 나왔니?"

"누나가 전보하지 않았어?"

"언니가 사월 일 일에 동경역에서 전보치군 그래."

인영은 그때부터도 정확한 표현을 하였다.

'오 참, 그이가 한댔지. 무척 신용은 있는 청년이야.'

"그렇지만 오늘 올 줄은 모를텐데?"
"전보에 역력히 4월 4일 7시 착이라고 했는걸."
우영이 또 대답했다.
"그래?"
애영은 놀랬다. 어느 틈에 그렇게도 자상히 알아보았더란 말인가?
'하여간 유능한 사람이야.'
"누나가 안 치고 누가 쳤수?"
"응, 친구가 해준 거야."
애영은 얼버무려놓고,
"어머닌 안녕하시지?"
그제야 어머니의 안부를 물었다.
"어머니가 좀 편찮으셔요."
"뭐? 어디가 아프셔?"
"몸살이래요."
"그래? 그럼 어서 짐 찾아 가지고 빨리 들어가자."
애영은 김민수가 땀을 흘리며 묶어서 보내준 짐짝들을 찾아서 택시에 싣고 집으로 갔다.
아버지는 평소에 무능하여서 당차게 사업 하나 만들지 못하고 유산만을 소비하였기에 그의 별세 후에는 계동의 큰 집을 팔아 부채를 정리하고 신촌으로 나갔던 것이다.
뒤에는 언덕이 있고 집 앞에는 밭이 있는데 어머니는 손수 밭을 파고 여러 가지 씨앗을 뿌리느라고 일 동티가 나서 누워 있었다.
어머니 윤정신(尹貞信)여사는 딸과 형제라고 할 만큼 젊었다. 그는 일찍 어느 교회의 고등과를 나온 재원인데 이십 세에 애영의 아버지와 결혼한 이후에는 가정에 파묻혀 있었으나 그는 선천적으로 서예(書藝)에 능하였다. 이를테면 애영은 어머니의 혈통을 받은 셈이었다.

윤씨는 애영에게서 김민수의 협조로 오게 된 얘기를 듣고 인물은 어떻고 성격은 어떠하냐고 슬슬 물었다.

애영은 김민수에게 감사하다는 내용의 간단한 편지를 보냈으나 답장이 없었다.

'그러면 그렇지. 그런 사람들의 친절은 누구에게나 한결같이 베푸는 것이니까 떠날 때까지가 문제겠지'

그쯤 생각하고 아직까지 모교에 있는 신숙경 여사를 방문하였다. 그는 교감으로 승진하였던 것이다.

"너 모교에 취직 않겠니?"

"글쎄요"

"전시라 타처는 어렵지만 시내니까 네 맘만 있으면 아무 때나 좋아."

언제나 변함이 없는 은사의 사랑에 애영은 새삼 감격하였다.

한 달 후에 김민수에게서 등기 우편이 왔다. 애영은 이이가 또 무슨 돈을 보냈나하고 가슴이 뜨끔하였다. 내용인즉 한 번 간 후 소식이 없으니 죽었느냐 살았느냐, 참 허무한 인생이라고 탄식조의 사연이었다.

그런데 그의 글씨가 어찌나 명필이던지 본래 서도(書道)에 천질이 있는 윤씨는 침이 닳도록 칭찬하면서 편지를 손에 놓지 못하고 애중히 여겼다.

"그 사람 사진 한 장 봤음 좋겠다."

그의 서신이 온 이후 윤씨는 자주 그런 말을 하면서 애영에게도 답장하라는 신칙(申飭)을 하였다.

애영은 첫번의 보낸 봉함의 유실이 무슨 까닭인지 모르겠다는 변명과 이번에 혜함을 잘 받았다는 답신을 냈다. 거기서는 또 등기우편이 왔으나 워낙 시일이 많이 걸리므로 두어 번 왕래에 여름방학이 닥쳐온 어느 날 애영의 고모는 한 청년을 데리고 왔다.

고모는 전부터 어머니와 무슨 내통이 있었던 모양이었다. 사실은 애영이 동경에 있을 때부터 사방에서 구혼자가 있었으나 아직은 재학 중이요 어리다는 구실로 윤씨가 거절해 왔던 것이다.

애영은 그 날에야 말고 분홍 생고사 깨끼저고리에 진초록의 생노방 치마를 입고 있었다. 머리는 동경에서보다도 더 긴 머리에 계란색 망사의 리본을 매어서 고전미가 풍기는 자태에 현대적인 감각을 담뿍 담은 이목이 녹음이 무성한 애영의 집 뜰에서 한 폭의 그림인 양 아름다웠다.

"아이, 아주머니! 오랜만에 오시네."

애영은 뜰에 내려가서 고모를 맞다가 개방(開放)된 대문 앞에 서 있는 청년을 보고 주춤하였다. 흰 여름 양복을 입은 탓도 있었으리라. 사뭇 문 밖이 환한 것 같았다.

키는 과히 크지 않으나 균형이 탁 잡힌 체격에 신사복은 빈틈없이 탁 들어맞아서 쏙 뽑아낸 멋진 스타일이요, 얼굴은 자세히 못 보았지만 어쨌든 눈 하나만은 시원스럽게 인상적인데 윤곽은 갸름한 편이었다.

나중에 아주머니에게서 들은 말이지만 그는 그때의 광경을 이렇게 표현하였던 것이다.

"아, 난 춘향이 이도령이 이랬나 보다 했더란다. 색깔도 산뜻한 치마저고리에 그 리본이 꼭 큰 나비가 날개를 쩍 벌린 것처럼 네 얼굴이 더 돋보이지 않겠니? 그네에서 갓 내려온 춘향인들 어찌 그보다 더 예쁠까? 게다가 문 밖에 서 있는 도련님은 그야말로 선풍도골이니 진짜 이도령인들 그에서 더할까? 재자가인(才子佳人)의 상봉이란 이런 거로구나 하고. 정말 정신이 황홀했어."

아닌게아니라 그때의 어머니나 고모는 무슨 단막극(單幕劇)이나 감상하는 관중처럼 잠깐 자기들의 존재를 잃고 두 사람의 대립 장면을 숨죽여서 보고 있었다.

애영이 쪽에서 먼저 긴 파란 치마폭을 휩싸며 마루로 올라갔고 고모는 그 청년을 들어오라 하여 안방으로 들어갔다.

윤씨는 뒷문에 주렴을 내리고 화문석을 깔아 손님을 맞았다. 조금 있으니까 어머니가 나와서 애영에게 복숭아 화채를 타오라 하였다.
 애영은 식모와 화채를 만들어서 푸른 쟁반에 유리그릇을 놓았다. 설백의 유리그릇에 발그스름한 화채에는 흰 점인 양 몇 개의 실백이 동동 떠 있었다.
 색의 조화가 극치에 이른 움직이는 인물화에 청년은 정신이 번쩍 들었다. 다소곳이 숙인 머리채 뒤에서 연노랑 댕기는 바르르 떨고, 공손하게 쟁반을 미는 두 손은 투명한 그릇들과 액체에서 더욱 젖빛으로 보얗게 보였다.
 청년의 눈이 염치없이 애영의 눈에서 헤매고 있을 때 애영의 가슴은 야릇한 죄의식에 떨고 있었다.
 이 방에 들어올 때도 공연히 김민수에게 미안한 맘이 들었는데 그의 당돌한 시선을 느끼면서는 자기의 소유를 남에게 들키기나 한때처럼 괜스레 불안하였다.
 김민수와는 아무런 약정도 없고 그에게 대한 특별한 호감을 받는 바도 아니며, 그 사람 자체에서 일어나는 어떠한 매력도 없었다. 다만 우연하게 만나서 신기롭게 얽힌 인연이 있을 뿐이었다.
 앞으로 사회생활을 하려면 많은 남성과 접촉해야 할텐데 한 청년이 내 집을 방문했기로니 또한 이국에서 동포끼리의 친절을 받았기로니 미안하단다거나 불안하다거나 이런 감정을 갖는 것부터가 불순한 양심이기 때문이라고 애영은 스스로를 꾸짖고 달래며 밖으로 나오려고 하는데
 "얘, 거기 앉아라."
하고 어머니가 부드럽게 말했다.
 "오 참, 애영이도 인사를 해야지."
 서글서글한 고모의 눈이 애영을 감싸며 미소를 지었다. 애영은 사뿐히 쪼그리고 앉았다.
 "이분은 말야 조도전대학 출신인데 우리하고는 한집안처럼 지내는 댁

의 자제야. 자, 인사를 하시지. 애는 아시다시피 내 조카고."

고모는 청년을 향하여서 애영을 소개하였다.

"나 이용준이라고 합니다."

그는 두 손을 방바닥에 놓고 꾸벅 절을 하였다. 애영도 황망히 일본식으로 공손한 답례를 하였다.

"이번에 미술학교를 졸업한 천재화가, 보시다시피 이렇게 아름답고……."

"아이, 아주머닌……."

애영은 고모의 짓궂은 익살을 막으며 몸을 일어 밖으로 나와버렸다. 서로 통성명한 다음에야 초면인 남성을 바라보고 앉았을 의무가 없는 까닭이었다.

얼마쯤 있다가 이용준은 볼일이 있다고 먼저 가고 아주머니는 뒤쳐져서 그의 약력을 보고하였다.

그는 졸업했는데도 무슨 공부를 더 하기 위하여서 눌러 동경에 있는데 이번엔 결혼을 하려고 나왔다고 하였다. 아버지는 없으나 형이 상당한 자산가로 아우의 유학도 시켰고 현재 어느 명문의 영양과 거의 성립이 되어 간다 하였다.

그러나 그는 그 여인에 대한 사랑도 느끼지 않을뿐더러 명문의 딸은 싫다고 한다 하였다. 또한 그 명문의 딸은 현재 교편을 잡고 있는데 이용준을 삼 년 간이나 혼자 사랑해 왔다는 말까지 전하였다.

'아주머닌 뭣 하러 그런 조건 붙은 남자를 데리고 오셨을까?'

애영은 탐탁지 않은 얼굴로 고모의 얘기를 들은 척도 하지 않았으나 웬일인지 대문 밖에 섰던 첫인상만은 사진처럼 머리에 남아 있었다.

사흘 후에 이용준은 혼자 찾아왔다. 어머니는 식모를 데리고 시장에 가셨고 아우들은 학교에 가서 애영 혼자 집을 보며 반호장에 박을 금자의 도안을 만들고 있을 때였다.

애영은 그를 맞아들일 수밖에 없었다. 집안이 적적한 것을 본 이용준은
"혼자 계신데 올라가도 될까요?"
하고 마루 끝에 선 애영을 쳐다보았다. 그 눈이 바다와 같이 시원하다고 느끼며
"먼 델 오셨으니까 좀 쉬어 가셔야 할 게 아닙니까? 어머니도 곧 오실 텐데요."
하고 화문석을 대청에 폈다. 그는 서슴지 않고 자리에 앉으며
"정말 좋은 데군요."
하고 좌우를 살피다가 밥상 위에 놓인 애영의 일에 눈이 갔다.
"요샌 무슨 작품을 만드십니까?"
"동경에서 와선 아직 아무 것도 손 못 댔어요."
별안간 앞 나무에서 매미 떼가 악 울음을 터뜨렸다.
잠시동안 매미의 합주곡이 무대를 삼켜버린 듯 남녀는 마주 앉아서 애영은 시선을 나무에 주고 이용준은 애영에게 눈을 보낸 채 잠잠하였다.
두서너 달 집에서 쉬는 동안에 애영은 두 볼에 살이 올라서 날카롭게 보이던 인상마저 덕성스러운 여성으로쯤 보게 되었다.
매미의 합창이 끝나고 가냘픈 소프라노의 멜로디가 끊일락 이을락 할 때에야
"참말 절간 같군요."
하고 또 한 번 감탄하였다. 환경에 퍽 관심을 갖는 분이라고 생각하며
"뭐가요? 지저분한 환경인 걸요."
애영은 일부러 한 번 튕겼다.
"천만에, 아닌게아니라 여기까지 오는 도로는 먼지가 많고 좀 그렇다 할 수 있지만, 여기 이렇게 아담한 집이 들어앉으리라는 건 의외였어요. 더구나 집 뒤의 언덕이 그럴 듯하고 주위의 풍경이 목가적(牧歌的)이어서요."

"그건 과장이세요."

그제는 넥타이를 했었는데 오늘은 노타이를 입어서 풍부한 목의 윤곽이 무척 건강해 보였다.

"하하하하, 그건 겸양이신데요."

그는 호걸스럽게 웃으며 포켓에서 담뱃갑을 꺼냈다. 아주머니에게선 이십육 세라고 들은 것 같은데 세련된 품이나 침착한 태도가 삼십쯤 되는 풍도를 가지고 있었다.

'김민수 씨와는 정반대의 성격이다.'

애영은 그의 소탈한 회화에 끌려들어가는 듯이 가슴에 통하는 바가 있음을 느끼며

"졸업을 하셨다면서요. 또 다른 공부를 하시나요?"

하고 물었다. 묻고 나서는 지나쳤다고 이내 후회하였다.

"네, 오입을 좀 하느라구요."

"네?"

"오입이라니깐 외도라군 생각지 마십시오. 아직은 총각이 감히 그런 불결한 용어를 하겠습니까?"

그는 담배를 한 대 피워 물고 몇 모금 들이마셨다가 머리를 돌리고 훅 내뿜었다.

"본래는 경제학을 전공했습니다. 작년에 조도전을 나왔죠. 그리고 다른 걸 좀 해보는 중입니다."

"……."

"인간이란 전공마저 억지로 택하는 수가 있어요. 경제학이 그거구요 또 징용을 회피하기 위해선 야간 치과대학을 다닙니다. 그러나 내가 하고 싶은 공부를 할 새가 있어야죠."

"무슨 과목을 제일 원하셨는데요?"

애영은 혈색 좋은 그의 훤칠한 이마를 바라보았다. 그는 담배를 이어

피우다가 불을 껐다.

"연출을 좋아합니다. 연극을 연구하려니 각본도 써 봐야 하는데 시간이 없어서 걱정입니다만 형님 모르게 공부는 하고 있습니다."

"그야말로 학문의 양극(極)을 연구하시는군요."

"하하, 참 재미있는 말씀입니다. 이를테면 그런 셈이죠."

애영은 손님에게 무엇을 권할까 망설이고 있는데 마침 어머니가 토마토를 사 가지고 돌아왔다.

이용준은 윤씨를 보고 벌떡 일어나더니 그가 마루에 올라온 후에야 다시 자리에 앉았다.

'퍽 예의가 바른 분이다.'

어머니도 이용준을 환대하여서 애영이 사탕에 절여온 토마토를 셋이 정답게 먹었다.

"그래도 용케 사탕이랑 구하셨군요."

그는 물정이랑 아는 어른처럼 그런 말이랑 하였다.

이틀 후에 이용준은 작별 차로 왔다 하였다. 형의 사업장인 대구로 떠나니 언제나 보려는지 모르겠다 하면서

"시간 있으시면 뒷산에 안내 좀 해주시겠습니까?"

하고 애영보다도 윤씨를 향하여서 의향을 물었다.

"그러렴. 거기 올라가면 참 가슴이 시원하지."

윤씨는 애영에게 허락한다는 뜻을 표시하여서 애영은 아무 말 없이 앞장섰다. 이용준은 윤씨에게 하직 인사를 하고 애영의 뒤를 따랐다.

흰 바탕에 푸른 줄이 세로 죽죽 그려진 반소매의 비단원피스를 입은 애영의 거의 이용준의 키에 육박하였다. 가는 허리를 질끈 잡아맨 끈이 나비 리본 마냥 멋들어지게 뒤로 늘어지고, 쪽 곧은 종아리가, 흰 구두로 가볍게 땅을 차며 걸어갈 때에는 눈에 띄도록 팽팽하였다.

E여자전문을 뒤에 업은 이 언덕은 아카시아와 소나무가 건성드뭇하게

서 있고 무성한 풀과 각색 풀꽃이 등성이를 덮어 몇 개의 큰 융단을 펼친 듯 싱싱하고도 화려하였다.

한 쌍의 남녀는 나란히 걸어서 언덕에 올랐다. 경의선 철도가 눈앞에 깔리고 멀리서 강의 마을이 양떼런 듯 조용하게 엎드려 있었다.

이용준은 풀밭 소나무 그늘에 덜퍽 주저앉으며 땀을 씻었다.

"홍진만장의 서울에도 이런 한적한 곳이 있었군요."

그는 자기의 손수건을 깔아주며 애영에게 앉으라고 하였으나 애영은 저만큼 놓여있는 바윗돌에 우뚝 걸터앉았다.

"아, 거기 그늘이 더 짙으군요."

이용준은 애영의 곁 풀자리로 옮겨왔다. 그는 미술사(美術史)에 대하여서도 음악 이론에 있어서도 풍부한 지식을 가진 모양으로 막힘 없는 전문가적인 소견을 폈다

화성(畵聖) 악성(樂聖) 시성(詩聖) 문호(文豪)들의 유머러스한 에피소드도 간간이 넣었다. 실로 장강(長江)을 기울일 듯한 그의 화술(話術)에 애영은 잠시 넋을 잃고 도취하여 있었던 것이다.

그러나 자기의 전공인 경제학에 대하여서는 한 마디도 입 밖에 내지 않았다.

물기를 품은 바람이 한 줄기 불어왔다. 소나기를 실은 듯한 검은 구름이 가끔씩 해를 가렸다. 바람이 이어 불었다.

풀에서인지 애영에게서인지 향긋한 향내가 사르르 코에 말렸다. 이용준은 얘기를 끊고 잠깐 침묵에 잠겨 있었다.

"동경엔 또 안 가시나요?"

결혼하면 서울에서 살겠느냐고 묻는 내용과 같았다.

"웬걸요? 또 가야죠. 가서 마저 배워 치워야 하지 않아요?"

그는 담배를 붙이려다가 바람이 세어서 그만두고

"애영 씨는 가고 싶지 않으세요?"

하고 애영을 돌아보았다. 대답이나처럼 빗방울이 후두두 듣더니 쫘아 소나기가 쏟아졌다.
"아 이거 큰일났군요. 자, 이리로 오세요!"
이용준은 애영의 손을 잡고 가까운 인가로 뛰었다.
폭탄의 소나기가 아닌 다음에야 혼자서도 단거리쯤은 이용준보다 앞설 자신이 있는 애영이었다.
"손은 놓고 뛰세요!"
끌려가면서도 애영은 손을 빼려고 하였으나 너무나 꽉 잡혔기 때문에 옴짝할 수도 없을 뿐더러 지척을 분간할 수 없는 굵은 빗줄기에 애영은 그에게 손을 맡기는 수밖에 없었다.
그들은 어느 집 뒤 담 벽에 들어서서 등을 붙이고 몸을 사렸다. 그들은 서로 마주 보고 웃었다. 애영의 얼굴에서는 빗방울이 수은처럼 굴러 내렸다.
"여기가 젖지 않아요? 이리로 바짝 다가서십시오."
이용준은 애영의 뒤로 팔을 돌려서 애영의 반소매를 쥐어 당겼다. 물에 젖은 비단은 손에서 녹을 듯이 부드러웠다.
엷은 깁옷이라 비에 젖은 애영의 윤곽이며 탄력 있는 팔뚝이 그대로 드러났다. 비는 그악스럽게 더 퍼부었다.
"첫날부터 이 언덕에 애착이 있었어요. 기어코 한 번 정복해 보고 싶은 정열이랄까요? 그랬더니 오늘은 애영 씨가 공연히 나 때문에 이런 곤욕을 당하시군요."
애영이 손수건으로 물방울을 닦아 내는 것을 보고 이용준은 자기의 바지를 탁 쳤다.
"아 참! 내건 거기다 놓고 왔네!"
"저런! 그럼 이거라도…… 어쩌나 더러워서……."
애영은 촉촉한 분홍 손수건을 그에게 주었다. 이용준은 덥석 받아서 물이 번질거리는 낯을 훔쳐냈다.
'옳거니 아까의 그 향내로군.'
순간 이용준의 젊음이 와락 강한 열을 토하는 듯이 뺨이 화끈 달았다. 그 상기된 얼굴이 애영을 그윽이 바라보았다.
"난 이 날을 평생 기억하겠어요."
비의 기세가 아까보다 훨씬 줄어져서 이용준의 음성이 또렷하게 들렸다.
"저두요."
소리가 애영의 입 안에서 돌았다. 비는 완전히 멎었다. 언제 소나기가 있었더냐 싶게 구름은 걷히고 해가 반짝 났다.
"집에 가셔서 양복 말려 입고 가세요."
즐거운 시간이 지난 뒤처럼 허전함을 느끼며 애영은 그에게 권하였다.
"이 꼴로 어떻게 또 들어갑니까?"
그는 머리를 털며 양복의 소매를 잡아당겨서 손바닥으로 쓱쓱 문질러 보았다.
"그렇지만 어떻게 그냥 가셔요?"
"왜요? 즐겁게 그냥 가겠습니다. 가노라면 마르죠."
그들은 그 집에서 나와 아까 둘이 앉았던 자리를 지내왔다. 풀밭에 떨어진 손수건이 흙물투성이가 되어 있었다. 애영은 그것을 집었다.
"그냥 버려 두세요. 넣어 가지고 못 갈 텐데요."
"제가 가지죠 뭐."
처녀로서는 퍽 대담한 대답이라고 애영은 스스로 느꼈다. 남의 총각의 때묻은 손수건을 어떻게 하겠단 말인가 이용준은 힐끗 애영을 내려다보았다. 시선이 마주쳤다.
"동경 가기 전에 또 한 번 올 수 있도록 하겠습니다."
그는 언덕을 내려와서 애영의 대문을 지나 훨훨 가버렸다.

애영은 잠시 그의 뒷모습에 눈을 보내고 있다가 그가 한 번 돌아보며 손을 올릴 때에야 자기가 지나친 관심을 가지고 있는 것에 정신이 들어 대문 안으로 들어왔다.

그러나 그가 번연히 앞을 지나고 있다는 것을 무시할 수가 없었다. 애영은 개나리숲이 되어 있는 울타리로 가서 잎이 무성한 줄기를 비집고 앞길을 내다보았다.

이용준은 활개를 치며 큰길을 향해 걸어갔다. 체격도 걸음걸이도 흠잡을 데가 없었다. 그는 머리를 돌려 이쪽을 바라보았다. 눈에 뜨일 턱이 없건만 애영의 가슴은 두근거렸다. 그리고 뺨이 화끈 달았다.

그의 그림자가 사라진 후에야 애영은 아쉬운 듯한 심정으로 막 돌아서려고 하는데

"아니, 넌 거기서 뭐 하는 거냐?"

어머니의 말소리가 뒤통수를 쳤다. 애영은 손에 가득히 묻은 물을 탈탈 털며 뜰로 나왔다.

"아이, 옷이 젖었구나. 그래 그인 갔니?"

"네."

"소나기가 오길래 우산이나 갖다 줄까 하고 내다봤더니 보이지 않더구나. 어디 갔었니?"

"그냥 거기 있다가 근처 집으로 갔었어요."

윤씨는 더 묻지 않고 맑아진 하늘을 쳐다보며

"얘들 걱정 안 해도 됐군 그런데 그인 그 주제로 갔나?"

혼자 중얼거리다가

"얘! 사람은 퍽 시원해 뵈지?"

하고 건넌방에서 옷을 갈아입는 애영에게 말을 걸었다. 시원이란 뜻은 외모에 있는 것이 아닌 성격을 이름인 줄 알고 있으면서도

"글쎄요."

애영은 모호하게 대답하였다.
"동경에 있다는 청년하고 누가 더 잘났니?"
지각 있고 슬기로운 어머니건만 자녀에 있어서는 매양 어리석은 질문을 곧잘 하였다.
"그런 걸 누가 알아요?"
말은 그렇게 하였지만 애영은 벌써 언덕에서부터 둘을 비교하였던 것이다.
김씨는 성격이 찬찬하고 소심하고 옹졸한 것 같이 보였고, 인물도 결코 잘난 편은 아니었다.
그런데 이용준은 쾌활하면서도 어른답고 박학다재(博學多才)하여서 얘기하는 도중에는 모르는 새에 그에게 끌리고 또한 흉금도 막힘 없이 서로 통하는 것 같았다.
이목구비의 생김새나 풍채도 애영이 보아 온 남성 중에서는 가장 뛰어났다. 이를테면 자기의 맘을 사로잡을 수 있고, 자기와 빈틈없이 융화되어 있는 감정의 남성이었다.
다행히 어머니가 눈치를 채지 않았기에 망정이지 염치를 잃고 울 틈으로 외간남자를 엿보았다면 누구나가 다 탈선한 여성으로 볼 수밖에 없는 일이었다.
애영의 가슴에서는 이용준에게 대한 사모의 정이 모락모락 자라나고 있었다. 애영은 이용준이 다시 찾아줄 날을 기다렸으나 그에게서는 소식이 없고 여름방학도 거의 다 돼갈 무렵에야 김민수에게서 전보 한 장이 왔다.
내용인즉 모일 모시에 수원역에 도착한다는 것이었다.
'수원은 또 웬일인가?'
수원역으로 오란 말은 없으나 신세 입은 사람이니 마땅히 나가 봐야 할텐데 졸지에 수원으로 갈 수도 없어 그 시각을 놓치고 말았더니 며칠 후에 편지가 왔다. 수원이 본집이어서 돌연한 일로 고향에 왔는데 이왕 온 김에 만나고 싶으니 경성 ××여관으로 오라는 말이었다.
 그 편지를 받은 때가 오전이어서 애영은 인영을 데리고 진고개에 있는 일본인의 여관을 찾아갔다.
 '하필이면 왜 일본 집에 있담.'
 그것부터가 비위에 맞지 않았는데 가 보니 두 밤을 자고 떠나버렸다고 헛걸음만 치게 되었다.
 '투철하지 못하고 사람이 왜 그 모양인가.'
 짜증이 나서 견딜 수가 없었다. 수원역 운운한 일이라든지 미리 시일을 정하지 않고 무턱대고 오라는 것이며 또 이왕 오랬으면 기다리지 않고 자발스럽게 그냥 가버린 것이 모두가 다 마음에 맞지 않았다.
 '싱거운 사람도 다 있지.'
 애영은 돌아오면서 몇 번이나 혀를 찼다.
 그런데 그 날 오후에 우영이 그 동네에 있는 동무의 집에 놀러 갔다가 와서 하는 소리가 이상하였다.
 바로 어제 웬 청년이 하루종일 애영의 집 뒤 언덕에 앉았다 가더라는 것이었다.
 그 동무의 집이란 이용준과 애영이 그 전에 소나기를 피하여 들어섰던 그 언덕 위의 집이어서 거기서 일어난 일은 소상하게 알 만하였다.
 우영과 동급생인 중학 5년생의 말은 신수가 멀쩡한 한 청년이 애영의 집이 바라보이는 곳에 앉아서 담배를 피우면서 꼴 베는 노인과도 얘기를 주고받다가 돌아갔다는 것이었다.
 그러면서 우영에게 너희 집에 손님이 오지 않았느냐고 묻고, 우영이 그에게서 얻어들은 인상만으로도 그는 틀림없이 김민수라는 직감이 들었다.
 "아이, 못나기도 했지. 이왕 여기까지 왔으면 코가 없다구 못 들어와?"
 윤씨는 와락 화를 냈다. 애영은 설마 그럴 리가 없으니 편지로 알아보겠다고 반신반의하였다.
 과연 동경에서 등기로 편지가 왔다. 수원역에서는 행여나 하고 기다렸다가 실망했고 서울 여관에서도 이틀 밤낮을 허송했다는 것과 변심한 여성이나마 그가 있는 집이라도 보고 가려고 신촌에서 하루를 보냈다는 말이 탄식조로 적혀 있었다.
 애영은 그의 사연을 읽으며 눈시울이 뜨거웠다. 그 날에야말로 종일 집에서 재봉침을 놀렸는데 지척지간에서 못 만난 것이 안타깝기도 하려니와 이처럼 몰락한 집안의 딸의 어디가 좋아서 그다지도 혼자 지성을 들였던가를 생각하고 고마운 정도 들어서 부드럽고 정다운 답장을 보냈더니 초가을에 제법 묵직한 등기가 오면서 구애(求愛)의 편지가 왔다.
 막상 어색한 사랑의 글발을 쥐고 나니 웬일인지 싫증이 왈칵 나서 회답을 하지 않았다가 두 번이나 재촉을 받고야 아팠다는 핑계를 댔다. 김민수는 즉시로 갖은 약을 구하여서 소포로 보내왔다.
 뿐만 아니라 여름방학에 들어가면서는 매일 신문을 보냈던 것이다.
 "그 난리 통에 약은 어디서 구하며 신문은 또 어떻게 날마다 보내나? 어쨌건 재주는 좋은 사내야."
 윤씨는 이러한 칭찬을 잊지 않았다. 어느덧 가을도 지나고 첫눈이 날리는 겨울이 되었다. 한 번 간 이후에는 편지 한 장 없으려니와 그를 소개한 고모마저 다른 데로 이사가 버려서 이용준의 소식은 알 길이 없었다.
 문뜩문뜩 여름의 회상이 일어나면 맘 속 깊이 자리잡은 이용준에의 애모의 정이 다시금 꿈틀거리기도 하였지만 냉정한 남성은 잊어버리자고 스스로 노력하는 어느 날 김민수에게서 편지가 왔다.
 '이 세상에 기연(奇緣)이 있다더니 나는 처음으로 그것을 절실히 알았습니다. 나만이 장애영 씨를 이상적인 여성이라고 여기는 줄 알았더니 나와 같은 야간 치과대학에 다니는 이용준이란……'
 순간 애영의 시선은 거문고 줄이 끊기듯이 탁 끊어졌다. 그는 눈을 한 번 감았다가 시선을 다시 이었다.

'친구가 어느 날 내게 자기의 사정을 호소하는데 우연히도 애영 씨의 이름이 나왔습니다. 자기의 맘에 들고 이상에 맞는 여성은 장씨인데 형님의 강권과 부득이한 사정으로 다른 여인과 약혼을 하였으나 늘 고통이 된다고 하기에 나는 나와 애영 씨와의 관계를 다 토파하였더니 차라리 잘되었다고 그러면 자기도 단념하겠노라 하였습니다.'

애영은 읽고 있던 종이를 스르르 놓았다. 김민수의 말마따나 기연인지 악연인지는 모르지만 어떻게도 공교롭게 김씨와 이씨가 자기를 가운데 두고 사랑의 호소를 하였더란 말인가.

이용준은 틀림없이 그 명문의 여교원과 약혼하였을 것이다. 그가 나를 단념하듯이 나도 그를 단념해야 한다. 그러고 보면 김민수와 나는 천생의 인연이었는지도 모르리라.

애영은 뜻을 정해야 할 때가 왔다고 스스로를 격려하였다. 본시 전설적인 것, 신비적인 것을 좋아하는 애영인지라 이런 것이 다 어떤 운명의 배정(配定)이니 그대로 순응함이 옳은 일이라고 그는 기어코 김민수의 사랑을 받기로 결심하였다.

남편의 무능에 진저리가 났던 윤정신여사는 애영의 뜻을 가상히 여겼다.

"지금 세상에는 어쨌든 능력 있는 남자라야 처자 굶기지 않는다. 집안이나 좀 알아보고 약혼이라도 해 두는 게 어떠니?"

"집안을 어떻게 알아보나요? 그이더러 호적등본을 보내 달랠까?"

모녀는 이런 문답을 하면서 김민수를 장래의 집안 식구로 인정하게끔 되었던 것이다.

한번 맘을 정하고 나니 김민수에 대한 애정도 의무적으로 노력해야 하겠다는 생각이 들어서 애영은 될 수 있는 대로 정다운 글을 보내기로 하였다.

해가 바뀌며 점차로 폭격은 심해갔다. 김민수가 보내는 신문은 한 달 후에야 손에 들어오는지라 애영은 날마다 그가 보내는 신문을 받으며 지금쯤 그는 폭탄에 쓰러지지 않았을까 하는 초조와 불안에서 극도로 신경을 쓰게 되었고, 윤씨는 뒤뜰에 단을 모으고 빌기까지 하는 어느 날 동경에서 전보가 왔다.

김민수의 집안을 알아볼 기회도 없이 삼월은 되고 김민수가 귀국한다는 것이다. 그러나 시일이 분명치 않았다. 다만 귀국하였다가 서울에 가겠으니 그때 다시 알리마 하는 내용이었다.

어쨌거나 애영은 기뻤다. 매일 오던 신문마저 끊어진 지 십여 일이나 되는데 그저 무사히 돌아온다는 것만이 대견하여서 다시 기별이 오기만 눈이 빠지게 기다렸다.

일 주일 후에 돌연히 김민수가 애영의 집에 나타났다. 그가 대문 밖에 서 있을 때도 애영은 언뜻 알지 못할 만큼 그의 모습은 변하여 있었다 고급의 스프링대신 털털한 밤색 두루마기를 입었는데 그것이 짧아서 무릎에 닿을락말락하고 그 아래로 축 늘어진 회색바지며 푸른 대님에 엄청나게 큰 누런 색 구두가 한말로 촌 서방님 그대로였다.

'이렇게 달라질 수도 있는 것일까? 동경서의 그 멋쟁이 대학생은 어디 가고 이렇게 시골티가 더덕더덕 앉은 나무꾼이 되어 왔는가'

집 안으로 안내하면서 애영은 제 눈을 의심한 만큼 그의 앞뒤를 훑어보았다.

"어머니 이분이 김민수 씨예요."

윤씨에게 소개하는 애영은 물론 어줍은 태도였으니와 소개를 받은 윤정신여사도 당황하여서

"응? 누구? 아 아니 김민수 씨?"

하고 반문하였던 것이다.

김민수를 방에 앉혀 놓고 애영이 밖에 나왔을 때 어머니는

창공에 그리다 135

"거 웬일이냐? 이 도령처럼 변장을 했단 말이냐? 본시도 저렇게 소탈하던 모양이지?"

하였다. 애영은 그 '소탈'이라는 형용사가 갑자기 맘에 들었다.

"네. 퍽 소탈했어요. 몸치장엔 영 관심이 없는걸요."

애영은 첫 번째의 거짓말을 하였다. 동경에서야 얼마나 멋쟁이 행색을 부렸던가.

"젊은이치군 참 신통하구나. 귀국하자마자 척 한복을 주워 입고 나서니 말야."

윤씨는 더욱 감탄하여서 점심 대접을 극진히 하였고 애영도 어머니의 말에 찬동하여서 오리려 그를 고맙게 여겼다.

그러나 어딘지 모르게 그의 동작은 활발하지 못하였다. 원래가 출중하고 활달한 남성은 아니었지만 어두운 표정은 없었는데 가끔씩 주저주저하는 빛이 역력하게 보여서 애영은 공연히 불안하였다.

그는 애영에게 신경(新京)에 가지 않겠느냐고 물었다. 둘이 가서 한몫 단단히 잡자고도 하였다.

"전쟁을 이용해서 한번 잘만 굴리면 단박에 억만장자가 될 테니 함께 가자"

는 것이었다.

그래서 애영은 그 따위 허황된 생각은 버리고 취직하고 결혼하여 본국에서 착실하게 살아나가자는 제의를 하였더니 그는 시무룩해서 돌아갔다.

"사람이 시원치 않아 뵌다."

어머니는 이용준에게 하던 반대의 의견을 말했다.

며칠 후에 그는 정작 신경의 차표를 가지고 왔다.

애영이 가지 않으면 자기 혼자라도 가겠다는 것이었다. 애영은 괘씸하여서 그렇게 하라고 딱 잘라서 말했더니 그는 슬그머니 주저앉아 버리고는 그러면 사오 월에 그냥 결혼식을 올리자고 하였다.

자기는 제일고등보통학교의 출신이기 때문에 각처에 발이 넓어서 몇 군데 자리가 있기는 하나 미혼자는 신용하지 않으니 결혼만 하면 즉시로 발령이 나온다고 하였다.

돌아오자마자 신경에 갈 계획을 꾸미며 차표까지 끊은 것하며, 그 어려운 취직처를 여러 곳에 알선한 수완을 애영은 높게 평가하였다. 처음부터 유능한 청년이라고 인정해 버린 선입감도 있어서 윤씨도

"한 해나 끌던 일이니 이왕이면 편리할 대로 하자꾸나."
하고 선선히 응낙하여서 부랴부랴 결혼을 서둘렀다.

애영의 어머니는 장녀를 위하여서 미리미리 준비하였기 때문에 바쁜 일은 하나도 없었다. 다만 결혼 비용을 마련하면 되는 것이다.

결혼날짜를 신부집에서 정하라고 하여서 애영은 신록의 오월을 택하고 토요일인 오 일로 정하였다.

택일을 한 달 앞둔 사월 초순에 김민수는 수심이 가득하여서 애영을 찾아왔다. 자기 집에서 혼인식을 연기하자고 한다하였다. 이유는 궁합이 썩 좋지 않았다는 것과 누이를 출가시켰으니 한 해에 두 경사가 있을 수 없고 또한 금전의 여유가 조금도 없다는 것이다.

윤정신여사는 그 말에 화를 발끈 내서 그러면 아주 파혼하는 것이 어떠냐고 대들었다. 애영도 어이가 없어서

"그렇다면 취직도 그만큼 늦어지지 않아요? 미신적인 행동을 신학문을 배웠다는 우리가 그대로 따라가면 어떻게 되나요? 5월 5일로 확정된 줄 모두 다 알고 있는데 이제야 변경한다는 것은 무리예요."
하고 강경하게 나갔다. 모녀의 태도를 보고 김민수는 다시 의논해서 알리마하고 돌아간 지 사흘만에 와서 그럼 그대로 식은 올리되 신행은 가을에야 하자고 하였다.

신숙경 여사는 이 소식을 듣고 애영에게 김민수를 데리고 학교로 오라는 편지를 냈다. 신여사가 김민수와 상면한 후에 애영에게 한 말은 이러

하였다.

"알고도 모를 사람이 애영이 너로구나. 그래 김민수를 진정으로 사랑해서 하는 결혼이냐? 네가 김민수를 동정해서 하는 결혼이냐?"

애영이 스스로 생각하여도 갈피를 잡을 수가 없었다. 사랑인가? 동정인가? 이것도 다 아닌 성싶었다. 제 딴에는 개성이 뚜렷한 여자인 줄 알았는데 인간대사인 배필을 정하는 자리에서 어떻게 모호한 처단을 하였단 말인가.

"남자가 투철해 뵈지 않는구나. 네가 출중하니까 괜찮겠지."

끝내 신여사는 이 결혼에 대한 불만을 표시하였으나 예정대로 그 날은 닥쳐왔던 것이다.

5월 5일! 바람과 신록이 다 향기로울 때건만 그 날은 먼지바람이 차일을 펄럭여 차일 줄이 꽃병을 쳐서 땅에 떨어졌다.

사모관대와 칠보화관의 신랑신부는 뎅그렁 병 깨지는 소리에 깜짝 놀랐다. 애영의 일가들과 신여사 이하의 친지들도 얼굴빛이 변했다.

그 중에서도 윤씨의 가슴은 철렁 내려앉기까지 하였다. 혼인날 그릇이 깨지면 그들 신인에게 불길하다는 말을 꼭 곧이듣는 것은 아니지만 애지중지하는 장녀의 결혼이요 이 집안의 개혼인데 날씨는 흐리고 바람은 거칠어 떠나갈 듯이 펄럭이는 차일도 불안하거니와 면전에서 산산조각이 난 유리조각과 뒹구는 꽃 떨기를 바라보는 어머니의 심정이 어찌 편안하기를 바랄 것인가.

더구나 윤씨에게는 애영이 모르는 비밀이 있었던 것이다. 김민수는 입버릇처럼 금전의 여유를 찾았다. 동경에서는 그처럼 푼푼하던 그가 궁상스러울 만큼 돈걱정을 하였다. 애영도 듣기에 거북하였지만 윤씨는 더욱 그러하였던 것이다.

윤씨는 이상한 예감이 들어서 김민수에게 결혼반지의 종류를 넌지시 물었더니 구식에 무슨 반지가 필요하냐고 하였다.

윤씨는 그의 눈치를 채고 친히 금가락지를 만들어 김민수에게 주면서 결혼 선물로 애영에게 끼워 주라고 하였던 것이다. 남들이 다 끼는 홍보석의 약혼반지도 얻어 갖지 못한 딸이 너무나 가엾은 까닭이었다.
그러한 내용도 모르고 애영은 묵직한 다섯 돈 중의 가락지를 받으며 김민수의 능력에 감격하지 않았던가.
그 집에서는 부모도 오지 않고 시골티가 나는 형님만이 참석하였다.
애영의 집에서는 전쟁 중이나마 정성껏 각색 재료를 구하여서 음식을 장만하였기에 신랑과 상객의 큰 상도 보냈으나 신부례를 하지 않는 집안이라고 거기서는 아무 것도 보내 온 것이 없었다.
결혼 후에 김민수는 처가에서 빈둥빈둥 놀았다. 취직은 어찌되었느냐고 물으면 시기가 늦어서 다 실패하였다고 하였다.
차차 알아보니 제일고보 출신도 거짓말이고 동경에서의 의복도 다 친구의 것이었고 모든 것이 다 허세뿐이었던 것이다.
그는 걸핏하면 신경행을 반대했다는 구실로 애영을 볶았다. 아무개는 천만장자가 되고 모모는 억만장자가 되었는데 여인의 방정으로 마(魔)가 들었다하면서 때로는 손찌검까지 하려고 들었다.
'여반장'이라는 속어를 애영도 늘 들었고 표리부동하다는 숙어를 배운 바도 있지만 이처럼 손바닥을 뒤집듯이 돌변한 사람도 처음이요, 이처럼 안팎이 다른 남성을 애영의 생애(生涯)에서는 아직 얘기도 들어본 적도 없었던 것이다.
애영의 실망은 무한한 것이었다. 나중에 안 것이지만 신경행의 차표마저 남의 것을 빌려와서 애영을 위협하였다지 않는가.
그러나 때는 이미 늦었다. 애영은 오월 그 달부터 태기가 있었다. 먹고 싶은 음식이나 과실이 많았지만 애영은 죽도록 참았다. 어머니에게는 죄송해서 남편은 무능하여서 애영은 일반 여성이 다 지내야 하는 그 수난을 저 혼자 겪었다.

'차라리 낙태나 해버리자. 저 따위의 종자가 퍼져서 무엇하랴.'
스물두 살인 애영은 이것이나마 이룰 수가 없었다. 일부러 높은 데서 뛰어내리기나 하려니 맘먹고 하루는 집 위 언덕에 올랐다. 작년 이맘때 이용준과 함께 왔던 언덕이었다.
좀처럼 나가지 않던 김민수가 수원에 간다고 오전에 집을 비웠다. 애영은 모든 구속에서 풀려난 듯이 몸이 가벼워진 것이다. 신세 감정 신경이 한꺼번에 자유를 얻은 듯하였다.
'이것이 부부라는 남녀가 갖는 도리는 아닐 것이다.'
애영은 어쩌다가 자기가 이러한 기로(岐路)에 아니 보다도 깊은 함정에 빠져 있는가를 다시 의심했다.
'저주받은 또 하나의 생명!'
애영은 자기대로의 뜻을 정하고 점심을 먹은 후에 언덕에 올랐던 것이다.
작년에 이용준이 보던 그 푸른 줄의 원피스였다. 애영은 천천히 걸어서 그 자리에 왔다. 각색 풀꽃이 새파란 풀밭에 조촐한 무늬를 이루었던 그 아카시아 나무 밑, 애영이 앉았던 작은 바위는 그대로 놓여있고…….
애영은 덜퍽 그 돌 위에 앉았다. 지난날의 애기를 주우려는 듯이 그는 땅바닥이며 나뭇가지며 맑은 하늘이며를 두루 살폈다.
'아아 모두가 다 그대로다. 작년의 꼭 그때 그 자연, 그 풍경!'
애영은 가슴이 불룩하게 한스러운 긴 숨을 내쉬었다.
'변해 있는 것은 나 장애영뿐이다.'
아직 이용준이가 결혼했단 소문은 없었지만 작년부터 서둘던 혼인이 이때까지 있을 리는 없고 그렇다면 산천은 의구(依舊)한데 인물만이 변한 셈 아닌가.
'또다시는 메울 수 없는 함정 결단코 합칠 수 없는 거리!'
애영의 눈에서 눈물이 흘렀다. 사치스러운 수정 방울이 아니었다. 비록 두 줄기의 가느다란 눈물이나 원한이 조수(潮水)처럼 밀려드는 흐름이었다.

흐르는 대로 맡겼던 눈물을 닦으려고 애영은 포켓에 손을 맡겼다. 잡히는 손수건은 묵직했다.

"아하!"

애영은 수건으로 얼굴을 싸고 무릎에 엎드렸다. 그이의 것이다.

알뜰하게 빨아서 넣고 다니던 이용준의 손수건! 작년 가을에 함께 손봐서 넣어 두었다가 오늘에야 꺼내 입은 원피스였다.

'그리운 이여! 그리운 사람이여!'

그의 팔이 닿는 듯 음성이 들리는 듯 애영은 어깨를 흔들며 한참이나 울었다.

그러나 어느 순간 애영은 깜짝 놀랐다. 이 무슨 어리석고 못난 짓이냐?

'나는 이미 남의 아내가 된 몸! 아내? 흥 아내라니! 그 꽃 떨기 마냥 향기롭게 외우던 아내라는 두 발음이 내게 와서 진흙처럼 짓밟힐 줄이야…….'

애영은 문득 머리를 들었다. 표독한 눈초리로 허공을 노렸다. 유들유들한 김민수의 사각모 차림이 떠올랐다. 애영은 고개를 저으며 눈을 깔았다. 무릎에 펴진 손수건이 이용준의 가슴인 듯 널따랗게 아롱져 있었다.

"그이 역시 나를 못 잊을까?"

그의 약혼설을 알 때부터 굳게 눌렀던 그에 대한 사모의 정은 어느 때고 염치없이 솟아올랐던 것이다.

'못 잊으면 뭘 하나? 그와 나는 이미 깨어진 그릇인 것을…….'

애영은 그의 손수건을 꼭 쥐어 뺨에 댔다. 그때였다. 무심하게 펼쳤던 그의 시선이 한 그림자를 잡았다. 애영의 집 앞길을 걸어오는 한 남성이 있었던 까닭이었다.

애영은 자기의 눈을 의심했다. 풍채와 걸음걸이는 흡사 이용준이었으나 머리에 흰 모자를 쓴 것과 또한 그가 이러한 날 이런 자리에 결코 나타나지 않을 것이라는 속단이 그의 눈을 어둡게 한 것이다.

그는 이쪽을 한 번 바라보았다. 다행히 좀 우묵한 곳이라 푸름에 섞인 애영의 작은 몸이 그의 눈에 뜨일 염려는 없었으나 애영은 몸을 구부리고 그가 자기 집으로 들어가기를 기다렸다.

그러나 그는 집을 지나 언덕을 향하였다. 애영은 모르는 새에 기다 시피 소나무 숲 속으로 치달았다. 건성드뭇하게 서있는 소나무나마 두 그루가 나란히 붙어있는 등걸은 넉넉히 애영을 숨길 수 있었다.

애영은 납작하게 가슴을 붙이고 아래를 내려다보았다. 누가 오라고나 한 듯이 부지런히 올라오는 청년은 틀림없는 이용준이었다.

애영의 가슴은 뛰었다 왈칵 달려나가서 그에게 매어 달리고 싶었다. 왜 이제야 오느냐고 그의 가슴팍을 후려치고도 싶었다.

'그렇지만 이 꼴로 부어오른 이 얼굴로 어떻게?'

초라하고 처참한 이 몰골을 다른 여성의 남편인 사내에게 보이기 싫은 애영의 고집이 발을 얼어붙게 하였다.

이용준은 화려한 융단 같은 풀밭까지 와서 잠시동안 두리번거렸다.

'저이 역시 지나간 날의 얘기들을 주우려는 심정인가?'

그러고는 애영이가 하듯이 그 바위에 영락없이 걸터앉았다. 그린 듯이 동작을 멈추고 있던 그는 담배를 피어 물었다.

'울음 대신으로 담배를 피는 것이겠지.'

얼마 있지 않아서 그의 주위가 담배연기로 흐려졌다.

'얼마나 급하게 많이 빨아대면 연기가 저 모양일까?'

애영의 콧마루가 시큰하고 눈이 따가웠다. 그의 뒷모습은 점점 흐려졌다. 애영은 나중에야 연기만이 아닌 자기의 눈물을 깨달았다.

이용준은 모자를 벗어 풀밭에 던지고 두 손으로 머리칼을 털었다. 더워서일까? 괴로워서일까? 다음에는 턱을 괴고 머리를 숙여 가만히 앉아있더니 갑자기 벌떡 일어났다.

 모자를 버려둔 채 그는 휘적휘적 앞으로 걸어나가서 애영의 집 뒤까지 바싹 다갔다. 한동안 지붕을 내려다보고 섰던 그는 몸을 휙 돌렸다. 애영은 얼른 몸을 숨기고 눈만 빠끔히 남겼다.

 그는 다시 그 자리에 와서 모자를 집어들고 하늘을 쳐다보았다. 흰 뭉게구름이 짜증이 나듯 모자를 툭 머리에 얹었다.

 '옳지. 소나기를 연상하는 모양이지?'

 애영의 몸은 금새 그에게로 달려갈 듯이 움칫거렸다. 심장의 고동이 급속도로 잦았다. 애영은 아랫입술을 지그시 깨물고 그를 시야에서 몰아내려는 듯이 눈을 감았다. 그리고 나무등걸에 이마를 댔다.

 '어떻게 하나? 뛰어나갈까? 그렇지만 내가 그의 앞에 나설 자격이 있는가? 그이 또한 나를 만날 면목이 없을 것 아닌가?'

 애영이 다시 눈을 떴을 때 그는 그 자리에 없었다. 애영의 눈은 황급히 그를 찾았다.

 그는 가까운 인가 쪽으로 걸어가고 있었다. 뺨이 달아오르는지 모자를 벗어서 훨훨 부치며 걷는 발길이 멀리서도 힘이 빠져 보였다.

 애영은 곧 그의 뒤를 쫓아가고 싶었다. 지난 여름에 소나기를 피하여 들어섰던 그 집으로 향하는 것이 아닌가.

 '그는 지금도 나를 잊지 않고 있는 것이다.'

 그러나 피차에 과거를 되살리는 것이야말로 부질없을 뿐이라고 애영의 이성(理性)은 그를 막았다.

 이용준은 빈 바람벽을 이윽이 바라보았다. 얼빠진 사람 마냥 곁에 사람이 지나가는 것도 모르는 척하고 기둥처럼 서 있다가 슬그머니 돌았다. 애영은 행여나 눈에 뜨일 새라 재빨리 그늘에 숨었다

 그는 휘적휘적 애영의 앞을 지나 언덕 아래로 내려갔다.

 '갈 때나 집에 들르려나?'

한 줄기의 가냘픈 희망을 걸어보았으나 그는 올 때와 마찬가지로 옆길로 빠져서 큰길로 나섰다.

두어 번 애영의 집을 돌아본 그의 그림자는 어느 집에 가려서 보이지 않았다. 애영은 참았던 숨을 크게 내쉬고 조였던 가슴을 활짝 펴며 풀밭에 나섰다.

'그의 말은 역시 옳았다.'

동경에서 김민수에게 자기의 마음의 여성은 장애영이라고 하더란 말은 진정이었던 것이다. 그러기에 단 하루의 추억을 그는 그처럼 소중하게 지니고 있는 것이 아니겠는가.

애영은 풀꽃을 따서 입에 넣었다가 버리고 또다시 버리고 하면서 무심히 길 쪽에 시선을 주었다가

"어마!"

하고 발딱 일어섰다. 김민수가 바쁘게 걸어오는 것이었다.

'이용준 씨하고 만나보셨을까?'

아직도 학생 때의 제복을 입은 김민수는 모자도 없이 주먹을 부르쥐고 걷는 모양이 멀리서도 보였다

'별나게도 오늘은 바쁜가 보다. 혹시 자기 집에 무슨 일이라도 생겼단 말인가?'

평소에는 오히려 느린 걸음걸이었는데 오늘따라 몸에서 바람이 일도록 급하게 오는 까닭을 알고 싶어서 애영은 집으로 발을 옮겼다.

'높은 언덕에서 뛰어나 보려 했는데.'

은근히 목적이 있어서 왔건만 뜻은 이루지 못하고 우연한 자리에서 기이한 사람을 먼빛으로만 보고 가는 애영의 심사는 허전하기도 하고 우울하기도 하였다.

그는 천천히 걸어서 언덕을 내려왔다.

그 동안에 김민수는 집안에 들어갔는지 길에는 없었다. 애영이 막 밭둑

에 내려섰을 때 김민수가 대문으로 나왔다.

"일찍 오셨군요."

애영은 멀리서 말을 걸었으나 김민수는 그 자리에 우뚝 서서 다가오는 애영을 노렸다. 길게 찢어진 듯한 그의 두 눈은 불꽃이 일 것 같이 탔다.

"흥!"

독이 오른 눈과 독이 가득한 콧소리였다.

"연놈이 잘했구나!"

애영은 소름이 끼치는 그의 눈을 피하며 문안으로 들어갔다.

애영이 건넌방에 들어가자마자 뒤따라온 김민수는 애영의 종아리를 걸어찼다.

애영은 방바닥에 동그라졌다. 김민수의 발길은 애영의 등허리에 날았다. 이상스런 신음을 듣고 윤씨가 달려왔다.

"아니 자네가 미쳤나? 갑자기 이게 웬일이야?"

윤씨는 딸을 안아 일으키며 그의 등을 어루만졌다.

"말로 못해서 이게 무슨 야만의 짓이야?"

애지중지하는 딸이 사내의 발에 채이다니 더구나 홀몸도 아닌데, 윤씨의 눈에서는 불이 번쩍 났다.

"흥. 말로 해요? 이따위 더러운 년에게 말이 당해요?"

"뭐야? 더럽다니 어디다 대고 함부로 말을 하나?"

애영은 너무나 어처구니가 없어서 눈을 감고 쌕쌕거리기만 했다.

"음흉한 년 같으니라고. 맘 속에 딴 사내를 그리면서 정숙한 체하다가 기어코 오늘 들켰지 더러운 화냥년 같으니라고."

"아니, 자네가 정말 미쳤어. 그게 다 무슨 상놈의 소리야?"

윤씨의 턱이 달달 떨리며 입술이 새파래졌다.

"아니, 정말 이러기요? 고대 연놈이 뒷동산에서 만났는데도 증거가 없단 말야?"

김민수는 윤씨에게 삿대질을 하며 반말지거리로 대들었다.
"어머니 잠자코 계세요!"
듣다 못하여서 애영이 가느다란 음성으로 한 마디 하였다.
"그게 다 무슨 말이냐? 뒷동산이라니 거기 누가 왔더란 말이냐?"
어머니는 큰 실망과 분함에서 목마저 메었다.
"며칠 안 있으면 그놈이 장가를 들 테니까 그 전에 한 번 만나서 정회나 풀자구 연놈이 짰던 모양이지? 개만도 못한 연놈들 같으니라구."
"말조심해요!"
애영이 엄숙하게 말했다.
"뭐야? 이 철면피년 좀 봐라! 이년이 아직 뜨거운 맛을 못 봐서 이러나? 엣다 이년아 정신차려!"
김민수는 큰손을 쫙 펴서 애영의 뺨을 두 번이나 갈겼다.
"아니, 이게?"
윤씨는 김민수를 힘껏 밀었다. 눈에서는 뜨거운 눈물이 주르르 흘렀다. 머리칼 하나 건드리지 않던 딸이 무지한 손길에 뺨을 맞다니 정신이 아득하고 간이 떨렸다.
"좋다! 너희끼리 알아서 해라! 더러운 것들을 상대하는 내가 그르다!"
김민수는 마루로 나가서 커다란 누런 구두를 신었다.
"흥. 저런 걸 그래도 계집이라구."
그는 문께로 나가다가 다시 우르르 달려와 구두를 신은 채 방으로 들어갔다.
"차라리 내놓고 난질을 하지, 내가 없는 새에 살그머니 불러다가 백주에 뒷산에서, 이런 화냥년 같으니라구."
"뒷산에서 뭘 어쨌다는 거요?"
애영도 날카롭게 쏘았다.
"아니, 그래도 거짓말이야? 그놈이 제 입으루 언덕에 좀 올랐다 온다구

했는데 그래 넌 어디 갔다온 거냐? 음? 이 철면피 화냥년아."

 김민수는 주먹으로 애영의 입을 지르고 밖으로 나가버렸다. 연연한 애영의 입술은 터지고 피가 흘렀다.

 "아이구, 하느님 맙소사!"

 어머니는 탈지면과 머큐로크롬을 가지고 와서 딸의 상처를 닦으며 연거푸 한숨을 뿜었다. 손이 떨려서 약이 헛발렸다. 아우들이 돌아와서 이 꼴을 보고 눈알을 굴리며 까닭을 물었으나 어머니는 대답하지 않고 애영에게만 이유를 말하라고 하였다.

 아우들을 내보내고 애영은 조금전의 일을 자세히 얘기하였다.

 "그러니 그 옹졸한 녀석이 그러는구나. 꼭 오해하게 되지 않았니?"

하기도 하고,

 "그런들 무지막지하게 사람을 치다니! 아이 지겨워!"

하고 몸서리를 쳤다. 그는 또 말했다.

 "이용준인가는 그런 정성을 진작 보일 게지, 섣불리 이제야 와서 왜 남의 집안만 뒤집어?"

 그러나 애영은 이용준을 원망하지 않았다. 이삼 일 후에 결혼할 사람이라면 한 번쯤 가슴에 간직한 추억에 남몰래 잠기고도 싶었으리라. 다만 그것이 우연한 불행을 가져왔을 뿐이 아닌가.

 애영은 정작 이용준의 수건으로 눈물을 닦으며 그르친 자기의 일생이 너무나 안타까워 몸부림쳤다.

 십여 일쯤 있다가 김민수는 돌아와서 윤씨에게 사죄하였다. 이용준에게서 들은 모양으로, 애매한 폭행을 하였다 하면서 눈물을 흘리며 빌었다.

 '사내가 왜 쫄쫄 울긴 해?'

 애영은 그 꼴 저 꼴이 다 보기 싫어서 외면하였으나 김민수는 가을 한 철을 처가에서 보냈다. 그는 말버릇처럼 신행할 때는 무엇이나 듬뿍 장만해 가지고 가서 이쪽의 면목을 세우자고 하였다.

임신 칠 개월인 십이월 중순에 소위 신행이랍시고 했다. 김민수의 청대로 음식이며 시댁의 예물 의복을 많이 준비하였다.
"아니, 웬 식구가 그리 많니? 일가는 웬 게 그렇게 득실득실해?"
윤씨는 가끔씩 이런 불평을 털었다. 아무리 늦었다 한들 신부 혼자 갈 수 없어서 고모에게 기별하여 함께 가게 했는데 애영을 데려다 주고 온 고모는 갑자기 벙어리가 되어서 윤씨가 묻는 말에 입 한 번 열지 않고 한숨만 쉬다가 시골로 내려갔다는 것이었다.
애영은 시댁에 발을 디디며 우선 놀랜 것은 그 집안 식구들의 첫 인상이었다. 수원이라 하지만 농촌이기에 초가집은 그럴싸했다. 가슴이 답답하도록 납작 붙은 처마하며 새까맣게 그을린 벽돌과 종이 한 장 새로 바르지 않은 방들도 눈에 거슬리기는 했다.
이를테면 신부례를 한답시고 신방 한 개쯤 마련하지 않은 시집이 있을까? 꾀죄죄하게 땟국이 흐르는 안방에서 폐백을 드린 후에 살그머니 둘러본 가족들의 인상에서 애영은 가슴이 터지려고 하였다.
조모 시부모 시아주버니라는 김민수의 형, 시숙부 숙모 외숙 외숙모들, 수많은 남녀의 눈이 어쩌면 다 그리도 욕심에 차 있을까? 신부를 맞이하는 호감이나 동경(憧憬)의 눈길은 찾을래야 없었다. 더구나 정다운 눈초리라고는 그 해에 결혼했다는, 시뉘에게도 없었고 오직 무엇인가 탓을 잡으려는, 그리고 무엇인가를 탐내는 그런 눈동자들이었다.
애영은 자기 혼자서 악마의 굴에나 들어온 듯한 공포를 느꼈다. 그러나 정작 놀랜 것은 그 날 밤 자려고 할 때였다.
종일을 거머리처럼 달라붙으면서도 활줄 마냥 퉁기려드는 여러 시선에 시달리던 애영은 한시바삐 자기 혼자의 시간을 가지고 싶었다.
빈대피가 혈죽(血竹)그림이 되어 있는 부엌 머리방으로 안내된 애영은 그래도 잠시나마 자유의 순간을 가질 수 있어서 안도의 숨을 내쉬었다.
"저 방이 좀 난데 그 방은 형수방이라서……."

늦게야 들어온 김민수가 건넌방을 턱으로 가리키며 열없는 듯이 머리를 긁적였다.

"이런 데로 사람을 데리고 오다니! 대체 나를 뭘로 봤기에 도배 하나 새로 못 했느냐? 이 철면피야!"

소리가 혀끝까지 나왔으나 애영은 혀를 깨물면서 참았다. 낮에도 구경 온 동네 아낙네들이 한결같이.

"색시가 그림처럼 이쁘군. 원, 어쩌면 저리도 잘났을까?"

하면 가족들은 다 시큰둥하다가 눈치를 보였던 것이다.

'대체 이 집 식구들은 왜 나를 미워하는 것일까? 남들이 다 받은 예물도 의복감도 한가지나마 보낸 적이 있다구 뻐기는 걸까?'

애영은 줄곧 불쾌한 감정을 누르며 어서 아무 데나 누워 보기를 원했다.

열 시가 지나서야 또 건넌방으로 오라 하였다 언제 눈이 왔던지 몇 개 안 되는 장독대 그릇에 눈이 소복소복 쌓이고 뜰 한쪽 구석은 불을 켠 듯이 환하였다.

건넌방이래야 김민수의 말대로 더 나을 것은 없었으나 빈대피 자국과 천장의 그을음이 좀 덜한 것뿐이었다. 그래도 이 집 유일의 새 금침인 듯 시뻘건 인조이불이 깔려 있었다

애영은 어머니에게서 배운 대로 안방에 건너가 시부모께 취침 인사를 드리고 고단한 몸을 풀이 빳빳한 이불 홑청으로 감쌌다. 김민수는 아직 들어오지 않고 뱃속의 생명은 펄쩍펄쩍 뛰어 얼른 잠을 이룰 수가 없었다.

애영은 자기가 무인고도에 표류하여서 어느 토인의 움 속에서 자고 있는 듯한 착각과, 너무나 처참하게 자기를 학대하는 운명에 대한 원망 속에서 이몽가몽하다가 그래도 모진 잠에 걸렸던 것이다. 얼마쯤 자다가 소피가 급하여서 일어났다. 반드시 방에 놓였어야 할 비품(備品)이 보이지 않

아 마루로 더듬어 나갔다. 다행히 눈이 있어서 어둡지는 않았으나 어디가 변소인지 알 수가 없었다.

점점 급해지는 아랫배의 고통을 참으며 애영은 구석구석 그럴싸한 데를 찾다가 하는 수 없이 뒤로 돌아갔다. 일생에 처음으로 한데 소변을 보는 터라 아무도 볼 사람이 없건만 사방을 두리번거리며 깊이 나무 밑으로 눈에 빠지면서 걸어갔다.

무사히 일을 마치고 나니 날아갈 것 같이 몸이 가벼워 헛청 아무 데나 디디며 돌아오는데 갑자기 몸이 뒤뚱하더니 애영의 몸이 털썩 깊은 데로 떨어졌다.

"어머나!"

애영은 가느다란 비명을 쳤다. 마침 부엌 머리방의 뒷문지라 애영의 동서가 나왔다.

"무 구덩에 빠졌구먼. 쯧쯧. 요강이 없어서 그랬군."

그는 애영을 겨우 안아 일으키고 눈과 흙에 범벅이 된 옷을 털어 주었다.

찬바람을 오랫동안 쐬고, 놀라고, 몸을 다치고 하여서 애영은 밤새도록 신음하였다. 열도 삼십구 도쯤은 됨 직했다.

'차라리 낙태나 됐으면.'

혼몽 중에서도 이런 희망을 가졌으나 그 저주에 반항하는 듯이 뱃속에서는 더 그악스럽게 날뛰었다.

그 이튿날 잠깐 열이 내렸을 때 애영은 인력거에 실려서 집으로 왔고 거액의 차삯은 윤씨가 지불하였던 것이다.

애영은 두 달 동안 몹시 앓았으나 시댁에서는 누구 하나 얼씬하지 않았다. 어느 날 김민수는 자기 아버지의 환갑이 닥치는데 돈이 없어 걱정이라 했다.

"내가 아파서 어떻게 하나?"

애영은 치레라도 염려의 빛을 보였다. 그럴 때마다 김민수는,
"당신이야 아픈데 뭘 하러 와? 돈만 있으면 되지."
하였던 것이다.
윤씨는 김민수 아버지의 의복 일 습과 과일 등을 사보냈다. 애영은 어느 날 무심히 경대 서랍을 열어보다가 깜짝 놀랐다. 금가락지가 보이지 않았던 것이다.
'나 몰래 가져가진 않았을 텐데'
의심하면서도 어머니에겐 발설하지 않았다가 김민수가 환갑잔치를 마치고 돌아온 후에 물어보니.
"돈이 급한데 어쩌나? 아무거나 먼저 둘러써야지."
하고 태연하였다. 애영은 중치가 막혀서 말도 하지 않았다. 나중에 윤씨가 알고 펄쩍 뛰었다.
"못된 녀석이다. 제거라고 가져가?"
애영은 그제야 어머니가 사준 것임을 알고 도적의 근성(根性)마저 가진 김민수가 제 남편이란 것에 자신이 죽이고 싶도록 미웠다.
애영은 병상의 약질로 호식을 낳았다. 그렇게 없이하려고 맘먹었던 아이건만 날이 갈수록 자기의 목숨 이상으로 귀하고 소중하여졌다.
'이것이 모성애인가?'
애영은 김민수를 잊고 오직 호식을 키우면서 살아가기로 결심하였다.
그 해 겨울에 애영은 신숙경 여사에게로 달려갔다. 산후의 섭생도 각별 조심하여서 어느 정도 건강의 자신이 생긴 후였다. 신여사는 모교의 교장이 되어 있었다.
1945년 8월 15일의 해방을 맞은 삼천리 강산에서 독재정치를 휘두르던 일인(日人)들이 쫓겨나고 감격의 독립을 얻은 백의(白衣)민족의 활동무대가 허락되었던 것이다.
이를테면 애영이 이용준과의 오해를 받아 김민수에게서 가진 폭행을

당하고 고민 속에서 나날을 보내던 그 해, 즉 작년 여름에 해방이 되었고 그 가을에 신여사는 눌러 교장이 되었던 것이다.

애영은 모교에 봉직하고 있으면서 은사의 극력 주선으로 그 이듬해 봄에 김민수를 시내 모 사립여중의 화학 선생으로 있게 하였다.

호식의 첫돌을 지내고, 김민수가 취직이 되고 하여서 애영은 모처럼의 즐거움을 맛볼 수 있었다.

애영은 자기의 고달픈 혼을 일깨워서 저조(低調)한 생활의 새로운 계기(契機)를 만들려고 그 해 가을에 제1회 개인전(個人展)을 갖기로 하였다.

재학시대의 입선 작품 몇 점과 졸업 후에 그 고난 풍파 중에서도 삼 년간 꾸준히 그려온 십여 점의 작품이었다.

애영의 1회 전은 대성공이었다. 모두들 획기적(劃期的)인 출발이라고 하였다. 특히 「비뜻(雨意)」, 「저녁노을」, 「자장가」는 새로운 의도를 시험한 것이라 하였다.

작품전이 뜻대로 되어서 애영은 기뻤다. 그러기에 신아는 태중에서도 호식이보다는 호강이었다고 가끔씩 쓴웃음을 지었던 것이다.

그러나 그 이듬해에 신아를 낳은 후에 김민수는 여생도와의 스캔들로써 그 학교에서 쫓겨났고, 무직으로 집에 있으면서도 날마다 술과 강짜로 애영을 들볶았다.

눈물과 탄식의 매일이 지나는 중에 6·25의 불행이 닥쳤다. 애영의 식구는 수원으로 가는 바람에 김민수를 따라 수원 시댁으로 갔고 거기서 며칠 있다가 부산으로 떠날 때 김민수는 행방불명이 되었다.

우영은 그때에 육군 사관학교를 졸업하고 소위로서 출전하였다가 전사한 것이었다.

문자 그대로의 가혹한 피난살이 속에서도 애영은 꾸준히 그림을 그려서 제 2회 전은 부산에서 열었고, 3회 전은 서른세 살 때에 서울에서 가졌다.

횟수가 거듭함에 따라서 애영의 실력은 높이 평가되고 화상(畵像)의 기발(奇拔)한 점에서는 아무나의 추종(追從)을 허락하지 않았던 것이다.

환도 후에 신숙경 여사는 B여자대학을 창설하였고, 애영은 창립과 함께 미술 강사로 취임하여서 이 년 후에 3회 전을 가진 것인데, 그 해 봄에 새로 부임한 백남혁이 애영의 전람회에 지극한 정열과 정성을 들여서 호화찬란한 모임을 갖게 하였던 것이다.

동란 때 행방불명이 되었던 김민수는 환도 후에 나타났다. 자기의 말인즉 일선에 자원 출전하였다 하였으나 아무리 뜯어보아도 전투의 경험을 가져 본 사람은 아니오, 무슨 브로커로나 돌아다녔는지 전보다 더 심악한 악질이 되어서 밤낮 돈이나 긁어낼 수단만 썼다.

견디다 못하여서 애영은 정식으로 이혼하자고 하였다.

"흥. 뉘 좋은 일 하게? 이용준이란 녀석마저 상처했겠다. 연놈이 맞붙어서 살아보겠다고?"

이따위 말을 지껄이며 들은 척도 하지 않았다.

"인면수심(人面獸心)이라더니 저런 작자를 두구 한 말일 거야."

애영은 김민수를 차라리 희귀한 존재라고 생각하는 것이다. 동경에서의 그 착실하고 얌전한 풍도는 어디다가 영원히 묻어두고 인두껍을 쓴 야수(野獸)의 행패를 하는 것인지 용두사미(龍頭蛇尾)란 저런 것을 이르는 것일까?

"옳아. 인제 보니깐 스핑크스야. 머리는 사람이오. 몸은 짐승인 스핑크스! 처음엔 바로 인간인 척했는데 나중엔 여지없는 짐승인 김민수!"

다시는 오지 않겠다고 이번에 갔다 와서는 꼭 이혼해 주마고 번번이 머릿수 큰 돈을 강탈해서는 몇 달씩 있다고 되오고 되오고 하지 않았는가.

"아아, 언제까지 이 꼴을 당하고 있을 것인가?"

애영은 이불을 획 차 던지고 하품 같은 소리로 큰 한숨을 쉬었다.

애영이 이불을 차 던지는 등쌀에 인영은 잠결에도 추운 듯이 애영의 가슴으로 파고들었다. 어느 집에서인지 닭의 우는 소리가 아슬하게 들려왔다.

구름의 이정(里程)

"넌 어느 새 가나?"

머리맡에서 바스락대는 소리에 애영은 눈을 반짝 떴다. 방 안에 가득히 깔린 햇볕에 눈이 부셔서 반쯤 감으며 머리를 뒤로 재껴 인영을 쳐다보았다.

엷은 화장기가 있는 인영의 뺨은 이슬에 젖은 복숭아나 물앵두처럼 싱싱하고 고왔다.

"어느 새가 뭐유? 언니 깨시기 기다리다가 나까지 지각하게 됐는데요?"

인영은 부지런히 가방을 챙겼다. 탐스러운 얼굴에 비하여서 너무나 가는 허리였다.

"몇 시야?"

"여덟 시 십 분 전."

"애들도 학교에 갔겠군."

"물론이죠."

"그렇게나 됐던가?"

애영은 부시시 일어나서 어깨를 펴며 기지개를 켜고 하품을 했다.

"언닌 밤새도록 무슨 궁리를 하시던 모양인데 오늘은 학교도 쉬니깐

종일 누워서 푸욱 자요."
　인영은 어제대로의 의복에다가 가방을 들고나섰다.
　"오늘은 일찍 나오니?"
　"삼 학년 애들 과외수업을 좀 봐 줘야겠어요."
　"그럼 또 늦겠구나."
　"뭐 별일은 없지만……."
　"그런데 언니 어젯밤에 말하려다가 그만 됐는데 아무래두 언니께 알려야 할까봐."
　애영은 난처하다는 표정을 지었다.
　"무슨 일인데?"
　애영의 미간에 불안이 어렸다. 그것을 바라보며 인영은 멈칫하고 섰다가 시계에 관심이 가서야,
　"저 말야 어젯밤에 그이를 봤어."
하고 아직도 주저하였다.
　"그이? 그이가 누구지?"
　"김씨 말야. 호식이 아버지."
　순간 애영의 가슴이 선뜻 내려앉으며 얼굴에서 핏기가 가셨다.
　"난 꼭 집에 왔다가 가는 줄 알았어요. 요아래 유한양행 앞에서 휙 지나가지 않아요."
　"언제쯤 말이야?"
　애영은 애써서 침착하려고 하였으나 음성이 벌써 갈렸다.
　"어젯밤 늦게 돌아올 때 말예요 그래서 난 어머니 눈치부터 봤거든요. 어머닌 원체 그런 일은 숨기니깐 대뜸 이층으로 올라와서 언니를 봤지 않아? 언니가 양복 채 쓰러졌길래 인제 일이 났나 보다 하군 가만히 들여다보니깐 잠이 든 것 같단 말야. 그래서 안심하고 언니를 깨웠어요."
　한 번 말이 나오니까 인영은 슬슬 사실대로 보고하였다. 애영은 눈을

내리깐 채 잠잠하였다.

"언니 맘을 독하게 먹어요. 집에 들어오지두 않구 슬슬 다니면서 무슨 탓이나 잡을까 하는 게 목적인가 본데, 그럴수록 이쪽에서 강하게 나가야 하니깐요. 어젯밤에만 해도 날 왜 몰랐겠수? 내 눈에 안 띄려고 오버코트 깃에 낯을 푹 파묻고 갔거든요. 행여나 오늘 온다더라도 언닌 유들유들하게 버티세요. 쩔쩔 매면서 돈이나 집어 주지 말구요."

애영은 타는 듯이 안타까운 한숨만을 불어 냈다.

"언니 난 시간 없어 가야 되겠어요. 부디 맘 크게 먹고 푸욱 쉬세요!"

인영은 언니나처럼 애영의 등을 똑똑 다독거려주고 층계로 내려갔다. 애영은 반만 일으켰던 몸을 도로 침대에 뉘며 이불을 뒤집어썼다.

"원수? 스핑크스! 악마! 철면피! 야차!"

아는 대로의 욕설을 퍼부으며 애영은 몸을 떨었다.

"이무기! 능구렁이! 독사! 이매망량!"

징그럽고 독살스럽고 추근덕거리는 긴 짐승의 이름을 대며 애영은 몸서리를 쳤다.

"아하! 어쩌다가 내가 이렇게 됐을까?"

저주는 한탄으로 변하여서 애영의 눈에서는 쓰디쓴 눈물이 흘렀다.

"일어났다더니 도로 자니?"

바로 머리 위에서 어머니의 은은한 말소리가 들렸다.

"아뇨."

눈물을 보이지 않으려고 애영은 이불 속에서 대답했다.

"그럼 조반 좀 뜨려무나."

"어머닌 잡수셨죠?"

"애들만 먹여 보내구 난 아직 안 먹었다. 너랑같이 먹지 뭘."

애영은 파자마 섶으로 눈물을 닦고 일어났다.

"어젯밤에 무슨 불쾌한 일이 있었더냐? 초저녁부터 삐쭉도 않고 누웠게……."
 윤씨는 지난 밤 애영의 태도를 생각하는 것이다. 딸과 함께 갖은 풍파를 겪어 온 어머니의 신경은 애영에게 특별히 민감한 것이었다.
 애영은 자기보다 어머니를 위하여서 부랴부랴 세수를 마치고 식탁에 앉아서 억지로라도 많이 먹어 보였다.
 애영이 차를 마신 후에야 윤씨는 딸을 마주 바라보며.
 "얘 그 녀석이 또 서울에 왔나 봐."
하고 말을 시작했다.
 "순옥이가 그러는데 웬 꺼먼 그림자가 부엌 창문으로 들여다보는 거 같더니만 순옥이가 냉큼 문을 여니깐 그냥 길로 뛰어 내려가더라지 않니?"
 "그래서요?"
 애영은 이미 인영에게서 들었는지라 냉정하게 반문하였다.
 "그래 참 싱거운 도적놈도 다 있다고 문만 단단히 걸어놨더라나. 근데 나중에 불이 가서 촛도막밖에 없으니깐 요 앞 가게에 양초를 사러 갔거든. 막 사 가지고 돌아서려다가 힐끗 보니깐 그 집 바람벽에 납짝 붙어가지구 서 있는 게 영락없이 호식이 애비드래."
 애영은 '호식이 애비'란 말에 또 가슴이 스르르 했다. 아까 인영이가 호식이 아버지라고 할 때도 귀에 거슬리고 비위에 틀렸었다. 비록 입밖에는 내지 않을망정 김민수를 지적할 때마다 언제나 사랑하는 아들까지가 입에 오르게 되는 것이 무척 한스러웠다.
 "순옥이가 '아저씨'하고 불러 보려다가 전들 뭐가 반갑겠니? 그냥 소름이 쪽 끼쳐서 그냥 들어와 버렸대."
 윤씨는 딸의 기색을 살폈다. 암암한 미간을 약간 찌푸려서 퍽이나 애처롭게 보였다,
 "그 녀석이 또 무슨 흉곌 꾸미려고 집엔 오지도 않는 거냐?"

"흉계를 꾸미거나 말거나 전 그자의 얼굴만 안 봄 살겠어요. 전에도 집 밖을 빙빙 돌면서 안 들어온 때가 얼마나 많다구요"

"아니, 지지리도 못났지. 못된 짓을 해 먹으려거든 담이나 크든지 이건 사뭇 빈대창자만도 못하니 어디가 그 따위 사내녀석이 다 있어?"

윤씨는 홧김에 찻잔을 왈칵 밀쳤다. 댕그렁 찻종이 넘어지는 소리에 순옥이가 냉큼 들어와서 찻잔을 가져갔다. 애영은 순옥에게 전말을 물으려다가 그런 종류의 말이나마 입에 발리기 싫어서 그만두었다.

"그러니 말이다. 방귀가 잦으면 뭐가 나오더라구. 인제 그 녀석이 한 번 오군 말텐데 올 적마다 그 돈을 어떻게 대느냔 말이다. 이쪽에 무슨 약점이 있길래, 제 따위가 위협조로 돈을 뺏어가느냔 말야."

"……"

"너두 너지 네가 뭘 잘못 했다고 달라는 대로 척척 내 주니?"

"……"

"이 녀석이 그 맛을 보구 궁금하면 기어이 오군 한단 말야. 너 이 담엘랑 아예 돈 주지 마라. 기어코 버티어 보란 말이다."

"누가 주고 싶어 줘요? 어떤 기막힌 돈이라고 빚내가며 주겠어요? 그 쌍판을 한시도 보기 싫으니깐 그러는 수 밖에요……"

"그렇지만 끝이 있어야 할 게 아냐?"

"지가 죽어야 끝장이 나겠죠."

애영은 체념에서 나온 자학의 말이건만 윤씨의 안색이 홱 변했다.

"그게 말이라고 하니? 네가 왜 죽어? 그 녀석이 죽어야지."

"아이, 어머니도, 그게 죽어지나요?"

애영은 딸의 죽는다는 말에 기겁을 하고 대드는 어머니를 달래려는 듯이 픽 웃었다.

"그런 건 왜 안 죽는지 몰라."

윤씨의 눈에 잠깐 살기가 돌았다. 어질디 어진 눈동자건만 딸의 일생을 허무하게 마쳐야 하는 희생의 대상물을 제거해야 된다는 간절한 일념이 불그스레 독기마저 퍼지게 하였다.
"그 녀석이 아편쟁이지 아마?"
윤씨의 입술이 표독스럽게 악물렸다.
"그건 아닌가 봐요."
"아니라는 증거가 확실하냐?"
"중독자면 아무래두 다른걸요."
"그렇지만 너 생각해 보려무나 좀도둑처럼 살살 돈 긁어낼 궁리만 밤낮 하는 녀석치구 중독자 아닌 게 어디 있더냐?"
애영은 다시 한 번 김민수의 몰골을 더듬었다.
원체 검은 살결이지만 건강색임에는 틀림없고, 돈을 청구할 때는 잔돈이 아니라 상당히 거액을 요구하는 것과, 그것을 소비하는 시일이 꽤 오래 걸린다는 것이 달랐다.
아편쟁이 같으면 처음에는 강경하다가도 단 얼마에 만족하여서 가져갈 뿐더러 전후를 가리지 않고 뻔질나게 찾아올 것이 아니겠는가.
"그 녀석이 언제 왔다 갔지?"
"구월 말에 왔었으니깐 또 올 때쯤 되긴 했어요."
"중독자 아닌 녀석이 꼭 돈 떨어질 때만 되면 올까? 이 녀석을 형무소에 잡아넣을까 보다. 경 좀 치게."
윤씨의 분노는 극도에 달한 모양으로 입술이 바르르 떨리기까지 하였다.
"어머니 신경 약해지시는데 화내시지 마세요. 고까짓 작자 때문에 괜시리."
"괜시리가 뭐냐? 사람을 일평생 병신을 만들어도 분수가 있지 이게 뭐야? 눈 번히 뜨고 그깐놈의 밥이 되다니! 인물이 못해? 학식이 못해? 범절이 나빠! 뭐가 어쨌다구 그놈에게 매이느냔 말야. 가만 둬라 이번에 오거들랑 내가 나서서 이혼시키고 말 테다. 제까짓 게 이 날까지 처자 밥 한 끼 벌어 먹여 봤다고? 하하. 참, 내 원 귓구멍이 막히지, 김가놈에게 쌀 한 톨 얻어먹어 봤으면 내 귀에 성 갈 테야. 그래 그깐놈이 큰소리 할 무슨 조건이 쥐뿔이나 어디 있느냔 말야. 내 이번엔 결단코 가만 안 둘 테야. 아이구, 하나님도 야속하시지 저런 죄인을 뭣 때문에 세상에 놓구 보시나!"

 덕스럽고 점잖은 어머니건만 한 번 화가 동하니까 독터진 물길 마냥 걷잡을 수 없이 마구 퍼부었다.

 애영은 대꾸하지 않고 잠잠하였다. 어제 신 학장도 오늘의 어머니도 저처럼 죽어지기를 갈망하는 김민수가 호적상의 어엿한 남편이거늘 새삼스럽게 무슨 말로 응대할 것인가!

 "망한 녀석 같으니. 새발의 피 같은 그 귀한 돈을 대관절 어디다가 쓰는 거야."

 윤씨는 어조를 변하여서 좀 부드러운 음성이 되었다.

 "쓰는 데야 오죽 많겠어요? 그 많은 식구에 땅 몇 뙈기 파 가지고는 어림없거든요. 형이란 이는 천하에 흙 밖에 모르는 농군이죠, 김간가 누군가가 벌어야만 단 돈 한푼이라도 쥐어볼텐데, 어디 가서 무슨 재주로 벌어요? 그자는 성실성이나 착실성이 없어서 결단코 취직은 못합니다. 누가 써줘요? 그러니 긁어낼 데라군 나밖에 없는데 내가 절대로 동거는 하지 않고 이혼만 하자고 드니깐 우선 보복수단으로라도 절 괴롭혀야 하거든요. 그러니 갖은 흉계로 돈만 뜯으러 들지 않아요? 그리고 그 집 사람들의 가풍이 나빠서 김가를 막 뜯어먹자고 대들거든요. 정말 고약한 인심들이에요"

 애영이가 말하지 않아도 윤씨는 6 · 25 동란 때 이삼 일 그 집에 묵으면서 못 당할 학대를 받던 일이 어제란 듯 생생한 것이었다.

 그때 김민수네가 수원에만 살지 않았더라도 공연히 수원까지 가는 헛

고생은 하지 않았을 텐데,

"수원은 서울처럼 폭격도 심하지 않을 테니 빨리 우리 집으로 가요. 정부도 수원으로 가지 않아? 어서 뭐 쓸만한 것은 챙겨서 길 떠나요!"
하고 바로 피신이나 시킬 듯이 급히 서두르는 바람에 그만 김민수를 따라 수원에 갔던 것이 아닌가.

소위 며느리와 손자들이 난리 통에 본댁을 찾은 것이언만 지나가던 걸인들이 닥친 때나 같이 눈살들을 찌푸리고 바로 대하지도 않았다.

저녁을 먹었는지, 영 밥을 짓지 않고 말았는지 아직까지 수수께끼지만 여름날의 오후 여섯 시 반이니깐 어느 집에서나 저녁밥을 마련한 때인데도 씻은 듯 부신 듯 냉랭하여서 그 날 밤은 고스란히 굶고 부엌 머리방에서 밤을 새웠던 것이다.

그 이튿날은 조반이랍시고 아주 시꺼먼 꽁보리밥을 내 놓았으나 워낙 시장한 뒤라 다섯 살짜리 호식이까지 반 그릇씩이나 먹었다. 두 살짜리 신아에게 젖을 빨리는 애영의 꼴을 보다 못해서 윤씨는 김민수에게 돈을 주며 쌀을 구하여 오라고 하였더니 김민수는 그 길로 행방불명이 되고 애영은 죽더라도 남쪽으로 가 보겠다고 결사적인 피난길을 떠났던 것이다.

윤씨는 가끔씩 그때의 일을 회상하면 더구나 김민수에 대한 증오의 감정이 극도로 폭발되는 것을 어쩔 수 없었다. 털을 가진 짐승이 아니라 아무래도 시급한 의복이나 몸붙이가 필요하여서 류색이 자그마치 세 개나 되는 것을 그래도 수원에 갈 때는 김민수라도 있어서 들여다줬지만 부산으로 갈 때는 윤씨와 애영과 식모아이와 셋이서 호식 남매를 데리고 무거운 짐을 이고 지고, 기차에 열매처럼 매달려서 가지 않았던가.

그나마도 먼저 떠났으니 말이지 더 늦은 사람들은 짐은커녕 몸이나마 도 겨우 실려 왔다고 하여서 윤씨는 김민수의 실종이 차라리 잘되었다고 생각하였던 것이다.

그러한 김민수가 피난살이를 다 지내고 환도 후 겨우 안정된 생활에서 시름없이 살게 되니까 턱 나타나서 찰거머리처럼 붙어가지고 갖은 못된 수단으로 돈만을 긁어내는 것을 보면 필경 마약 중독자인 것이라고 윤씨는 혼자 추측을 하는 것이었다.

"아니, 그럼 그 녀석이 네게서 돈을 뜯어다가 제 집 식구들을 먹여 살린단 말이냐? 뭘 그럴라고 네가 두고 보면 알지만 세상 없어도 그 녀석은 아편 중독자니라."

"그것만은 아니에요. 제 입으로도 늘 집에다 쓴다고 하는 걸요."

"아유! 너두 딱하다. 아직까지 그 녀석의 말을 곧이듣니 그래?"

"올 때마다 꼭 핑계가 있는 걸요. 무슨 비료를 산다느니, 무슨 부채를 청산한다느니, 무슨 누가 죽어가서 입원을 시켰다느니 별의별 구실이 많죠."

"그러니까 말야. 그래, 네가 무슨 까닭으로 그 흉악 망측한 집구석의 그 도적 같은 인간들의 책임을 지느냔 말이다."

윤씨는 화가 털끝에까지 미쳤는지 벌떡 일어나서 미닫이를 드윽 열고,

"후유!"

한숨을 길게 내뱉는데 순옥이가,

"할머니! 할머니!"

하고 부엌문에서 은근하게 불렀다.

"왜 그래?"

윤씨는 머리를 돌려 순옥을 보며 귀찮은 듯이 대답했다.

"저기 성터 위에 말예요. 거기 좀 내다보세요!"

"그건 왜?"

"글쎄 좀 내다보시라니깐."

윤씨는 이내 방문으로 나가서 신을 찾았다.

"아이, 할머니도, 밖으로 나가심 어떡해요! 이층으로 올라가세요. 아줌마 화실 이쪽 창으로 보심 되잖아요."

애영은 직감된 바가 있어서 말없이 층계로 올라가고 윤씨도 그 뒤를 따랐다.

애영은 순옥의 말대로 화실에 들어가서 성터로 향한 유리창의 커튼을 살그머니 들추었다.

그러나 방바닥에 주저앉기 전에는 성터 위는 보이지 않았다.

"어머니, 이리로 오세요."

애영은 자기 곁에 어머니를 앉히고 유리에 눈을 댔다. 성터에 높다랗게 서서 정면으로 이쪽을 노리고 있는 것은 영락없는 김민수였다. 인영의 말과 같이 오버코트 깃에 목을 묻고 두 손은 포켓에 찌른 채로 서 있었으나 윤곽이나 몸이 갈 데 없는 스핑크스였다.

"춥지도 않아서 왜 저러고 섰는 거냐?"

아침 새로 추위가 심해져서 정작 방에서도 몸이 떨리는데 바람받이 한데가 오뚝 서서 무엇을 기다리는 모양인가?

"무슨 변덕이 나서 집엔 안 오구 며칠씩이나 슬슬 정탐이나 하고 돌아다니는 거야?"

"글쎄요. 무슨 음모를 꾸미노라구 저러는 게죠."

애영은 커튼의 귀퉁이를 놓고 둘러앉아서 무릎걸음으로 난로 가까이 왔다.

"어머니, 추운데 불이나 쬐세요. 그까짓 인간에게 신경 쓰심 뭘 해요?"

애영은 손을 녹이며 무심한 체하였으나 머릿속에는 여러 가지의 예감이 획획 지나갔다.

'아무리 철면피라도 다시는 돈 문제를 꺼내지 않겠다고 제 입으로 말했으나 지금 딴 방도를 취하노라고 저런 짓을 하는 것이다.'

"무슨 단서를 잡으려고 저러는 모양이지?"

영리한 윤정신여사는 애영의 급소를 건드렸다.

"저 녀석이 어제저녁부터 나다녔겠다?"

윤씨는 잠깐 눈을 까닥이다가.

"얘 너 어젯밤에 너 혼자 왔니?"

하고 애영의 발그레한 뺨을 보았다.

"아뇨. 백 선생이 데려다 줬어요."

"흐음. 저 녀석이 판잣집 벽에 붙어 서서 그걸 봤군. 그리고 지금 확실한 증거를 잡으려고 저러는 거야."

"보면 대순가요? 꿇릴 일이 하나도 없는걸요."

"그렇지 않다. 그런 것들이 시비 흑백을 가릴 줄 알아야 말이지. 뻔히 결백한 줄 알면서도 억답으로다가 뒤집어씌우려 들거든. 그러니깐 요 며칠은 백 선생더러 집에 오지 말래라. 응?"

"그렇잖아두 안 오기루 했어요."

"너 오늘은 학교에 안가지?"

"네. 그렇지만 집에 있기 싫어서 좀 나가 볼까봐요."

애영은 시계를 보았다. 열 시 십 분 전이었다. 애영이 머리를 손질하려고 막 침실의 문을 열었을 때 귀에 익은 지프차의 클랙슨이 호기 있게 울렸다.

애영의 가슴이 덜컥 내려앉았다. 백남혁이 온 모양인데 하필이면 이런 때에 무엇 하러 왔단 말인가.

"얘, 백 선생이 온 모양이지?"

윤씨가 눈을 둥그렇게 떴다. 아니나 다를까 아래층에서 인기척이 나고 이어 층계 아래서

"올라가도 괜찮습니까?"

하는 남혁의 굵다란 음성이 들렸다.

'망할 기집애. 오늘만은 없다구 할거지.'

애영은 그와 사귄 지 사 년 만에 처음으로 남혁을 기피하고 싶었다.

'나를 위해서가 아니라 자기를 위해서야.'

애영은 이내 후회하면서 반가운 낯으로
"네, 어서 올라오세요."
하였다. 윤씨 역시 웃는 기색을 보이기는 하였으나 순옥을 보자마자
"기집애야. 오늘은 좀 없다고 하지. 왜?"
하고 나무랬다. 그러나 순옥에게도 일리는 있었다. 워낙 남혁은 무관하게 출입하는 터라 언제나 문을 열어 환영하는 것이요, 방금은 김민수가 잠깐 보이지 않는 틈을 타서 얼른 들여보냈던 것이다.
"그럼 아주 영 간 모양이냐?"
"가만 계세요. 이따가 또 올 거예요."
윤씨는 자기가 가져가지 않아도 좋을 커피를 손수 들고 이층으로 가서 애영에게 주고 가만히 화실로 들어갔다.
"지긋지긋한 녀석 같으니. 뭘 먹겠다고 또 나왔어?"
김민수는 바싹 가로 다가와서 지프차를 내려다보고 있었다.
'흐음. 어젯밤의 그 작자가 또 왔군. 꽤 깊이 들어간 모양인데?'
멀리서 보아도 그렇게 중얼거리는 모습이었다. 윤씨는 기가 막혔다. 무엇 때문에 저따위에게 이런 위협을 받아야 하는가? 차라리 이혼소송을 제기하라고 하여도 애영은 듣지 않았다. 고분고분 들을 위인도 아니려니와 교육자의 신분으로 풍설이 무섭다고만 하였다.
'될 대로 되라지. 나 혼자 힘으로 되는 것도 아니고……'
윤씨는 울화가 치밀어서 더 있지 못하고 방으로 돌아왔다.
애영은 남혁과 마주 앉아서도 마음이 불안하였다. 남혁 앞에 척 나서서 공공연하게 위협을 한다거나 그럴 처지도 못 되기에 다소간 안심은 하면서도 정신이 갈려서 침착성도 없고 우울하게만 보였다.
"어디 편찮으세요?"
남혁의 서글서글한 눈이 정답게 애영을 감쌌다.
"퍽 침울한 표정이신데요."

진정의 염려가 서리는 어조였다.
"옳아, 어젯밤의 일로 고민하신 모양이군요. 괜시리 왔나 봅니다. 날씨가 갑자기 추워지길래 아침에 일찍 가서 장 선생님의 장갑을 가져왔더니……."
남혁은 소중한 보물이나 끄집어내는 것처럼 흰 종이로 싼 장갑을 집어내서 애영에게로 밀었다.
"나중에 주셔도 좋다니깐, 추우신데 일부러 가셨어요?"
"거긴 식전에 갔구요. 지금은 아버질 모셔다 드리구 오는 길인데…….참 그렇게 우울하시면 일은 나중에 하시고 드라이브나 좀 하실까요?"
갑자기 아래층에서 와자하는 소리가 나는 것 같더니 층계를 올라오는 발소리가 났다.
애영은 귀를 쫑그리고 몸을 도사렸다. 그러한 애영의 긴장을 보며 남혁은 기분 전환으로 담배나 피우려고 막 불을 붙이는데 거친 발소리가 등 뒤에서 딱 멈췄다.
'기껏 올라온대야 어머니나 순옥이겠지. 인영 씨의 올 시간은 아니니까.'
그러나 퍽 조심성 없는 걸음걸이라고 남혁은 막연히 생각하며 유유하게 연기를 뿜다가 애영의 돌변하는 태도에 눈을 크게 떴다.
애영의 낯빛은 새파래지고 두 눈은 모가 나서 남혁의 등 뒤를 무섭게 쏘았다.
적어도 갑자기 대적을 만난 그러한 몸가짐이었다.
아연히 놀란 남혁은 힐끗 뒤를 돌아보았다. 얼굴과 옷이 함께 시꺼먼 중키의 사내가 딱 버티고 서서 이쪽을 노리는데 두 눈이 크면서도 눈귀가 쭉 찢어져서 인상이 험상궂었다.
순간 남혁은 저도 모르게 벌떡 일어서며 침입자를 향하여 대항의 자세를 가졌다.

창공에 그리다 167

'대낮에 강도가?'

남혁의 머리에 언뜻 지나가는 한줄기의 불안과 함께 두 주먹을 쥐어 허리에 붙이고 사내와 맞섰다.

"흥!"

사내는 가볍게 코를 울리며 남혁에게로 다가왔다. 남혁은 타는 듯한 눈으로 그를 지켰다. 사내는 시뻘건 눈동자를 흘려 남혁을 보고 그를 지나쳐서 애영에게로 갔다.

그 자리에 꽂은 듯이 앉아 있는 애영의 당차고 매몰찬 눈매에서 남혁은 그가 강도는 아니란 것을 직감하였다.

"재미 보는군."

굵은 말소리였다. 흉기를 가지고 해치려는 기색은 없었으나마 분명히 골려 줘야겠다는 오기가 가득 찬 어조였다.

"어때? 용케 잡혔지?"

"말조심해요!"

비로소 칼날같이 날카로운 애영의 말이 떨어졌다. 남혁은 애영의 그렇도록 살기 띤 눈매를 본 적이 없었다.

"홍 말조심을 해라? 그러기로 하지. 최고학부의 교수들이니까. 그러고 보면 이쪽도 최고의 인텔리니까 그 따위 문제쯤은 허용할 만하단 말야."

애영은 김민수의 용기에 놀랐다. 좀스럽고 옹졸한 위인이라 버젓하게 나서서 위협하리라고는 상상한 적도 없었다. 이제는 악인이 닦아야 할 수련과, 악인이 가져야 할 대담성마저 쌓아온 모양이었다. 이를테면 그의 악에의 진전에 경악한 것이었다.

"그런 줄 알거든 빨리 나가요!"

"하기야 남녀의 비밀 야합 장소에 나타나는 건 신사의 도리는 아니지만 외인이 아니니까 당연하거든."

남혁은 그 자리에 얼빠진 듯이 서서 애영과 그자와의 문답을 듣다가,

"외인이 아니니까."
라는 말에 정신이 번쩍 들었다.
  '외인이 아니면 누구일까?'
  하기야 외인이라면 여기가 어디라고 아래층에서 통과시켰으며, 또한 통과를 불허하였더라도 무슨 배짱에 손님이 있다는 좌석인데 어려움도 없이 썩 들어선다는 말인가.
  "나중에 아무 때라도 와요. 그리고 손님이 계시니 지금은 빨리 가요!"
  "흥. 손님?"
  그 자는 다시 눈알을 굴려서 남혁을 흘겨보았다.
  "어떤 종류의 손님인데? 이용준이와는 다른 관계란 말이야?"
  남혁은 반항인지 모욕감인지 모를 분노를 느끼며 그자의 시선을 사납게 받았다.
  "그 따위 파렴치의 말을 지껄이면 나중에라도 만나지 않을 테니 알아서 해요."
  애영의 말소리도 독살스러워졌다.
  "간단한 문제가 아니니까 어쨌건 그냥 갔다가 밤에 올 테다."
  그자는 애영과 남혁을 또 한 번 썩 노려보고 층계로 내려갔다. 그자가 막 사라지자 애영은 침대에 꽉 엎드리며 머리를 묻었다.
  "네까짓 게 뭔데 네 자유로 떠드는 거냐?"
  남혁의 귀에는 그자의 말소리보다도 윤여사의 음성만이 확대되어 왔다.
  "네가 우리하고 무슨 상관이 있다는 거야? 뭐라고? 이 뻔뻔스런 동물아! 그런 말이 감히 네 터진 입으로 나온단 말이야?"
  남혁은 아직도 그 자리에 서서 그자의 출신을 연구해 보는 것이다. 애영과의 대화에서나, 윤여사의 타매(唾罵)에서 그자는 혹 이 가정의 이복 오라비인줄도 모른다고 추측하였다.
  "우리가 가만히 있으니깐 네 까짓게 무서워서 그러는 줄 아니? 너 같은 거 하군 아예 상대를 하지 않으려구 척척 응대해 주니까 그래 맛이 괜찮더냐? 인젠 나두 법으루 할 테다. 뭐라구? 그러자 그래. 법으로 처단했으면 너 같은 건 벌써 사기죄로 벌을 받았어. 신사적으로 해주면 그래도 인두겁을 쓰고 도의적으로 나가야 할 게 아냐? 뭐? 오늘밤에 뭐 하러 와? 왔다 봐라! 대갈통을 바셔 놓을 테니. 그래 이젠 내가 악마가 돼서라도 널 잡아먹을 테다. 오냐 그러려므나! 불감청이언정 고소원이야!"

후덕스럽고 인자하게만 보이던 윤여사의 어디에가 저런 그악스런 성격이 숨어 있었을까? 그자가 얼마나 애영을 괴롭히고 이 집안을 망쳤으면 윤여사의 울분이 저다지도 절정에 이르렀단 말인가?

애영은 잠깐 머리를 들어 남혁을 보았다. 두 손을 포켓에 찌른 채 옆모습을 보이며 전 신경을 아래층에서 올라오는 어머니의 말소리에 모으고 서있는 모양이었다.

'어머니도 이제는 울화가 터져 버린 모양이지만 저따위 인간에게 무슨 말을 하시나? 어서 보내 버리지 않구……'

애영은 남혁의 초조하고 심각한 표정에 가슴이 아팠다.

'나 같은 여성에게 순결한 사랑을 쏟았다가 결국 이런 꼴까지 당하고…….'

"네 쪽에서 고소한다니 어서 하루바삐 해야 망정이지 안 했단 봐라! 이쪽에서 이혼소송을 제기할 테다! 인제 막판이다. 몇 년이냐? 육이오 이후 만두 십 년이야 십 년! 우린 등신인 줄 알았더냐? 오냐, 이번엔 내가 죽는 한이 있더라도 끝장을 내고 말 테니 오늘밤엔 올 필요도 없구 어서 고소장이나 내도록 해!"

남혁은 그제야 어깨를 떨며 흐느끼고 있는 애영에게로 가까이 갔다.

"장 선생님!"

남혁은 애영의 등에 손을 얹었다. 애영의 전율이 손에까지 올려서 찌르르 전류가 통하는 것 같았다.

"진정하십시오. 퍽 복잡한 사정이신 모양인데 남의 가정사에 개입하는 건 아닙니다만 전말이나 좀 들려주셨으면 합니다."

"백 선생님!"

애영이 안타깝게 부르짖으며 머리를 돌려 남혁의 다리에 이마를 댔다.

"정말 죄송해요. 백 선생님께 이런 꼴을 보이다니!"

"무슨 말씀입니까?"

남혁은 애영의 머리를 가만히 들어서 자기의 왼팔에 놓으며 조용히 그 곁에 쭈그리고 앉았다.

그의 바른 팔은 애영의 머리를 조심스럽게 감았다.

"장 선생님께 이러한 불행이 있다는 것을 모르고야 어떻게 애영 씨를 사랑할 자격이 있겠어요? 제발 간청입니다. 자세한 내막을 좀 알려주십시오."

가슴 속에서 길길이 타오르는 울화를 못이기는 듯이 애영은 남혁의 팔에 이마를 비벼대며 어깨를 떨었다. 애영의 그 애련한 몸부림이 남혁의 감정을 자극했다.

"애영 씨!"

남혁은 애영을 왈칵 껴안았다. 애영의 몸이 남혁의 가슴팍에 인형처럼 안겼다. 힘과 신경이 함께 팔로 몰린 듯이 남혁의 팔이 부르르 떨리며 무섭게 조여들었다.

"애영 씨!"

정열에 튀긴 듯이 벌겋게 달아 있는 남혁의 얼굴은 애영의 뺨을 찾았다. 눈물에 젖은 연연한 볼이 남혁의 것에 짓눌리며 산뜻한 촉감으로 남혁의 신경은 마비되었다.

"애영, 애영 씨!"

그의 뜨거운 입술이 애영의 것을 더듬었다. 찾고 쫓기고 불꽃이 튀는 실랑이 끝에 남혁은 이 날을 위하여 쌓았던 정염을 모조리 태우려는 듯 몸을 떨며 입술을 비볐다.
'백 선생님! 당신은 당신은…….'
애영은 아무리 속으로 울부짖었으나 굳게 막힌 그의 입은 자유를 잃고 있었다.
'나는 보시다시피 그런 몰염치의 남편을 가진 계집이에요. 당신의 순결한 사랑을 받을 자격의 상실자예요.'
애영은 괴롭게 부르짖으며 기어코 몸을 비틀어 옆으로 빠져나왔다. 남혁은 맹호와 같이 다시 달려들었다.
"백 선생님! 잠깐만!"
손으로 그를 막으며 애원하였으나 애영은 폭풍에 휩쓸리듯 남혁에게로 감겨들었다. 두 번째로 타는 정열은 더욱 뜨거웠다.
애영의 몸을 낙엽처럼 태워 버릴 듯이…….
"백 선생님!"
애영은 그의 품 안에서 가만히 불렀다. 이제는 저항의 기력조차 없어졌다. 김민수에 대한 극도의 저주와 반항이 반발적으로 남혁의 애욕에 호응하였는지도 모르리라.
그러나 저주도 애욕도 탄 재와 같이 무력하여진 지금 그에게 남아 있는 단 하나의 염원은 백남혁에게 사실을 고백하는 것뿐이었다.
"백 선생님! 아까 그 괴한의 정체를 알고 싶다셨죠?"
갈잎에 부는 미풍처럼 소슬하고 조용한 물음이었다.
"네, 알고 싶습니다."
남혁의 대답은 나직하나마 열에 떠 있었다.
"백 선생님 보시기엔 저와 어떤 관계가 있는 것 같아요?"
애영은 몸을 바로하고 머리칼을 매만지며 애써 냉정하려 하였다.
"글쎄요. 장 선생님의 이복 오빠가 아닌가 생각했습니다마는."
남혁도 이성을 찾으려고 노력하면서 평온한 어조로 대꾸하였다.

"백 선생님!"

애영은 뜻을 넣어서 남혁을 불렀다.

남혁은 응대로 애영을 새로이 보았다.

"아까 그 괴한은 제 남편이었어요."

"네?"

남혁은 자기의 귀를 의심하는 듯이 눈을 크게 열며 머리를 살짝 뒤로 재꼈다.

"조금 전의 여기 침입했던 그 남자는 제 남편이었던 사람이란 말씀예요."

애영은 눈을 깔고 야무지게 말했다. 그 말이 떨어지는 애영의 입을 주목하고 있던 남혁은 시선을 방바닥에 옮겼을 뿐 부동의 자세로 무겁게 앉아 있다가 탁 고개를 숙이고 눈을 감았다. 갑자기 머리통을 세게 얻어맞은 것처럼 정신이 멍하고 눈이 아찔하였다.

"이런 가혹한 형벌을 받기 전에 전 미리 백 선생님께 사실을 고백해야 했었어요."

먼데서 들려오는 듯이 애영의 음성이 그러나 또박또박 귓속으로 들어왔다.

"사 년 전에 벌써 이 말씀을 드려야 했었어요. 백 선생님이 내게 친절하시면 그럴수록에 이런 내막을 알으셨어야 했었거든요."

남혁은 기계적으로 들려오는 말을 들을 뿐 자기의 의사는 마비상태에 있는 듯 무감각하였다.

"여러 번 기회를 엿봤어요. 그리고 조용한 틈이 있을 때마다 벼르고 별렀건만 왜 그렇게 망설여만 겼는지 모르겠어요."

남혁은 아까의 그 자세를 조금도 헐지 않고 얼어붙은 듯이 앉아 있었다.

"어제 수향에서 꼭 알려야 했었어요. 그렇지만 그럴 용기가 나지 못했어요. 나중에 철교에서 달의 역사를 말할 때 나는 거기서 백 선생님에게 충분한 상상이 있기를 얼마나 바랐는지 몰라요. 상상과 추측으로 내 자신을 발견해 주시기만 희망했지만 그거나마 허사였거든요."

남혁에게 정신이 들기 시작했다.

마디마디에 정성을 들여 토막토막 알리는 애영의 고백에 차차 이해가 가기 시작했다.

"누가 꼭 증거를 댄 것도 아닌데 백 선생님은 꼭 저를 미망인으로만 믿구 계셨어요. 남매를 가진 젊은 과부라고만 가엾게 여기셨나 봐요."

잠시 들렸던 남혁의 더부룩한 머리가 나중의 말귀에서 도로 숙여지고 실팍한 그의 등허리가 불룩 솟아오르면서 남혁에게서는 쓰디쓴 한숨이 새어 나왔다.

"그럴 때마다 전 퍽 괴로웠어요. 백 선생님의 순결한 사랑을 받을 자격이 없는 더구나 인간의 최후 말단에도 어찌 참례할 수가 있으랴 싶은 남성의 버젓한 호적상의 아내가 되어 있는 이 장애영이가 어떻게 고귀한 애정을 받아들일 수 있겠어요?"

남혁의 고개는 다시 들려서 그의 눈은 방 한구석에 박히고 있었다.

"오늘은 이 장면을 백 선생님께 보였다는 것이 저로서는 참을 수 없는 치욕이에요. 아마 여성의 최대의 수치일 거예요."

애영의 말소리는 가늘게 떨렸다. 벅차오르는 감회와 비분을 삼키려는 노력도 헛되어 목마저 메어 있었다.

"그렇지만."

애영의 말이 잠깐 끊겼다가,

"그렇지만."

"백 선생님의 가슴에 아직도 잠겨 있는 제게 대한 애정을 송두리째 몰아내는 역할을 그 남자가 우연히도 치러 준거예요. 이렇게 산 증거를 보시게 된 우연을 전 다행이라구 여기고 싶어요."

애영은 자기의 아랫입술을 앞니로 꽉 물었다가 놓았다.

"백 선생님! 보시다시피 전 이런 여인이었어요. 이제야 장애영의 정체를 알아내신 거 전 너무 늦었다구 생각해요."

처음에는 바로 영악스럽게 나오던 애영의 말투는, 창 밖에서 부실거리는 가랑비의 속삭임인 듯 차차 사락사락 소곤대는 하소연으로 변하였다.

"멸시를 받아야 할 인간과 그 아내와의 대면이 얼마나 비참한 것인가를 백 선생님은 목도하셨죠? 그러한 아버지를 가져야 하는 자녀의 정상도 가긍하기 짝이 없어요. 더구나 그런 남매를 혼자서 양육해야 하는 어미의 심경이 얼마나 처절하리라는 것이야 백 선생님 자신인들 열의 하나나마 알아주실 수 있겠어요?"

"장 선생님!"

비로소 남혁의 입이 열렸다. 충혈된 듯한 눈이나 애정이 물결처럼 서려 있었다.

"조금도 곧이듣기지 않는 현실이었습니다. 설마 나를 멀리하려는 트릭은 아니었겠죠?"

대답도 필요 없다는 듯이 이제는 애영이 입을 닫고 있었다.

"그러나 믿을 수 없다는 것은 장애영 씨가 미망인이 아니었다는 사실은 아닙니다. 다만 어찌하여서 이토록 어긋나는 배필이 있었을까 하는 의아에서 뿐이죠."

남혁은 이미 평정을 회복하고 있었다.

전과 다름없는 목소리로 그의 장기인 조리를 따지고 있는 것이다.

"전 지금 맘 속으로 울고 있어요. 왜 진작 장애영 씨의 이 불행을 모르고 있었던가 하구요."

애영은 가만히 눈을 치떠서 남혁의 표정을 살폈다. 진실하고 간절한 그의 눈과 마주칠 때 애영은 어른 눈을 내렸다.

"장 선생님이 그처럼 처절하셨다는 환경에서 혼자 고민하실 때 왜 함

창공에 그리다 175

께 그 고독과 번뇌를 노나 가지지 못했던가 하는 후회만으로 제 가슴은 차고 있습니다. 장 선생님은 자신의 치욕이요 여성 최대의 수치라고 생각하시는지 모르지만 전 오늘 이 자리에 참석하게 된 것을 무한히 다행하다고 만족하고 있어요."

애영 역시 맘 속으로 울고 있었다. 요새의 젊은이로서 이렇게도 철저한 이해력과 정열을 가진 사람이 있을까 하고……

남혁은 팔을 늘여 애영의 손을 쥐었다. 애영의 손은 싸늘하였다.

"장 선생님!"

어젯밤 돌아오는 차 속에서처럼 남혁은 큰 손아귀로 차고 작은 애영의 손을 으스러지라고 꼭 쥐었다.

"장 선생님이 만의 하나라도 저의 진정을 알아주신다면, 또한 부족하나마 맘을 털 수 있는 하나의 지기로 여겨 주신다면 숨김없이 자신의 내력을 토로하실 줄로 믿습니다. 달의 역사만으로야 어떻게 장애영 씨의 전모(全貌)를 짐작할 수 있겠어요? 그렇지 않습니까 장 선생님!"

감정의 발로를 이내 지프차의 운전에 발로하는 과격파인 줄만 알았는데 차근차근 해석해 가는 그의 침착성과 판단력에 애영은 새삼 감복하였다.

"말씀드리겠어요. 모조리 다 고해 바치겠어요."

애영은 남혁에게 자기의 손을 조용히 빼고 자세를 도사려서 졸업 후에 귀국 차표를 사는 장면에서부터 시작하였다.

김민수가 진정으로 애를 써 준 대목에 가서는

"네, 그랬군요?"

하기도 하고, 차를 떨치고 김민수와 숨바꼭질하다시피 서로 찾아 헤매는 데서는 호기심이 가득한 눈으로 애영의 입을 지키기도 하였다.

그러나 귀국하여서 그가 여러 가지의 친절을 베풀어 사랑을 구하였다는 것과 몇 번씩이나 전보를 치고도 직접 만나기를 꺼려했다는 얘기를 들을 때는 목을 기울이며 석연치 않다는 표정을 지었다.

그리고 김민수가 이용준과의 뒷동산의 상면을 오해하여서 폭행을 가하였다는 설명에서는 애영이 이용준에 대한 상세한 내용은 피하였는데도 이용준이가 누구냐고 묻는 듯한 뜻을 담고 눈을 빛냈다.

결혼식에 대한 모순도 애영은 숨기지 않고 일일이 지적하였다. 그때부터, 아니 귀국하면서부터 돌변한 그의 양심과 갖가지의 기만행위도 폭로하고 결혼 후의 애영의 마음의 고통과 수난도 자상스럽게 알렸다.

김민수를 간신히 취직시킨 신여사와 애영의 호의에도 배반하여 여학생 사건으로 파면당한 것과 6·25 동란에 생명을 걸어 놓은 윤여사의 쌀 판 돈을 가지고 행방불명이 되었다는 대목에서는 분개하는 빛을 감추지 않았다.

"그러니까 신 학장 선생과 어수(魚水)의 인연이 있군요."

그는 말 중간에서 이 한 마디를 끼기도 하였다.

해방 이후와 6·25 동란 이후의 애영이 그 고난풍파 속에서도 꾸준히 그림을 그려서 두 번의 개인전을 가졌다는 보고에 남혁은 머리를 깊숙이 끄덕이며,

"그러한 고귀한 수련기가 지났기 때문에 제3회 전의 작품들이 그렇게 색다른 상(想)과 표현으로 뛰어났겠지요."

하면서 감탄하다가 제1회 전 때 예약된 그림을 김민수가 이중으로 팔아 먹었다는 사실에 남혁은

"원, 그럴 수가 있을까요?"

하고 혀를 차기도 하였다. 이래 칠팔 년 간 그의 갖은 위협에도 불구하고 별거하는 동안 이쪽이 이혼신청도 거절하고 악랄한 수단으로 거액의 돈을 긁어간다는 결론에서 남혁은,

"잘 알았습니다. 오늘의 이 장면도 위협의 훌륭한 구실이 되겠군요."

하고 심각한 안색이 되었다.

창공에 그리다 177

"물론이죠. 그런 산 구실을 잡기 위해서 아마 이삼 일간 집 주위를 지켰나 봐요."

애영은 오늘 아침에 인영과 순옥에게서 들은 말로부터 방금 전 성터 위에서의 정찰 따위를 바른 대로 말했다.

애영은 차라리 잘되었다고도 생각하는 것이나 언제나 한 번은 백남혁에게 자기의 현상을 알려야 할 것이요, 그러자면 쑥스럽게 따로 시간을 잡는 것보다 이렇게 우연히 닥친 장면을 그로 하여금 목도케 하는 것이 더 순조로운 전개이었다

처음에는 남혁에게 이런 수치스러운 현장을 들킨 것이 부끄럽기도 하고 억울하기도 하였지만, 백문이 불여일견(百聞不如一見)이라고 제 입으로 김민수의 모든 결합을 지적하니 남혁 자신이 친히 참관한 것이 오히려 다행하다고 스스로를 안심시키기도 하였다.

"하하. 그렇다면 어젯밤이나 오늘 아침에 제가 그 정찰 망에 걸려든 셈이군요."

"그야 그렇죠."

"김씨가 지금 백남혁을 오해하고 있는 모양이죠."

"오해고 뭐고 있어요? 생으로 누명을 씌워서 돈을 긁어내자는 거죠."

"허어. 거 참 비참한 데요?"

남혁은 미간을 아드득 찌푸렸다. 무슨 처참한 현장에서 동정하는 빛의 빈축(顰蹙)과 용납할 수 없는 불의를 보고 분노하는 빛이 뒤얽힌 그러한 빈축이었다.

"십여 년이나 그런 고통 속에서 살으셨군요?"

"네. 적어도 동란 후 칠팔 년 동안은 고스란히 그 불쾌한 구속과 위협 속에서 살아오는 거예요."

"하하. 정말 비참한 일입니다."

남혁은 또 한 번 비참함을 부르짖었다. 그처럼 청조하고, 투명하고, 화

사하고, 깔끔하고, 아름다운 애영이 보이지 않는 쇠사슬에 묶어 있었다니! 보다도 징그럽고 독을 가진 독사에게 칭칭 감겨서 피를 빨리고 있었다니! 사 년을 그림자처럼 따라다니며 가까이하던 자기로도 천만 꿈 밖의 일이 아니고 무엇인가.

'그러고 보면 애영 씨의 그 맑은 눈에는 어디엔가 절망이나 공포의 그늘이 가끔씩 끼였더니라. 수려한 그 이마에도 수심이 어려 있지 않았던가? 명랑하지 못한 것이 그의 천품인 줄만 알았더니 어찌 이러한 상상할 수 없는 곤경에 외로이 빠져 있었던가.'

남혁의 가슴에서는 애영에 대한 연민의 정이 샘처럼 솟아났다. 그래서 예의에 벗지 않을까 생각하면서도 불쑥,

'왜 이혼을 단행하시지 못하고 이렇게 끌어오셨나요?'
하고 물었다.

"저쪽에서 절대로 거절하죠? 이쪽에서 이혼 소송을 내자니 수속이네 재판이네 이목이 시끄러울 것 같고 또 저자가 무슨 행패를 할지 몰라서……."

"행패를 각오하셔야 하지 않을까요?"

"제게 대한 행패람 얼마든지 받겠어요. 그런데 만일 저쪽에서 아이들이나 달램 어떡하겠어요? 제법 양육이나 하면 좋게요? 아까도 말씀드렸지만 한 끼나마 얻어먹을 수 없는 집안인데 애정도 양육의 자신도 없으면서 괜시리 소동만 일으킬 테니깐……."

애영은 말끝을 맺지 못하고 깊은 한숨을 내쉬었다.

"애영 씨!"

남혁은 시든 꽃인 양 풀이 죽어 있는 애영의 모습에 가슴이 저렸다. 그는 애영의 손을 잡았다.

"낙심하실 건 없습니다. 무엇이나 단행 해야죠. 삶의 목표란 구름의 이정이 아니니깐요. 언제까지나 정처 없는 생활을 무의미하게 반복할 순 없

지 않습니까?"

"……."

"용기를 내십시오!"

남혁은 잡은 손에 힘을 더 주었다. 애영은 다소곳이 동의하는 태도로 방바닥만 보고 있었다.

"이쪽에서 소송을 제기하시면 반드시 이깁니다. 애영 씨가 우려하시는 조건은 하나도 겁낼 성질이 못 되니까요. 이복이 시끄럽다니 누가 애영 씨의 사생활만 주목하고 있나요, 또 알면 어때요? 칠팔 년이나 악화만 되던 썩어난 상처를 도려내는데 타인이 무슨 참견할 권리가 있습니까?"

"……."

"저쪽에서 자녀를 괴롭힐까 봐 주저하시는 건 일리가 없는 바도 아닙니다만 제가 들어온 얘기로 본다면 김씨가 위협은 할지언정 그런 용단을 할 위인도 못 되는 성싶습니다. 아이들을 맡겠다면 그렇게 하라고 차라리 이쪽에서 강하게 나가십시오. 애영 씨의 성격으로 보아서 십 년을 이렇게 살으셨다는 건 도무지 곧이 들리지 않는 사실인걸요."

남혁은 비로소 담배를 찾았다. 소란이 난 후에 처음으로 태우는 연기였다. 애영은 그에게 잡히었던 손을 한쪽 손으로 싸서 무릎에 모으고 아까보다는 밝아진 이마를 들어 남혁의 겉모습을 훔쳐보았다.

예술인이라면 대개가 나약하건만 남혁은 시인답지 않게 씩씩하였다. 사리를 따져서 충고하는 내용도 절실하지 않는가.

"내가 이토록 권유하는 걸 혹자가 들으면 오해할는지 모르지만 사랑하는 사람의 불행을 보면서 눈감아 둘 수는 도저히 없습니다. 이따가 밤에 온다니 이번엔 그쪽의 요구를 들어주지 말고 강하게 이혼만을 주장하십시오."

남혁은 꺼지려는 담배를 두어 모금 빨아서 연기를 천장으로 휘익 뿜었다.

"그렇게 선선한 사낸 줄 아세요? 내가 그 점을 내세우면 되려 오늘의 장면을 악용하려 들걸요."

애영은 가느다란 목소리로 오랜만에 한 마디 하였다.

"막말로 한다면 우리 둘을 간통죄로 맞고소하려들 거란 그 말이죠?"

"네."

"하하 그렇게 하라고 뻐기세요! 백남혁으로서는 무한한 영광으로 알 테니까요."

애영은 흠칫 고개를 들어 남혁을 보았다. 여전히 정열을 담뿍 담은 눈이었다.

'어떻게 저런 말을 예사로 할 수 있을까?'

"장 선생님은 아마 당신의 과거를 들어서 남혁의 사랑을 거부하려고 생각하셨는지 모르지만 이러한 비참한 환경에서 허덕대는 애영 씨를 보고 백남혁의 애정이 더 구체화될지언정 또한 백 보의 전진은 있을지언정 일 보의 후퇴는 없을 것입니다."

불이 일어나듯이 뜨겁고 격정적인 음성이 폭넓게 방 안에 퍼졌다.

"백 보의 전진이 있을지언정 일보의 후퇴가 없을 것입니다."

그가 이 말을 할 때는 눈에서 빛이 번쩍하는 것 같았다. 애영의 가슴이 칼끝에나 찔린 듯이 아팠다.

"용감하십시오! 장 선생님! 장 선생님의 앞날은 멀고 화려합니다. 당신의 하셔야 할 과제가 떳떳이 기다리고 있지 않습니까? 이 나라에 자리잡은 당신의 위치를 사수(死守)하셔야 합니다. 목전에 불티처럼 날았다가 사라지고야 말 작은 체통에 구애되지 말아야죠."

엄숙하리 만큼 진실한 남혁의 충고에 애영의 머리는 저절로 숙여졌다.

"백남혁도 이제부터는 장애영 씨의 신변을 보호랄 책임을 져야 하겠습니다. 그리고 당신의 승리를 위하여 지성껏 노력하겠습니다."

유리창 밖에는 찬바람이 뽀얗게 하늘을 덮어 나무도 물도 사람도 얼어

가는 무서운 추위가 있건만 방 안에는 무르녹아가는 정담에 꽃이 피는 봄바람이 있었다
"그저 감사하다는 말씀밖에 드릴 말이 없어요."
애영은 다소곳이 얼굴을 숙인 채 사례하였다. 그 몸매와 목소리가 소녀와 같이 가련하다고 느끼며 남혁은,
"우울하신데 좀 나가 보실까요?"
하고 넌지시 권해 보았다.
"가슴이 막막하고 머리가 혼란할 때는 차를 휘몰아서 거리를 질주하거나 그렇지 않으면 어느 조용한 뮤직홀에 가서 음악 감상을 한다거나 두 길이 가장 첩경이죠. 어떠세요? 둘 다 가져 보는 게⋯⋯."
남혁은 애영에게 명랑성을 불어넣으려고 애써 경쾌하게 말했으나 애영은
"오늘만은 조용히 있고 싶어요."
하고 부드럽게 거절했다.
남혁은 일어섰다. 애착도 소회도 그대로 남았으련만 미진한 기색도 없이 성큼 발을 떼었다.
"아이, 가시란 의미가 아니에요. 외출이 싫다는 말씀뿐인데요."
애영은 당황하면서 따라 일어섰다. 남혁은 애영에게 손을 내밀었다.
"자, 용감하겠다는 약속입니다. 생각을 정리하셔서 나중에 그가 또 올 때라도 강경하게 나가셔야 합니다. 그럼 안녕히⋯⋯."
남혁은 악수만으로 애영을 남기고 혼자 층계를 내려갔다. 애영은 그의 차가 떠난 후에야 낙화처럼 침대에 쓰러졌다.
모두가 꿈만 같았다. 올 때쯤은 되었으려니와 김민수가 하필이면 요새 어슬렁거리고 와서 남혁의 직전에서 추잡한 위협을 하고 간 것이며 희한한 좌석에서 자기의 정체를 알았으니 얼마쯤은 정열이 냉각해질 줄 알았는데 도리어 구체적이요, 적극적으로 철저하게 나서는 남혁의 태도가 도

대체 사실이 아닌 것만 같았다. 애영은 속으로 부르짖었다.
 '과연 나는 이때까지 목표도 없이 살아온 것이다. 김민수에게 몰리면서 오늘까지 되는 양 살아온 것이 아닌가? 생활의 목표는 구름의 이정이 아니란 그의 말은 진리야. 아아, 난 진실한 후원자를 얻었지만 그가 가엾지 않는가?'

찢어진 화폭

 이삼 일 전부터 위엄을 떨치던 추위가 오늘 아침에는 피도 얼릴 듯이 그악스럽게 매운 바람을 갈겨댔다.
 "아이, 크리스마스 추위를 앞당겼나? 어쩜 이렇게 추워?"
 인영은 출근하면서 그렇게 종알대고 나갔다. 애영은 문득 청량리까지 나가야 하는 남혁을 생각했다. 목요일이니까 그의 강의시간이 있는 것이다.
 그제 오전에 그 꼴을 당하고도 심각하고 철저하게 자기를 격려하고 돌아간 남혁이 전보다고 더욱 미더워졌다.
 "감정이 섬세하고도 이성이 풍부한 청년! 정열적이면서도 진실한 예술인! 이해심과 판단력이 강한 현대인!"
 끌어낼 수 있는 미흡할 만큼 애영은 남혁에게 도취되어 있었다.
 '그러나 그의 뜨거운 사랑을 받아들일 자격은 아직도 내게는 없는 것이다. 그의 진실한 사랑을 나는 숭고한 우정으로 감수하여야 한다. 고락을 함께하고 서로의 생명을 약속할 수 있는 벗이란 얼마나 고귀한 것일까? 백남혁 씨는 내게 그러한 존재가 되어야 하는 것이다.'
 애영은 얼음 속의 잉어처럼 생기가 팔팔한 인영의 뒷모습을 보며 오늘

아침에도,

'그의 배필은, 그의 반려(伴侶)는 꼭 우리 인영이가 되어야 하건만……'
하는 막연한 희망을 가져 보았다.

"어떻게 하면 이 희망을 실제로 옮길 수 있을까?"

희망 끝에는 반드시 그러한 갈망을 하면서도 구체적인 방안을 생각해 내지 못하였던 애영이었다.

그 날 밤에 오겠다는 김민수는 웬일인지 나타나지 않고 말았다. 저녁때 인영이가 돌아와 윤씨와 애영에게서 전말을 듣고,

"과연 지지리도 못난 작자로구려. 백 선생님은 그자를 보고 나서 언니를 재인식했을 거야."

하고 먼저 애영에게 일침(一針)을 놓았다.

"어쨌건 오늘밤엔 내가 맡겠어요. 언닌 아무 말도 말고 있어요. 무슨 일이 나건 다 내가 담당할테니요."

확고한 자신을 가지고 김민수를 기다렸으나 끝내 그는 오지 않았다.

"봐요! 백 선생님과 언니와의 장면을 보니까 제 추측과 어긋났던 모양이지? 긁어먹을 구실이 석연치 않던가 본데, 추후는 어떻게 되건 우선만은 안심해두 좋아요. 쉬 오지 않을 거야."

'언젠 이유가 당당해서 뜯어 갔나? 다른 음모를 꾸미느라고 안 오는 거지.'

애영은 그렇게 대답하려다가 입에 올리기도 싫은 일이라 입을 닫고 말았던 것이다.

애영은 날카로운 바람을 뚫고 방 안으로 들어오는 햇빛을 환영하는 듯이 광선을 온몸에 받으며 눈을 감고 앉아 있었다.

'오늘은 정말 그림에 손을 대야지.'

어젯밤부터 벼르던 생각은 수면 중에도 작용하여서 밤새도록 붓과 씨름하는 꿈을 꾸었다.

그나마 제대로 말을 듣지 않아 초조하던 꿈을.
애영은 매일의 일과대로 서쪽 창가에 서서 맹한(猛寒)에 띠는 거리와 산 아래 마을들을 바라보았다.
"그래도 독립문만은 떨지 않는다."
애영은 커튼을 내리고 발을 돌려 화실의 문을 열었다.
방 안은 후끈하게 더웠다. 한쪽에는 인영이가 어젯밤에 들여놓은 화분들이 쭈욱 늘어앉아 있고 난로 위에서는 주전자의 뚜껑이 수증기에 못 이겨 펄떡펄떡 뛰어올랐다.
'엊그제까지도 방에서 테레빈 냄새가 강하게 나더니만 이제 완전히 가신 것 보니깐 그 새 내가 얼마나 놀았는가를 가히 알 수 있군.'
애영은 자책에 가까운 푸념을 맘으로 하면서 양편의 장지를 잠깐 열고 순옥을 불러서 주전자를 바꿔놓게 하였다.
언제나 깨끗하게 정리되어 있는 방이지만 애영은 마른걸레로 또 한 번 방바닥을 훔치게 하였다. 오늘은 앉아서 손을 보려는 것이었다.
환기가 끝난 후에 애영은 골방 문을 열었다. 벽 한쪽의 넓이로 되어 있는 오시래이는 가운데 선반을 없이 하였기 때문에 훌륭한 골방이 된 것이다.
그 속에는 등 돌아서 있는 대소의 액자가 수없이 재여 있었다. 내년 오월에 있을 제4회 개인전에 전시할 작품은 이십여 개밖에 안 되지만 2회, 3회 전에서 남아있는 작품들로 빈 공간이 없이 꽉 차 있었다.
별일도 없건만 애영의 버릇대로 그는 하루에 한 번씩은 이 골방을 열어 보고,
"나의 초라한 생애를 장식해 준 벗이어! 나의 생명이여!"
하는 자찬(自讚)을 아끼지 않는 것이다. 이를테면 그의 전 재산이며 명예가 곧 그것들이 아니던가.
애영은 이때까지 남을 부러워해 본 일이 없었다. 자기의 중학이나 전문

학교의 동창생들은 거의 다 잘 살았다. 적어도 겉으로만은 남편의 지극한 사랑을 받고 유복한 생활을 하는 행복자들로 보였다.

그들은 애영의 가정사를 대개 알고 있기 때문에 흔히

"미인 박명이라더니 널 두고 한 말야 네가 그렇게 생겨 먹었으니 한쪽이 기울어야 밸런스가 맞을 것 아니냐? 세상은 다 그저 그렇게 돼 있는 거야."

하는 말로 동정인지 위안인지의 뜻 모를 소리를 지껄였으나 애영은 매양 그들보다도 드높은 자부심을 가지고 있었다.

다만 표시만 하지 않을 뿐 맘은 거액의 재물을 가진 사람 모양 든든하고 풍성하고 버젓할 수 있었던 것은 오직 이 화실에 가득 차 있는 작품들의 덕택이 아니면 무엇이겠는가.

애영은 골방의 문을 닫고 자리로 나왔다. 문 어귀만 내놓고 그 벽과 문에 기대고 있는 그림들도 수가 없었다. 아직도 뒷손을 기다리고 있는 것이 십여 점이나 되었다. 비록 거의 완성되어 있는 셈이기는 하지만 이삼 개월 내에 전부 끝내야 하는 것이다.

그 뒤로는 종이에 습작해 본 그림들과 신랄한 화상이 떠오를 때마다 분방한 구상과 대담한 색채를 맘껏 갈겨본 캔버스도 허다하게 끼어 있었다.

애영은 그 더미 속에서 인물 F 팔십 호의 큰 그림틀을 꺼내어 침실 쪽이 아닌 마루방 장지에 기대어 세웠다.

워낙 이 아틀리에는 다다미 여섯 장에, 서편으로는 넉 장 반의 침실이 붙어 있고, 북은 골방인데 동쪽은 성터가 보이는 유리창이며, 남향으로 돗자리 석 장이 깔릴 만한 마루방이 있어서 층계와 직통되어 있었던 것이다.

마룻방에는 겨울이면 언제나 친절한 햇볕이 가득하게 차서 애영의 화실을 밝게 해주는 것이었다.

애영은 광선을 등지고 있는 팔십 호의 화폭을 멀찌감치서 바라보았다. 작업하기 위하여서 거추장스러운 한복을 벗고 짙은 하늘색의 앙상블 스웨터와 짙은 녹색의 슬랙스를 입은 애영의 맵시는 자신이 이미 한 폭의 그림인 양 연연하고 요요하면서도 환히 열린 두 눈에는 맑은 정기를 넘칠 듯이 담고 있었다.

캔버스에는 많은 집들이 있어서 그것은 바로 애영이 몇 년 동안 아침마다 눈에 익혀온 서쪽 창 밖의 풍경이었다.

금화산 기슭에 조개껍질인 양 다닥다닥 붙어 모여있는 초가마을과 낡아빠진 기와집들 속에 독립문이 아련하게 이마를 내놓았고 독립문 이쪽으로는 제법 현대식의 큰 건물들이 중중이 솟아있었다.

하늘은 아침을 상징하는 듯 맑게 갠 푸른 바탕인데 연분홍의 엷은 구름과 흰 덩이구름이 둥실하게 떠있고 산에나 인가에 초목이 희소하였다.

"틀렸어!"

애영은 고개를 갸웃하면서 한 마디를 야무지게 내뱉었다.

"하늘이 저렇게 한가할 수만은 없지."

애영은 구멍이 날 만큼 화폭을 주목하다가.

"요컨대 제목이 결정돼야 해!"

하고 팔짱을 끼었다. 눈은 여전히 그곳을 지키고……

처음에는 그가 목적하던 대로 「독립문」이라고 붙이려 하였으나 집착은 초가마을에 더 강하게 갔다. 가난과 불행만을, 그리고 십대 조가 지은 집 그대로를 유산으로 물려받아 웅장한 도시의 배열에서 낙오가 된 그들을 클로즈업하여서,

"낙오자!"

라고 할 것인가 그렇지 않으면 현대 문명과 한 세기의 거리에서 그의 혜택을 손톱 끝만큼도 못 받은 원시적인 빈한을 지적하고 독립문을 한계로 나타난 건물의 큰 차이에서,

"거리(距離)."
라고 할 것인가 애영은 아직도 정확한 타이틀을 잡지 못하였던 것이다.

애영은 이때까지 선배들이 그린 독립문을 여러 번 보아왔다. 그러나 그들은 어디까지 독립문을 사생(寫生)하는데 그치는 것 같았다. 이를테면 독립문의 조형미(造形美)에만 치중하여서 독립문의 역사를 무시하는 듯하였다.

즉, 독립문의 개선(凱旋)만을 찬양하였지 독립문이 지닌 과거와 고민을 나타내려고 노력한 흔적은 엿보이지 않았다고 하여도 과언이 아닌 성싶었다.

애영은 문득 한국에서 저명한 어느 화가의 말을 생각했다.

"그림은 환희의 예술이다. 환희는 그림의 본질이다. 그림은 환희만으로 되는 예술이다. 그러기 때문에 그림은 환희만을 표현하는 것이라야 한다. 인간적인 고통, 비애, 암흑을 표현하는 것이어서는 안 된다. 무릇 이와 같은 암흑은 태양의 본질에 반대되는 까닭이다. 왜냐하면 빛의 본질에는 이러한 요소가 없기 때문에……."

인간적인 고통과 비애와 암흑을 표현하는 그림이어서는 안 된다는 이 화가에게 추상파의 화가들은 어떠한 말로 대항하고 나서야 할 것인가.

사물의 형태(形態)를 파괴하고 성격적인 정신적인 모든 사상을 한꺼번에 표현하려는 저 추상파의 신예(新銳)들이 들으면 기겁을 할 노릇이었다.

애영의 자신은 아직 추상파에 속하지 않는다더라도 인물에 있어서 비록 형태를 무시하지 않을망정 그 인물의 환경, 성격, 기호(嗜好), 취미 심지어는 그가 남몰래 지니고 있는 희열(喜悅)이나 고민은 물론, 그의 야심이라거나 욕망까지도 표현하고 싶은 것이 자기의 소원이며 또한 그렇게 해야만 한 세대를 대표하는 작가가 아니겠는가.

문학이나 음악이나 모든 부문의 예술이 다 그러하듯이, 미술도 한 세대의 역사적인 반영이 없이는 가치 있는 예술이 되지 못할 것이요, 또한 그 세대의 고민이나, 사조를 상징하는 표현이 없이는 대표적인 작품은 되지 못할 것이다.

그 화가는 또한 이런 말도 하였던 것이다.

"삶의 모든 비극은 태양을 향수(享受)하지 못한 데서 생기는 일이다. 고통, 비애, 모순, 갈등, 무릇 삶의 부정에 속하는 일들은 태양이 없는 세계의 일이요, 있어도 없는 것과 같은 세계의 일이다. 그러므로 이러한 일은 태양을 받는 것만으로 내용을 삼는 그림의 관지(關知)할 바가 아니다."

물론 화가 역시 자기의 독창적인 논설은 아닐 것이다. 모든 미술 지상주의자들에 의하여서 자기의 예술 지상주의의 사상이 합의되기 때문에 공공연하게 발표된 것이겠으나 애영으로서는 도시가 수긍되지 않은 견해이었다.

미술이 인간에게서 나온 것이요, 인간은 생활을 떠나서 존재할 수 없는 것이라면 생활에서 우러나는 그림이 아니고야 어떻게 삶의 모든 생태를 표현하는 예술이 될 수 있을 것인가.

인간의 생활이야말로 희(喜) 비(悲) 고(苦) 락(樂)의 교차이거늘 이 근본 감정의 표현이 없이 어떻게 환희만을, 광명만을 상징하는 그림이 있을 수 있을 것인가.

저 독립문으로 말하더라도 한쪽에는 몇 백 년 전의 폐물을 그대로 끼고 있으면서 인간 역사의 무상번복을 수없이 보아왔을 것이다. 또한 세대가 변천하고 문명이 밀물처럼 몰려와 한쪽으로는 도로와 가옥이 개선되고, 역사가 바뀜에 따라서 자신의 학대와 환대가 조석으로 변하는 일도 겪어왔을 것이다.

그렇건만 이 나라의 운명은 예나 지금에나 모든 비극의 암을 뿌리째 근절(根絶)하지 못한 채로 국민은 불안과 도탄에서 허덕이고 있는 것이 아니냐?

이 모든 사실을 몸소 치러오는 독립문이야말로 지금쯤은 눈물짓고 있는지 모르리라.

"눈물짓는 독립문!"

애영은 가만히 외쳐보았다. 아니 고민하는 독립문일지도 모른다.

'저 초가마을과 독립문의 역사를, 번뇌를 그려야 한다.'

애영은 제1회 전의 작품이었던 「우의」「저녁노을」「자장가」의 화면을 연상하였다. 그 세 가지에서도 애영은 충분히 계절과 인물의 고민을 나타내었던 것이다.

그 세 가지는 어느 유지가 한꺼번에 다 사버려서 자기에게는 남아 있지 않지만 언제나 머리에 남아 있는 그림이었다. 애영은 팔십 호의 화폭에 이십 호의 화필로 화이트칼라를 듬뿍 묻혀서 전면에 X를 그렸다.

십 년 전만 같았어도 애영은 이 화폭을 찢어버렸을지 모른다. 그림이 제대로 되지 않을 때 캔버스 한두 장쯤 칼로 부욱 그어버리기를 예사로 했으니까…….

그러나 이제는 캔버스를 버리는 것이 아까울 뿐 아니라 그만큼 참을성이 쌓여진 모양인지 좀체 손해되는 짓은 하지 않고 견디어 내는 것이다.

애영은 X가 갈겨진 화면을 가만히 바라보다가 캔버스를 골방 쪽으로 옮겼다. 이를테면 방향을 정반대로 바꾼 셈이었다.

그는 마루방으로 나가서 유리창의 커튼을 내리고 마루방과의 미닫이를 닫았다. 그리고 스케치북과 연필을 들었다. 새로운 구상을 나타내 보려는 것이었다.

애영은 조금 전에 떠오르던 상(想)을 잡아 연필을 움직였다. 그는 잠시 눈을 감기도 하고 고개를 갸웃하기도 하였다.

한 장 또 한 장 무려 칠팔 장의 에스키스가 끝난 다음 애영은 엄밀한 검토 하에서 한 장을 골라냈다. 그는 그것을 팔십 호와 나란히 붙였다.

캔버스가 흔들리기 때문에 이젤에 낄 것을 단념하고 아까의 위치에서 앉아 그리기로 하였다.

애영은 먼저 나이프로 캔버스를 갉아 내기 시작했다. 화이트칼라는 수건으로 훔쳐 가며 전면을 다 판판하게 손보았다.

그 동안 좀 쉬었기 때문에 붓들은 다 정결한 채로 있었다. 애영은 십여 개의 대소의 화필과 각 색의 튜브를 내놓았다.

그는 조색판(調色版)에 레드와 블루를 뺐다. 화이트는 나와 있었고 나중에 옐로를 조금 냈다.

애영은 우선 레드로 캔버스 삼분지 이의 공간에 인물을 초잡았다. 그의 머리에는 샤갈의 「공적색의 나체부」가 떠올랐다. 반드시 그의 흉내를 내는 것은 아니었지만 독립문의 현대와 장래를 암시하는 데 있어서는 초현실파의 그의 수법을 빌지 않을 수 없었다.

아니 그보다도 애영에게는 이미 샤갈 파의 영향이 깃들어 있는지도 모른다. 그러기의 애영의 분방(奔放)한 화상에 따른 그림은 거의가 초현실적인 분위기를 나타내고 있는 것이 아닌가.

인물은 묘령의 여인이 공중에, 등을 위로하고 떠 있는 것으로 하였다. 그의 왼편 겨드랑에는 금새 날아갈 듯이 날개를 파닥거리는 흰 비둘기가 끼어져 있고 바른손은 자연히 하늘을 가리키게 되었다.

다음은 삼분지 일의 하단에 독립문을 잡고, 금화산 쪽인 곁으로 초가마을은 다닥다닥 붙였다.

그리고 첫번 그림에 현대식 건물을 배치했던 자리, 즉 초가마을 반대편에는 건물 대신 애영의 집 바로 맞은편 성터 아래로 나란히 붙어 있는 이십여 개의 판잣집을 그리로 옮겼다.

독립문 앞은 크고 넓은 길을 환하게, 금화산은 짙은 뿔추로, 하늘은 폭풍전야의 험상궂은 구름덩이가 뒤덮인 것으로 전체의 데생을 끝냈다.

이것을 마치는 동안에 애영은 무릎을 꿇었다가 반쯤 섰다가 앉았다가 팔레트를 들었다가 놓았다가 실로 천태만상의 갖가지 자세를 취하였다.

그는 멀찌감치 물러서서 칼라가 한 번은 고루 놓아진 화면을 주목하였다.
　홍색의 여인과 흰 비둘기를 제하면 전체가 블루 계통의 아늑하고 우울한 분위기라고 애영은 느꼈다.
　애영은 장지를 열고 마루방으로 나와서 한 번 바라보았다. 인제 십여 일을 두고두고 손보면 마음에 드는 작품이 될지도 모른다고 생각하면서 다시 들어와 적・청・황을 약간씩 섞고 백을 가장 많이 조색하여서 펜팅나이프로 독립문 앞의 큰길을 척척 힘있게 채색하였다.
　길만은 환하게 하고 싶었다. 누구나 다 기를 펴고 활갯짓을 하며 자유로 왕래할 수 있는 밝고 넓은 길로……
　"아직두 덜 끝 나셨네."
　화실의 문이 열린 것을 보고 순옥이가 갸웃 고개를 디밀었다.
　"춥지두 않으셔서 문을 열어 놓구 그리시나? 손이 얼면 어떻게 그리실라구?"
　"왜 와서 이러니?"
　애영은 정면으로 그림을 보며 말만을 뒤로 보냈다.
　"인제만 온 줄 아세요? 열 번은 더 왔다 간 걸요. 할머니가 점심 늦었다구 가만히 가보라셔서 와보면 작업 중이시니깐 그냥 가군 했어요."
　애영의 제작 중에는 아무나가 이층에도 올라오지 못할 뿐만 아니라 말소리도 내지 못하게 하는 까닭이었다.
　애영은 펜팅나이프를 놓고 일어섰다. 뺨이 발그레 상기되었다.
　"지금 몇 시게 그래?"
　"자그마치 오후 두 시 반입니다."
　"할머닌 진지 잡수셨니?"
　"웬걸요. 혼자 잡수실 듯해요?"
　"그래? 그럼 어서 내려가자."
　애영이 마루방으로 나오는데 순옥은 손을 행주치마에 넣고 고개를 디

민 채로 그림에 눈을 주며,

"어마! 사람이 다 날아다니나? 그 여자가 꼭 아줌마 얼굴 같네!"
하고 수선을 떨었다.

"기집애가 왜 이렇게 까불어? 스무 살이나 된 게 너처럼 말괄량이다간 시집두 못 간다."

애영은 미닫이를 닫으며 농을 걸었다. 얼굴도 예쁘려니와 성미가 결곡하고 영리하여서 날카로운 데가 있기에 애영은 순옥을 퍽 귀여워했다.

"힝. 누가 시집간대? 아줌마처럼 저렇게 잘났어두 아저씨 같은 불량밸."

순옥은 제 말에 스스로 깜짝 놀라서 혀를 쑥 내밀고 애영을 힐끗 쳐다보며,

"아니, 아냐. 저 여자가 아무리 잘났어도 남편을 잘못 만남 불행하지 않아요? 그런데 저 같은 게 감히 그런 생각을 해요? 힝. 안 그래요?"
하고 층계를 통통거리며 쪼르르 내려갔다.

애영은 갑자기 다리가 팍팍해졌다. 몇 시간을 내리 꿇었기에 그러기도 하겠지만 순옥의 말에서 충격을 받지 않을 수 없었다.

소위 문화인이라는, 다시 말하여서 지도층에 있는 예술가라는 여인의 사생활이 한 집에 사는 어린 처녀에게까지 미치게 하는 악영향을 슬퍼함이었다.

"춥지 않더냐?"

윤씨의 자애로운 음성이 애영의 몸을 감쌌다.

"할머니두. 아줌만 땀을 다 흘리셨던데요 뭘?"

애영은 그제야 이마에 촉촉하게 배어 있는 땀을 감각했다.

더운밥에 뜨끈한 맑은 장국을 먹고 나니 몸이 풀렸다. 애영이 집에서 일할 때는 언제나 어머니가 손수 끓여준 다시맛국과 더운밥을 먹는 것이다.

"거기 좀 누우려무나."

윤씨는 아랫목에 깔아놓은 처네를 들추며 애영에게 권했다.
"어깨를 따뜻한 데로 대고 좀 눴거라. 어떻게나 날이 찬지 오늘이 아마 제일 춥나 보다."
"전 추운 줄 몰랐는데요. 그런데 어머니. 이번 성탄절에 어머니 옷을 해 드리려는데 뭐로 할까요?"
"인영이가 해준다는데 뭘 또 해?"
"오, 인영이가 하겠대요? 그럼 전 양단 두루마기나 해 드릴까 봐."
애영은 소녀처럼 고개를 기울이며 응석 비슷하게 말했다. 그는 어머니 앞에서는 언제나 사랑스러운 딸이 되어 있는 것이다.
"두루마기가 있는데 뭘 또 하니? 너나 양복 하나 멋진 거 해 입으렴."
"아이, 할머니두 가만히 계세요. 할머니가 어디 양단두루마기가 있다구 그러세요?"
순옥이는 부엌에서 큰 소리로 말참견을 하였다.
"망할 거!"
윤씨는 부엌에다 대고 눈을 흘긴 후에,
"얘, 순옥이나 뭐 하나 해주렴."
하고 가만히 소곤댔다. 인가집 아이라 월급을 주지 않고 의복을 지어 입히면서 결혼 준비를 하기로 되어 있는 것이다.
"그건 염려 마세요. 그런데 어머니. 무슨 빛깔로 할까요? 제가 선택하면 과히 촌스럽지 않을 거예요."
"얘, 의복이고 뭐고 난 도무지 기쁘지 않다. 저 녀석이 또 무슨 흉계를 꾸미느라고 오지도 않고 저러는지……. 아무랬건 다녀가야 잠시라도 맘을 놓지 이대로야 어디 맘이 조여서 살겠니?"
윤씨는 화젓가락으로 애꿎은 숯불만 뒤적였다.
"어머니, 당하는 대로 받아 가며 살 테니깐 너무 초조하게 생각하지 마세요. 아무 때나 끝장이 나겠지 늘 이러겠어요?"

창공에 그리다 195

"하나님도 야속하시지."

"참, 어머니 그저께 그 작자 다녀간 거 애들은 모르죠?"

"누가 말해서 알겠니?"

"어쨌건 밤에 오지 않은 것만은 다행이에요. 저두 그 작자에게 밤엔 절대로 오지 말라고 했거든요. 그리고 부득이 만날 일이 있으면 낮에라야 한다고 했는데 앞으로는 또 어쩔는지……."

애기가 김민수에게로 돌아가면 언제나 모녀는 흥분하고 증오하고 그러다가 윤씨는 탄식하고 애영은 우울하여지는 것이다.

"어머니나 좀 누우세요. 전 또 올라가 보겠어요."

애영은 제 방으로 돌아와서 책상에 앉았다. 미술에 대한 외국 신간 잡지를 뒤적여 탐독하고 있는데 인영이 돌아왔다.

"어느 새 시간이 이렇게 됐나? 오늘 퍽 춥지?"

"그럼요. 언닌 온실족이라 잘 모르실 거야. 그런데 언니! 언니에게 기쁜 뉴스가 있어요. 뭐겠소? 알아맞혀 봐요!"

인영은 애영의 어깨를 짚고 생글거렸다.

"내게 무슨 그런 일이 있을라구."

"글쎄, 그런데 꼭 톱 뉴스가 있으니깐 말이에요."

"어디 말해 봐!"

애영은 인영에게로 낯을 돌렸다. 태연한 체하는 눈에는 호기심이 사물거렸다.

"언니가 맞춰 봐요!"

"그럼 그만둬!"

애영은 무관심하다는 듯이 잡지에 또 눈을 주었다.

"저 말야. 오늘 정오에 내게 전화가 왔었어요."

인영은 애영의 어깨를 놓고 그의 측면으로 돌아왔다.

"누구에게서 말야."

애영은 여전히 머리를 들지 않고 대수롭지 않게 물었다.
"누구에게설 듯싶우?"
"미스터 백?"
"노우."
"미스터 리!"
"그래?"
비로소 애영의 고개가 들리고 눈이 빛났다.
"언제 오셨다고?"
"오늘 아침에 왔는데 댁엘 말야. 즉 우리 집엘 말이야, 댁에 가서 뵙는 게 예의겠지만 시간이 없어서 그런다구요. 언니께 말씀 좀 전해달라는 거야."
"……"
"새해부터 도로 서울 본점으로 온대요."
"그래?"
"아마 영전인가 봐. 말은 하지 않지만 음성이 울먹울먹하는 거 보니까 꽤 흥분한 모양이야."
인영은 곁의자에 털썩 주저앉으며 말을 계속했다.
"긴급 사항이 있어서 아침에 도착했더니 갑자기 그런 지령이 내렸대요. 그래서 오늘밤에 다시 부산으로 돌아가야 한대. 그래가지구 일을 빨리 처리해서 새 지점장에게 사무인계를 해야 한다나요."
"어쨌든 잘 되셨군."
"아무럼요. 피차를 위하여서 축배를 들어야겠어요."
인영은 축배 드는 시늉을 해가며 새새거렸다.
"그러니깐 전화라는 건 네게다 보고하는 데만 그쳤단 말이지?"
"아유 내 정신 좀 봐! 그래서 말야요. 이용준 씨 말씀이 잘 하면 연말에 와서 새해를 언니랑 함께 맞구요. 불연이면 정초에 와서 언니께 세배를 올리겠다구요."

"기집애 그게 모두 네 말이지 그이 말씀이야?"

"아 참, 내가 왜 말을 지우? 다음에 물어 보구려. 언니께 누누이 잘 전언하라구 신신 당부하던데요."

"어서 옷이나 갈아입으렴."

"그러구 또 뭐라더라? 오 참, 아무리 외롭더라도 눈물짓지 말고 참아 달라고요."

"요런 깍쟁이!"

애영은 한복으로 갈아입으며 연방 입을 놀리는 인영의 등을 툭 쳤다.

"이용준 씬 소식 불통이야. 하이네가 정열을 바치는 줄도 모르고 고독이니 낙루니 싱거운 독백만 하니 말이죠."

"그만 입 닥쳐!"

"내년엔 삼파전이 굉장할 거야. 호호……."

인영은 웃기조차 하였다.

"너 정말 이러기야?"

애영은 그 고운 눈을 무섭게 부릅떠 보였다.

"아냐 언니. 난 진정예요 언니에게 삼파전이 자유로 벌어질 수 있는 환경이 허락된담 얼마나 좋겠어요. 다만 그것을 바라면서 김칫국 먼저 마셔 보는 거죠 뭐."

"그만둬라 장인영 양의 웅변을 누가 당하겠니? 어서 가서 밥이나 먹자."

애영은 잡지를 놓고 일어섰다. 벌써 황혼이 유리창에 얼음과 함께 얼어붙건만 특선이 아닌 애영의 방은 자연히 밝아지기만을 바랄 뿐이었다.

인영은 가방에서 얄팍한 책을 테이블 위에 획 던졌다.

"언니께 프레젠트야."

"무슨 책인데?"

"풀어 보구려."

애영이 포장을 막 풀자 잔등이 반짝 켜졌다.

"어마! 하이네 시집!"

"호호. 제일 반가운 선물이죠?"

"어쨌건 고맙다."

애영은 페이지를 파르르 날려서 한 번 내용을 훑어보았다.

"하이네 씨에게 받은 원고지가 언니 손에서 닳아질 듯싶기에 책을 하나 사온 거예요."

"기집애도 말끝마다야? 내가 언제 밤낮 그거만 들여다보더냐? 아마 그건 네 말인 게지?"

"아이, 정말 언니 큰일나겠네, 난 또 언제 그랬나요?"

인영의 얼굴이 화끈 달면서 제풀에 몸을 획 돌렸다. 몸을 돌리고 나니 손은 절로 화실의 장지를 열게 되었다.

"아유! 테레빈 냄새야! 언니 오늘 제작했소?"

"응."

"그래요? 어디 좀 감상할까?"

"인제야 겨우 데생만 잡은걸."

애영은 하이네의 책 속에서 「선언」을 찾았다. 인영은 화실의 불을 켜고 애영의 캔버스를 보았다.

"흐음! 멋진데?"

"……"

"정말 새로운 구상이야. 난 언니의 의도를 충분히 이해할 수 있어요."

"인제 칼라를 놓아봐야 알게 되겠지."

애영은 책을 읽으면서 응대하였다. 인영은 그림에도 꽤 조예가 깊은 듯,

"뭘 그러우? 대강 색채도 한 벌은 다 끝났구려. 언니 오늘 일 많이 하셨

어요. 그러고 보면 사랑하는 사람끼린 영감(靈感)이 상통하는 모양이야."
　인영은 화실에서 나오며 연방 쫑알거렸다. 애영은 인영이가 또 무슨 말을 하려고 저러나 싶어서 조용히 다음을 기다렸다.
　"아줌마들! 어서 내려오세요!"
　순옥이가 층계 중턱에서 새된 소리로 이들을 불렀다.
　"그래, 곧 내려갈게!"
　인영은 순옥에게 마주 소리쳐 주고 애영의 곁의자에 걸터앉으며,
　"언니 오늘 하이네 씨에게서 내게 전화가 왔었어요."
하고 얼굴에서 웃음기를 거두었다. 지난 13일 이후로 인영은 백남혁을 가리켜 하이네 씨라고 하는 것이다.
　"그래? 백 선생님에게서 전화가 왔었어? 뭐라구?"
　애영은 시집을 덮어놓고 인영을 바라보았다.
　인영에게 전화가 왔다 하여서 새삼스러운 일은 아니었다. 긴급히 애영에게 알릴 용건이 있을 때 남혁은 가끔씩 인영에게 전화를 걸어 전언을 부탁하였던 것이다.
　"별말은 아닌데요. 오늘 학교에 왔다나요? 그래 좀 들를까 했지만 장 선생님이 제작 중이실 테니깐 가지 않겠다구요."
　"그것 뿐이야."
　"언닌 매양 투정이시구려. 또 거짓말 좀 지껄여 드릴까 봐."
　인영은 애영에게 눈을 흘겨보았다. 그 눈에서 애영은 넘칠 듯한 정의 물결을 느꼈다.
　"절더러요. 언니를 잘 위로하고 보호해 달라는 거예요 자학(自虐)하기 쉽다고요. 그러면서 우리 힘을 합하여서 장애영 씨의 환경을 정화(淨化)시켜 드리자구요."
　애영은 눈을 깔고 잠잠하였다. 다만 가슴이 싸르르 아리면서도 따뜻한 김이 훈훈하게 퍼지는 듯했다.

"할머니가 어서들 오시래요!"

순옥의 재촉이 또 층계를 올라왔다.

"하이네 씨가 언니를 사모하는 정은 거의 무제한이더군요."

인영은 마룻방에 나서며 말을 계속했다. 애영은 그 뒤를 따르고……

"언니가 제작 중이라는 것도 어쩜 꼭 그렇게 집어내는지. 그게 영감이라는 거거든요."

인영은 층계를 내려오면서도 입을 쉬지 않았다. 오늘은 유난히도 말이 많다고 느끼며 애영의 가슴이 뻐근하게 틀어 올랐다.

식탁에는 윤씨와 호식 남매가 조용하게 앉아서 기다렸다.

"너희 언제 왔니? 왜 엄마에게 인사도 않고."

애영은 반색을 하며 두 아이의 가운데에 끼여 앉았다.

"엄마가 제작 중이시라고 할머니가 쉬쉬하시는 걸 뭐."

신아가 고갯짓을 하면서 응석조로 말했다.

"신아도 인제 오 학년이나 됐으니깐 얌전해야 않아? 내년엔 육 학년이고 저 내년엔 중학생인데 밤낮 떠들기만 할라구요."

인영은 신아의 곁에 앉으며 그의 머리를 쓰다듬었다. 새까맣고 긴 머리를 두 갈래로 따서 진홍의 리본을 큼직하게 달았다.

"말루만 오 학년임 뭘 해요? 머지 않아 새해죠 그럼 육 학년인데 오 학년 때 저렇게 놀고 먹어서야 중학교 문간엔 얼씬도 못할 거예요."

호식이가 밥그릇 뚜껑을 벗기면서 인영에게 신아의 흉을 보았다.

"내가 언제 놀았어? 오빤 괜시리 날 가지고 야단이야"

"그만큼 놀면 말지 그 이상 더 놀아? 오 학년치구 너처럼 한가한 애는 난 첨 봤어."

"걱정마! 오빠더러 입학시켜 달래지 않을 테니 말야."

"어렵쇼. 그게 말이라고 하니? 애 정신차려 지금이 연말이라는 걸 알아야 해."

"그러니 어쩌란 말야. 괜시리 나만 가지고 들볶아!"
신아의 입술에는 울음이 맺혀서 비죽거렸다.
"너흰 만나기만 하면 이러니 정말 웬일이냐? 응?"
애영이 정색하여서 남매를 노렸다.
"저희끼리 장난하느라고 그러는 걸 뭘 그러우?"
심각해지는 애영의 표정을 보며 인영은 황망히 중간에 끼었다.
"호식이나 신아나 다른 말벗이 없이 단둘뿐이니깐 자연히 저항감정을 저희끼리 발로하게 되는 것뿐이죠. 자, 어서 밥이나 먹읍시다."
인영은 순옥에게서 국그릇을 받아 어머니의 순서로 차례차례 앞에 놓아주었다. 식구들은 잠잠히 수저를 놀렸다. 이따금씩 신아가 호식이를 힐끔거리면 호식은 신아에게 빙긋이 웃어 보이곤 했다.
인영은 이 집안에서 언제나 중추 역할을 하였다. 어머니의 울분도 인영의 말 몇 마디가 풀어줄 뿐 아니라 애영의 우울증도 인영이라야 가셔주는 것이었다.
아이들도 인영의 말에는 휩쓸려 들지 않을 수 없고 순옥이도 인영에게는 함부로 응석을 부리지 못하였다. 이를테면 이 가정의 균형과 평화를 잡고 있는 존재가 인영이었다. 그러기에 김민수까지도 인영을 꺼리고 있었다.
김민수의 소식이 감감한 채로 시간은 흘러서 성탄절의 전날이 되었다. 혹시나 이 날일까 이 날일까 조마조마하면서도 스핑크스와 직접 상대하지 않는 것만이 불행 중의 다행이어서 애영은 눈살을 펴고 자그마한 크리스마스트리를 호식의 남매를 위하여서 꾸몄다.
아버지의 사랑을 모르고 자라는 자녀들에게 정서의 빈 곳을 메워 주려는 작은 정성이라고 해마다 애영은 이 준비를 잊지 않았던 것이다.
대학은 십오 일에 종강(終講)하여서 애영은 어머니의 선물인 양단 두루마기도 일찌감치 마련했건만 먼저 선포했던 인영의 선물이 아직도 들어

오지 않았다.
 "오늘은 학교에 얼굴만 내놓고 바느질 집에 가서 의복 찾아가지고 올래요. 언니 어디 안 나가시죠?"
 인영은 아침 열시 반에 나가면서 애영에게 다짐하였다. 애영은 일 주일 동안에 「독립문」이랄까의 제작을 거의 완성하였다. 이것 저것 끼워보던 틀도 흰색으로 정하였고 내용에 대한 만족감도 어느 정도 높아서 요새는 제법 흐뭇한 매일을 보낼 수가 있었다.
 일찍 온다던 인영은 점심때가 되어도 소식이 없다가 오후 두 시에야 큰 보자기를 들고 돌아왔다.
 "아유, 데모 행렬에 갇혀서 꼼짝할 수가 있어야죠."
 "무슨 데모야?"
 윤씨가 물었다.
 "어머닌 소식불통이시군요. 교포북송 반대시위지 뭐예요?"
 "오라. 왜 내가 모르겠니 신문에서 밤낮 읽는데……. 그리고 구호소리도 날마다 듣고 있는걸."
 "이거야말로 민의(民意)거든요. 우의(牛意) 마의(馬意)가 아닌 진짜 민의지만 먼저 외교의 실책은 누가 했는데 아까운 시간과 정력만 허비하나 싶으니깐 딱하단 말이죠."
 인영은 책보를 풀면서도 책보의 내용에 보다는 데모에 대한 관심이 더 컸다.
 "북송계획이 좌절되면 오죽 좋아?"
 애영도 한 마디 참례하였다.
 "글쎄 좌절이 되야 말이죠. 우리 국민의 정의감이나 동포애는 높이 평가될망정……."
 "소포 받으세요!"
 인영의 말을 끊고 배달부의 소리가 밖에서 크게 들렸다.

"네에."

순옥이가 긴 대답을 하고 나가더니 가벼운 비명 같은 소리가 들리는 것 같아 인영도 몸을 날려 밖으로 나갔다.

"어머나! 이게 뭔데 이렇게 커? 꼭 그림틀 같애."

순옥은 네모가 나고 부피가 두툼하게 포장된 큰 짐짝을 들지도 못하고 쩔쩔매면서 종알거렸다. 소포라니까 자그마한 줄 알았다가 너무나 질퍽한 것에 비명마저 쳤던 모양이었다.

우편배달부가 아닌 젊은이는 성큼 짐짝을 들어서 현관 마루에 놓았다.

"이게 뭐죠?"

인영이가 물었다.

"모르겠습니다. 난 심부름만 할 따름이니까요. 자, 여기다가 실인이나 눌러 주십시오."

젊은이는 포켓에서 종이를 내어 인영에게로 내밀었다.

"언니! 도장!"

인영이 안에다 대고 소리쳤다. 그제야 애영은 뒷마루로 나왔다.

"아니, 이거 액틀 아니라구?"

전문가의 눈은 대번에 정확한 판단을 하였다. 애영은 의아스럽다는 눈으로 짐짝을 보며 도장을 찍었다.

"어디서 보내왔나요?"

"전 심부름만 했으니깐 모릅니다. 안녕히 계십쇼."

젊은이가 나간 다음에 애영은 친히 굵다란 줄로 친친 동여맨 포장을 풀기 시작했다.

"그게 뭐냐?"

밖이 떠들썩하는 바람에 윤씨까지 나왔다. 전 가족이 총 출동하여서 정체 모를 짐짝에 호기심의 눈을 모으고 있었다.

애영은 줄을 풀면서도 머리에 섬광처럼 지나가는 직감을 잡으려 했다.

'이게 그림이라면 누가 내게 선물로 보내는 걸까? 선물이라면 이다지 많이 보내지 않아도 될텐데…….'

그는 선후배의 화가들을 점쳐 보았다.

'강윤기 씨?'

먼저 떠오르는 이름이 강윤기(姜允基)였다.

'그렇지만 그와는 종종 만나지 않나? 오륙 일 전에도 아무런 얘기가 없었는데 별안간에 보냈을 턱은 없고, 그럼 이씨? 오씨? 정 여사?'

잠시도 쉬지 않는 머릿속은 애영의 손처럼 부지런하였다. 곁에서 인영과 순옥이 거들어서 푸는 데도 몇십 겹이나 감겨 있었다.

"언니 칼로다 싹둑 벱시다."

인영이 참다 못해서 제안하자 순옥이가 냉큼 칼을 가져왔다.

"그만둬! 이 줄은 귀한 거니깐 잘 풀어둬야 해!"

애영은 손을 저어 말리고 꾸준히 계속하였다. 겉싸개를 풀고 나니까 안에는 또 유지로 얌전하게 싸서 보통 노끈으로 묶은 포장이 있었다.

"아유, 지성스럽게도 쌌구려."

인영은 단박에 이것은 하이네 씨가 보낸 성탄선물이라고 단정하였다. 안 포장은 묶음을 칼로 베었기에 손쉽게 벗겨 낼 수 있었다.

애영은 가늘게 떨리는 손으로 첩첩하게 포개진 그림을 벽에다 세웠다. 모두가 석 장이었다. 빛나는 눈으로 이윽이 바라보던 애영은,

"어머! 이런! 이거 웬일야?"

하고 그야말로 비명을 올렸다.

"아니, 웬일이냐?"

안색이 창백하게 변해 버린 애영을 바라보고 인영과 윤씨가 황망히 물으며 그들 역시 세 그림에 눈을 두었다.

"어쩜!"

"저런!"

모녀도 동시에 탄성을 내고 순옥이도 갸웃이 그림을 들여다보다가,
"어머나!"
하고 호들갑스럽게 소리쳤다. 첫째 눈에 띄는 것은 셋 중에서 하나만 빼놓고는 두 개가 다 화폭이 찢어져 있는 것이었다. 한가운데가 터져 있기 때문에 다른 사람은 잘못 알아보지만 애영만은 그것이 무엇인가를 알 수 있었다.

그것은 애영이 스물네 살 때 제1회 전에서 호평을 받았던 작품들이었다.

「비뜻(雨意)」이라고 제를 붙인 해양형 M 사십 호의 화폭에는 남색과 검정 적색으로 혼합된 흐린 하늘이 배경으로 되었고, 보랏빛 오동꽃이 어지러이 떨어져 땅에 뒹구는데 두꺼비 한 쌍이 물끄러미 낙화를 바라다보고 있는 정경이 그려져 있었다.

어려서부터 비가 오려면 두꺼비가 나오고 오동꽃이 떨어진다는 얘기를 들은 애영은 퍽 재미있는 소재라고 취급하였던 것이다. 또 하나, 「저녁노을」이란 것은 붉게 타는 저녁노을을 배경으로 적막한 농촌의 집집마다에서 새파아란 연기가 올라 거센 바람에 멋대로 날리는 풍경인데 P 육십 호이었다.

벌써 십이 년 전의 일이니까 지금 본다면 고색이 창연한 것 같지만 그 당시에는 뛰어나게 새로운 필법이었다고 칭찬이 자자했던 것이다.

그런데 이 두 그림은 제작자가 아니면 얼른 알아볼 수 없으리만큼 복판이 찢어져 있었다.

"이건 자장가야!"

인영은 성하게 남아있는 그림을 가리키며 신기한 듯이 언성을 높였다.

"정말 그렇구나!"

윤씨도 손쉽게 기억을 찾아냈다.

"어쩜! 누가 이런 걸 지금에야 보냈을까?"

십여 세의 소녀이었던 인영에게도 인상이 깊었던 듯.

"난 이게 제일 좋았는데 다신 못 보구 말았지."

하고 감회 깊은 표정을 새삼 화면을 더듬었다.

"자장가."

이것은 F 육십 호로서 호식의 잠자는 모습을 스케치한 것이었다.

보랏빛 무장다리꽃이 만발한 봄날의 정오에 새빨간 저고리를 입은 소녀가 자주색 포탄에 잠든 아가를 둘러 업었는데 그 아가의 잠든 얼굴이 기묘하게 표현되었고, 소녀의 곁에서 비스듬히 고개를 쳐들고 무엇인가를 바라는 눈치로 다소곳이 서있는 새까만 염소가 더욱 인상적이라고 모두들 높은 평가를 했던 것이다.

그 세 그림은 둘째 날에 누군가가 예약하였다고 애영의 친구들이 빨강 표를 붙였고, 열흘이나 걸려 있다가 꽤 거액의 값을 지불하고 종적을 감추었다.

그때 애영은 처녀 전시회라 강윤기 씨의 알선과 그 외의 동료들의 협력으로 끝마쳤기에 자세한 것은 몰랐는데 십여 년 후인 오늘에야 이 골몰로 돌아오니 애영은 반감보다도 의심이 섰다.

"대관절 이건 누가 보냈을까?"

우편으로 배달된 것이 아니요. 인편으로 도착했기에 발송지나 날짜를 알 수도 없었고, 그 심부름꾼은 물어도 모른다고만 하였다.

그렇다면 누가 보냈느냐보다는 십이 년 전에 누가 샀느냐가 문제였다. 그때도 그림을 석 장이나 고가(高價)로 가져간 사람의 이름을 보았으나 유모라고만 적혔을 뿐 주소도 없었다.

한번 대가를 받았으면 그만이 아니냐고 그냥 덮어두었으나 미상불 가끔씩 그립던 그림이었다. 문뜩문뜩 애인이나 만나보고 싶듯이 간절하게 보고 싶기도 하였고 이제야 한 번쯤 옛날의 화풍(畵風)을 더듬어 아슬한 추억에 잠기고도 싶었던 것이다.

그런데 6·25의 동란을 겪고도 고스란히 제 명을 보존한 것이 기이하였다. 비록 치명적인 큰 상처는 입었을망정 그 날의 사상과 생활을 상상할 수 있는 자료가 나타난 것은 다행한 일이 아닐 수 없었다.

'그렇지만 사갈 땐 언제고 또 무슨 생각에 반환시켰을까?'

"이젠 정말 연구거리군요. 그 많은 그림 중에서 이걸 선택한 것까지는 좋지만 십여 년 만에 다시 돌려보낸단 건 무의미하게 지나칠 수 없는 걸요."

인영은 심각한 얼굴로 말하였다. 윤씨는 인영보다도 더 침울한 표정으로 서 있는 애영이 걱정스러워,

"아무리 캐봤자 모르는 일을 어떡하겠니? 어서 들어나 가자."

하고 자기가 먼저 방으로 들어왔다.

"너희도 하나씩 들고 오렴."

애영은 「자장가」를 들고 앞서고 인영과 순옥은 나머지 두 개를 가지고 뒤따라 올라갔다.

애영은 세 개의 액자를 골방에 세우고 문을 닫았다. 한 번 팔렸으니 이미 남의 소유물이거늘 자기 재산의 창고에 넣어서 조금도 양심의 가책이 없이 당연한 자기의 작품으로 인정되는 것은 무슨 까닭일까,

"어쨌건 그걸 사갔던 사람은 언니하구 관계가 없진 않은가 봐. 그때와 지금이 무슨 관련성이 있으니깐 이제야 되돌아오는 게 아닐까요? 아무렇거나 기기묘묘한 수수께끼야."

인영은 아무래도 석연치 않다는 듯 고개를 기울이고 아미를 찌푸리며 거듭 말했다.

오후에는 호식과 신아가 방학을 했다고 동무들을 데리고 와서 떠들었다. 애영은 해마다 성탄 전날에는 두 아이의 친구들에게 만찬을 주고 함께 놀게 하는 전례를 지켰다. 살벌한 자녀의 환경을 화려하게 해주려는 엄마다운 맘씨에서였다.

이날 밤에만은 윤씨와 애영, 인영이 안방에서 호식과 신아의 선발된 학우들과 즐겁게 먹고, 놀고 하는 것이다. 그러기에 그 많은 축하회도 애영의 형제만은 참석하지 않고 조촐하게 집에서 즐기는 것이었다.

 백남혁에게서는 호식 남매에게 각각 선물이 왔다. 작년에도 없는 일인데 일 주일 전에 받는 충격에서 호식과 신아에 대한 연민의 정을 느끼는 모양이라고 애영은 맘으로 깊이 감복하고 있었다.

 호식에게는 파카 오십 일의 만년필을, 신아에게는 새빨간 가죽 구두를 보내오는 대신 애영에게는 아무 것도 없었다.

 애영은 남혁에게 대한 감사와 감격으로 가슴이 차올랐다.

그림자를 따라

아무런 새로운 길조(吉兆)도 없이 1960년을 맞이한 애영은 작년과 조금도 다름없는 우울한 매일을 일 주일 동안이나 보냈다.

오늘은 1월 8일, 흐리다가 맑다가 하는 하늘은 애영 자신의 심정과도 같다고 애영은 의자에 기대어 앉은 채 열려진 커튼 사이로 밖을 내다보았다.

아래층에서는 호식과 신아의 떠드는 소리가 거침없이 올라왔다. 방학 중이라 둘만 가지고도 집 안은 늘 소란했다.

인영은 금년 들어서 처음으로 학교에 나가본다고 열 시쯤 되어서 외출했고 지금은 열한 시 십 분 애영의 시야에 들어오는 희뿌연 공간은 겨울날답지 않게 온화해 보였다.

살벌한 애영의 가슴에 한 개의 등불은 백남혁의 변함 없는 사랑이었다. 그러나 이 등불은 밝게 환하게 광명만을 주는 것이 아니라 때로는 애영의 전신을 태우고야 말 듯이 뜨거운 불길을 토하는 것이다.

"이룰 수 없는 사랑!"

그러기에 그 화염이 괴롭지 아니한가, 마주 태울 수 있는 정열이라면 그 열도에 못 견디지는 않으리라. 그제도 「수향」에 초대를 받아 작년 어느 날과 같은 아늑한 분위기에서 몇 시간을 보내고 돌아왔다. 한결같은 구애와 한결같은 거부의 초조한 시간이기는 하였지만……

그러나 애영의 또 한 개의 등불은 이용준의 꾸준한 애정이었다. 남혁의 것과 마찬가지로 밝고 환하기는 하나 화염에 고통을 느끼지 않는 것만이 다른 것이다. 그의 약속대로 이용준은 금년 정초에 올라왔고, 오늘 오후에 비로소 그와 만나는 것이다.

그는 1월 4일에 상경하였다. 애영은 출영까지는 생각하지 않았는데 전보를 받고야 모르는 체할 수 없어서 인영을 데리고 역에 나갔었다.

다섯 달 만에 만나는 이용준은 한창 사십대의 장년 티를 맘껏 발산하였다. 애영이처럼 큰 킨데 그 보다도 머리하나가 위라면 꽤 큰 편인 이용준은 몸마저 풍요하게 체격이 당당했다.

검은 외투에 검은 모자. 목도리마저 검었다.

턱 아래도 반질거리는 것이 아니라 수염자리가 거무스레하여서 중역으로서의 관록도 보이려니와 어딘지 남 모르는 비밀이라도 간직하고 있는 듯한 우수(憂愁)의 그림자도 끼어 있었다. 검은빛 가죽장갑에 가방까지 검어서 혹 기린이 우쭐거리는 듯 흑학(黑鶴)이 나래를 펴는 듯 애영은 잠깐 눈을 황홀하게 빛냈다.

"언니 멋지지?"

그가 출구를 나올 때 인영은 애영의 귀에 대고 빨리 속삭였다.

"남성미는 고만이야."

"시끄러워!"

"언니하군 최고로 어울려요."

인영은 짓궂게 따라다니며 소곤댔다. 공연히 함께 왔다고 애영은 생각하면서도 그 속삭임이 와락 싫지도 않았다.

"아아, 장 선생이 나와주셨군요."

앞으로 다가서는 애영을 보자 이용준은 모자를 벗으며 정중하게 예를 닦았다.

"아, 인영 씨까지, 이거 너무 황송한데요."

애영에게 긴장한 시선을 보내던 이용준이 인영에게는 활짝 핀 웃음을 보였다.

"앞으로는 신셀 많이 져야 되겠습니다."

이용준은 두 여성을 번갈아 보며 상냥스럽게 말했다. 본사에서 마중 나온 듯 쑥 뽑은 신사들이 십여 명이나 이용준의 뒤에 서 있었다.

이용준은 애영과의 인사를 마친 후에야 돌아서서 환영 나온 사람들과 악수를 교환하였다.

"전무나 사장대리쯤 되나 부지? 출영이 어마어마하지 않우?"

"넌 알기두 잘 한다."

"그런데 왜 가족이 없소?"

"……."

"아내야 없겠지만 자녀야 있을 게 아니오?"

"누가 없댔어?"

"그런데 왜 혼자만 오느냔 말야."

"살림은 아마 연말에 옮긴 모양이야. 그때 식구들은 왔겠지, 뭐. 난들 너 이상으로 알 까닭이 있니?"

이용준은 다시 돌아서서 애영에게로 가까이 왔다.

"어머니 안녕하신가요?"

"네"

"애들도 다 잘 있구요."

"네 덕분에."

이용준이 걷기 시작하니까 애영도 따라 걷고 인영도 움직였다.

"퍽 고단하시겠어요."

"뭘요. 아주 유쾌하게 왔습니다."

한편에서 슬슬 따라오던 신사들은 윤이 나는 검은 지프차 앞에서 멈췄다. 이용준이 전용차인 모양이었다.

"이거 타고 함께 가시죠."

"아이, 천만에요. 우린 저리루 가겠어요. 그럼 나중에 뵙겠어요. 안녕히 가세요."

그 뒤를 멍하게 바라보고 섰던 이용준은 하는 수 없이 차 안으로 들어가고 신사들도 다른 지프차에 분승하여서 어디론지 달아났다.

차가 인도로 걸어가는 애영의 옆을 지나칠 때 이용준은 곁 창으로 목을 빼고 내다보며 손을 올렸다.

"언니가 있는 서울이니깐 아주 유쾌하게 왔다지 않우? 삼파전의 기세 농후한걸요."

"넌 그게 소원이냐? 유혈의 참극을 본다는 게 말야?"

"반드시 피를 부르지 않아도 되지 않아요!"

"얘, 너답지 않은 소리 작작해라. 피 없는 전쟁이 어디 있니? 작으나 크나 싸움엔 반드시 유혈이 따르는 걸 어쩌냐?"

"하긴 그래요. 애인의 쟁취전인들 보이지 않는 피의 투쟁이 있어야 하겠죠."

인영은 솔직하게 애영의 말을 긍정하였다. 그들은 신촌 가는 합승에 올랐으나 차 안에서는 물론 집에 와서도 역에서와는 달리 인영은 무엇인가를 깊이 사려하는 얼굴빛이 되어 있었던 것이다.

그가 서울에 오는 것을 기뻐하였다면 애영 역시 이용준이가 가까이 있다는 것에서 맘이 든든해지는 것을 느꼈다.

"얘, 이용준은 아직두 속현 안 했다며?"

윤씨도 이용준에게 관심이 있다는 것을 표시하였다.

"누가 알아요? 우리 모르는 새에 해버렸는지."

"설마 그럴라구."

윤씨도 언젠가의 신숙경 여사와 꼭 같은 말을 하였던 것이다.

애영은 그제 정오에 이용준에게서의 편지를 받았다. 도착한 그 이튿날 즉시 발송하여서 6일에 손에 떨어진 것이다.

'서울은 과연 정다운 곳입니다. 애영 씨가 계시는 서울은 어느 쪽의 하늘이건 다 푸르기만 하군요. 어젯밤에는 본의 아닌 결례를 했습니다. 오늘부터 무척 바쁠 모양입니다. 내가 가 뵈야 할텐데 우선 서신을 보내는 나의 소홀을 용서하십시오. 오는 팔 일 오후 다섯 시에 댁에서 기다려 주시면 제가 모시러 가겠습니다.'

집에까지 오겠다는 것은 결코 달갑지 않으나 거절할 수도 없어서 애영은 집에서 기다리기로 한 것이다.

애영은 손에 들었던 책을 놓고 창가로 갔다. 서쪽과는 달리 남창에서는 첩첩이 놓여 있는 지붕들만이 보였다. 사소한 즐거움이나 큰 불행을 담고 있는 듯 싶은 크고 작고 높고 낮은 지붕들은 가지런히 엎드려서 무엇인가를 바라고 기다리는 것처럼 가엾게까지 보였다.

"새해에는 우리 민족에게도 서광이 보여지이다. 불의와 부정을 타파하고 바르고 밝은 생활의 길을 열게 하여 주시옵소서."

어머니처럼 독실한 신자도 아니건만 애영은 창가에서만은 이러한 기원을 곧잘 중얼거리는 것이다.

인영은 점심 전에 돌아와서 손수 떡국을 끓이며,

"오늘 언니를 위하여 전 축제를 올리는 거예요."

하고 놀렸다. 애영은 네 시쯤에 화장을 고치고 외출복을 입었다. 다섯 시 정각이 되자 이용준의 차는 애영의 집 앞에서 섰다.

문을 두드릴 때까지도 애영은 모르고 있었다. 백남혁의 그것처럼 귀에 익지 않은 차소리이기에······.

순옥이가 올라와서 통고를 해서야 바삐 아래로 내려갔다. 이용준은 좁은 정원에 서 있었다.

"아이, 들어오시지 않고……. 그럼 제가 곧 나오겠어요."

애영은 애타게 기다리는 사람 마냥 너무나 미리 준비를 하고 있는 자신이 부끄러워서 수줍은 미소를 띠우며 말하고 안으로 들어오려는데,

"잠깐만 제가 어머님을 뵙고 가야겠습니다. 신촌에 계실 땐 뵈왔는데 지금 안 뵙고 가서야 되겠습니까?"

하고 이용준은 벌써 현관에 들어섰다. 애영은 그를 어머니가 있는 안방으로 안내하였다.

"아유, 정말 길에서 만나면 모르겠군요."

윤씨도 반갑게 맞았다. 이용준은 공손하게 절을 하고 꿇어앉았다.

"십사 년이나 되었으니 왜 안 그렇겠습니까? 십 년이면 산천도 변한다는데 어머니께선 그대로 계시는 것 같은데요."

그는 부드럽고 나직한 음성으로 상냥스럽게 말했다.

"그래, 형님 댁도 다 안녕하신가요."

"네, 여전히 잘들 지냅니다."

"상배까지 하셨다니……."

윤씨도 말끝을 흐렸으려니와 이용준 역시 그 말에는 대답이 없었다.

그 동안에 애영은 검은 외투에 새까만 비단 머플러로 머리를 싸고 있었다.

"그럼 나중에 한번 조용히 오겠습니다."

이용준은 애영을 힐끗 보고 윤씨에게 하직하였다. 애영의 오버코트와 핸드백은 본래가 검정색이었지만 홍색 대신으로 검은 머플러를 사용한 것은 누구의 취미를 닮은 셈인지 자신도 잘 몰랐다.

다만 흑색 계통으로 위아래를 내리 뽑은 한 쌍의 남녀가 대문으로 나가는 뒷모습을 보고 순옥은,

"할머니 근사하죠?"

하고 혀를 쑥 내밀었고, 윤씨는 맘속으로

'아유, 저게 천생연분인걸, 어쩌다가 그때 놓쳤나?'
하는 탄식을 하였다.

'하기야 애영이도 저 사람에게 맘이 간절했지, 저쪽에서 다잡기만 했으면야 김가놈인들 별수 있었을까마는 형님인지 누구 때문에 다시 안 오고 말았지. 그리게 사람이란 제 팔자는 못 속인단 말야.'

윤씨는 이용준의 차가 떠난 후에야 방에 들어왔다. 자기 손에 들었던 보물을 놓친 듯 억울하고 허전하고 공연히 맘이 설렜다.

'내가 이럴 때 우리 애영인들 맘이 편할 수야 있나? 저러구 다니는 걸 그 녀석이 봤다면 또 무슨 누명을 씌울지 모르지. 아이구, 지지리도 못난 녀석 같으니!'

윤씨의 얼굴이 불그레 상기되었다. 김민수에 대한 생각만 나면 언제나 흥분하지 않고 마는 때는 없었다.

이용준과 애영은 뒷자리에 나란히 앉았다. 차가 움직이자 둘이는 서로 보았다. 그러나 아무도 웃지 않았다. 관상대 앞을 지나는데 검은 지프차가 마주 달려오며 운전대에는 남혁이 앉아 있었다. 차가 지나칠 때 애영과 남혁은 똑같이 놀랐다. 남혁은 손을 쉬고 차를 세웠다.

'지금 이 시간에 남혁 씨가 뭘 하러 오는 것일까? 혹 내가 위약을 했나.'

애영은 총망 중에서도 남혁과의 약속이 있었는가를 바쁘게 더듬었다.
내용을 모르는 이쪽의 운전사는 그대로 진행했다.

"스톱! 잠깐만!"

애영은 차를 멈추게 하고 몸을 일으켰다.

"아니, 웬일이십니까?"

이용준은 갑자기 일어나는 애영을 쳐다보며 눈이 둥그랬다.

"지금 우리 학교의 선생님이 절 찾아오시나 봐요. 잠깐만 뵙고 오겠어요."

애영은 차에서 가볍게 뛰어내렸다. 두어 걸음 뒤에 남혁이가 서 있었다.

"그리로 가려다가 웬 신사가 계시기에 실례될까 봐 안 갔습니다. 나오시게 해서 죄송합니다."

남혁이 먼저 입을 열면서 고개를 까딱 숙였다.

"집에 가시는 길인가요?"

"네. 요샌 방학이시니깐 한가하실 테고 또 마침 차가 손에 들어왔기에 날씨도 포근한 김에 원거리 드라이브나 할까 해서 뫼시려 왔죠."

"어쩌나! 저분하고 선약이 있었어요. 다음에 꼭 부탁하겠어요. 그러지 않아두 요새 좀 가 보고 싶은 데가 있었는데……."

"그럼 어서 가시죠."

남혁은 얼른 돌아서서 차 속으로 들어갔다. 여러 마디 묻고도 싶으련만 담담히 헤어지는 남혁이기에 더욱 죄스러웠다.

남혁은 차를 몰고 곧장 올라갔다. 아마 집 아래 골목으로 빠져나가려나 보다고 애영은 이용준의 곁으로 돌아왔다.

"안 됐군요."

"글쎄요."

차는 유한양행의 언덕을 내려서 동쪽으로 달렸다.

"손수 차를 몰고 다니면 유쾌할걸요?"

"……."

"얼른 봤지만 퍽 젊으시군요."

"네, 인제 삼십밖에 안 되셨어요."

이용준은 앞을 바라보았다. 미리 약속이 있는 듯 운전수는 광화문 네거리를 남쪽으로 꺾어 곧장 나갔다. 꽤 떨어져 앉은 줄 알았는데 커브를 돌 때는 이용준의 육중한 몸이 진득하게 애영에게로 실리기도 했다.

'벌써 만 이 년 전의 일이군요.'

창공에 그리다 217

애영은 서울에서 이용준을 만나게 되던 일을 회상했다.
'때는 꼭 이맘때 일천 구백 오십팔 년 일월이었으니까.'
날짜는 확실하게 모르지만 일월 중순인데 애영은 학교에서 바로 명동에 나갔다. 저녁 후에는 가까운 다방에 들려서 차를 마시고 강씨와 헤어져 신촌 행의 합승에 올랐다.
밤 아홉 시쯤 되어서 신물로 합승 정류장에 내렸다. 평동의 언덕을 타박타박 걸어 올라가는데 뒤에서 저벅저벅 큰 구두소리가 따라왔다.
애영은 예사로 생각하고 집에까지 와서 막 대문을 두드리려는데,
"잠깐 실례하겠습니다."
소리와 함께 시꺼먼 그림자가 썩 나섰다.
애영은 소스라쳐 놀라며 몇 걸음 뒤로 물러섰다.
"죄송합니다. 놀라시게 해 드려서……."
퍽 귀에 익은 음성인데다가 말투가 점잖고 진실하여서 애영은 어두운 속에서도 눈을 크게 떴다.
"뒤를 밟는 게 큰 실례인 줄 알면서도 어쩌는 수 없었습니다. 용서해 주십시오."
상대자의 눈은 암흑 속에서도 환하게 열려 있었다. 측면으로 비치는 어느 집 외등의 엷은 빛은 그의 겉모습을 어렴풋이 나타냈다.
"아!"
부지중에 애영은 외마디를 가늘게 뽑았다. 그 광채 나는 큰 눈과 갸름하고 두툼한 윤곽은 꿈에나마 잊지 못하던 이용준 바로 그 사내였기에…….
"알아보셨습니까?"
그는 한 걸음 두 걸음 다가왔다. 손을 내밀 듯하다가 그만두고
"감사합니다. 이 어두운 곳에서 날 알아보신다면 따라온 보람이 있습니다. 진정 감사합니다."

하고 모자를 벗으며 몇 번이고 머리를 조아렸다. 애영은 가슴이 두근거리고 혀가 굳어져서 아무런 말을 할 수가 없었다.

"광화문 네거리 교통신호에 합승이 걸렸더군요. 우연히 창 곁에 앉은 애영 씨를 봤습니다. 그래서 줄곧 따라 오다가 댁을 알게 된 겁니다. 나 서울에 와 있습니다. 부산에 있을 때와 달라서 서울에 애영 씨가 계시다고 생각하니까 견딜 수 없이 뵈옵고 싶었습니다만 기회를 잡을 수가 없었습니다."

애영과는 반대로 이용준은 막혔던 물이 터진 듯이 술술 사연이 흘러나왔다. 본시가 현하(懸河)의 웅변인 줄 알지만 이런 곳에서 잘도 말한다고 느꼈다.

"어서 들어가십시오. 댁의 번지만 알면 됩니다. 나중에 서신으로 연락하겠습니다."

그는 금새 돌아설 자세였다. 순간 애영의 머리에 김민수가 지나가고 그의 말소리가 들리는 것 같았다.

'흥. 뉘 좋은 일 하게? 이용준이란 녀석마저 상처했겠다. 연놈이 맞붙어서 살아보겠다고.'

애영이 김민수에게 정식으로 이혼문제를 내걸 때 김민수가 지껄이던 소리였다.

"좀 들어갔다 가실걸……."

애영이 겨우 입을 떼어서 가느다랗게 말했다.

"아닙니다. 오늘은 그냥 가죠. 그런데 선후가 바뀌었습니다만 어머니께선 안녕하신가요? 그리고 동생들도…… 또 애영 씨의 자녀들도."

"네."

애영은 이용준의 말끝에 극히 짧은 대답을 달았다. 이용준은 썩 돌아서서 돌아가고 애영은 집으로 들어왔던 것이다.

그 후에 이용준은 편지로 애영을 초대하여서 잠깐씩 서로의 과거를 말하는 중에 6·25 동란부터 연출을 그만두고 실업계로 들었다가 이제는 남의 회사의 과장으로 있다 하였고, 부산에서 애영의 제2회 전을 남몰래 감상하였노라고 하였다. 그러나 상처하였다는 눈치는 조금도 없었다.

그는 작년 봄에 부산 지점에 지점장으로 갔다가 엊그제 다시 상경했으나 애영의 집을 직접 찾은 것은 오늘이 처음이었다

이용준의 차는 남산 외교구락부의 화사한 건물 앞에서 정차하였다.

흰 제복을 입은 보이들이 나와서 차문을 잡고 그들이 나오기를 기다렸다.

미리 예약을 한 모양으로 그들은 이용준과 애영을 우편의 건물로 안내하고 자그마하고 아담한 방의 문을 열었다.

이용준은 애영의 등을 가볍게 밀어서 안으로 들여보내고

"앉으시죠."

하며 중앙의 의자를 조용히 잡아 당겼다.

오일스토브가 훈훈한 화기를 적당하게 발산하고 있는 방에는 화려한 꽃들이 제철인 양 테이블마다에서 싱싱한 아름다움과 오만한 교태를 풍기고 있었다.

보이가 이용준의 외투를 벗겨서 옷걸이에 걸자 이용준은 재빨리 애영의 벨트오버코트를 받아서 소중하게 손수 걸었다.

"뭘로 하실까요?"

부부로 보일 법은 하지만 서로의 태도에서 그저 친근한 사이라는 것을 짐작한 보이는 남녀를 번갈아 보며 조용하게 물었다.

"장 선생님이 먼저 선택하시죠."

이용준은 애영을 건너다보며 더운 물수건으로 손을 닦았다.

"오늘은 이 선생님 잡숫는 대로 따르겠어요."

애영의 입가에는 수줍음과 미소가 아른댔다.

"그럼, 그렇게 하시죠."

이용준은 구운 닭의 런치를 청하였다. 보이는 시중들 때만을 제하고는 방에 없었기에 그들의 담화는 얼마든지 자유로울 수 있었다.

서울에 있을 때 이용준은 신 학장과 애영을 초대하기도 하고 인영과 셋이서 비원 구경도 다녔으나 겨울날 단둘이만 이처럼 좁은 방에 마주 앉았기는 처음이었다.

"전 작년 여름에 육모정에 한 번만 왔었는데 이렇게 조용한 방이 있었는 줄은 몰랐어요."

애영은 새삼 방안을 둘러보고 빵조각을 입에 넣었다. 작년 구월 초에 백남혁이 신숙경 여사와 애영을 이곳의 앞동산으로 안내하였던 것이다.

"맘에 드십니까? 그럼 가끔씩 이리로 모시겠습니다."

"그렇게까지야 뭘요?"

"전에 잘 몰랐었는데 그러니까 즉 애영 씰 재회하기 전엔 말입니다. 그런데 지난 봄에 부산에 가 있으면서 절실히 느꼈습니다."

애영은 나이프와 포크를 움직이면서도 귀는 기울이고 있었다.

"앞으로 내가 애영 씨와 멀리 떨어져서는 사는 보람이 없을 것이라는 단정(斷定)이랄까를 갖게 됐어요."

이용준은 조심조심 말하면서 애영의 눈치를 살폈다.

"우습지요? 이 연령에 소년처럼 그런 절박감을 갖는다는 것이오."

이용준은 냉수 컵을 들어 입을 축이며 눈으로는 여전히 애영의 기색을 더듬었다. 애영은 나직이 머리를 숙이고 입을 오물거렸다.

"이제야 말씀드립니다만 난 지금 속죄 중에 있거든요."

애영은 눈을 치떠서 이용준의 입을 바라보았다. 시선도 마주치지 않았건만 이용준은 애영의 그 눈길에서 당황하였다.

"누가 뭐라건 난 죄가 많은 사람이기에 속죄를 하지 않고는 안 됩니다."

"속죄라뇨?"

애영이 비로소 입을 떼었다.

"속죄도 이만저만한 것이 아니죠. 실례지만 장애영 씨의 일생을 아니 일생이라면 어폐가 있습니다. 당신의 현재를 이처럼 불행하게 한 것이 아무도 아닌 바로 이용준 자신이거든요."

그가 흥분해 가는데 보이가 샐러드를 가지고 와서 말이 중단되었다가 다시 이어졌다.

"내가 경박했던 가봐요. 그렇지 않으면 아주 무능했던 거죠? 형님의 의리가 다 뭣이며 명문의 영양이 뭣에 쓰자는 것이겠어요? 결혼으로 의리를 갚자는 어리석은 생각이 기본적인 모순이었지요. 자칫 한 번 경솔하게 발 디딘 것이 내 자신은 물론이려니와 애영 씨에게까지도 화를 미치게 한 거거든요."

"주제넘다고 꾸중하신 대도 별수 없지요. 나만 강경하게 나왔더라면 애영 씬 내게로 왔을 것이오 나는 결단코 애영 씨를 행복하게 해드렸을 것입니다."

그는 또 냉수 컵을 들었다. 음식보다도 물을 더 찾는 그의 심경을 이해하는 애영의 가슴이 답답해 져서 요리도 목에 넘어가지 않았다.

이용준은 잠깐 말을 끊고 긴장을 풀려는 듯 닭의 다리를 찢어서 우물거리며

"어서 드십시오. 얘기를 먼저 꺼내기 때문에 잡수는 데 방해가 됐습니다."

하고 애영을 건너다보았다. 애영도 평정을 가장하려고 샐러드의 접시를 당겼다.

밤이 어두워서 그런지 화사한 꽃전등의 불들은 더 밝아졌다.

"나 술 좀 먹어야겠습니다. 아깐 실례될까 봐 그만뒀습니다만. 좀 마셔야 견디겠는걸요."

마침 보이가 들어와서 이용준은 맥주 세 병과 새우 프라이를 청했다.

그는 애영에게 한 컵을 권하고 자작으로 두 잔을 비운 다음에야 아직도 그대로 있는 애영의 컵을 그의 손에 쥐어주고 또 한 잔을 따라 높이 들며,

"자 우리의 우정의 새로운 비약을 위하여서……."

하고 잘칵 소리가 나도록 애영의 컵에 댔다가 쭉 들이켰다.

한 컵을 마신 애영의 뺨은 거기서 꽃가루가 묻을 듯이 연연하고 고왔다. 이윽이 시선을 받고 있던 이용준이 술잔을 놓고 담배를 찾아 피웠다. 그러지 않아도 혈색 좋은 그의 얼굴은 힘과 건강의 상징인 듯 달처럼 훤하게 밝았다.

"나 상처한 지 몇 년이나 된 지 아십니까?"

이용준은 자기가 품은 연기의 끝을 따라 시선을 올리며 옆모습을 보이는 채 말했다.

"전 상처하셨단 말밖에 몰라요."

애영의 음성은 기어 들어갈 듯이 작았다.

"그 얘긴 어떻게 알으셨나요?"

애영은 김민수를 무엇이라고 부를 줄 몰라서 망설이고 있노라니,

"김군에게서 들으셨나요."

하고 고개를 이쪽으로 돌렸다.

"네."

"그때가 언젠데요?"

"한 육칠 년 됐나 봐요."

"거 보십시오. 만 육 년입니다. 삼 년 간을 딸 하나와 둘이 의지하고 살았지요. 그런데 그 애마저 없어져서……."

"아이, 저런!"

"삼 년 간을 외톨로 혼자 지내옵니다."

크고 시원한 눈에 애수가 어렸다. 그는 또 비어를 부었다.

애영은 놀랐다. 그의 상배(喪配)를 김민수에게 들었을 뿐 이용준과 직접 만나는 자리에서도 거기에 대한 말이라고는 한 마디도 없었기에 그에게 자녀만은 있는 줄 알았는데 하나 있던 딸마저 잃었다니 참으로 악연해 하지 않을 수 없었다.

"몇 살이나 됐었는데요?"

"열한 살 때 국민학교 오 학년에서 잃었지요. 살았다면 지금 열네 살, 중학교 이 학년쯤 됐을 걸요."

"어마!"

애영은 한숨 비슷한 비명을 냈다. 호식이와 동갑이 아니냐? 하기야 애영은 봄에 결혼했고 이용준은 가을에 했으니까 자녀들의 생월도 춘추가 다를 뿐 동년생임에는 틀림없었다.

"아이, 정말 거듭거듭 당하시는 불행에 얼마나 상심하셨어요? 아유, 열한 살이면 다 큰 걸 갖다가……."

애영은 혀를 끌끌 차면서 눈을 아드득 모았다. 진정 비참한 일이 아니가.

"상처했을 땐 그저 멍했지만 참척을 당하고 나서는 참말 못 살겠던 데요. 지금도 딸 아이 생각만은 늘 간절하지요."

이용준은 눈을 스르르 감고 가슴이 불룩하도록 숨을 들이켰다. 아내도 없고 딸도 없이 외로워서 어떻게 살아갈까 하고 애영은 그의 붉어진 목이며 뺨을 찬찬히 바라보았다.

'내게도 호식이랑 신아만 있으면 그만 아닌가. 저이도 아내보다는 딸만 사랑하나 본데 그 딸을 잃었으니 허전해서 어떻게 사나?'

이용준의 과거를 잘 모르는 애영은 오늘처럼 그가 가엾게 보인 적은 없었다.

'나도 앞으로는 저일 전보다 몇 배나 더 위하고 즐겁게 해주어야겠다.'

맘놓고 그의 오뚝한 코며 훤칠한 이마며 꼭 맺혀진 입이며를 감상하다가 번쩍 뜨는 그의 크고 혁혁한 눈과 딱 마주쳤다.

태울 듯이 뜨거운 눈길에 먼저 놀라고 그가 유심히 주목하는 것에 이마를 숙였다. 저 눈! 처음 만나는 순간부터 애영 자신을 사로잡던 관대하면서도 끌려들어가는 빛난 동공! 그리도 그리워하던 남성이었다. 그렇건만 그와는 영원히 합칠 수 없는 남이란 말인가.

"애영 씨!"

슬픔에서인가 정열에서인가 그의 폭넓은 굵은 목소리가 떨리는 것 같았다.

"애영 씨!"

두 번 부름을 받고야 애영은 눈을 들었다. 부딪치는 눈들이 뜨거웠다.

"애영 씨!"

대답이나처럼 노크가 들리고 보이가 디저트와 차를 가지고 왔다. 그들이 각각 오렌지와 피치를 먹는 동안에 긴장이 풀리고 흥분이 가라앉은 듯 이용준은 조금 밝은 표정과 음성으로

"애영 씨!"

를 또 한 번 불렀다. 애영은 여전히 눈으로 대답하고

"난 모든 것을 잃었습니다. 청춘도 자식도……. 그렇지만 단 하나 애영 씨의 그림자만은 놓칠 수 없습니다. 내가 갖은 유혹을 물리치고 육 년 간 홀로 지내는 것은 오로지 애영 씨에 대한 속죄의 정성이거든요. 난 애영 씨가 불행하여 있는 한 언제까지나 이 속죄의 기간을 연장해야 할 것입니다."

이용준은 말을 마치고 새 담배에 불을 붙여 연기를 불며

"그 동안 김군에게서 소식은 있나요?"

하고 애영을 바라보았다.

애영은 입을 열지 않았다. 김민수의 말만 나오면 중치가 막히는 까닭이었다.

그 눈치를 챘는지 얼른,

"참, 인영 씬, 어데 갔기에 집에 안 계셨나요."

하고 화제를 돌렸다.

"아깐 마침 낮잠이 들어 있었어요."

애영은 거짓말을 하였다. 그때 인영은 혼자 영화나 보러 가겠다고 나서다가 이용준이가 왔기 때문에 없는 채 하고 이층에 있었던 것이다.

"언니 혼자 나가서 빨리 모시고 가세요."

인영은 애영을 혼자 내려보내고 그들이 떠난 후에 나가려니 맘먹고 있는데 의외로 이용준이 집 안에 들어와서 어머니와 인사를 교환하는 바람에 숨을 죽이고 앉아 있었던 것이다.

"그랬어요? 전 날엔 역에까지 나와 주셨는데……. 사실 오늘은 두 분을 함께 모시고 올까 했었죠."

이용준은 담배를 비벼 끄는 동안에 잠깐 말을 끊었다가,

"어떻게 인영 씨의 경사는 언제나 있게 됩니까?"

하고 웃는 입으로 말했다.

"글쎄요. 이 선생님도 좀 협력해 주셔야겠어요."

애영도 엷은 미소를 띠었다.

"협력문제가 아니죠. 인영 씨의 배필 될 만한 사람을 발견만 한다면야 업어다가라도 드릴 테니까요."

"호호, 정말 그러시겠어요?"

"여부가 있습니까? 다 누구의 일인데요? 다만 문제는 후보자가 있느냐 없느냐에 있는 거죠."

인영의 말이 나오자 쌍방에 활기가 생기고 신이 나는 모양이었다.

"후보자가 있다면 어떻게 하시겠어요?"

"글쎄, 업어라도 온다니까요."

"호호, 그럼 업어다 주세요."

"하하, 매우 다급하셨군. 어쨌거나 지적만 하시죠. 아까의 그 젊으신 분인가요?"

"아아뇨."

애영은 얼결에 정확하게 부인하였다. 아픈 데를 찔리는 것 같은 가벼운 자극이 있었다.

"다 공연한 소리죠. 정말 인영이가 선택할 만한 남성들이 없는지 혼담은 전부 거절만 하니까요."

"그럼 자기가 사모한다 거나 호옥 관심을 갖는다거나 그런 자리가 있는가 보죠?"

"글쎄요. 혹 있을지도 몰라요."

"그럼 무슨 걱정입니까? 어느 때고 반드시 종착역에 도달하고야 말 텐데요."

"그럴까요? 희망이나 동경이 꼭 이루어진다구 보시나요?"

애영이 고개를 갸웃이 비틀고 시선을 흘려서 이용준을 보았다. 보이가 얼씬도 하지 않는 방안에서 그들의 담화에는 꽃이 피어 갔다.

"하기야 내 경우로 보더라도 그렇지가 못했지요 마는. 그러나 결국에는 물이 근원을 찾듯이 애정의 발상지를 더듬어 올라가게 되기 마련이니까요."

"그것 역시 모호한 단안이세요. 이상이 언제나 현실과 합치되라는 법은 없으니까요."

그런 문제에 있어서는 선배라는 듯이 애영은 자신만만하게 대꾸하였다.

이용준은 보일 듯 말 듯 고개를 끄덕이다가

"참, 애영 씨에게 묻던 말은 어떻게 됐습니까?"

하고 몸을 바로하였다.

이용준이 자세를 고치는 것에 끌려서 애영도 어깨를 잠깐 폈다.

"큰 실례가 되지 않는다면 김군에 대한 자세한 얘길 꼭 듣고 싶은데요."

 이용준은 더 회피하지 못할 만큼 말꼬리를 잡고 늘어졌다. 그러나 애영의 입은 좀체 열리려 하지 않았다.

 '백남혁 씨에겐 그렇게도 술술 나오던 나의 과거가 이분의 앞에서는 왜 이다지 망설여만 지는 것일까?'

 "애영 씨가 자세한 얘길 해주신다면 나도 이때까지 숨겨오던 사실하나를 고백하겠습니다."

 애영이 주저하는 것을 보고 이용준은 넌지시 새로운 제안을 하였다. 좋은 의미에서는 때로 유도적인 수단을 쓰는 것도 무방하다고 느꼈던 것이다.

 "뭐 별 색다른 사건이야 있겠어요? 밤낮 따분하고 불쾌한 일의 연속일 뿐인 걸요."

 애영은 이용준의 비밀을 듣기 위하여서라도 신통치도 않은 사실을 털기로 결심하고 김민수의 비행을 요점만 따서 얘기하였다.

 이용준도 대강 내용은 알고 있었으나 요새 와서 어떻게 진전되었는가를 알고 싶었던 차라

 "글쎄요, 원. 사람이 그렇게 몇 겹의 탈을 쓰고 있었을 수 있을까요? 정책결혼도 아니요 진정한 사랑의 결합이었으면 말입니다."
하고 슬그머니 의심하는 바를 말했다.

 "워낙이 정책결혼이었어요. 이제야 말씀드리지만 동경에 유학쯤하고 있으니까 부유한 가정의 딸인 줄 알고 정책적인 친절을 베푼 거죠.

 그걸 이쪽에서 잘못 알고 유능한 사람의 진실한 사랑이거니 믿었던 거뿐예요. 어차피 양쪽에 사랑이라는 건 그림자도 없었으니깐요."

 "원, 그럴 수가 있나요? 동경에선 퍽 열렬했었는데요."

 이용준이 머리를 기울이며 담배를 집었다.

 "다만 그렇게 보였을 뿐이라니깐요. 사랑이란 '사'자만 있었다면야 어

디가 그렇게 돌변할 수가 있으며 어떻게 그다지도 괴롭힐 수가 있나요?"
 애영의 뺨이 빨갛게 상기되면서 어조도 강하게 나왔다. 이용준도 미리 추측은 하였건만 막상 들으면서 애영의 말이 절절히 옳다고 생각하였다.
 "그리고요. 만일 사랑이라는 것의 에이 비 씨만 아는 사람이라도 이쪽의 요구를 그렇게 묵살하지는 않거든요. 두고두고 그렇게 잔인하게 학대하진 않거든요."
 애영은 그가 김민수의 친척이나 되는 듯이 마구 퍼부었다. 스스로 생각하여도 이렇게 대담할 수 있는 것은 그가 처음부터 김민수를 잘 알고 있는 까닭일까?
 "인젠 저두 약아졌어요. 결코 더 당하지 않겠어요. 이때까진 잘난 체면이니 명예니를 고려해서 못난이가 됐었지만 인제 제 자신이나 자녀들을 위해서라도 막 싸우구 나가겠어요. 여기서 소송만 제기하면야 문젠 해결되는 거거든요?"
 남혁의 힘을 입은 탓인지 애영은 자신도 의심스러울 만큼 대담하고 용감하여진 것이다.
 "제 얘긴 끝났어요. 이상 더 보고할 건덕지도 없구요. 이젠 선생님의 새로운 사실을 들을 차례예요."
 애영은 무섭도록 맑은 눈으로 이용준을 바라보았다.
 이용준은 애영의 당당한 태도에 놀랐다. 작년 구월에만 하여도 그저 유유하게 묵비권(默秘權)만 행사한 셈인데 이처럼 당돌하게 자기의 의사를 표현할 수 있는 것은 그 동안에 그가 장족의 진보를 한 까닭이라고 대견하게 여겼다.
 "그저 여지껏 사죄하는 심경입니다. 애영 씬 무척 흥미를 가지시는 모양인데 알고 나시면 오히려 부화만 나실 걸요."
 "전주(前奏)는 생략하시고 본론으로 들어가세요!"
 "그럼, 그렇게 하겠습니다."

이용준은 또 냉수로 목을 축이고 가벼운 기침을 해서 목을 트였다.
"내 결혼에 대해선 이미 아시는 바니까 구구한 변명 같은 건 집어치우겠습니다 마는 아직도 꺼림하게 남아 있는 게 있어요."
애영은 맞은편 벽을 바라보던 눈을 이용준에게로 옮겼다.
"다른 게 아니라 내가 결혼하던 그 해 여름인데, 그러니까 애영 씨도 그 해 봄에 결혼하셨군요. 치사한 넋두리 같지만 하루 한 시간이라도 난 애영 씨를 잊은 적이 없이 사모했거든요. 그러기에 예식 며칠 전에 난 우리가 소나기를 피하던 애영 씨 댁의 그 뒷동산에 올라가서 맘으로의 이별을 고했습니다."
"그땐 정말 집 안에 뛰어들어서 애영 씨를 만나고 싶었습니다마는 무서운 인내력으로 참았죠. 돌아오는 길에서 우연히 김군을 만났어요. 어디 갔다 오느냐기에 바른 대로 댔더니만 기색이 달라지면서 어물어물하다가 갔죠. 그 후에 어디선가 만나서 내게 묻는 말이 그때 그 뒷산에서 애영 씰 만나 뭘 했느냐는 거군요. 내가 펄쩍 뛸 게 아닙니까? 그러니까 또 우물쭈물한단 말이죠. 난 대번에 '아하, 이 사람이 큰 오해를 하고 있구나' 했죠. 그리구 나서 생각하니 내가 퍽 경솔했어요. 거기가 어디라고 추적추적 갈 겁니까 글쎄? 공연히 나 때문에 애영 씨가 누명을 쓰지 않았나 해서 아직껏 꺼림칙하거든요."
그는 진정 미안한 듯이 이마를 살짝 주름잡으며 눈을 가느스름하게 떴다.
"이제야 다 지나간 일인 걸 이때까지 그 생각가지구 계셨군요."
"애영 씨에 관한 일은 아마 죽을 때까지라도 다 기억하고 있을 겁니다.
그는 담배를 뽑아 입에 물고 성냥을 찾았다.
"사실 그 날 뒷산에 제가 먼저 올라가 있었어요."
"네?"
이용준은 그었던 성냥불을 그대로 든 채 눈만 크게 떴다. 애영은 그때의 광경을 그린 듯이 알렸다.

"그땐 꼭 뒤집어쓰게 됐었어요. 그래서 전 생후 처음 당하는 갖은 폭행을 겪었어요."

"아아, 정말 억울하군요. 그때 난 정신을 잃은 등신이었거나 했던가 봅니다. 영감이 있었다면 거기서 해후(邂逅) 했어야죠. 그래서 멀리 외국으로 도망쳤어야 할 게 아닙니까."

"호호, 말씀만은 용감하시군요."

애영은 약간 비꼬는 듯한 뜻을 담아서 날카롭게 말하고

"숨은 사실이라는 게 이건가요?"

하고 물었다.

"아닙니다. 천만에 그건 정말 중대한 겁니다."

이용준은 중단했던 담배를 다시 물었다.

그는 잠시 담배를 계속해서 빨더니 깨끗하게 끝내고 손바닥을 문질러 손마저 털어 버린 후에

"작년 그믐께 무엇인가 받으신 일이 있죠?"

하고 조심조심 애영을 보았다.

"작년 그믐께요?"

애영이 고개를 갸웃하자,

"아니, 참 크리스마스 전후해서 말입니다."

이용준이 정정하였다.

"네, 크리스마스 전날 물건을 받은 일이 있는데요. 왜 그러세요?"

가슴 속에 맺혀 있는 수수께끼를 풀 때가 돌아왔나 싶어서 애영은 반색하였다.

"그건 바로 내가 보낸 것입니다."

"네?"

애영은 소스라치게 놀라며 눈을 크게 여는 것과 함께 머리를 살짝 뒤

로 재꼈다.

"놀라셨겠죠. 소중한 그림이 무참히도 찢어져서 퍽 분개하셨을 겁니다."

애영의 귀에는 그의 말소리가 잘 들어오지 않았다. 놀랐겠다는 말은 분명히 들었으나 그때보다는 몇 배나 지금 놀라고 있는 까닭에…….

"그땐 내가 서울에 있었습니다. 애영 씨의 제1회 전 때 말입니다. 첫날 오후에 난 애영 씨가 계시더라도 담대하게 만나서 축하라도 하겠다는 결심을 하고 전시장에 들어갔거든요. 그런데 마침 애영 씬 안 계시더군요."

그제야 가물가물 그의 말이 들려와서 애영은 거의 무표정으로 가만히 앉아있었다.

"정말 황홀했습니다. 난 애영 씨가 그렇게도 찬란한 정서와 감각을 가졌으리라고는 상상 못했으니까요. 정말 화랑에 가득한 작품이 다 욕심났습니다만 거기에서 셋만을 점찍었죠. 그 이튿날인가 그 날인가 어쨌건 남을 시켜서 예약했다가 집으로 가져왔었습니다."

이용준은 또 냉수를 마셨다.

"그 다음 해에 형님의 사업을 도와주면서 대구에서 살았죠. 물론 나의 재산이 그것이기 때문에 이사할 때마다 꼭 가지구 다녔습니다. 그리고 부산에서 제2회 전을 한다 길래 또 일부러 보러 갔었습니다."

애영은 이용준에게서 부산에서의 개인전을 감상했다는 소식은 들었던 것이다.

"그렇지만 그때는 내가 가질 생각은 하지 않았습니다. 왜냐하면 첫번에 얻은 그것을 간직하기에도 여간 진땀을 빼지 않았거든요."

왜 그랬느냐고 묻는 듯이 애영은 비로소 눈을 들어 이용준을 보았다. 그의 훤칠한 이마에는 진실한 빛이 넘쳐있었다.

"어디서 들었는지 어떻게 알았는지 애영 씨에 대한 질투가 아주 심해서요. 난 몇 번이나 사온 것을 후회를 했는지 모르거든요. 공연히 애영 씨의 예술을 욕되게 하는 것 같은 죄송한 맘에서요."

애영은 다시 눈을 떠뜨렸다. 야릇한 증오감이 머리를 들었다.

"내가 부산에 갔을 때 그의 병은 아주 절망적이었어요. 그만큼 신경도 날카로웠던 가보죠.

갔다 오니까 떡 그림이 찢어져 있지 않겠습니까? 그 애지중지하는 것이 말입니다."

순간 애영의 가슴도 찢기는 것 같이 사르르 하면서 머릿속이 뗑하게 울렸다.

"다행이 사무실에 걸렸던 자장가만은 상처를 면했죠."

"상처요?"

입안에서만 된다는 것이 그만 입 밖으로 튀어나왔다.

'상처가 뭐란 말요? 상처는 어느 때고 낫고야 마는 것 죽음이 아니고 무엇이요? 당신의 아내는 내 목에 칼질을 한 것과 같지 않소? 지금이라도 좋으니 그 여인에게 짓밟힌 내 그림을 다시 한 번 보시구려.'

애영은 맘속으로 그렇게 외치고 있었다. 복받치는 분노를 참느라고 애영은 아랫입술을 지그시 깨물었다.

"정말 무엇이라고 사죄를 해야 할는지요."

애영의 돌변하는 모습을 보고 이용준은 참으로 몸둘 바를 몰라했다.

"지금은 태연하게 말할 수 있습니다마는 그땐 정말 애영 씨의 시신을 보는 것 같은 착각에서 내 일생의 처음인 폭행을 했었죠. 그것까지야 말할 필요가 없습니다마는 다음부터는 더욱 몇 배나 애영 씨가 그리워졌습니다."

당시에 괴로웠던 심정의 어딘가가 남았었던 듯 복잡한 안색으로 조용조용히 말을 계속했다.

"이를테면 그림에서 여러 가지의 환상을 더듬던 애영 씨의 그림자가 그것이 파괴되면서 그냥 내 가슴으로 파고들었던가 봐요. 그 후로 도무지 잊을래야 잊을 수 없이 고민 속에서 날을 보내게 됐습니다마는 아까도 말씀드린 바와 같이 꾸준한 속죄의 길이거니 하고 견디어 오는 중입니다."

이용준은 손수건을 꺼내서 이마의 땀을 닦으며 불에서 멀찌감치 의자를 끌어 앉았다.

'그럼 그 찢어진 화폭은 왜 내게로 보냈나요?'

애영은 그렇게 물으려고 머리를 들었으나 입이 떨어지지 않아 잠자코 있으려니,

"그래서 처음 애영 씰 만났을 때 곧 그 말을 할까 했었지만 차마 발설을 못했죠."

하고 이용준은 제풀에 말을 시작했다.

"이번에 아주 서울로 이사오게 되면서, 이사라지만 어디 가족이야 있습니까? 일가 아주머니 되시는 분이 살림인가를 맡아서 내 일체를 돌봐줄 뿐이죠."

그의 얼굴에 약간 쓸쓸한 빛이 스쳐갔다.

"전부터 그것을 도로 애영 씨께 보낼 맘이 간절했어요. 왜냐하면 애영 씨라야 그 큰 상처를 메꿀 수 있을 거 같아서요. 나 같은 사람이야 백 년을 간들 그대로 밖에 보관하지 못하거든요. 그래서 이번 이사 오는 김에 다시 옛 주인에게로 돌려보낸 겁니다. 물론 파렴치의 변명으로 들으실 것입니다. 내 진정이니까 하는 수 없죠. 「자장가」는 그거 둘만 보낼 수 없길래 한꺼번에 반환했던 겁니다."

이용준은 힘에 겨웠던 짐이나 벗은 듯이 말을 마치고 의자에 허리를 펴서 기대며 큰 숨을 내 쉬었다.

"꾸짖으시건 말건 죄는 죄대로 이실직고했으니까 형벌을 적당히 주십시오."

"그건 더 생각해 봐야죠."

이용준의 고백이 끝나고도 얼마쯤 있다가야 애영은 쌀쌀하게 한 마디

를 하고

"꽤 오래 됐나 본데, 인제 일어나시지 않겠어요?"
하며 시계를 보았다. 여덟 시 반이었다.

"뭐 시원한 거나 더 잡술까요?"
이용준은 무겁게 앉아서 일어날 생각을 하지 않았다.

"너무 오래 앉아서 보이들이 흉보겠네요. 어서 가보시죠."
애영은 먼저 일어나서 이용준의 외투를 조심스럽게 벽에서 떼었다.

"입으실까요?"
이용준은 마지못하여서 천천히 애영에게로 갔다. 애영은 조용히 서서 이용준이 오기를 기다렸다.

이용준은 행복스러운 듯한 미소를 입가에 띠우며 애영의 얼굴을 그윽하게 바라보았다. 애영은 다소곳이 그의 눈길을 피하였다.

이용준은 돌아서서 팔을 끼었다. 등으로 애영의 촉감과 손의 중량을 느끼며······.

"자, 인제는 내 차렙니다."
이용준은 재빨리 애영의 오버코트와 머플러를 떼어왔다. 애영은 하는 수 없다는 듯이 머플러만을 그에게서 받고 돌아섰다 날씬한 등허리와 쥐면 으스러질 듯한 어깨의 곡선에 이용준은 검정 외투를 잔뜩 걸쳐 주었다.

애영은 이용준의 체취와 주먹의 무게를 어깨로 느꼈다. 짜릿하게 신경이 마비되는 것 같았다.

"자, 가시죠."
이제는 이용준이 앞장을 섰다. 그는 손수 차문을 열어 애영을 앉히고 다시 나와서 바삐 계산을 마친 후에 차안으로 들어갔다.

"달이 퍽 밝군요."
애영이 나직이 속삭였다.

"반륜명월이니까 밝을 법도 하죠."

"초열흘 달이니까 반 달은 지났어요."

"아, 그랬던가요?"

이용준은 정문으로 향하는 차에 시리며 창 밖으로 달을 내다보았다.

"남산 한 바퀴 돌아서 내려가도록 하지."

이용준이 운전수에게 말하여서 차는 부르릉 하고 위로 치달았다. 둘이는 올 때보다도 더 가까이 다가앉았을 듯 자칫 흔들리는 동요에도 서로서로의 몸이 실렸다.

아련한 달빛 속에서 장안의 불들은 별 마냥 깜박댔다.

"네온사인이 없으니깐 퍽 적적해 뵈죠?"

"참, 엊그제부터 절전이라죠?"

"네. 전쟁하는 나라처럼 적막은 하지만 오색이 현란한 전광에 눈이 부시지 않으니깐 안정감이 있어요."

"원, 화가의 눈이란 이상하군요. 난 도무지 싫습니다. 도시의 생명이란 네온사인과 전광 뉴스에 있는 게 아닐까요?"

"호호, 그건 연출가의 관찰이겠죠."

이때였다. 동상 있는 광장을 돌아서 내려가는 이용준의 차와 엇갈리며 지나치는 차를 애영은 놓치지 않았던 것이다.

애영은 그것이 바로 백남혁의 차라고 직감하였고 운전하는 남혁의 곁에 단정하게 앉아 있는 여성은 틀림없는 인영이라는 것을 알아냈다.

'언제 어떻게 만났을까. 어디서 어디로 가는 것일까?'

"아니, 무슨 생각에 골몰하셔서 대답을 안 하십니까?"

이용준은 아까부터 자기에게 말을 걸었던 모양으로 그는 가볍게 팔을 건드리며 채근까지 하였다.

이용준은 애영에게 열중하느라고 곁으로 지나가는 차마저 무시한 것이 애영에게는 다행한 일이었다. 애영은 몸을 뒤로 돌려서 남혁의 차의 방향을 알려하였으나 어느 샌지 자취도 없이 사라지고 말았다.

"방금 지나간 차에 누가 있었습니까?"

"네. 아는 사람 같아서요."

'제발 둘이서 가까워만 진다면……'

애영의 맘은 차를 따라 건공에서 배회하였다.

"우리 스카이 라운지에 갈까요?"

이용준의 굵다란 말소리에 애영의 정신은 제게로 돌아왔다.

"뭘요. 오늘은 너무 늦은걸요. 다음에 가기로 하죠."

애영은 둥글고 부드럽게 거절하였다.

차는 벌써 불덩이가 홍수처럼 범람하는 큰 거리로 왔다. 높이서 빛나는 전광이 없기에 땅에 흐르는 불은 더욱 휘황했다.

차가 거리로 나오자 잠깐 까맣게 잊었던 그림 생각이 났다. 이용준의 아내에게서 무참히도 살해당한 「비뚯」과 「저녁노을」이 아깝고 억울하였다. 차니 차라리 지글지글 타오르는 분노가 정념(情念)하였다.

'듣지 않음만 같지 못하다. 이분은 내게 고백해야만 되겠지만 오히려 몰랐던 것이 신비롭지 않았을까?'

"갑자기 우울해 보이는데요. 무슨 불쾌한 일이라도?"

순간 이용준은 애영이 분명히 찢어진 화폭을 연상하는 것이라고 직감하였다.

"애영 씨! 분하시더라도 참아 주셔야죠. 속죄의 고행이 무기한이란 것을, 아니 현재도 미래도 기약 없는 방황 속에서 당신의 그림자만을 따르고 있는 이용준의 진정을 이해하셔야죠."

차는 시청 앞을 지나 덕수궁의 담을 끼고 돌았다.

"이러한 넋두리가 사십의 장년 이용준에게서 나온다고 생각 마시고 십여 년 전의 청년 이용준이가 오늘까지 계속해서 외우는 구호(舊號)라고만 여기시면 됩니다."

이렇듯 철저한 고백이 있을까? 애영은 남혁의 철두철미 정열로 뭉쳐진 성격에 감복하였는데 또다시 속속들이 파고드는 이용준의 소회에 감격하지 않을 수 없었다.

"애! 김민수만 그런다더냐? 이 세상의 남자들이란 동물은 영락없이 다 그 모양이란다. 남성들은 막 몰아쳐서 짐승이라고 생각하면 된단 말야."

동창생들은 거의가 다 주저 없이 남성들을 그렇게 평가했고 애영 자신도 백 퍼센트 긍정했었는데 백남혁을 알게 된 이후로는 이 관념이 달라지기 시작하였던 것이다.

그런데 오늘 이용준과 오붓이 오랜 시간 담화하면서 십여 년 간의 간격을 헐고 숨김없는 진정을 토로하는 동안 또 하나의 성스러운 인간을 발견하게 된 애영은 흐뭇한 만족감에서 그림에 대한 불쾌감을 지어버릴 수 있었다.

"그럼 또 한 번 편지로 시간을 청하겠습니다."

이용준은 집에까지 데려다주고 돌아가고 애영은 순옥을 보자마자

"인영이 왔니?"

하고 물었다.

하이네와 퀴리

"아아뇨. 아직 안 오셨어요."
 순옥의 대답이 너무나 똑똑했다. 애영이 안으로 들어가자 윤씨는 마중 나오며
 "이때까지 그 사람하고 있다가 헤어졌니?"
하면서 애영의 위아래를 슬쩍 훑었다. 불행만을 알던 어머니가 딸의 요행을 위하여서 맘을 쓰는 것이거니 양해하면서도 어쩐지 불쾌하였다.
 '그렇게 진중하신 어머니도 막다른 골목에서는 어쩌는 수가 없으신 모양이다.'
 "아이들은 자나요?"
 "안 잡니다."
 호식의 방에서는 제법 점잖은 소리가 대답하는데 뒤이어
 "엄만 조용만 하면 잔다고 한다누?"
하고 신아는 종알거렸다.
 "네네, 잘못했습니다. 신아 양께서 공부를 하시는데 모르고 그만 헛말을 해서 미안합니다."
 애영은 책상에 새침하게 돌아앉은 신아의 뒤에다 대고 농담을 걸면서

이층으로 올라갔다.
"인영이가 언제쯤 나갔지?"
애영은 외투를 벗고 아주 파자마로 갈아입었다.
"아줌마하고 같이 나가시구선."
순옥은 애영의 옷가지를 정리하면서 눈을 힐끗 흘겼다.
"내가 언제 걔랑 갔어? 난 먼저 나갔지 않아?"
"인제 보니깐 아줌마 차가 떠난 댐에 그냥 막 나갔어요."
그렇다면 인영이는 나가고 남혁 씨는 오다가 함께 만나서 간 모양이라고 애영은 추측하였다.
'그런데 그쪽으로 올라가선 어디로 빠져나오는 것인가?'
애영은 지금 막 자기 집으로 돌아갔을 이용준보다도 밤도 꽤 깊이 산으로 올라가던 인영의 종적이 궁금했다.
애영의 추측과 마찬가지고 인영은 애영과 이용준의 차가 떠난 후에 집을 나섰다. 판잣집 앞을 지나서 홍파동 세 갈래 길을 막 건너니까 지프차 한 대가 그의 앞을 막았다.
인영이 눈을 들었을 때 운전대에 앉은 백남혁이 머리를 숙여 경의를 표했다.
인영도 허리를 굽혀 답례하고 그냥 지나칠 것인가 어쩔까 망설이고 있는데 그 쪽 문이 툭 열리며 남혁이 슬쩍 뛰어내렸다.
"어디 가십니까?"
남혁은 웃지도 않고 물었으나 그런다고 냉랭한 어투는 결코 아니었다.
"네, 저기 잠깐 가느라구요."
"어디까지신지 모르지만 모셔다 드릴 테니 타세요."
남혁은 대답도 듣지 않고 또 성큼 올라가 벌써 저쪽 문을 열었다.
"괜찮아요. 그냥 갈 텐데요."
입 속에서 가만히 말했을 뿐 남혁에게는 물론 들리지 않았다. 인영은 끌리는 듯이 들어갔다.

"거기 앉으세요."

뒤로 가려는 인영에게 남혁은 턱으로 자기 곁자리를 가리켰다. 조심조심 외투자락을 여미며 앉은 인영에게 남혁은

"어느 쪽으로 가실까요?"

하고 정면만을 바라보았다. 꽤 불쾌한 일이 있나 부다 생각해 보며 불쑥한다는 소리가

"전 아무 데도 안 가는 거예요."

하였다.

"네?"

비로소 남혁의 얼굴이 이쪽을 향하고 짙은 눈썹이 약간 움찔했다.

"그럼 왜 나오셨어요?"

인영은 잠깐 당황하였다. 말주변이 좋은 자기로도 얼른 대답이 나오지 않았다.

"이를테면 그냥 슬슬 걸어서 여기까지 나오셨단 말인가요?"

"그렇지도 않지만 꼭 가고 싶은 데가 없었단 말씀인가 봐요."

"하하 그러세요? 그럼 우선 큰길로 나가기로 하죠."

남혁은 핸들을 강하게 움직여서 차를 돌려 앞으로 나갔다.

"그럼 오늘은 제 의사에 맡기겠습니까?"

"……."

"사실은 오늘 저녁이 유달리 아늑하길래 원거리 드라이브나 할까 하고 장 선생님을 모시려 오는 길이죠."

옳거니, 이용준 씨와 함께 가는 언니를 만났기에 기분이 상했던 것이라고 인영은 추측하면서도

"그럼 왜 그냥 가세요?"

하고 짓궂게 물었다.

"이제 보니까 인영 씨가 퍽 솔직하지 않군요. 장 선생님이 안 계신 걸 어떻게 하란 말입니까?"

"만나셨던가요?"

"네, 바로 여기서 뵈었습니다."

차는 언덕을 내려 광화문 쪽으로 꺾었다.

"어떻게 함께 가시겠어요?"

남혁은 머리를 돌려 붉은 머플러에 쌓인 인영의 도톰한 옆모습을 보았다.

"전 장애영 씨가 아닌걸요."

"그런 줄 압니다. 장인영 씬 줄 알고 모시구 가는 겁니다."

"절 언니의 대신으로 가시잔 말씀인가요?"

"하하 대신이면 안 됩니까?"

"……."

"대신이라도 좋고 대신 아니라도 좋지 않습니까?"

"시인의 말씀이군요."

"오 참, 과학자의 앞에서 모호한 금물이죠?"

남혁은 이제야 신기가 풀렸는지 어조에도 활기가 돌았다.

"그럼 여기 네 곁에 앉은 퀴리 양을 분명코 장인영 씨로서 인식하고 원거리 드라이브를 단행하겠습니다. 어떠세요? 그만하면 불평이 없으시겠어요?"

남혁은 또 인영에게로 낯을 돌렸다.

이번에는 유쾌하게 보였다.

"아무렇게나요."

"아무렇게나라뇨? 이건 퀴리 양의 발언이 아닌데요?"

'난 자기를 하이네라고 부르는데 그는 나를 퀴리라고 하다니 하이네와 퀴리.'

"그럼 저 역시 분명코 장인영으로 따라가겠습니다."
"오케!"
남혁은 기분 좋게 차를 돌려 중앙청 쪽으로 향했다.
"드라이브의 코스로는 일등지가 있건만 그걸 못합니다 그려."
"어딘데요?"
"여기서 바로 효자동으로 가거든요. 효자동의 길이 얼마나 깨끗하다는 건 아시겠죠? 거기서 경무대 앞을 지나면 그 길에 그 풍경에 고요하고 깨끗하고 얼마나 멋지겠어요?"
남혁은 씨익 한 번 코웃음을 쳤다.
"그 호화로운 길이 드라이브웨이로 공개되는 날에라야 우리에게 진정한 평화가 있을걸요."
남혁은 야속한 듯이 그쪽을 힐끗 돌아보고 안국동 길로 돌았다.
"통행은 가능하니깐 또각또각 걸어가면서 고요와 호화를 음미하는 게 더 현실적이지 않을까요?"
"그 딱딱한 소리 그만두십시오. 우울해서 귀찮은 생각을 털려고 나온 사람이 뭣 때문에 타박타박 걷는단 말입니까? 바람처럼 잠깐 지나치고 싶단 말이죠."
차는 한국일보사의 앞을 지났다. 큰 집의 그늘이라 두 사람은 황혼이 내리며 있는 것을 그제야 깨달았다. 남혁은 강한 속력으로 돈화문까지 오고 거기서부터는 속도를 늦추었다.
"여기서부터가 겨우 드라이브의 맛이 나는군요."
남혁은 창덕궁에서 종묘를 통하는 다리 아래를 지나오며 나직이 중얼거렸다.
차는 원남동의 로터리를 똑바로 건너서 대학가로 접어들었다. 인영은 서서히 미끄러지는 차창 밖으로 고색이 창연하면서도 어디에선가 위엄과 전통을 보이고 있는 대학의 건물을 찬찬히 바라보았다.

"모교의 앞이라 겨우 감회가 일어나신 모양이군요."
"누군 모교 아니신데요?"
"하하 그러고 보면 우린 동문생 아니 동창생인가요?"
남혁은 국문과 인영은 물리과 출신이기 때문에 주고받는 말들이었다.
"여긴 봄에라야 좋더군요."
"그럼 봄에 꼭 한 번 뫼시구죠."
남혁은 소탈한 기색으로 유쾌하게 지껄이는데 인영은 그와 반대로 심정이 자꾸만 뒤틀려갔다. 가슴이 답답하고 불안하고 어쩐지 초조하고 후둑후둑 뛰는 것도 같았다.
남혁은 혜화동의 로터리를 돌아서 다시 원남동 쪽으로 나갔다.
"서울 길 중에서 제법 깨끗하고 아늑한 풍치를 풍기는 데가 창경원 앞길이거든요 오늘은 드라이브니까 하는 수 없이 돌기로 마련입니다. 양해하시겠죠?"
"저두 그 길 괜찮아요."
"장 선생님은 그 길에 반하셨답니다. 봄, 여름, 가을 할 거 없이 학교에서 돌아올 땐 반드시 거길 통과하니까요."
"……."
"화가와 과학자가 과연 다르군요. 장 선생님은 드라이브를 썩 즐기시죠. 모시고 다닐 땐 감각과 감정을 그대로 나타내십니다. 그런데 인영 씬별 흥미가 없으신가 봐요."
"제가 무슨 과학자라고 늘 과학자를 들먹이세요?"
"미래의 퀴리 부인이시니까요."
"아이참."
"만일 별 흥미가 없으시다면 도로 댁으로 모셔다 드릴까요?"
남혁은 인영을 돌아보며 장난꾼의 미소를 보였다.
"좋으면 좋은 대로 있어야지. 그저 탄성을 연발해야만 감흥이 이는 줄 아시는 것도 일종의 편견이세요."
　차가 창경궁 정문을 향하여 돌아들려고 할 때였다. 남혁은 갑자기 차를 세우며,
　"잠깐, 잠깐만 저걸 보세요."
하고 소리를 높였다.
　"뭔데요?"
　인영은 의아스러운 눈을 남혁의 시선으로 합쳤다.
　"저걸 보시라니까요."
　남혁은 손가락으로 정면 창 밖을 가리켰다. 인영이 목을 빼어 가리키는 곳을 바라보기 전에 먼저 눈에 들어오는 것은 온통 붉은 색, 아니 벌겋게 타고 있는 하늘이었다.
　"어쩌면 저렇게 전면이 다 타고 있을까요?"
　남혁은 꿈 속을 들여다보는 듯한 허탈한 음성을 흘렸다.
　"아아, 저 나무들! 저 집들!"
　인영은 남혁의 탄성을 들으며 다시 시선을 펼쳤다. 시뻘건 하늘에 검은 나무들이 높다랗게 솟아있고 충충하게 검은 집들이 나무와 섞여 중중하게 붉은 하늘에 무늬가 되어 있었다. 일테면 넓고 넓은 붉은 바탕에 무수한 나무와 집들이 먹으로 그려진 풍경이었다.
　"장 선생님이 오셨던 들, 만일 장 선생님이 이 광경을 보셨던 들, 적절한 표현이 있었을 텐데 우리 같은 색맹이야 알 수가 있나요?"
　"과연 장관이군요."
　"장관만이 아닌 신비경입니다. 아아 참으로 황홀하지 않습니까?"
　남혁은 소년처럼 감격하여서 떠날 줄을 몰랐다. 왕래하는 사람들이 호기심의 눈들을 주며 지났다.
　"움직이세요! 이 광경 줄곧 계속할 거예요."
　침착한 인영의 권고에 남혁은 핸들을 돌리며 천천히 나갔다. 과연 원남

동 네거리에 이를 때까지 그들은 장엄한 황혼의 풍경을 맘껏 감상하면서 돈화문 쪽으로 꺾였다.
 이쪽의 하늘도 차차로 엷어지는 저녁놀을 가없이 펼치며 곱게 물들여 있었다.
 "애영 씨께 꼭 이걸 보여야겠어요. 난 이런 거 처음 봤는데요."
 남혁은 아쉬운 듯이 위와 옆을 자주 돌아보며 차를 몰아오던 길을 되돌았다.
 "한강 쪽으로 가 보실까요?"
 "뜻대로 하세요."
 "아직 저녁전 이시죠? 난 시장기가 드는걸요"
 "전 늦게야 점심을 잔뜩 먹어서……."
 차가 중앙청 앞 넓은 길을 달려서 광화문 네거리에 왔다.
 "쓸쓸하지 않습니까? 이 어두운 거리가 말입니다."
 그러지 않아도 죽은 집처럼 감각이 없는 국제극장의 시꺼먼 건물을 바라보며 전광이 없는 것을 혼자 탓하고 있던 참이라 인영은,
 "왜 안 쓸쓸해요? 이게 뭡니까? 바로 폐허 같지 않아요? 전쟁 있는 나라에나 있음직한 일들을 곧잘 선포한단 말씀예요."
하고 선뜻 대꾸하였다.
 "네온이 없으니까 달빛만은 더 선명하게 밝죠?"
 남혁은 하늘을 쳐다보았다.
 "도시에선 불이 밝아야. 달은 농촌에서 밝아야 제격이거든요. 도시일수록 전광 뉴스가, 네온사인이 하늘을 태워야죠. 제한된 족속들의 무한한 낭비를 위하여서 전 시민에게 황량한 밤거리를 준다는 게 얼마나 큰 죄악이겠어요?"
 인영은 아카데미와 시네마의 두 극장 앞을 지나며 강하게 말하였다.
 "과연 퀴리 양의 말씀입니다. 그렇구말구요. 나 같은 문약한 예술가란

아마 해파리처럼 정책에 잘 반응하는 모양이죠? 어두운 거리도 꽤 지날만한 생리를 가진 거 보면요. 그렇죠?"

"그 대신 밝은 거리에선 남보다 더 감탄하시는 분들이시겠죠?"

"그야 물론이죠. 감각이 예민한데다가 감수성이 풍부하니까요. 아아 저것 보십시오! 저 불의 홍수를! 장관이죠?"

남혁은 바른손으로 핸들을 쥔 채 왼손가락으로 시청 앞 광장을 가리켰다. 동화백화점에서 흘러내리는 불의 흐름과 조선호텔과 을지로 쪽에서 밀려나오는 불덩이들은 세 갈래로 종류(縱流)가 되고 남대문에서 무교동 쪽으로 또한 서로 그 반대 방향으로 나는 듯이 오고가는 불덩이들은 횡류(橫流)가 되어서 가로세로 감고 돌아 자동차의 범람과 불의 난무가 넓고 넓은 광장을 무대로 무한정 계속되고만 있었다.

"과연 자동찬 많군요. 무한정의 수효 같죠? 이런 대도시에서 왜 광명에 인색한지 모르겠어요."

인영은 갑자기 추워졌는지 외투의 깃고대를 치켜올리며 거리를 내다보았다.

"광명에 인색하다. 좋은 말씀입니다. 우리나라엔 암흑이 많거든요. 인색 정도가 아니라, 바로 그 자체가 암흑일 겁니다. 난 그런 걸 바로 내 곁에서 보는 예가 많아요."

남혁은 심각한 표정이 되었다. 인영은 그의 말을 곧 긍정하였다. 그의 아버지가 여당의 무슨 분과 위원장이라던가 하여서 세도가 높을 뿐 아니라 실력도 꽤 있는 모양이었다.

백남혁이 자기 아버지의 차를 이렇게 맘대로 빌릴 수 있는 것도 그는 위원장의 전용차를 사용하고 있는 까닭이었다.

"남대문은 언제 봐도 정다워요."

아련한 달빛을 받은 남대문을 돌아가며 인영이 나직하게 말했다.

"민족과 영원히 운명을 함께 하는 까닭일까요?"

남혁도 조용히 응대하였다.

"영원이라면 어폐가 좀 있지만……."

"영원이란 뜻도 우리가 규정짓기에 달렸다고 생각합니다. 민족이 존속할 때까지야 남대문도 버릴 수 없겠죠. 그렇다면야 영원히 민족과 함께지 뭐겠어요?"

"호호, 그렇기도 하군요."

그들은 넓은 마당 그득히 사람이 우글거리는 서울역을 지났다. 남혁은 여기서부터 전속력을 놓았다. 좋다고 생각하는 길에서는 서행이요, 보잘것 없는 거리에서는 바람처럼 질주하였다.

한강의 다릿목에 걸려들며 남혁은 또 유유하게 차를 몰았다. 한 달 전 만월 때에는 애영과 동행하여 다리를 걸어가면서 달의 강의를 들었는데 이제 그의 동생인 인영을 곁에 앉히고 드라이브의 기분을 내는 자기가 그래도 맘껏 유쾌할 수 있는 것은 인영이 사랑하는 사람의 유일한 혈연인 탓이라고 스스로 단정했다.

바른편 철교로 마침 기차가 통과하였다. 많은 붉은 눈을 가진 검은 동물처럼 느릿느릿 기어가는 다리 아래로 은빛의 물결이 백사장과 함께 열려 있었다.

"전 밤에 나오긴 처음인가 봐요."

왼편 상류 쪽의 자욱한 강기슭을 바라보며 인영이 감격 어린 소회를 폈다.

"그런다고 서울 태생이시라며 아무려면 여길 처음 오실까요?"

"어려선 왔겠죠. 그리구 소녀 때도 더러 왔었는지 몰라도 제가 철이 들어선 처음이란 말이죠."

"이를테면 이 풍경에 동화될 수 있는 감정을 처음 일으켜 보신단 말씀인가요?"

"호호, 명해석이시군요."

인영은 뺨을 붉혔으나 남혁은 알지 못하고,
"어쨌건 유쾌합니다. 인영 씨가 꽤 즐거워하는 눈치니까요. 애영 씨, 아니 장 선생님도 여기의 산책을 퍽 좋아하시거든요."
하며 애영의 말을 또 끄집어냈다.
"여긴 드라이브보다는 걷는 게 더 풍치 있겠군요."
"오늘은 철두철미 드라이브에 끝내고 다음에 한 번 꼭 안내하겠습니다."
강 언덕에 자기의 방이 있다더니 한강을 자기의 정원으로 인정하고 말하는 남혁의 솔직한 데가 더 인영의 맘에 들었다.
"산책도 좋지만 먹기도 해야 하니깐 잠깐 저리 가실까요?"
다리가 끝나자 남혁은 인영을 돌아보며 의향을 물었다.
"아직은 괜찮다니까요. 산책의 연장이라면 몰라도 전문적으로 먹기만을 위해선 내키지 않아요."
"하하하하. 퀴리 양에겐 머리가 숙여지는걸요. 네네 산책의 연장입니다. 그렇다면 모시구 가도 되겠죠?"
남혁은 과장하여 웃고 명수대로 치달았다.
둘은 수향 이층 남혁의 서재로 올라갔다.
"자, 여기 또 다른 풍경이 퀴리 양을 기다리고 있습니다. 여기 앉으셔서 내다보시고 맘의 산책을 원대로 즐기십시오."
남혁은 애영이 오면 그와 앉는 의자를 바로잡아 다시 놓으며 인영에게 앉기를 권하고 자기도 마주 앉았다.
인영은 눈 아래 흐르는 강물과 강 건너편의 휘황한 불의 평화를 바라보았다. 막막하고 막혔던 가슴이 툭 트이는 듯 하였으나 무엇인가 목에 걸려서 호흡이 괴로울 만큼 안타깝기만 하였다.
'시원스럽고 화려한 야경을 안고 왜 나는 이렇게 조바심이 나야만 하는 것일까? 하이네 씨는 꽤 유쾌한 모양인데 그와 반대로 나는?'

창공에 그리다 249

인영은 흰 제복의 소년이 왔을 때에야 강에서 눈을 걷었다. 남혁은 그에게 빨리 저녁상을 들이라 하는 모양이었다.

인영은 조용히 방 안을 둘러보았다. 맘 속 깊이 사모의 정을 간직하고 있으면서도 언니의 애인이거니 경원(敬遠)하였고 또한 그렇게 하지 않으면 안될 처지에 있던 인영이었다.

이제 갑자기 간격을 헐고 아득하게 멀리 생각하였던 남혁의 방에서 함께 오붓이 얘기하는 시간에 잠겨있는 인영에게 행복과 초조의 감정이 교차하였다.

'언닌 지금 이 시간에 이용준 씨와 어떤 경지에 이르렀을까?'

이심전심인지 남혁의 베이스의 음성이 침묵을 깨뜨렸다.

"오늘 장 선생님하고 동반하시던 분이 누구신가요?"

"이용준 씨라구 전부터 친하던 분이에요."

"네? 이용준 씨요?"

"네, 이용준 씨, 아세요?"

"아아뇨."

남혁은 강하게 부인하였으나 언젠가 애영의 남편이라는 작자가 대수롭지 않게 흘린 말을 아직도 기억하고 있는 것이다.

그때 애영은 그자에게 손님이 왔으니 다음에 오라 하였고 그는

"어떤 종류의 손님인데? 이용준이와는 다른 관계란 말야?"

하고 남혁에게 사나운 눈길을 보냈다. 그리고 산에서의 상면을 오해하여서 폭행까지 하였다고 분명히 이용준 삼 자를 뇌었던 것이 아닌가.

"십여 년 전부터 집안끼리도 잘 알고 지내는 실업가세요."

인영은 설명까지를 덧붙였으나 남편 되는 자가 끝내 질투할 만큼 내세운다면 평범한 교제는 아닌 것이 정확하였다.

"장 선생님, 처녀 때 청혼했다던 분이신가요?"

정도(正道)가 아닌 줄 알면서도 남혁은 그렇게 물었다. 어쩌는 수가 없

는 심정이기 때문이었다.

"언니가 말씀했군요."

퀴리 양도 하이네에게는 걸려들지 않을 수 없었다.

"그 정도쯤이야 알려주시는 게 예의죠. 그래 지금도 계속 청혼 중이신가요?"

"그편에서 먼저 청혼은 했나봐요. 전 그때 어렸으니깐 잘 모르지만."

"그런데 언니께서 딴 분과 결혼 해버렸군요?"

"그렇지도 않은 모양이죠? 언닌 그분을 무척 좋아했으니까요."

인영은 아차 하였다. 슬슬 나오던 말이 꼬리까지 빠진 셈이었다.

"그랬어요?"

남혁의 눈이 빛났다.

"그렇지만 결국 서로가 딴 남녀와 결혼했는데 결과는 피차가 다 불행했나봐요."

남혁은 말없이 담배를 빼서 불을 붙였다. 연기가 무럭무럭 솟을 만큼 그는 강하게 거듭 빨았다.

'공연한 말을 했나? 그렇지만 저이가 벌써 알고 있는걸 이랬거나 저랬거나 언닌 이용준 씨와 결혼하는 것이 자연일 것이요 백남혁 씨와는 이루지 못할 사랑이 아닐까? 그렇다면 미리 단념하는 것이 현명한 처사일텐데……'

인영은 우묵한 눈과 짙은 눈썹에 약간의 수심을 담고 연기만 뿜고 있는 남혁에게서 강렬한 매력을 느끼며 슬슬 바라보았다.

'그렇지만 사랑을 누가 뜻대로 할 수 있는 것이냐? 자기에게서 솟아나는 정열을 제 힘으로 처리 못하는 것이 사랑이라면……'

소년이 차를 가져와서 남혁은 인영에게 먼저 권하고 담배를 끝낸 후에 단번에 차를 마셔 버렸다.

인영은 남혁이 그처럼 순진하고 솔직한 남성이란 것도 처음 알았다. 시

속 풍습에 물들지 않고 여성 교제에 닳아지지 않은 점이 더욱 믿음직스러웠다.
　남혁은 긴장한 낯빛으로 자세를 정돈하고 인영을 똑바로 보았다.
　"실례라면 용서하십시오. 묻고 싶은 대로 묻겠습니다. 그분의 결혼이 왜 불행했던가요?"
　엄숙한 그의 말과 태도에서 인영도 약간 앉음새를 고치며,
　"그분은 육 년 전에 상처하셨거든요."
하고 조용히 알렸다.
　"육 년 전에요?"
　"네. 육 년 전에……."
　남혁은 잠시 입을 다물었다가 또 열었다.
　"지금은 어떻게?"
　남혁의 간절한 시선을 받아 인영은 그 뜻을 알아채고 곧 대답하였다.
　"그분은 아직 혼자 계시죠. 다시 결혼하실 생각이 없으신가 봐요."
　좀 잔인하다고 느끼면서도 인영은 정확하게 말했다. 남혁은 건성으로 창 밖에 눈을 주며 앉아 있다가
　"자녀는 몇이나 되는데요?"
하고 무심한 듯이 물었다.
　"딸이 꼭 하나 있었는데 그마저 삼 년 전에 죽었대요."
　남혁은 바쁘게 손을 더듬어 새로운 담배를 붙여서 몇 모금이나 연거푸 빨다가
　"뭘 하구 계시는데요?"
하고 왼팔을 바른편 겨드랑이에 끼여 팔짱을 낀 채 연기를 마셨다.
　"공영사라던가 하는 회사의 전무라던가 어떻게 높은 자리에 있는가봐요."
　인영은 잠깐 말을 끊었다가

"한 가지 재미있는 일이 있죠. 그분의 전공은 경제학인데 학창시절부터 줄곧 연극을 좋아해서 연출을 계속했드래요. 그러다가 육이오부턴가 회사로 들어갔어요."
하고 엷은 미소를 지었다.
"그렇다면 장 선생님과는 상통하는 점이 많겠군요. 어쨌건 퍽 훌륭한 분인 모양이죠?"
"네, 여러 모로 거진 완벽에 가까운 신사죠."
남혁은 빠른 손끝으로 담배를 끄고 팔짱을 끼며 등을 의자에 기대고 눈을 감았다. 처음에는 숨도 쉬지 않는 듯이 고요하다가 차차 호흡이 길어지며 가슴도 불룩하게 솟아올랐다.
인영은 가만히 앉아서 남혁의 고통스러워하는 모습을 볼 수가 없었다. 소리도 없이 일어나서 장 콕도의 시 현판 아래로 갔다.
멋진 글씨를 바라보고 섰노라니 아까 왔던 소년이 저녁상을 가져왔다.
"아, 용서하십시오. 인영 씨의 존재를 무시한 것처럼 됐습니다."
남혁이 불끈 의자에서 몸을 솟치며 이쪽으로 다가왔다.
"변변찮지만 요기나 하시고 나가실까요? 또다시 산책의 연장으로요."
남혁은 쾌활을 노력하면서 인영과 저녁상을 받았다. 인영으로서는 모두가 꿈만 같이 느껴졌다.
그와 함께 오랜 시간 대화를 하고, 차를 몰고 겸상에 밥을 먹고……. 인영에게 있어서는 행복된 시간임에 틀림없건만 여전히 불안하고 초조하였다.
'그에게 내 감정이 통하지 않는 탓이겠지. 그는 저다지도 못 견디게 언니 사모하고 있지 않은가?'
인영은 숟가락을 놓고 물을 마셨다. 가슴이 답답했다.
"왜? 더 드시지 않고."
"언니 말마따나 음식이 정갈스러워서 퍽 많이 먹었는데요."

남혁의 번쩍 뜬 눈이 인영의 타는 듯한 그러나 원망하는 빛이 섞인 눈과 마주쳤다.

남혁은 주춤했다. 이처럼 강렬한 이성의 눈길을 받은 적이 없기에……

애영의 시선은 언제나 부드럽고 맑고 그윽하여서 남혁의 영혼을 잘 달래고 감싸주었다.

푸른 호수와 같이 잔잔하여서 무한히 잠기고 싶었다. 그러면서도 별의 웃음처럼 영롱하여서 무한히 속삭이고 싶었던 것이다.

그런데 인영의 눈길은 자극적이면서 도전적이었다. 정열적인 것 같은데 반발하는 빛이 역력하였다. 남혁은 인영의 눈빛을 읽느라고 한동안 매였다가 인영이 눈을 깔아서야 무의식중에 몸을 일으켰다.

그러기에 그들의 시선은 오랫동안 얽혀있었던 것이다. 남혁은 벽에서 수건을 떼어 얼굴을 닦는 체하고 상 옆에 그대로 앉아있는 인형을 슬쩍 훑었다.

'퍽 인상적인 자태다!'

새침한 입술이 귀엽게 다물리고 홍훈이 번져나는 도톰한 뺨이 한창때의 건강으로 터질 듯이 투명한데다가 애영보다도 더 매끈하고 동그스름한 턱에 재치와 지성이 어려 있었다.

남혁은 애영에게서 인영의 칭찬을 귀에 못이 박히도록 들었다. 각가지의 장점이 많은 여성인 것을 미리 알고 있는 바이지마는 오늘 몇 시간의 교제에서 실증(實證)이 나타났고 오히려 상상 이상의 호감을 갖게 된 셈이었다.

"인영 씨! 일루 오시죠."

남혁은 아까 자기가 앉았던 의자에 인영을 권하고 인영의 자리에 걸터앉았다.

"나가신다더니?"

인영은 스커트를 휩싸고 앉으면서도 의향을 떠보았다.

"여덟 시가 못 되었으니까 잠깐 더 앉으셨다가 가기로 하죠."
남혁은 상을 가져가는 소년에게 홍차를 가져오라 하였다.
"어떻게 이 방이 맘에 드시나요?"
"전 이 집의 이름부터가 퍽 좋아요."
"장 선생님도 칭찬이 자자하시답니다."
"그리고 이 방이 서재로서는 말할 나위가 없구요."
"감사합니다. 맘에 드시면 종종 이용해 주십시오."
인영은 남혁을 바라보았다. 말의 진의(眞儀)를 찾으려 함이었다. 남혁의 큰 눈은 진실과 웃음으로 차 있었다.
"언니에겐 정말 이런 화실 하나쯤 있어야 할 텐데요."
인영은 언제나 불만을 표시하는 애영의 화실 타령을 들은 터라 이방에 막 들어서면서부터 그 욕심이 무럭무럭 일어났던 것이다.
순간 남혁은 애영이 지금쯤 그 여러 모로 완벽에 가깝다는 신사 이용준과 정답게 시간을 소비할 일을 추상하며 가슴이 뭉클하게 차올랐다.
"자, 일어나 보실까요?"
자신에 반항하듯 남혁은 벌떡 일어났다. 인영은 말없이 그를 따르고…….
남혁은 거칠게 차를 돌렸다. 언덕을 내려올 때도 속력을 냈다. 아까는 천천히 달려오던 한강철교를 빠르게 달렸다.
'감정이 이렇듯 빨리 행동에 나타날 만큼 그는 솔직한 남성이다.'
인영은 차라리 웃음이 나오려는 것을 참고 있는데,
"어디로 가실까요?"
하고 남혁이 불쑥 물었다.
"인제 그만 집으로 갈까 봐요."
"아니, 드라이브는 어떻게 하구요?"
"난 백 선생님이 먼저 포기하신 줄 알았는데요?"

인영은 악센트를 넣어서 야무지게 대답하였다.
"하하, 맘이 변하셨나 보군요. 내가 언제 포기한다구 했습니까?"
"지금 저더러 뭐라셨어요?"
인영은 남혁을 힐끔 쳐다보며 쌩끗 웃었다.
"뭐랬더라? 오, 인제 보니까 어디로 가시겠느냐구 물었죠."
"그러니까 말씀예요. 언젠 백 선생님 자신의 의사에 맡기시라구선 저더러 물으시니 포기한 거나 다름없지 뭐예요?"
"하하, 그랬던가요? 이거 퀴리 양에게선 연거푸 책만 잡힙니다그려."
남혁은 한 손으로 머리를 긁적이며 짐짓 시무룩한 표정을 하다가,
"사실은 숙녀의 의사를 존중한 까닭입니다."
하고 삼각지를 돌았다.
"아깐 목적이 있었거든요. 어디어딜 대강 돌아서 수향으로 가야겠다구요. 그런데 인젠 좋은 길이 생각나지 않아서 여쭤본 겁니다."
"아까 오던 길을 되돌아서 그만 돌아가시기로 하시는 게 어때요?"
밤새도록인들 싫증이 나지 않지만 인영은 예의를 차리노라 사양하였다.
"오던 길이라뇨? 대학가 말입니까? 그럼 아무렇게나 하실까요?"
부쩍 고집을 부리지 않고 단박에 자기 의향에 동의하는 것이 오히려 섭섭하여서 인영은 입을 닫았다.
"한강다리를 가까운 시일에 걸으시도록 시간을 내실 수 있습니까?"
"……."
"아까 말씀하신 거 말입니다. 달이 밝을 때가 더 좋거든요. 별은 숲에서 달은 여울에서 그렇게 읊은 시인의 말대로 달밤과 강물은 퍽 사치스러운 풍경입니다. 극치의 조화랄까요? 어떠세요? 시간이……."
대답이 없으니까 남혁은 머리를 돌려 찬찬히 인영을 살폈다.
"오늘이 금요일인데 아직 만월이 아니니까 일 주일 내로는 언제나 좋을 겁니다."

"만일 비나 눈이 오면요?"

"하하, 퀴리 양의 발언이시군요. 비가 무서우세요? 눈이 싫으신가요? 비나 눈을 맞으면서 거니는 것도 무시 못할 풍치인데요."

"그렇지만 달을 관련시킬 땐 좀 딱하지 않을까요? 다리 위를 걷는 게 목적이 아니구 달밤을 함께 즐기고 싶다면 말에

"허허, 그거야 그렇죠."

남혁은 얼굴 전체로 웃으면서 몸까지 흔들렸다.

"난 퀴리 양과 말의 적수가 못 되는군요. 늘 꼬리를 밟히니까 말입니다."

차는 서울역의 앞을 지났다.

"절전인지가 실행되면서 제일 쓸쓸한 게 서울역이거든요. 오색 전등이 휘황하게 장식되었을 땐 오가는 길손들도 밝은 맘으로 내왕할 수 있었겠죠. 그런데 지금은 암흑 속에서 우글거리는 사람 떼가 어쩐지 처참하게만 보이거든요."

"그건 정말 그래요."

차는 새로 난 넓은 길에 들어서 필동 쪽으로 달렸다.

"오, 인제 보니까 멋진 코스가 있군요. 남산으로 올라가십시다요. 남산에 올라서 장안을 굽어보면 그야말로 만감이 교차하죠."

"너무 늦었지 않을까요?"

"뭘요? 인제야 아홉 시가 넘었을 텐데."

남혁은 남산으로 통하는 큰길을 꺾어 서서히 올라갔다.

"난 가슴이 울울할 땐 가끔씩 여길 올라옵니다."

"백 선생님은 최고의 서재를 가지구 계시면서도 더 욕심을 내세요?"

"하기야 웬만한 덩이는 강물에 흘려 보낼 수 있어요. 어떤 땐 종일 창밖만 내다보고 앉았을 적이 있으니까요. 그렇지만 그것으로도 울적한 심회를 달랠 수 없을 땐 여길 올라옵니다."

"지금도 울울하셔서 오시는 거죠?"
인영은 살짝 비꼬았다.
"천만에. 내가 그렇게 보이나요?"
남혁이 인영에게로 고개를 돌리고 인영이 그의 안색을 관찰할 때 애영의 차가 그 옆을 지나쳤던 것이다.
"네 좀……."
"하하."
"수향에서의 감정의 연장이실 텐데요."
"아닙니다. 그땐 그때죠, 지금은 퀴리 양을 즐겁게 해 드려야겠다는 일념뿐인걸요."
"감사합니다."
인영은 까딱 이마를 숙이며 진정 맘으로 감사하였다. 수향을 떠날 때의 기색으로는 풀어질 상 싶지 않던 남혁이 아무런 찌꺼기도 없이 용해(溶解)되어 버린 심정으로 웃는 낯을 보이는 것이 즐거웠다.
차는 의사당 건축지 앞에 서고 남혁은 차에 자물쇠를 채웠다.
"자 올라가시죠. 약 백 미터쯤만 걸으면 동상 있는 광장에 가니까요."
남혁은 인영의 팔을 가볍게 끌었다. 인영의 심장이 거칠게 뛰었다.
"여기도 밤엔 처음 오시겠죠?"
"네. 첨인가 봐요."
"물론 철이 들어서 말이죠?"
"하하. 그럼 오늘밤엔 한 턱 단단히 하셔야겠는 걸요?"
둘이는 동상이 있는 남산 최고 정상에 올랐다. 초저녁에는 아늑했으나 밤이 깊어가면서 바람이 날카롭게 찼다.
"춥지 않으세요? 일루 오세요."
남혁은 시가가 한눈에 보이는 곳으로 인영을 데리고 갔다. 네온이 없는 장안이건만 거리거리 골목골목에서 터져 내리는 불의 물결이 크나큰 반

덧불의 행렬인양 떼지어 기며 흘렀다.
 "무척 평화롭게 보이죠? 모든 사악이 싹트고 성장하는 마련해선 말입니다. 이 순간에도 저 속에선 각가지 범죄가 행하며 있을 테죠?"
 "백 선생님은 시인이면서도 암흑의 면을 먼저 더듬으시는군요."
 인영은 건성 대답하며 시선을 펼쳤다.
 달빛도 차고 대기도 찬데 집집에서 깜빡대는 불마저 추워서 떠는 양했다.
 그러나 인영은 순간순간 더워가는 자기의 혈관을 감각하였다. 오늘까지 이 사람을 위하여서 아껴온 듯이 전신이 한꺼번에 타오르려하였다. 가슴도 뜨겁고 호흡도 뜨거웠다. 자칫하면 열병 환자처럼 쓰러질 것 같았다.
 인영은 돌난간에 두 팔을 걸치고 털썩 얼굴을 묻었다. 등허리가 불룩하게 솟았다.
 그러한 인영을 보고 남혁은 깜짝 놀라서 옆으로 바싹 다가갔다.
 "왜 어디가 편찮으세요?"
 동상 주위에서 발산하는 밝은 불빛에 인영의 붉은 머플러에 쌓인 머리통이 추측할 수 없는 비밀을 담고 고즈넉이 엎드려 있는 것이 보였다.
 "갑자기 무슨 일이신가요?"
 여신의 석상처럼 움직이지 않는 뒷모습을 내려다보며 남혁은 겁에 질린 소리를 냈다.
 "인영 씨!"
 남혁은 인영의 등에 손을 얹었다. 손바닥에 가냘픈 전율이 느껴졌다.
 '우는 것이 아닌가?'
 남혁은 잠시 동안 멍하니 서 있었다.
 사람들이 슬금슬금 훑어보며 지나갔다.
 '어떻게 하면 좋을까?'
 어찌할 바를 몰라 하던 남혁은 결심한 듯이 인영의 머리를 소중스럽게 안아 들었다. 무력하게 따라오는 인영의 뺨에 눈물이 흘러 있지 않는가?

"인영 씨께 내가 무슨 실수를 저질렀습니까?"

긴 속눈썹이 그린 듯이 감겨 있는 눈을 내려다보며 남혁은 안타깝게 물었다.

"아무 것도 아녜요."

향기로운 꽃잎처럼 붉은 입술이 열리면서 애처롭게 속삭였다. 그와 함께 인영의 머리는 다시 떨어졌다. 과학도답게 언제나 씩씩하고 명랑한 지성미를 풍기던 인영의 갈대꽃처럼 연약한 일면을 발견한 남혁은 동요되는 자기의 가슴을 느꼈다.

"인영 씨!"

그는 두번째로 인영의 허리를 안아 일으키려 하였다. 두꺼운 의복에 감긴 몸이나마 포근하게 전해 오는 촉감이 청년 백남혁의 정열을 자극하였다.

"무슨 소회가 있으시면 말씀하십시오. 어떤 꾸중이라도 저주라도 받겠습니다."

간절하게 말하는 남혁을 더 괴롭히지 않으리라고 분수처럼 터지려고만 하는 감정을 누르면서 인영은 입술을 깨물었다. 백남혁이 언니의 애인만 아니라면 낙화처럼 그의 가슴에 안긴들 무엇이 어떻단 말인가?

인영은 남혁의 팔이 이끄는 대로 몸을 맡겨 일어났다. 남혁은 인영이 자기를 사랑하고 있다는 것을 짐작하였다.

'형을 사랑하며 동시에 누이를 사랑할 수는 없지 않느냐.'

남혁은 인영의 어깨에 두 팔을 걸쳤다. 그의 몸은 다소곳이 남혁의 가슴 안에 들었다.

'누이와 같이 아끼리라.'

남혁은 조각처럼 선명하게 머플러에서 노출한 인영의 얼굴을 이윽이 들여다보았다. 몇 시간 전의 건강하고 총명하게 응대하던 퀴리 양이 아니라 사랑하는 이의 앞에 모든 것을 맡기고 있는 수줍고 애련한 처녀 인영이었다.

'내 가슴에 자리잡은 장애영이라는 구원의 여인이 그 왕좌를 비켜줄 수만 있다면 이 여성은 능히 그 자리를 메울 수 있는 모든 것을 가지고 있다.'

"인영 씨!"

남혁이 감격에 어린 음성으로 팔에 힘을 더할 때 거친 발소리가 바로 곁에서 들리며,

"어험!"

하는 상스러운 기침소리와 함께 검은 그림자가 불쑥 나타났다.

남혁은 천천히 그쪽으로 머리를 돌렸다. 외투깃이 높직이 솟은 데다 중절모를 써서 면모를 알 수가 없었다.

"흥. 재미 보는군."

인영은 남혁의 팔을 가만히 내리고 말소리를 향하여 돌아섰다.

"형제를 한꺼번에 농락하려는 건 너무 심한데?"

빈정대는 목소리는 틀림없는 김민수의 것이었다. 인영의 분노가 머리를 들었다.

"말조심해요!"

날카로운 호령에 잠깐 움찔했다가 어깨를 쓰윽 올렸다 내렸다.

"사실을 말하는데 조심은 다 뭐야? 형제가 전용하는 말투군요."

'이 바보가 인제 본격적인 악한이 된 모양인가?'

"대관절 여기가 어디라구 온 거요?"

인영이 한 걸음 나서며 다부지게 물었다. 김민수는 얼른 대답을 못했다.

"당신하구 이 자리하구가 무슨 관련이 있길래 감히 와서 참견하느냔 말요?"

"용건이 있길래 왔지."

"용건이 있으면 아무 데라도 썩썩 나서는 거요?"

"허. 현장을 들켜서 풀이 죽을 줄 알았더니 됩대 야단이야?"

남혁은 한 달 전에 송월동에서처럼 손을 허리에 꽂고 서 있었다. 인영으로써 적수가 되는 것이오. 자기까지 나설 흥미도 필요도 없다고 생각하였다.

"뭐? 현장? 무슨 현장?"

"형의 사내를 채려는 현장."

"뭐야?"

순간 인영의 흰 손이 김민수의 뺨을 찰싹 쳤다. 언제 장갑을 빼고 있었던지 한 번이 아니라 이 뺨 저 뺨 두 번을 갈겼다.

"개 눈엔 뭣만 보이는 거야?"

"아니, 이 계집애가?"

김민수의 쭉 째진 눈이 번쩍 빛나면서 인영의 두 팔을 잡았다.

"잡으면 어쩔 테요? 용건이 있어서 왔다면 말야. 설혹 올 자리가 못 된다더라도 이왕 나섰으니 정당히 용무나 마치고 갈 일이 아니냔 말요. 무지막지한 상말을 무슨 지나가는 매춘부에게나 던지듯이 그게 소위 최고 학부를 나왔다는 인간에게서 나오는 말일까? 상대자를 보구 말을 해야할 게 아니야?"

인영은 나직하면서도 강철같이 탄력 있는 말소리로 총알처럼 끼얹었다. 몇 사람 안 되는 산책꾼들도 저쪽 쇠난간에서 이쪽은 무관심으로 서 있었다.

"하기야 형의 사낼 뺏거나 형젤 한꺼번에 요리하거나 내가 상관할 문제는 아니지, 다만 난 내 여편네의 뒤만 밟으면 되는 거니까. 그렇지만 인영인 어려서부터 내 처제였던 관계로 으슥한 이런 데서 남자에게 농락을 당하는 현장을 보고 가만히 지나칠 수만 없는 문제거든."

김민수는 인영의 팔을 놓고 갈라진 듯이 흐린 음성으로 말을 이어갔다.
"난 여편네의 뒤를 밟아서 다니는 사람이니까 어디든 내 자유야. 그렇지만 인영이가 이리로 끌려오는 것을 보고는 여편네는 놓치고도 여기로 온 거야."
"끌려오다니 정말 말조심하십시오."
남혁의 무거운 말소리가 비로소 들렸다. 위엄이 있는 굵다란 명령이었다.
"홍 이용준이는 형을 달고 가고 동생을 끌고 온 건 누군데?"
김민수는 남혁을 흘겨보았다.
"아니."
남혁은 주먹을 불끈 쥐며 김민수에게로 한 걸음 나갔다. 김민수도 쪽째진 눈을 사납게 뜨고 남혁을 노렸다.
"말조심하지 않겠소?"
남혁의 언성이 높았다. 대학시절에 당수 일곱까지 딴 실력을 발휘할 때가 지금이라고 남혁은 자칫하면 일격을 가할 요량이었다.
그러나 김민수는 무엇을 느꼈는지 슬쩍 후퇴하여서 돌난간에 철썩 몸을 걸었다.
"난 인영일 생각해서야. 이왕 내 여편네는 바람쟁이니까 벌을 받아야지만 그래도 인영인 아직 숫색시거든."
김민수는 한 다리를 건들거리면서 천연덕스럽게 지껄였다.
"한 달 전엔 새파아란 애숭일 끼구 지랄발광을 하더니만 요샌 또 옛 정부께로 기울어졌거든"
인영은 김민수가 누구를 말하는 것인지 알았으나 어이없는 채로 잠잠히 서 있을 수밖에 없었다. 오직 궐자의 소리가 시끄럽지 않아서 먼데까지 들리지 않는 것만이 다행하였다.
"이용준인가 그 녀석도 얼간이야 옛날의 그 맘인 줄만 믿는지 김 빠진 기집에게 미쳐서 허우적거리는 꼴이라니. 그래서 부산에서 허위단심 서울로 쫓아온 모양이지."

예전에는 말도 그다지 많지 않은 편이었는데 십수 년이라는 세월이 그에게 타락과 비루와 추악과 다변만을 연령과 함께 부어넣어 준 셈이었다.

"내라는 눈이 엑스레이처럼 제 내장까지 꿰뚫는 줄은 모르고, 단 일 초라도 제 주위에서 떠나지 않고 있다는 것도 모르고. 홍, 연놈이 저 아래 외교구락부에서 몇 시간을 좋이 뒹군 모양이야."

남혁의 몸과 입이 한꺼번에 얼어붙었는지 목우인 마냥 그대로 움직이지 않았다.

"갈 땐 으레 저 길로 지날 줄 알았거든. 길목을 지키니까 영락없이 걸려들었지. 아, 양쪽이 어떻게나 서로 미쳐버렸으면 자동차가 코를 스치는 대도 몰랐어. 그래? 홍. 집안꼴 자알돼 가지. 형짜는 한 놈을 달고 아래로 내려가구 동생 자는 위로 끌려오구."

김민수는 가래를 쿡 뽑아서 난간 아래로 칵 뱉었다.

"엊그제까지 애숭일 유혹하던 기집이 슬쩍 천진한 인영에게다 밀어 던지구 그래 저 어디루 가는 거야? 뻔하지 뭐, 어디 깊숙한 대로 가서 미진한 욕심을 채워야 할 게 아니냔 말야. 홍. 천하에 둘도 없는 요부 같으니라구."

"무슨 개소리 쇠소리야!"

인영은 발을 탁 구르며 소리를 버럭 질렀다.

"에라 멋대로 하려무나 하고 난 슬금슬금 이리로 올라왔거든. 인영이도 혼자 똑똑한 체 하지만 무슨 봉변을 당할지 누가 알아? 적어도 난 책임이 있거든. 그랬더니 아니나다를까 그 모양이구먼. 형 아우 할 거 없이 단물만 빨려고 드는 인간을 따라다니면서 신세나 그르치려고 맡겨 주니까 그래 성급히 뺨치기야?"

남혁은 더 참을 수가 없었다. 정통 한 대면 저 악한은 난간 너머로 낙엽인 양 떨어질 것이 아니냐? 남혁은 꼭 죽이고 싶은 충동으로 김민수에게로 발을 떼었다.

'저런 건 인간이 아니렷다. 저 따위 금수만 못한 생명쯤 없이 해야 깨끗할 거다.'

김민수의 안하무인으로 지껄이는 욕설을 들으며 줄곧 맘 속으로 주문을 외우던 남혁은 기어이 인내의 줄을 끊고 돌맹이처럼 차고 단단하게 주먹을 꼬느며 김민수를 향하여서 두 걸음 떼는데 재빨리 인영이가 달려왔다.

"안 돼요!"

인영은 남혁의 외투자락을 잡으며 귓가에다 소곤댔다.

"저런 미물 내버려두세요! 괜시리 백 선생님만……."

인영은 애영에게서 그 호리호리한 남혁의 당수 제간이 월등하다는 말을 들은 터라 불빛에 변모하는 남혁의 흥분을 보면서 저사하고 말렸다.

"참으세요! 입때까지도 견디시고는……."

"아니 왜?"

김민수는 벌떡 일어서며 이쪽을 바라보았다.

"하하. 어쨌다는 거야? 바른말 들려주니까 고마운 줄도 모르구……. 소위 하룻강아지 범 무서운 줄 모르는 격이로군. 여봐! 자유당 국회의원 도련님! 가서 국으로 상에서 떨어지는 고기 토막이나 노리지 그래? 국회마크 달린 차에다 기집들이나 갈아 싣고 다니면 그만인 줄 알아선 안 될 걸. 이봐! 인영이. 말리지 마라. 어디 오랜만에 한 번 겨루어 볼까?"

김민수는 휘적휘적 앞으로 다가왔다. 순간 남혁의 몸이 번뜻 뒤치는 듯하더니 김민수가 킥 소리를 내며 저만큼 떨어졌다.

"인영 씨에게 감사하오! 난간에서 맞았다면 당신은 오늘로써 다 살았어."

남혁은 끝내 김민수에게 경어를 썼다. 사랑하는 이의 남편이었고 현재 호식과 신아의 아버지라는 관념 때문에…….

"당신 입술을 바셔 놓거나 혀를 동강내어야만 옳을 뻔 봤소. 소위 최고 학부를 나왔다는 인간이 감히 그런 입뿌리를 놀릴 수 있을까?"

김민수는 비실비실 일어나서 옷에 묻은 흙을 털었다. 도저히 적수가 아니라는 것을 깨달은 까닭이었다.

"귀한 자녀들을 생각해서라도 하루바삐 인간의 존엄성을 찾기로 하시오. 이미 장 선생님께나 자녀들에겐 모든 의무를 상실했다 하더라도 여생을 떳떳하게나 마쳐야지 비열하고 추악한 수단으로 약자를 괴롭히면서 사냥개처럼 냄새나 맡고 다닌다는 게 얼마나 천하다는 걸 오늘이라도 깨우쳐야 할 것이요."

남혁은 개에게라도 진주를 던지리라는 신념으로 엄숙하게 말했다.

"홍. 두고 보자! 네까짓 것들이 얼마나 버티는가…… 난 오늘 버젓한 증거를 잡았거든. 인제 나도 법으로 싸울 테야."

김민수는 눈알을 흉악스럽게 굴리면서 입 안에 든 모래를 침과 섞어서 퉤퉤 뱉다가 갑자기 가슴을 움키며 허리를 구부렸다. 그러나 다시 머리를 들고,

"홍. 네가 날 때렸겠다. 어디 두고 봐! 인영이, 너도 날 쳤다! 어디 두고 봐라!"

하며 고갯짓을 하더니 두 손으로 가슴을 움키며 난간을 짚고 몸을 기댔다.

"가세요! 백 선생님! 어서요!"

인영은 남혁의 손을 잡아끌며 광장을 횡단했다. 남혁과 인영은 손을 마주 잡은 채로 자동차 있는 데로 왔다.

"발작이 난 모양이죠? 어쨌건 가엾은 생명이군요."

남혁은 자물쇠를 열며 혀를 찼다. 그렇게 당당하게 대들던 김민수가 돌연한 증세를 나타낸 것은 그가 마약의 중독자라고 스스로 광고하는 셈이

아닌가.

"글쎄요. 어머니께선 늘 아편중독자라고 하셨는데 언니는 그렇지 않다는 거죠."

인영은 남혁의 곁에 앉으면서 약간 당황한 듯한 말투였다.

"그렇지 않다는 증거는요?"

발동이 걸리면서 차는 움직였다.

남혁은 앞을 보며 길을 잡았다.

"워낙 그 집은. 그러니깐 어니 시댁이었죠. 피난 때 잠깐 가봤지만 어쩜 식구들의 눈자위가 죄다 그렇게 불량할까요? 글쎄, 밥들도 자기네끼리만 먹고 우린 모른 체하지 않겠어요?"

"그럴 수가 있나요?"

"그러니깐 글쎄 상상할 수 없는 인간들이라지 뭐예요? 어쨌거나 뜯어먹으려고만 들었으니깐요. 만일 우리가 부자였더라면 함께 파산했을 거예요. 각가지 구실을 붙여서 돈이건 뭐건 긁어가려고만 했거든요."

"그랬던가요?"

"정말 어린 소견에도 파렴치라고 늘 느꼈어요. 그런데 육이오 이후에 떠억 나타나선 전문적으로 사기만 할려니 여러 가지 복잡한 조건이 나지 않았어요? 즉 언니가 동거를 거부하고 이혼을 내세우는 것 같은 거요."

"인간성이 처음부터 저랬을까요?"

"결혼 전엔 괜찮았던가 봐요. 집에서 어머니랑 무슨 능력이 있네 성실하네 이런 칭찬하는 소릴 들었거든요. 그러구 혼인하구 나선 어쩜 그렇게 딴 사람이 될까요? 능력이고 성실이고가 문제 아니에요. 인간성은 거의 제로가 되지 않아요? 인제 생각하니깐 그네들에겐 진정한 사랑이 결핍됐던 모양이에요. 예를 들면 동란 때 행방불명이 되면서 언닌 해방된 자유 분위기에서 깨끗하고 평화롭게 살 수 있었으니깐요."

"……"

"개과천선이나 했었으면 모를까. 전엔 비실거리구 못난 축에 들었는데 지금은 본격적인 악한이 됐나 봐요."

"육이오 땐 군대에 갔었나요?"

차는 필동을 건너 대한극장 앞을 지나고 있었다.

"자기 말은 그래요. 전선에서 받은 상처라구 옆구리에 무슨 큰 상처도 있더래요. 죽을 걸 겨우 살았다더래요. 그렇지만 조금도 군인이었던 티는 없거든요. 그래 우리 추측이 군대를 따라다니면서 무슨 부정행위나 잔뜩 하구선 할 수 없으니깐 돌아온 거라고 그러죠."

"그러면서 아무 책임감도 느끼지 않나요?"

"책임감이 뭐예요? 언니가 동거를 거부하니깐 그때부터 이때까지 온갖 핑곌 다 부려서 돈만 우려 가군 이혼은 못하겠다는 거죠."

"정말 여간한 큰 걱정이 아니군요."

"걱정을 지나서 이젠 생사문제예요. 죽이느냐 사느냐 이건데요."

"이쪽에서 이혼소송을 제기하면 된다니까요. 어서 빨리 서두르셔야 해요. 딴 음모가 끼기 전에 말입니다. 그런데 중독자가 아니라는 증걸 장 선생님은 어떻게 대시나요?"

"워낙 집안이 가난해 빠졌으니깐 살림에 쓸거라구요. 전처럼 함께 살면 방도가 많겠지만 육이오 이후엔 언니가 철저하게 거절했거든요. 그러니깐 밉직하겠죠. 어쨌건 뜯어다가 집을 살려야지 않아요?"

"자긴 왜 못 벌어요? 병신도 아니면서……."

"아이, 무슨 재주로 벌어요? 학교에 갈 수 있어요? 그렇다구 어느 회사에서 오래요? 배경도 없죠? 주선해 줄 친척도 없죠? 성실치가 못해서 간들 며칠 있다간 그냥 쫓겨날걸요?"

"그런다고 도와주진 못하나마 그 연약한 애영 씨에게 기생충이 된단 말입니까?"

남혁이 차를 강하게 돌려서 을지로 5가로 통하는 큰길로 몰았다.

"그러니깐 어머닌 영락없는 아편쟁이라고 하셔요. 그런데 언닌 큰 돈을 가끔씩 가져가는 게 아편쟁이와는 다르다는 거죠."

"……."

"전 그런 발작 오늘 처음 봤어요. 그자하군 오래 상대하질 안 했었거든요. 언니두 그렇죠. 기껏해야 짤막한 시간에만 봤지 오랫동안 접촉을 안 했으니깐 알 까닭이 없을 거예요."

"어쨌건 머리 아픈 일입니다. 애영 씨가 그런 입장에 계실 줄 누가 짐작이나 할 수 있겠어요?"

"저번에두 백 선생님께 실례가 많았더라면서요?"

"천만에. 만나길 잘 했죠."

"그런데 오늘도 집 근처에서 지키다가 아마 뒤를 따랐나 봐요. 이용준 씨하군 동경에서부터 친했으니깐 그의 동정을 아주 잘 알거든요. 아이 지긋지긋해. 정말 죽이구 싶도록 미워요."

차는 을지로 5가를 지나 곧장 종로 5가에 걸려들었다.

"과연 동감입니다."

남혁의 눈썹이 모아지고 심각한 고민의 빛이 입모습에 어렸다.

"지금쯤 남산에서 혼자 어떻게 됐을까요?"

"그냥 소생했을 겁니다."

"어떡해요? 제대로 깨어날 수 있을까요?"

"그런 땐 퀴리 양도 딱하시군요. 늘 몸에 지니구 다닐 게 아닙니까? 자기 일 자기가 어련히 잘 알리라구요?"

"이런 말을 언니가 들으면 또 상심할 거예요. 어머닌 거 보라 하실 테구요."

"인영 씨. 부탁입니다. 장 선생님께 오늘밤 일만은 비밀로 해주십시오. 김씨의 건 말입니다."

"저두 그럴 생각이지만 혹 경우에 따라서 말할지도 모르겠어요."

차가 서서히 구른다고 생각하자 서울대학의 건물들이 눈에 들어왔다.
"기어코 여길 또 왔군요!"
인영이 어조를 변하여서 감회 깊게 말하였다. 남산에서의 일이 벌써 먼 옛 일처럼 회상되었다. 잠시나마 그에게 안겼을 때의 행복감! 손을 마주 잡고 남산의 광장을 뛰어오던 친밀감!
'오늘 하루 저녁이 우리에게 격리된 우정을 두텁게 맺어주었다.'
"인영 씨! 봄엔 여길 통과합시다. 봄도 멀지 않은 걸요."
"그리구 달이 이지러지기 전에 전화를 걸겠어요."
그들의 차는 혜화동에서 원남동으로 꺾어들었다.

분수처럼

　인영이 집에 돌아왔을 때 애영은 단정하게 앉아서 책을 들고 있었다.
　"어마. 언니 이때까지 안 주무셨어요?"
　애영은 대답 대신 행복해 보이는 인영의 얼굴을 더듬었다.
　"열한 시 반인데. 이때까지나 기다리셨수."
　"그럼."
　애영은 읽던 책을 닫아 테이블 한쪽으로 밀고 일어섰다.
　"그래 열한 시 반까지 어디 있었니?"
　애영은 아차 하였다. 어디 갔었느냐고 묻는다는 것이 어디 있었느냐고 나온 것이다.
　"저……."
　남산에 갔었단 말이 혀끝에서 뱅뱅 돌았으나 남혁의 부탁대로 김민수 일건을 숨기자니 자연히 딴 말이 불쑥 나왔다.
　"나 오늘 극장에 갔었어요. 그랬다가 동무네 집에 들려서 잠깐 놀다가 오는 길이에요."
　"그래?"
　애영은 인영의 천연덕스런 거짓말에 우선 놀랐다.

'무슨 필요가 있기에 내게 숨기는 것일까.'

애영은 파자마의 끈을 매면서도 곰곰이 생각했다.

"무슨 극장에 갔었지?"

애영에게서도 너를 남산 길에서 보았노란 말이 나오려고 하였으나 인영이 먼저 속이는 것을 아는 체하는 것도 가엾어서 짐짓 딴청을 부리는 것이었다.

"대한극장에요."

그 앞을 지난 터라 인영은 무의식중에 그렇게 대답하였다.

"무슨 영환데?"

애영이 그렇게 물으려다가 인영의 딱해 하는 꼴을 안 보려고

"재민 있든?"

하였다.

"그저 그래요."

인영은 모호한 대답을 하고 재빨리 자리옷으로 갈아입으며

"언닌 어디 갔었수?"

하고 물었다.

"나? 외교 구락부에서 저녁 먹었지."

애영은 바른 대로 대답하였다. 인영은 김민수의 말과 맞는 것을 알고 저만이 형을 속이는 듯싶어 양심의 가책을 받았다.

"언니! 이용준 씨의 정열 여전하시죠?"

"……."

"몇 시에나 오셨댔어요?"

"아홉 시 반이나 됐을까?"

"일찍도 왔구려."

둘이는 함께 침대로 들어갔다 얼마 안 있으면 불이 갈 것이기에 일부러 끌 필요는 없었다.

"참 백남혁 씰 만났지."
"어디서요?"
그것은 인영이가 진정 알고 싶어하는 일이었다.
"유한양행 못 미쳐서."
"그래 어쨌어요?"
"서로 엇갈렸지 뭐. 그인 아마 요 아랫길로 돌아갔을 거야."
애영은 인영의 무슨 반응이 있을 것을 기다렸으나 인영은 그때 바로 이삼십 분 전 평동 어귀에서의 작별을 회상하고 있었다.
남혁은 차 속에서도 만족한 표정을 하다가 인영이 평동 어귀에서 정차해 달라니까
"건 또 왜요?"
하고 갑자기 무뚝뚝해졌다.
"여기선 걸어가겠어요."
인영은 벌써 몸을 일으켰다. 남혁은 인영을 물끄러미 쳐다보면서 차를 세웠다.
"오늘은 뜻밖에 호사스러웠어요."
인영은 차문을 잡고 남혁에게 사례하였다. '뜻밖에'에다가 힘을 들였다.
"동고동락한 셈인가요?"
남혁은 김민수와의 장면을 생각하며 괴롭게 웃었다.
"어쨌건 정말 즐거웠어요. 그럼 안녕히……."
인영이 몸을 돌려서 두어 걸음 떼었을 때였다.
"인영 씨!"
남혁이 문으로 머리를 내밀고 조용히 불렀다.
"전활 걸겠다구 했는데 인제 보니까 방학중이시라 학교에 안 나오시겠군요?"
"입시 준비 때문에 매일 나가는걸요."

"그렇지만 뭐 번잡하게 이러구 저러구 할 거 없이 모렌 어떻습니까? 일요일인데요."

"한강 인도교 말씀이죠?"

"네. 오후 다섯 시쯤 댁으로 갈까요?"

"아뇨. 제가 나오죠."

"어디루요?"

"학교 가까운 다방이면 아무 데나……."

"그럼 양지 삼층에 오후 다섯 시!"

"네, 알겠어요."

인영은 애영의 관심마저 무시하고 달콤한 약속을 재삼 음미하느라 살그머니 눈을 감았다.

인영은 이 날의 모든 일을 사실대로 말하리라고 몇 번이나 다짐했으나 차마 입이 떨어지지 않았다.

만일 어머니나 언니가 이 눈치를 채면 김칫국 먼저 마시는 격으로 이러쿵저러쿵 자의대로 해석하고 어떤 요구까지도 덧붙일는지도 모를 것이 아닌가.

더구나 백남혁은 일구월심으로 장애영만을 사모하고 있는데 그와의 교제가 무슨 신선한 놀음이라고 자랑삼아 떠벌릴 배짱도 인영은 가지지 못하였던 것이다.

"얘! 자니?"

인영이 너무도 고요하니까 애영은 인영의 어깨를 슬쩍 건드렸다.

"아니, 왜요?"

어두운 속에서도 인영은 눈을 반짝 뜨는 모양이었다.

"수수께끼 하나 풀어줄까?"

애영은 작년 크리스마스 전날에 사람 편으로 받은 세 그림이 이용준이가 보낸 것이라는 전말을 자세하게 알렸다.

"어마! 그 부인 꽤 철저했던 가부죠? 분풀이 중에선 지상최고의 수단을 택한 거 보니깐요."

"이유 없는 반항이라더니만 참말 이유 없는 복수야. 그림이 무슨 죄가 있다구 거기다가 차마 손을 댄담."

"이 선생님껜 미안하지만 그 부인이 아주 무식하거나 그렇지 않으면 머리가 약간 이상하거나 했던 가보죠?"

"얘, 그래도 어느 여학교의 교원이시더란다. 질투에는 눈이 먼다더니만 정말 맹목이었던가 봐. 내 곁에 있어두 일평생 병신 노릇 할 그림들만 보면 화가 치밀어서 견딜 수가 있어야 말이지. 진정 자식의 참척이나 당한 것 같다니깐."

"왜 안 그러겠소? 과연 생각할수록에 괘씸하구려."

"죽은 사람이니깐 용서하지 살아 있담 절대로 가만 안 두겠어."

"그렇고말고요. 언니나 되니깐 가만히 있었지. 나 같음 그 자리서 이용준 씨께 마구 퍼부어 주었을 거야."

애영은 이용준의 그 간절하던 태도와 음성을 무시할 수가 없었다. 자기에게 불행이 가시지 않는 한 그에게도 속죄의 생활이 계속될 것이라고 진실하게 말하던 고백을 잊어버릴 수가 없었다.

"그러니 중간에서 맘을 태웠을 사람이 누구겠니? 난 오히려 그분을 동정하고 싶었어."

"잘 됐구려. 어쨌든 언니의 앞날을 축복합니다."

인영은 농처럼 대수롭지 않게 말했으나 그 순간에도 남산에서 무지막지하게 지껄이던 김민수의 욕설이며 저주가 귀에 들리는 것 같아 인영은 가슴이 아팠다.

'어쩌다가 그렇게 몽매하고 용렬하고 편협하고 무능하고 잔악하고 심술궂은 사내를 형부라고 맞아 들였는가?'

"언니! 그런데 말야. 그자가 왜 요샌 얼씬두 안 허우?"

창공에 그리다 275

"지금 무슨 큰 음모를 꾸미노라구 그렇겠지. 난 인제 겁 안 난다. 어떤 태도로 나오든지 당당히 싸울 테니깐."

"진작 그렇게 나섰더라면 이때까지 그 꼴을 안 당하구 벌써 해결이 났을 거야."

애영은 인영의 남산 행이 궁금하여서 이쪽 말을 하면 자연히 거기서도 풀려 나오려니 했으나 인영은 끝내 오늘밤의 일과 모레 약속을 숨기고 말았다.

"얘, 너무 늦었다. 그만 자자."

마침 불이 가버려서 애영은 인영의 어깨를 가볍게 두드리며 이르고 반듯이 누웠던 몸을 이쪽으로 돌려서 인영에게는 등을 향하였다.

애영은 눈은 감았으나 가슴은 무거웠다.

'내게 숨길 무슨 이유라도 있단 말인가?'

온 세계를 뒤집어도 자기의 골육은 인영이 한 사람뿐이어늘. 그야말로 눈동자처럼 소중하고 진실한 동생이 아닌가 학교에서나 밖에서 보고들은 대로 하나도 빼지 않고 애영에게 고해 바치던 인영이었다.

'백남혁 씨와 나와의 관계를 꺼림인가? 그렇지만 그건 인영이가 더 잘 아는 사실이니 나를 경계할 까닭은 조금도 없을 것이다.'

인영도 잠을 청하는지 가만히 누워 있지 못하고 몸을 바스락댔다.

'어쨌건 오늘밤의 일에만은 내게 말못할 커다란 원인이 있는 가 보다.'

애영은 일부러 거기에서 생각을 끊고 집안일이며 개인전에 대한 세목(細目)을 연구하다가 잠이 들었다.

그 이튿날은 애영이 종일 화실에 박혀 있었다.

인영은 일요일에도 여전히 출근하면서,

"언니, 나 오늘 좀 늦을지도 모르겠어요."

하였다.

"또 영화관에라도 가니?"

"아뇨. 어느 직원이 초대한다나 봐요."

전에는 초개를 받아도 대단히 자세하였던 것이다. 무엇을 가르치는 어느 선생의 집 거리며 가정환경 등을 설명하고 또 돌아와서는 그 집의 음식 수효까지 일일이 외어 들린 인영이었다.

"좀 늦더라도 나 기다리지 말고 일찍 주무세요."

이쯤 단속해 놓고 나간 인영은 남혁과의 약속대로 오후 다섯 시에 양지다방 삼층에서 만났다.

학교에서 거리가 가까웠던 탓인지 인영은 십 분 전엔가 도착하여서 방안을 둘러보며 남혁을 찾다가 그제야 자기가 너무 이른 것을 깨닫고 빈자리를 더듬었다.

넓은 홀은 몽몽한 자연(紫煙)에 싸여서 아늑하였으나 박스마다 사람들이 차서 앉을 곳이 없었다.

"여기 앉으세요."

레지가 딱했던지 인영을 불렀다. 인영이 가보니 자리는 하나였다.

"두 사람인데요."

"한 분은 어디 계세요?"

"인제 곧 오실 거예요."

레지는 친절하게 돌아다니며 두 자리를 마련하여 인영을 앉혔다.

"차는 나중에 하시겠군요."

레지는 이런 말까지 남겨놓고 갔다. 십 분이라는 시간이 이처럼 지루한 것을 인영은 이제야 알았다. 더구나 백남혁과의 다방에서 처음으로 만나는 터라 인영은 긴장과 흥분에서 초조하게 다섯 시를 기다렸다.

'내가 이게 무슨 꼴인가? 평생을 두고 속이지 않던 언니에게까지 숨기다니, 악의는 없지만, 나중에라도 언니가 알면?'

가슴이 뭉클하면서 죄의식이 머리를 들었으나 백남혁의 날씬한 자태가 나타나자 인영은 손을 높이 들며 활짝 웃었다.

꼭 애인끼리로만 보이는 젊은이 남녀에게 많은 시선이 따라갔다. 남혁은 앉자마자,
"꽤 기다리셨나요?"
하고 정답게 소곤댔다.
"아뇨. 저두 곧 왔어요."
사랑은 맹목만이 아니라 인간을 거짓말쟁이로 만드는 것이라고 인영은 속으로 쓸쓸하게 웃었다.
"차를 뭘루 드실까요?"
지키고 앉았던지 아까의 그 레지가 왔다.
"커피 둘!"
남혁은 인영의 의사도 묻지 않고 차를 명령한 후에
"장 선생님은 요새 뭘 하시나요?"
하고 물었다.
"어제오늘 꼬박 제작 중이시랍니다."
남혁은 잠깐 무엇을 생각하는 듯하다가 담배를 꺼냈다. 그는 차가 올 때까지 연기만 뿜다가 차가 온 후에야
"드시죠?"
하고 차를 훌훌 마셨다.
'이분의 마음은 오로지 언니에게만 있다.'
인영에게 결코 질투가 아닌 서글픔이 왔다. 차라리 답교(踏橋)를 그만둘까 했다. 언니를 속이고까지 다리를 건넌들 무엇이 얼마나 후련하겠느냐고 생각이 미친 것이다.
"나가 보실까요?"
남혁은 먼저 일어나 스탠드에 가서 찻값을 내고 문에서 인영의 나오기를 기다렸다. 둘이는 층계를 내려오면서도 말이 없었다.
길가에 대기하고 있던 차에 올라 그들은 바로 한강 쪽으로 나갔다.

인영이 남혁의 곁에 앉아서 행복스러운 드라이브를 계속하고 있는 그 시간에 애영은 비로소 화실에서 나왔다.

오후 두 시쯤에 작년에 그림을 가져온 듯한 얼굴인 청년이 이용준의 편지를 가지고 왔다. 전화가 없어 불편하다는 말을 서두로 오늘 오후 네 시쯤에 차를 보낼 터이니 나오지 않겠느냐는 내용이었다.

애영은 모처럼의 제작 중이므로 오늘만은 뜻을 어기노라고 답장하였다. 물론 일 도중에 나갈 수도 없을 뿐 아니라 그저께 홀홀 길에서 헤어진 남혁에게 미안한 마음도 가시지 않았고 또 어쩌면 그가 저녁때쯤 불쑥 찾아올 것도 같아서 거절하였던 것이다.

애영은 작업복을 벗고 세수를 한 후에 한복으로 갈아입고 안방으로 왔다. 학교가 쉬는 때라 윤씨는 애영과 오붓하게 식탁에 앉는 새 즐거움을 가지게 되었다.

"어서 일루 앉아라. 춥진 않든?"

"그럼요. 되레 땀을 흘리는 걸요."

"인영인 왜 안 오지? 공일날두 이렇게 늦니?"

"오늘은 어디서 밥을 먹게 됐다나 봐요. 그리고 밤에두 좀 늦는다구요. 근데 애들은 어디 갔나요?"

"호식인 제 방에 있구, 신안 아까야 요 뒷집애가 데리러 와서 갔지."

"순옥아. 빨리 신아 불러와!"

순옥은 식탁을 벌이고 반찬을 놓으면서

"그젯밤에 작은 아줌마를 어떤 청년이 유한양행 앞에다 데려다 내려주구 가더래요. 클리닝 직공애가 나더러 그러겠지."

하고 쌩긋 웃었다.

"뭐야?"

윤씨가 되물었다.

"그제 밤에 작은 아줌마가 왜 늦게 오지 않았어요? 그런데 아까 시장에 갔다 오다가 클리닝점 직공을 만났거든요. 그런데 걔 말이 너네 아줌마 요새 재미 좋은가 보지? 하면서 아주 멋진 차루다가 어떤 청년이 언덕까지 모셔다 주더라구 그래요."

"순옥이, 얼른 신아 데려와!"

애영은 순옥을 쫓아 내보냈다. 추측컨대 남혁이 인영과 동반하여 오다가 인영의 요구대로 거기서 세워준 모양이었다.

"얘, 그게 누굴까? 요새 뭐 그런 일이라도 있는 거냐?"

윤씨는 호기심의 미소로 애영을 마주 보았다.

"아마 백 선생님일 거예요."

"그래?"

윤씨는 다소 실망하는 눈치를 보이면서 힘없이 고개를 끄덕였다.

"벌써 스물일곱 살이야. 혼기가 너무 늦었는데 저러고만 있어 어쩌니?"

"아이, 어머니도. 시집 못 갈까 봐서 걱정이세요? 어련히 짝이 나설라구요."

"짝이야 백 선생 같은 이가 그리 쉬우냐?"

애영은 순간 인영이가 탐낸 상대자라면 업어다가라도 주마고 진정하게 열을 올리던 이용준을 생각했다.

"모든 게 인연인가 봐요. 연분이면야 우리가 걱정 안 해도 제대로 척척 맞아들어갈 걸요."

아닌게아니라 이대로 교묘하게만 교제가 계속되면 희망이 없는 것도 아니라고 애영은 낙관하면서 자녀들과 단란한 저녁밥 시간을 보냈다.

'어서 백 선생님을 만나야 사죄도 하고 인영과의 인상도 떠볼텐데……'

애영은 이층으로 올라와서도 은근히 남혁을 기다렸으나 남혁은 오지 않고 말았다.

'요새 무슨 바쁜 일이라도 생겼나? 그렇지 않으면 그저께 일 때문에 오해라도 하고 있는 것일까?'

오해라면 더욱 좋았다. 이용준과의 교제가 백남혁의 애정에 어떤 장애라도 주어서 다행히 인영에게로 향하는 열도를 높인다면 이야말로 불감청이언정 고소원이 아닐까.

애영은 먼저 서창의 문장을 제쳤다. 차고 맑은 달빛을 받아 금화산 기슭의 마을과 독립문 근처의 풍경은 고요하고 평화스럽게만 보였다.

애영은 요새 하루 한 번씩은 개인전에 출품할 작품에 일일이 날카로운 시선을 던지고 그 중에서도 독립문에 있어서는 가장 오랜 시간을 버려 감상하는 것이다.

'남혁 씨에게 그걸 한 번 보일까 봐…….'

애영은 서창을 떠나 남창으로 갔다. 달이 둥실 높이 솟았다. 그의 눈앞에 지난달 한강에서의 모든 풍경이 전개되었다.

지금쯤 그와 남혁이 함께 거닐던 그 자리에서 인영이 대신 달을 바라보며 소회를 펴는 사실을 예상하지 못하는 애영은 자기의 눈앞에 닥지닥지 엎드려 있는 지붕들에게 시선이 돌아오자 맥없이 그 자리를 떠났다.

그 이튿날 월요일 오전 열한 시쯤 되었을까 오랜만에 귀에 익은 차소리가 대문에서 들렸다.

"아줌마! 백 선생님 오셨어요."

순옥의 예고에 이어 남혁은 성큼성큼 층계를 올라왔다.

"안녕하셨어요?"

남혁은 마루방까지 마중 나간 애영에게 꾸벅 절을 하고

"꽤 오랜만에 뵙는 심정인 걸요."

하며 애영을 그윽하게 바라보았다.

"저도 그런 거 같애요."

애영은 남혁에게 의자를 권하면서 침대 머리 작은 테이블 앞에 앉았다.

"어서 개강을 해야할까 봅니다. 장 선생님과 자꾸만 격조가 되니까요."

남혁은 시종 애영에게서 눈을 떼지 않았다.

"어디 불편하셨나요? 신색이 좀 까칠하셨습니다."
하고 면구하리만큼 눈여겨 살폈다.
"뭐 별로……. 아마 수면이 부족한 모양이죠"
"참 요새 꾸욱 제작만 하셨다면서요? 몸도 돌봐 가시면서 하셔야죠."
"어떻게 아시나요?"
"어제 인영 씨가 그러더군요."
"……."
"인영 씨, 어제 와서 아무 말 안 해요? 제가 오늘 오겠다고 여쭤 달랬는데요."
"아마 깜박 잊었던 거죠."
애영은 어리벙벙한 대답을 하면서도 유쾌할 수는 없었다.
'인영은 어째서 남혁 씨와의 상봉을 내게 숨기는 것일까? 그야말로 단심을 기울여 저의 성공을 빌건만…….'
백남혁과 인영과의 결합을 위하여서는 어떠한 희생이라도 사양치 않을 애영인 것을 인영은 깨닫지 못하는 것일까?
"저번 날은 정말 죄송했어요. 일건 오셨다가……."
"뭘요. 장 선생님도 중요한 사무가 있으실 텐데 저만 독점해서야 되나요?"
남혁은 서글픈 웃음을 띄우고 담배를 피웠다.
"그날 썩 좋은 풍경을 발견했어요. 인영 씨랑 드라이브하다가 말입니다. 인영 씨가 말하지 않아요?"
"뭐, 그럴 성한 말은 하지만 의민 몰랐죠."
"오늘은 장 선생님을 모시고 실지답사를 해 올리려구요."
"대관절 어딘데요?"
남혁은 인영과의 드라이브 코스를 설명하였다.
"우리의 단골이던 그 길에서 석양을 얼마나 많이 봤습니까마는 그런 장관은 처음이었습니다. 그래 오늘은 장 선생님께 직접 보여드리려고 왔죠."

남혁은 자못 신이 나서 양양하였으나 애영은 깜깜한 사실의 대답을 하려니 딱하고도 어줍잖았다.

'어찌하여서 인영인 나에게 숨길 마음이 났을까?'

"그 날 밤 남산에 꽤 오래 계셨다죠?"

애영은 한 번 덜미를 짚었다.

"네. 이래저래 오래 있게 됐었죠."

남혁이 주저하는 것을 보고 애영은 실례가 될까 봐 더 캐어묻지 않았다.

"그 날 밤은 좀 그런 일이 있었지만 어젯밤은 퍽 유쾌했어요. 인영 씨도 동감이실 걸요?"

'어젯밤이라니, 아하, 어젯밤에도 만난 게로군.'

애영은 맘속으로 놀라면서도 겉으로는 혼연스럽게

"어떻게 인영이가 과히 몽매하진 않던가요?"

하고 웃음마저 보이며 물었다.

"몽매가 뭡니까? 퀴리 양께서. 하하하하, 전 인영 씰 퀴리 양이라고 불렀어요."

"호호, 퀴리 부인은 못되나마 이름만이라도 과감하군요. 인영은 백 선생님을 뭐라구 부르는지 아세요?"

"아니, 제게도 닉네임이 있습니까?"

남혁은 엄지로 제 가슴을 가리키며 눈을 크게 떴다.

"그 있고 말고요. 아주 그럴싸하죠."

"어서 듣고 싶은데요."

남혁은 어깨를 으쓱 올렸다가 내렸다.

"하이네래요."

"하이네!"

"선언을 낭독하신 때부터……."

"하하하하, 옳아요, 맞았어요, 하하."

남혁은 머리를 제치고 파안대소하였다.

"퀴리 양다운 지적입니다. 아마 장애영 씨에 대한 나의 선언이었다는 의미에서 그렇게 불렀을 걸요?"

애영은 그 이유를 설명하지 않았건만 예민한 남혁이 먼저 그 뜻을 알아챈 것이다.

"어쨌건 인영 씨께 감사해야겠군요."

"그러세요. 요샌 학교에서도 시간이 많으니깐 자주 접촉해 보시면 인영의 진가를 아시게 될 거예요."

남혁은 정색하여서 진지하게 말하는 애영을 그 역시 웃음기를 거두고 바라보았다. 그의 눈은 긍정보다도 자칫 원망의 빛을 담고 있다고 애영은 느꼈다.

"오늘은 제작하시지 않으시죠?"

남혁은 슬그머니 화제를 돌리며 또 담배에 손을 댔다.

"네. 오늘은 좀 쉴까 했어요."

"마침 잘 됐습니다. 저번 날 장 선생님께서도 가시고 싶은 데가 있다고 하셨죠? 겸사해서 지금 떠나십시다요. 황혼도 볼 겸."

"어느 새요? 지금은 정오예요."

순옥이 커피를 가지고 올라왔다, 구수한 차 향기가 풍겼다.

"그러니까 말입니다. 어디신지 모르지만 나가서 점심 먹고 소일하다가 돌아오면서 마치 그때를 맞추면 되지 않습니까?"

"그럼 그렇게 하죠."

이번마저 거절할 수도 없고 또 진작부터 어디론지 좀 달리고 싶은 의사를 가졌기에 애영은 차만 마시고 일어나서 화실로 들어가 외출 준비를 하고 나왔다.

"요샌 매일 날이 맑아서요."

애영을 곁에 앉히고 평동 어귀를 내려오는 남혁의 기세는 자못 높았다.

"장 선생님! 제가 곳을 정할 테니 의향은 말씀 마세요."

남혁은 말도 많이 하고 싶었다. 이 순간만은 개선장군에 못지 않은 자부와 희열(喜悅)에 잠겨있는 까닭에…….

"어떻게 과히 동떨어진 방향은 아닙니까? 선생님의 원하시는 곳과 말입니다."

남혁은 세종로를 꺾어 중앙청으로 향하였다.

"더 두고 봐야죠."

"지금은요?"

차가 안국동 쪽으로 달리면서 남혁은 또 물었다.

"아직도 모르겠는데요."

남혁은 전속력을 내면서 돈화문을 지나 종묘로 가는 다리 아래를 꿰었다. 저번 날 밤에 인영을 태우고 가던 그 길 차례였다.

"걸리시려고."

아슬아슬하도록 달리고 있는 남혁을 애영이 말렸다.

"신날 땐 마구 날아야죠."

차는 원남동의 로터리를 번뜻 지나 대학가로 접어들었다.

"지금 제가 통과한 노정이 저번 날 밤에 인영 씨와 드라이브하던 순서지만 장 선생님의 기대와는 어떠신지요?"

"약간 어긋나는 걸요."

애영은 고개를 갸우뚱했다. 머플러를 쓰지 않은 애영의 옆모습이 조가처럼 단아(端雅)하였다.

남혁은 전 날 마냥 혜화동에서 창경원 쪽으로 가지 않고 곧장 바른편으로 나갔다.

"조금씩 맞아 가는 거 같아요."

애영은 삼선교의 좌우를 둘러보며 나직이 말했다.

"인제 두고 보십시오. 내가 꼭 집어낼 테니요."

남혁은 우승기를 노리는 경주 선수의 눈인 양 앞길을 노리며 핸들을 돌렸다. 진정 바람처럼 몰아가는 속도였다.

애영은 소년의 행동을 보는 것과 같은 통쾌감과 친밀감을 느끼며 삼십일 세나 되는 시인이 이렇게도 천진할 수 있을까 하고 머리를 기울였다.

미아리 고개를 넘어갈 때도 남혁은 눈만을 빛내고 입을 열지 않았다. 이윽고 다리 앞 국민대학이라는 푯말이 서 있는 길에 와서 직각으로 굽어 들었다.

"인제 어떻습니까?"

남혁은 비로소 얼굴을 애영에게로 돌렸다.

"거진 맞아가요."

애영이 솔직하게 인정하기에 남혁은 의기양양했다.

"거 보세요. 장 선생님의 심리파악이야 남혁 이상으로 정확할 수 없으니까요."

연일 날이 좋아서인지 먼지가 안개 마냥 자욱하게 일어났다.

"길이 왜 이 모양일까요? 먼지등살에 여기 사람들은 꽤 고통받겠네요. 명승(名勝)가는 길이 이 꼴이래서야 어디 면목이 서겠어요?"

손수건으로 입을 가려 막으며 이마를 찌푸렸다.

"글쎄 말입니다. 대통령이 한 번만 여길 지나게 되면 그 날부턴 도로 공사가 시작될 텐데요."

"호호. 자알 아시는군요."

"흥. 효자동 길이 제일 깨끗한 거 모르세요? 아 이거 정말 안 되겠군요. 이 동네 사람들은 뭘 하고 있어? 영감님 한 번 업어 오지도 못하게……. 하루종일 이 먼질 마시고 어떻게 살아가죠?"

먼지뿐만 아니라 길바닥도 고르지 못하여서 남혁의 차는 줄곧 펄떡펄떡 뛰었다.

"아, 기분 잡친다! 시내 길 중에선 최고로 나쁘군요."

남혁은 연신 불평을 늘어놓으며 정릉 종점의 다리를 건너 요정이 있는 쪽으로 치달았다.

"우리 이 집에서 점심 잡숫기로 합시다요."

남혁은 청수장 정문에서 차를 세웠다. 그들은 화사하게 차린 젊은 여인에게 안내되었다. 남혁은 친면이 있는 듯 어색하지 않은 태도로 인사를 주고받았다.

"이 방 어떠세요?"

여인이 열어 보인 방은 사간도 넘을 듯한 큰 방이나 쾌적의 온도가 마련되어 있어서 밖에서 얼고 온 그들이 달갑게 허락하고 들어갈 수 있었다.

"점심 좀 먹게 해주세요."

남혁은 여인에게 부탁하여서 여인은 상냥스러운 웃음을 남기고 사라졌다.

애영은 우선 밖을 내다보다가 어느 해 봄에 자기가 이 방에 왔던 일을 깨달았다. 그때는 저 앞산에 진달래가 만발하여서 활짝 열어제친 문으로 맘껏 진분홍의 산마다를 바라볼 수 있었고, 바로 뜰 아래서 돌돌 거리며 흐르는 물소리를 들었던 것이다.

"외투 벗으시지요"

등뒤에서 남혁이 말했다, 얼마나 가까이 서있는지 귓가에 입김이 스쳤다.

"벗기 전에 잠깐 밖에 나갈까 하구요."

"밖엘! 왜요?"

애영은 대답대신으로 왼손에 들고 있는 납작한 손가방을 들어보였다.

애영은 여전히 등 돌아 선 채였다.
"오, 스케치하시게요?"
외출할 때면 애영이 들고나서는 그 가방 속에 스케치북이 들어 있는 것을 남혁은 잘 알고 있었다.
"아무래도 야외 풍경이 하나 있어야겠어요. 그래서 언제부터 여기 오길 별렀었죠."
"그렇다면 좋은 수가 있습니다."
남혁이 비로소 애영의 앞으로 돌아왔다. 애영은 무슨 수가 있느냐는 듯이 말끄러미 쳐다보았다.
"이런 데서 뭘 잡으시게? 이따가 기막힌 광경 제공할 테니 두고만 보세요."
"……."
"오늘 실지 답사한다지 않았어요? 오늘 날씨가 반드시 장관을 연출하게 됐습니다. 염려 마시고 어서 이리 앉으세요."
남혁은 애영의 외투깃에 손을 대어서 어서 벗으라는 암시를 하였다.
"만일 실패하면 어떡하시겠어요?"
애영은 옆으로 두어 걸음 물러서서 오버코트를 벗고 남혁은 재빨리 그 뒤로 돌아가서 옷을 받으며,
"실패할 리도 없지만 그런다면야 매일처럼 모시고 다니면서 좋은 풍경 보여 드릴텐데요."
하고 옷걸이 쪽으로 가서 애영의 것과 자기 것을 나란히 걸었다.
"여기가 따뜻합니다. 일루 오세요."
남혁은 보료 한 귀퉁이를 밀고 애영을 앉혔다. 한 손으로 애영의 무릎을 밀 때는 그의 넓은 이마에 홍훈이 번졌다.
"장 선생님!"
남혁은 머리를 들고 새삼스럽게 애영을 찬찬히 살폈다. 애영의 시선은

보료의 무늬를 더듬고 있었다.

"단둘이만 이렇게 앉아보는 게 한 십 년 된 거 같습니다."

작년 12월 17일 애영의 집에서 김민수를 만나고 조용히 만난다는 뜻이었다.

"이용준 씨 굉장한 분이라죠. 장 선생님의 애인 되는 신사시라면서요?"

남혁은 이 며칠동안 단단히 뭉그리고 있던 질문을 돌멩이처럼 내던졌다.

"그 날 밤 얼마나 행복하셨습니까? 최초의 청혼자시며 애영 씨 유일의 남성인 분과 오랜만에 단란한 몇 시간을 보내셨다니 말입니다."

남혁의 긴장한 말소리와 안색에 애영은 잠깐 눌려서 얼떨떨하였으나 그의 진지한 표정을 보는 순간,

'이때다. 나는 이 기회를 역용하여서 남혁 씨의 오해를 사리라.'

하는 결심을 하였다.

"백 선생님의 상상대로죠 뭐."

태연한 애영의 대답에 이번에는 남혁이 질렸다. 큰 눈을 방바닥에 박은 채 잠잠하다가,

"그래, 그처럼 행복하셨단 말이죠?"

하고 이마를 천천히 들었다. 애영은 그의 눈을 마주 바라보다가,

"백 선생님의 상상에 맡긴다니깐요."

하고 미소마저 띄었다.

"으흠."

남혁은 기침인지 신음인지 모를 소리를 내면서 머리를 벽에 기대고 눈을 감았다. 훤칠한 이맛살을 아드득 찌푸리고 단정하게 그려진 입술을 모질게 모아 괴로움을 못 견디는 표정이 차차 심각하여졌다.

그것을 바라보며 애영도 눈을 감고 뿜어지려는 한숨을 삼켰다. 가슴이 터질 것도 같고 찢어질 것도 같았다.

'저인 무슨 업원으로 나를 사랑하게 되어서 저렇듯 가혹한 고민을 겪어야 하는 것인가? 속이는 내 가슴이 이렇게 아플 때 곧이듣는 저이의 괴롬이야…….'

몇 분이 지났을까 가벼운 기침 소리와 함께 미닫이가 열리고 아까의 그 여인이 자태를 보이며

"진짓상 들여옵니다."

는 통고를 하고 이어 발소리가 들리면서 마주 잡은 밥상이 들어왔다.

애영은 여인의 인기척에 눈을 떴으나 남혁은 사람이 오건 말건 그대로 앉아서 가슴마저 불룩하게 오르내렸다.

여인과 젊은 청년들이 남혁을 힐끗 보고 나간 후에 애영은 남혁의 무릎을 흔들었다.

"백 선생님!"

"……."

"진지 안 드시겠어요?"

남혁은 자세는 그대로 눈만 떴다. 우묵한 눈에 핏발이 서서 열병 환자의 눈과 같았다. 그 눈으로 애영을 쏘았다.

"백 선생님!"

"……."

"백 선생님은 저의 뭘 사랑하시나요. 육체? 예술?"

"둘 다 사랑해요!"

남혁은 불끈 허리를 세웠다. 그리고 애영을 삼킬 듯이 무섭게 노렸다.

"장 선생님의 무엇을 사랑하느냐고요? 모르셔서 물으시나요."

"……."

"아직껏 모르셨다면 증걸 보여드리죠. 난 장애영 씨의 몸을 예술을 이렇게 사랑해요!"

남혁은 애영을 후리쳐 안았다. 거칠게 강하게 맘껏 힘을 들였다. 애영

의 허리가 끊어져도 가슴이 바스러져도 모른다는 듯이 남혁은 맹수처럼 함부로 애영을 공격(?)했다.

"백 선생님! 이러심 안 돼요!"

이렇게 부르짖으려는 애영의 요구는 입 안에서만 바삭바삭 탔다.

거의 불덩이처럼 달아있는 남혁의 난폭한 습격과 무질서한 애무와 미친 듯한 포옹 속에서 애영의 신경은 마비상태에 있었다.

남편이라는 김민수와 별거 된 것이 6·25 동란 때 이미 십 년이라는 세월에서 남성을 까맣게 잊어버린 애영이었다.

수복 후부터 김민수의 출연으로 칠 년간 갖은 위협과 흉계에서도 애영은 맹렬하게 김민수를 떨쳤던 것이다. 차라리 힘에 겨운 물질적인 희생으로 자신을 지켜온 애영이건만 이 순간 애영의 온몸은 타는 듯이 뜨거워졌다.

첫사랑을 바쳤던 이용준이 애영의 마음의 주인공임은 더 말할 나위가 없는 사실이나 날마다 가까이 있으면서 애영의 신경을 지배하는 인물은 역시 백남혁이었다.

멀찌감치서 간절한 편지를 보내고 만나서는 정중한 애정을 표시하는 이용준에게 애영은 아직 강렬한 남성을 느끼지 못하였다.

그러나 끊임없는 상봉에서 시시각각 사랑을 선언하고 요구하고 때로는 강압적인 행동으로 애영을 사로잡는 남혁은 폭발하는 불꽃의 난무 속으로 가끔씩 애영을 유인하기에 족하였다.

지난 달 김민수가 다녀간 후 애영의 과거의 고백에서 오히려 철저하고 백열적인 사랑의 표시를 감행한 남혁의 야성적인 그러고도 순진한 사나이의 매력을 애영은 아직까지 뼛속 깊이 느끼고 있는 것이다.

"애영 씨! 당신은 나의 것! 어느 누구에게도 뺏기지 않을 내 사랑!"

불이 뿜는 듯이 애영의 코 아래다 대고 속삭이던 남혁은 광폭한 키스를 퍼부으며 다시금 애영의 몸을 전율하는 자기의 두 다리로 감았다.

"아, 놓으세요! 이래선 안 돼요!"

머리에서 새어나오는지 입에서 흘러나오는지 자신조차도 감각하지 못하면서 애영은 무의식 반항하려고만 들었다.

완전히 타오르는 남녀의 애욕이 절정에서 번개를 터치려는 순간, 밖에서 가벼운 기침소리가 나며 미닫이가 흔들렸다.

애영은 날쌔게 몸을 빼치며 방바닥으로 밀려나오고 남혁은 보료 위에 멍청하게 그대로 앉아있었다.

"아이, 아직도 안 드셨네."

남녀를 일별한 여인은 태연하게 미소를 보이며 탓하다가,

"아이, 국이 다 식었군, 다시 데워 오겠어요."

하고 들고 온 쟁반에서 숭늉 주전자와 대접을 집어 담고는 살그머니 나갔다.

애영과 남혁은 마주 보았다. 정열이 식지 않은 남혁의 눈은 불평의 빛이 넘쳤다.

"장 선생님!"

애영은 엉킨 머리칼을 쓰다듬으며 양복의 깃 언저리를 바로잡았다.

"애영 씨!"

남혁은 곁으로 와서 그의 두 손을 낚아채어 모질게 잡았다.

"각오하십시오. 백 개의 이용준이가 장애영 씰 포위하더라도 결국 승리는 백남혁에게로 올 것이라는 것을요."

"인제 진지 잡숫게 저리로 가세요."

"난 안 가겠어요."

"그 여인 국 가지고 곧 올걸요."

"난 그들에게 우리의 관계를 알리겠어요."

"아이 참. 뭐라고 알려요?"

"약혼자라고요. 우린 미래의 부부라고요."

남혁의 눈이 번쩍 빛나면서 긴장한 얼굴이 되었다. 애영은 눈을 내려 깔고 숨을 모았다. 가슴이 터질 듯하여서 모았던 숨을 가늘고 길게 가만히 뽑았다.

"왜 불만이신가요? 이용준 씨만큼 행복을 드리지 못할까 봐서요? 행복이 연령에서 오는 건 아닙니다. 지위에서 오는 것도 아닐테죠. 상대편을 얼마나 사랑하느냐는 데서 한계가 서지 않을까요?"

애영은 잠잠하였으나 맘으로는 이용준의 사랑의 도수가 결코 백남혁에게 떨어지지 않는다고 생각하였다.

"전 어떤 이성과 사귄 적도 없습니다. 더구나 아내를 가진 경험도 없으니까요."

남혁의 눈이 날카롭게 빛났다. 질투가 섞인 말투였다.

"인간을 알게 되었을 때, 애정이라는 것에 눈이 떴을 때, 거기에 나타난 이성이 장애영 씨였으니까요. 인간과 사랑을 한꺼번에 내게 가르친 여성이 장애영 씨였던 것입니다."

남혁은 무슨 엄숙한 강의나 한 듯이 또박또박 나직이 어어 갔다.

"그러기 때문에 난 장애영 이외의 여성을 생각해 본 적도 없거니와 앞으로도 남혁의 목숨이 있는 한 나의 구원(久遠)의 여인은 장애영 한 사람밖에 없을 것입니다."

또 인기척이 나고 여인은 김이 무럭무럭 오르는 국을 가지고 와서 양쪽에 갈라놓고 숭늉 주전자를 도로 가지고 나가며,

"국 식기 전에 어서 좀들 드시죠."

하고 사르르 문을 닫았다.

"정말 어서 잡수세요. 자, 저리로 가세요."

애영은 아랫목으로 남혁을 가라하였으나 남혁은 까딱도 하지 않았다.

"각오하셨나요? 백 개의 이용준과 한 개의 백남혁의 승부가 어떠리라는 것을요."

애영은 투정하는 어린애처럼 질기면서도 항승(恒勝)장군마냥 의기양양한 남혁에게 압도되는 자신을 깨달으며,

"네, 알겠습니다. 명심하겠습니다."
하고 방긋이 웃어 보였다.
"그렇다면 인제 저리로 가십시오."
남혁은 애영의 등을 밀어서 보료 쪽으로 보내려했다.
"아네요. 백 선생님이 가셔야 해요."
"천만에. 부인께서 가셔야죠."
남혁은 애영의 허리를 불끈 안아 일으켰다.
"장 선생님, 이제부터 남혁은 강압적으로 나갑니다. 두루 각오하셔야죠."
"각오할 게 너무 많아서 어디 견디겠어요?"
애영은 마지못하여서 보료에 앉으며 맞은편에 자리잡은 남혁에게 상냥스러운 대꾸를 하였다.
"어서 드세요. 스케치도 못하게 하셨으니깐 빨리 현장에 데려다 주셔야 할 게 아니에요?"
"염려 마시라니까요. 때가 돼야지 아무 때나 보는 줄 아십니까?"
"꽤 고가로군요."
애영은 맑은 장국의 뜨거운 국물로 목을 축이며 초인간적인 남혁의 열정과 용단력에 새삼 감탄하였다.
둘이 맛있는 반찬을 서로 권해가며 정답게 먹었다. 숭늉을 데워온 여인은 언제 그런 일이 있었더냐 시피 단정하게 앉아서 밥을 들고 있는 남녀를 내려다보며 또 한 번 말을 걸었다.
"찬이 신통찮아 뭘 잡수시나?"
"천만에. 모두가 진민데요."
남혁의 대답이나 사실 남혁은 음식의 참맛은 알지 못하고 건성 기계적

으로 주워 넣기만 하는 것이다.

겉으로는 당연한 체하였지만 폭발되는 정욕을 그대로 애영에게 뒤집어 씌운 것이 꺼림하였다. 언제나 신성한 사랑을 부르짖는 자기가 순간적이나마 야수처럼 덤빈 점을 애영이 멸시하면 어쩌하나 하는 기우도 섞여서 밥이 모래알처럼 껄끄러웠다.

애영은 애영대로 수치심에서 떨고 있었다. 정숙한 채, 고고한 채, 모범 여성으로 자타가 공인한 자기의 오늘이 무엇이었던가,

행동으로는 반항을 보이면서 욕정은 탈대로 타고 사내의 횡포한 애무에 도취되어 몸을 맡기고 있었던 순간이 있지 않았더냐,

'나는 이미 정신적으로 남혁 씨의 사람이 되었는지도 모른다. 애정은 이씨에게 걸고 몸은 백씨에게 맡기려는 나야말로 매춘부나 다름없는 계집이 아닌가. 인영을 어떻게 보나? 이용준 씨와 다시 만나지 말까?'

천사(千思)와 만려(萬慮)가 머리에 가득 차서 젓갈은 무엇을 집는지 의식조차 못하였다.

애영은 살그머니 아미를 들어 남혁을 쳐다보다가 불이 켜 있는 남혁의 눈과 마주쳤다.

"무슨 걱정에 잠기셨나요?"

꾸욱 박아서 힘있게 노리는 남혁의 눈이 애영을 얼리는 듯 애영은 어깨가 움츠러드는 것을 느꼈다.

"장 선생님, 황혼을 거쳐 수향으로 갈까요?"

수향, 그 아늑하고 조용한 남혁의 서재에서 오늘밤을 무사히 넘길 수 있을 것인가,

"아뇨. 집에 가 봐야죠."

애영은 수저를 놓으며 숭늉 주전자를 들었다. 먼저 남혁의 대접에 붓고 자기의 밥그릇 뚜껑에 따라 마셨다.

"왜요? 그 인격자가 와서 기다리고 있나요? 그 완전무결한 신사가 말입

창공에 그리다 295

니다."
 남혁에게 질투라는 새 버릇이 늘고 빈정대는 악취미가 생겼다고 애영은 맘으로 혀를 찼다.
 "백 선생님 이젠 못 하시는 소리가 없으시네요."
 "흥. 누가 그렇게 만들었습니까? 장본인은 애영 씨 자신인 걸요. 남혁을 따돌리고 그 중년의 미남자와 외교구락부에서 몇 시간을 즐기신 건 누군데요."
 애영은 깜짝 놀랐다. 이용준과 외교구락부에서 저녁 먹었다는 사실은 인영밖에 모르는데 어젯밤에 만났다더니 그래 어느 새 인영이가 일러 바쳤단 말인가…….
 '제 일은 내게 숨기면서…….'
 남혁이 알아도 무방하지만 인영이 무심코 남혁에게 말했는지 고의로 보고했는지 그것이 의아스러웠다.
 '분수처럼 갈라지는 우리 형제의 감정을 어떻게 다시 돌릴 수 있을까?'
 애영은 다른 사려로 멍하니 앉아서 맞은편의 벽만 바라보는데 남혁은,
 "질투에는 사자처럼 사납겠다는 것을 알려 드립니다."
하고 한 마디를 더 보태었다.
 "근거도 없는 일에 괜시리 흥분하지 마세요."
 "네?"
 "공연한 일에 신경 쓰시지 마세요."
 애영은 조금 전의 결심을 뒤집어 버리고 말았다. 이 사람에게 있어서는 과거의 고백이나 현재의 진전 같은 사실을 알려서 그로 하여금 스스로 체념케 한다는 트릭이 아무 소용에 닿지 않는 까닭이었다. 오히려 자는 범의 코를 찌른다는 격으로 그를 횡포하고 사납게만 만들 뿐이라는 것을 잘 아는 애영은
 "인제 그만 일어나 보실까요?"

하고 다리를 세우며 몸을 움칫거렸다. 장면을 바꾸려는 심산에서였다.

"가만! 잠깐만 계세요."

남혁은 애영의 무릎을 누르며 제지하였다.

"방금 그 말씀 진정이죠?"

"……."

"틀림없죠?"

남혁은 애영의 손을 다짐이나처럼 꼭 쥐며 애영의 눈을 들여다보았다.

"네. 그러니깐 쓸데없이 신경 학대하시지 말구 어서 일어나세요. 이왕 왔으니 몇 장 스케치해야겠어요."

애영은 상냥스러운 미소를 보이며 남혁의 두 손을 잡아 일으켰다. 사귄 지 사 오 년 되지만 애영의 이런 행동은 처음인 만큼 남혁은 황송하면서도 흐뭇하여서 어린애인 양 묵직하게 달리면서 마지못해 일어섰다.

"추우신데 그러실 거 없이 여기 좀 누워 계심 어때요? 저 혼자 얼른 나갔다 올 테니요."

애영은 빠른 손으로 외투를 벗겨 입었다. 남혁은 거들 기회를 놓치고 자기의 것을 멋쩍게 떼어 걸쳤다.

"천만에, 일 초라도 왜 떨어져요?"

애영은 스케치북을 들고 밖으로 나갔다. 정원에서 바라보이는 곳을 두루 살펴서 두어 장 그리고 계곡으로 내려가서 한 장만 잡았다. 양쪽이 얼어붙었으나 맑은 소리를 내며 물은 가운데로 길을 더 돌돌 흘러갔다.

애영이 스케치하는 동안만은 남혁은 극히 조용하였다. 바람소리도 없이 애영의 등 뒤로 돌아가 어깨 너머로 무늬 지는 흰 종이를 주목하다가 자기 역시 건너편의 풍경을 바라보기도 하였다.

"추우신데 수고하셨어요."

애영은 스케치북을 덮고 돌아서며 남혁에게 눈웃음을 쳤다.

"누가 할 소린지요."

남혁은 애영의 곁으로 바싹 다가서며

"문외한의 의견인데요. 삭막한 여읜 풍경보다는 차라리 설경으로 하시는 게 어때요?"

하고 새삼 소슬한 산천을 들러보았다.

"퍽 좋은 말씀이군요. 어떻게 해보겠어요."

둘이는 다시 방안으로 들어왔다. 상은 말끔히 치워지고 사과와 귤이 과실 그릇에 담겨 그들을 기다리고 있었다.

남혁은 찬 애영의 손을 잡아 아랫목으로 앉히고 귤을 까서 그의 손에 들려주었다.

'나를 소녀로 취급하는 모양이지.'

아니나다를까 남혁은 다음 순간 귤 쪽을 떼어 애영의 입에 넣어 주려고 하였다.

"아이, 싫어요."

애영은 외면하였다. 귤 쪽은 또 그쪽으로 따라왔다. 애영이 이쪽으로 낯을 돌릴 때 두 알이 붙은 샛노란 귤 쪽은 총알처럼 애영의 단순을 뚫고 입안에 들었다.

"하하하하."

남혁은 유쾌한 듯이 웃고 애영은 미간을 미소로 찌푸리며 입술을 모아 입 속에 든 것을 오물거려 삼켰다.

"꼭 어린애 같군요."

남혁은 소녀에서 한 층을 내려 애영을 어린애로 보는 모양이었다.

"백 선생님은 어른이시니까 그럼 이걸 통째로 잡수시죠."

애영은 새빨간 사과를 한 개 집어서 깎으려고 하는데 남혁이 툭 채어 가며

"난 어른이니까 이렇게 먹어야죠."

하고는 껍질대로 아삭아삭 깨물어 먹었다.

"호호. 뭐 별루 장하실 것도 없군요."

애영은 사과 한쪽을 깎아 입에 넣으며 시계를 보았다. 다섯 시 십오 분 전 이었다.

"인제 떠나셔야겠군요."

애영의 채근에 남혁은 사과를 든 채로 밖에 나갔다. 아마 계산을 하려는 가보다고 애영은 그 동안에 작은 거울을 내어 재빨리 얼굴을 고쳤다.

그들은 친절한 여인의 전송을 받아 청수장을 나섰다. 산간지대라 다섯 시쯤에 주위는 벌써 황혼이었다.

"날씨는 맑겠다. 때는 맞아서 참 오늘 장관이겠군요."

남혁은 내리막길을 천천히 몰았다. 좌우의 풍경을 살피려는 것이었다.

"정말 오늘 유쾌했어요. 먹기도 썩 잘 하구요."

애영은 남혁의 귤 두 쪽마저 포함하여서 말하며 혼자 생긋이 웃었다.

"우선은 다행합니다만 치사는 나중에 하시죠. 장 선생님이 정말 깜짝 놀라실 겁니다."

"대관절 얼마나 장하길래 선전이 그렇게 무시무시하세요? 소문난 잔치 먹을 거 없더라고 전주곡이 너무 길면 대개 시원찮던데요 뭘."

"그렇기도 하지만. 그럼 전 잠자코 있을래요. 백문이 불여일견이니까요."

남혁의 차는 다리를 건너 최고의 나쁜 길이라는 먼지 속을 시내를 끼고 지났다. 시내라야 판만 넓었지 물도 말라서 한쪽 가에서만 흰빛을 내면서 흘러가는 모양이었다.

"아이, 길이 왜 이래!"

차가 펄쩍 뛸 때 애영은 남혁에게로 탁 실렸다. 남혁은 한 팔로 애영을 안아 일으키고 한 손으로는 핸들을 돌려 극장 앞을 직각으로 굽었다.

몇 시간 전에 내려오던 미아리고개를 유유히 올랐을 때

"저 하늘 좀 보세요!"

하고 남혁이 알렸다. 넓은 하늘은 반원형인 불그레한 노을로 시가지를 싸고 있었다. 남혁이 알리기 전에 애영은 먼저 퍽 곱다고 생각하였던 것이다.
"이거예요?"
"천만에. 곧 나타날 겁니다."
남혁은 여기서부터 급속도를 놓았다. 돈암교와 동도극장 앞을 번뜻 지나, 삼선교를 건너 혜화동으로 달렸다.
"가만! 백 선생님. 아주 천천히!"
이번에는 애영이 소리쳤다.
차는 서서히 혜화동의 로터리를 향하여 굴러가고 애영은 창 밖으로 밖을 내다보았다.
앞이 툭 트인, 그러나 아치형으로 큰 반원을 그린 창공은 완전히 장미색의 연홍으로부터 차차 아래로 주홍 진홍의 붉은 빛에 물들어 있었다. 타오르는 하늘이라고 애영은 속으로 외치며
"차 좀 세워 주실까요?"
하였다.
애영은 길가에 서서 망연히 바라보고만 있었다. 그 붉은 하늘에 윤곽만으로 중중히 솟아있는 집들! 뾰족하게 혹은 나지막하게, 홀로, 겹쳐서, 번번하게, 높직이 솟아있는 시꺼먼 집들! 그것들을 호위나 하듯이 좌우에서 에워싸기도 하고 지붕의 중간중간에서 우북하게 하늘을 점령하고 있는 나무나무들!
대낮에는 땅에 딱 붙어있던 나무와 집들이 저렇게 대담히 시뻘건 하늘을 온통 점령할 수 있는 것일까?
"아무튼 장관이군요! 정말 처음 보는 광경이에요."
애영은 황홀에 잠긴 음성으로 감탄하였다.
"전 또 이건 뜻밖이군요. 제가 말한 덴 여기가 아닙니다. 저 앞인데 과연 여기야말로 아름답다기보다는 장엄하군요. 무시무시하게 자신이 위축

되는 걸요."

"백 선생님 말씀이 옳아요. 저 위대한 대자연의 위풍에 감격하느니 전율이 앞설 심경이에요."

"장 선생님 스케치 안 하시나요?"

"어떻게 감이요? 저 장엄한 풍경을 고스란히 머리에 간직하겠어요. 전 저기 보면서 그냥 생각하는 일이 있는데요. 백 선생님은?"

"아아, 전 벌써부터 느끼고 있는데요. 장 선생님과 어떻게 공통이 되면 좋겠는데."

남혁은 눈길을 여전히 하늘에 박은 채로 자세를 바로하고 뒷짐을 졌다.

> 나 억센 손으로
> 저 노르웨이의 삼림에서 제일 높은 젓나무를
> 뽑아
> 그것을 에트나의 분화구에
> 넣었다가
> 거대한 붓으로
> 나 어두운 저 하늘을
> 바탕 삼아 쓰겠노라
> "아그네스, 나
> 그대를 사랑하노라!"고.

"어쩜! 꼭 맞았어요!"

애영은 그 속삭이는 듯한 음영(吟咏)에 나직이 탄식했다. 길가는 사람들이 차 곁에서 창공 아닌 적공을 주시하고 있는 남녀에게 호기심의 시선들을 흘리고 지났다.

"그렇지만 이 경운 다르지 않습니까?"

"……."

나 억센 손으로
관악의 잣나무를 뽑아
그 거대한 붓으로
저 붉은 하늘을
바탕 삼아 쓰겠노라
"애영 장, 나
그대를 사랑하노라!"고.

읊기를 마친 남혁은 스르르 눈을 감고 그대로 서 있었다. 다만 그의 가슴이 눈에 띄도록 불룩하게 올랐다.
애영의 혈관에 전류가 통하는 것처럼 전신이 찌르르 울리고 가슴이 싸르르 아렸다.
'아아, 이분은 나를 이다지도 사랑하는 것인가.
그렇다면 나는 왜 이 남성의 사랑을 거부하느냐? 기혼자라고? 자녀가 있다고? 연령이 위라고?'
그러나 그것은 백남혁 자신이 이미 문제시하지 않는 백지의 조건들이었다. 그의 면전에서 김민수가 야료를 부렸으나 오히려 백 배나 더 뜨거운 정열을 퍼붓던 그가 아니었던가.
애영은 그린 듯이 서서 반성인지 자책인지 모르는 감정에 잠겨 있었다. 그러한 애영을 돌아보는 남혁의 눈은 맞은편 노을의 반영일까 황혼 속에서도 충혈된 듯 불그레하게 젖어있었다,
"그만 가실까요?"
애영은 조심스럽게 말을 내며 남혁을 쳐다보았다. 태울 듯 삼킬 듯 아니면 감싸는 듯이 물끄러미 애영의 눈을 들여다보던 남혁은
"맘대로 하시죠."
하고 먼저 운전대로 들어갔다. 가슴 한복판에 서려있었던 듯싶은 무거운 한숨이 남혁에게서 가만히 터지는 것을 애영은 분명히 들었다.

차는 움직이고 애영은 자기가 거부하고 있는 사랑의 이유를 다시 곰곰이 따져보았다.
 애영이 스스로 반성하고 있는 그 곁에서 남혁은 결단코 다시 수습할 수 없이 폭발되는 애정의 상대자의 애매한 태도를 비난하고 있었다.
 '그의 이유는 김민수가 있는 까닭일까? 이혼도 되지 않은 남편이라는 작자가 번연하게 돌아다니며 괴롭히는 한 깔끔하고 청렴한 애영 씨가 응낙할 리야 없지 않는가?'
 남혁은 저번 날 밤 남산에서 김민수와의 대립 장면을 회상했다. 그 악한의 관록이 붙다시피 불량배이던 김민수의 말마디마디가 얼마나 잔인하고 추악하였으면 김민수를 꼭 죽이려는 결심으로 그자에게 다가갔던가? 참으로 인영이가 말리지만 않았더라면 그자의 생활은 그 날 밤에 끝나는 것을……
 "안 돼요! 저런 미물 내버려두세요. 괜시리 백 선생님만……."
 사회에 있으면 그만큼 독소가 되는 인간이라도 죽이면 죄가 된다니 인영의 말마따나 그런 미물 때문에 괜시리 화가 미칠지 모르는 일이었으나 그 순간에만은 죽이지 않고는 견디지 못할 만큼 극도로 흥분되어 있었던 것이다.
 그와 연상되어 언뜻 어젯밤 한강다리 난간에 나란히 서서 달을 보며 담소하던 인영의 환상이 떠올랐다.
 달빛에서 그는 이슬을 머금은 흰 국화 마냥 소박하고도 향기로 왔다
 로케트가 달 표면에 박혀서 신비성을 잃었다는 애영과 남혁의 감상에 반하여서 도리어 인간과 접근할 수 있는 친밀감을 달에게서 느낀다는 소퀴리 양의 기염(氣焰)을 토하던 낭랑한 음성이 되살아났다.
 "어젯밤 한강철교에서 인영 씨가 뭐랬는지 알려드릴까요?"
 "……."
 "장 선생님과 달 보던 꼭 그 자리에서 어젯밤에 둘이서 달을 봤거든

요."

"네에. 그랬어요?"

"여기, 여깁니다!"

남혁은 별안간 언성을 돋으며 차를 천천히 몰았다.

귀로는 남혁의 소곤대는 말을 들으면서도 앞만 내다보고 있던 애영은 창경원을 지나면서부터 시야에 들어오는 원화(原畵)에 눈을 크게 뜨기 시작했다.

과연 애영으로도 처음 보는 기묘하고 아기자기한 절경이었다. 학교에서 돌아올 때면 사계절을 흔히 이 길을 택하였건만 그저 조용한 수목의 터널 속을 통과하는 아늑하고 깨끗한 감각뿐이었는데 저 나지막한 동산이며 층층한 집들이 다 어디서 모여졌단 말인가.

혜화동에서보다도 더 짙은 진홍의 하늘을 시꺼멓게 솟은 나무가 건물과 등성이 같이 보이는 구릉이 점령하였고 그 진홍은 차차로 주홍 다홍의 차례로 맑은 밤하늘을 물들이고 있었다.

"여기서 좀 세워 주실까요?"

애영의 요구에 남혁은 차를 한쪽에 두고 나란히 서서

"어떻습니까? 화가의 눈에는 그 색채의 조화가 기막히게 감명(感銘)되겠죠?"

하고 담배를 한 대 붙여 물었다.

"말로 표현할 수 없을 정도로 아름답군요. 조금 전의 풍경이 광활한 야원(野原)의 장엄이라면 이 절묘한 경치는 명승계곡의 아담한 정취라고나 할까요? 잠깐만 기다려 주세요."

애영은 스케치북을 펴고 신이 나서 오른손으로 두 페이지에 윤곽을 잡아넣었다.

"우리가 지나다닐 땐 저런 건물들이 하나두 보이지 않았는데요."

"지금은 겨울이라 울창한 이파리들이 않습니까? 그땐 가로수만 눈에 들어왔지만 지금은 저런 게 다 보이지 않아요."

남혁은 손을 들어 앞을 반원으로 가리키며 설명하였다.

"그 종이가 너무 좁지 않습니까? 애영 씨도 하이네처럼 마구 저 하늘을 바탕 삼아 그리세요! 무한한 창공에다가요."

"아유! 말씀만 들어도 시원합니다. 그렇지만 제가 그리기 전에 벌써 저렇게 다 그려져 있는 걸요? 두 번 다 우린 바라보고 감탄만 하면 되지 않았어요?"

"흐음! 대자연이라는 화가가 말이죠? 그럴싸한 말씀입니다. 흐음!"

남혁은 고개를 깊숙이 끄덕이며 감탄하다가

"그런데 인영 씬 우리와 정반대의 표현을 하지 않아요?"

하고 머리를 약간 갸우뚱하게 기울였다. 순간 애영은 인영이가 어젯밤에 한강에서 남혁과 달을 함께 보았다는 사실을 생각해냈다.

"뭐라구요?"

애영은 책을 덮으며 지프차께로 걸음을 옮겼다.

"가만 계십시오. 차 속에서 차분히 얘기하십시다요"

남혁은 핸들을 돌려서 차를 굴려나갔다. 그러나 남혁은 입을 열지 않았고 애영도 귀를 기울이지 않았다. 저번 날 인영과 함께 보던 그때보다 몇십 배의 장관이라고 남혁은 가슴에까지 스며드는 진홍의 노을을 호흡하려는 듯 숨을 크게 들이켰다.

차가 원남동으로 꺾여서까지도 폭넓은 원화는 계속되다가 돈화문을 향하면서야 그림은 끝이 나고 저쪽의 하늘은 달빛을 아련하게 받으며 있었다.

"그래 인영이가 뭐랬어요?"

애영은 힐끗 남혁을 돌아보며 물었다.

"제가 인영 씨께 장 선생님의 소회를 다 말했거든요."

"저런! 백 선생님도 주책이셔!"

"아니, 그럼 인영 씨가 모를 거 같습니까? 제가 애영 씨를 사모하는 거야 장안이 다 알지 않아요?"
"……."
"난 천하에 외치고 싶어요. 난 장애영을 사랑하노라구요."
"……."
"그걸 애영 씨의 동생인 인영 씨께 왜 숨기겠어요."
"그럼 어젯밤에 인영을 불러다가 그 말씀만 했군요."
애영은 남혁이 원망스러웠다. 어쩌다가 남혁과 만난 그야말로 모처럼의 동반에서 더구나 그 좋은 달과 물에서, 인영에게 자기와의 애정사(愛情史)만 펼쳤다니 정말 철따구니 없는 청년이 아니고 무엇인가.
남혁도 어젯밤의 인영의 표정을 회상했다. 처음은 명랑하게 발랄하게 응대하더니 남혁이가 애영의 얘기에 너무나 열을 올리니까 슬그머니 풀기가 꺾여서 우울하여지던 생각이 났다.
"뭐 새삼스럽게 고백했단 말이 아닙니다. 애영 씨가 달에 비교하면서까지 사랑을 거부하더라니까 인영 씨가 내용을 묻길래 털어버린거죠."
애영이 강하게 힐책(詰責)조로 나오자 남혁은 꾸중 맞는 소년처럼 기가 죽었다.
"그래 어떡하셨어요."
애영은 다시 부드럽게 채근하면서 남혁의 외투깃을 올려주었다.
"애영 씨는 자기를 빛도 없고 열도 없고 겨우 태양의 광선이나 받아서 형태를 변하는 그런 차디찬 암흑의 흙덩이로 생각하라고 했다니깐 인영 씨가 깔깔 웃으면서 조롱하지 않아요?"
"뭐라구요?"
"예술가란 수다스럽구 변덕스럽다나요? 모두가 얼간이라구요."
"네?"
"대자연의 법칙이요 대자연의 현상을 가지고 이러쿵저러쿵 궤변을 늘어놓으면서 울다가 웃다가 흥분하다가 절망하다가 갖은 감정의 번롱을 다한다구요."

"호호. 참 통쾌한 공격이군요. 백 선생님 어젯밤에 납작해지셨네요."

"웬걸요. 제가 그랬을 거 같아요?"

광화문에서 서대문 쪽으로 돌아야 애영의 집으로 갈 텐데 교통에 걸리지 않은 차는 곧장 남대문 쪽으로 건너갔으나 애영은 얘기에 팔려서 그것을 깨닫지 못하였다.

"과학자들은 기계지 뭐냐고. 자유자재의 감정으로 다채로운 순간을 꾸밀 줄도 모르고 밤낮 목석처럼 무감각한 일생을 보낼 테니 인류에게 무슨 공헌이 있긴 하겠지만 얼마나 가엾으냐구요. 그리고 그 공헌이란 것도 예술가의 그것과 비교하여서 아주 미약하다구요. 위대한 몇 사람의 과학자를 빼놓고는 말이라고 했죠."

"인영인 뭐래요?"

"예술간 정신분열자래요. 그래서 정확한 판단력을 언제나 상실하고 있다나요. 때에 따라 곳에 따라 유동하며 변질(變質)된대요."

"호호. 어쨌건 우리 인영인 장해요."

애영인 감정만이 아니라 견해마저 분수처럼 갈라지는 형제라고 서글퍼하면서도 입으로는 칭찬하다가

"아니, 이거 남대문 아녜요? 어서 집으로 데려다 주세요!"

하고 초조하게 부르짖었다.

소용돌이

 겨울이라고 눈 한 번 내리지 않았는데 어젯밤엔 저녁때 스르르 날리던 눈발이 차차 자욱하게 몰리더니만 두어 시간 내리쏟았다.
 소리도 없이, 뜸한 새도 없이 퍽퍽 퍼부어서 별안간에 장안은 은세계가 되었다. 체인을 준비하지 않고 나갔던 차들은 미끄러워서 눈 속을 달릴 수가 없었다. 거리거리 교통이 두절되어서 사람들은 실없이 큰 수난을 겪었던 것이다.
 '어젯밤엔 참 혼 났지.'
 이용준은 안락의자에 비스듬히 기대어서 담배를 뻐끔거리며 창 밖으로 눈이 하얗게 덮인 지붕을 바라보았다.
 어제 오후에 우이동 별장에서 휴양하고 있는 사장과 긴급한 의논이 있어서 나갔는데 의외로 얘기가 길고 복잡하여 졌다.
 이용준은 거기서 저녁을 먹고 가라는 권에 못 이겨 주저앉았었고, 밥 시작하기 전에 눈이 내려서 사장은 금년 들어 처음 내리는 행운의 백설이라고 술을 내어 마시며 흥을 돋우었다.
 양주를 반주로 포만하게 먹은 이용준은 수려한 설경에 도취되어서 시간을 잊었다가 어지간히 눈이 쌓인 후에야 우이동을 떠나왔다.

"모처럼의 설경인데 혼자 보기 아까운걸."

이용준은 취기를 띠어 어둠과 눈에 덮인 산과 들과 집들을 바라보며 애영을 간절하게 생각하였다.

시내에 들어와 미아리 고개를 올라가려는데 바퀴가 미끄러져 더 나가지 못하고 후퇴할 수밖에 없었다. 자기만이 아니라 버스나 합승이나 트럭이나 택시까지도 다 그 모양이라 경관들은 차의 진행을 막고 체인을 묶은 후에야 지나가게 하였다.

다행히 넘어오는 차들은 미아리 저쪽 고개에서도 야단이 났다는 소식을 전했다.

'흥. 눈의 위력도 무시 못하겠는데.'

이용준은 갑자기 체인을 준비하지 못한 터라 한동안 망설이다가 운전수의 말을 따라 정릉 길로 돌아 아리랑 길을 넘어서 가기로 하였다.

그러나 여기 역시 위태롭기 그지없었다. 순경들의 제지가 없어서 맘대로 왕래할 뿐이지 저쪽에서도 미아리 고개를 넘지 못하고 이쪽으로만 돌아오는 차량이 너무 많을 뿐 아니라 길은 좁고 미끄럽고 하여서 참으로 조마조마 가슴을 조리며 간신히 아리랑 고개를 넘었다.

과연 돈암동에는 버스와 합승이 몰려서 때아닌 소동을 꾸미고 있었다.

'허. 눈 좀 왔다구 그럴래서야……'

이용준은 어젯밤의 일을 회상하면서 자기의 테이블과 소탁자의 화분들을 둘러보았다. 밖은 설한의 엄동인데 방안에는 시네라리아와 시클라멘이며 베고니아 등의 꽃이 만발하였다.

'좋은 세상이야. 사시장철 아름다운 꽃들을 맘껏 즐길 수 있으니……'

그러나 다음 순간 이용준은 맘속으로 울고 있었다. 그렇게 좋은 세상일 수 있는 지금 세상에 왜 자기만은 이처럼 불행하고 고독해야 하는가.

부모는 어려서 잃어 위대한 큰사랑을 놓쳤으나마 일생을 함께 해야할 아내의 절박한 사랑이며 사는 보람을 있게 하는 자식의 아기자기한 사랑마저 어찌하여 나를 배반하는가.

'애영 씨의 사랑만은 절대로 잃지 않으리라.'

그는 다시금 맹세하여 보는 것이다.

십육 년 전 애영의 고모를 따라 신촌에 갔던 일과, 다음 해 여름 자기의 혼인을 위하여 이별하는 표로 애영의 집 뒷산에 올랐던 일이며 애영의 일차 개인전에서 익명으로 세 그림을 사온 것이 그의 과거 중에서 금강석처럼 빛나는 추억들이었다.

애영은 마당 안에 섰고 자기는 밖에서 바라보던 그 첫 인상이란 지금도 눈에 선하다.

'어려서 듣던 선녀라는 환상을 그때 처음 목도했었지.'

그리고 다음다음 날이던가, 애영과 단둘이 뒷동산에 올라 담소하다가 소나기를 만나서 무인도의 도피인 양 착각하면서 손을 마주 잡고 달음질하던 기억은 지금도 등이 간지럽게 아찔한 추억이었다.

단장의 이별을 맘으로 고하며 흐느끼던 내 등뒤에서 애영 씨가 지키고 있었다니! 그걸 왜 그때 몰랐을까? 하늘도 무심하지. 만일 그 자리에서 애영 씨만 발견했더라면 우리는 결단코 어떤 방도로든지 결합하고야 말았을 텐데. 외국에라도 날아갔을 게 아닌가?

백 번 후회하여도 미치지 못할 지난 일을 원망하느라고 이용준은 요새 바싹 입이 타 있었다.

애영과 외교구락부에서 헤어진 지난 8일 밤부터 근 이십일 동안 하루에도 몇 번씩 후회와 한탄에서 조바심 대느라고 식욕이 줄고 체중이 감소되었건만 애영을 만나는 자리에는 지극히 태연을 가장하였던 자기가 아닌가.

'아무래도 나는 적극성이 없는 시원찮은 사내야. 그러니까 아예 애영 씰 잃은 것이 아니냐? 용준이 넌 그 벌을 받아야하며 고민에 지쳐야 한다.'

이용준은 벽에 걸린 체경 앞에 서서 초췌한 자신의 몰골을 더듬으며 스스로 꾸짖었다.

'못난 사나이! 과단성 없는 인간!'

이용준은 창에 붙어 서서 거리를 내다보았다. 어젯밤의 눈 소동은 꿈이련 듯 흰 지붕에 태양은 눈부시게 빛나고 모레 음력설을 맞이하는 거리는 전에 없이 붐비고 흥청댔다.

'충무로가 이럴 때 각 시장은 굉장하겠군.'

과거란 저렇게도 귀한 것일까? 아무리 신정 과세를 몇 십 년 내리 부르짖었어도 민족은 과거와 추억에 매달려서 그것을 오히려 전통이라고 내세우지 않는가.

'애영 씨만은 애영 씨의 사랑만은 결단코 놓치지 않으리라.'

이용준은 계명이나 외우듯이 다시 한 번 중얼거리고 시계를 보았다. 열두 시 십 분 전, 우선 오늘의 시급한 사무를 수배하고 결재를 끝내고 나면 잠깐의 공백이 나는 순간을 이용하여서 언제나 명상에 잠기고 애영에게 환상의 나래를 펼치며 맴돌다가 돌아오는 것이었다.

눈의 거리를 보자 일 주일 전 애영의 집을 방문하였을 때에 최근작이라고 보여주던 정릉계곡의 그림이 떠올랐다.

잔설(殘雪)을 보이면서 나타낸 겨울의 풍경인데 이상한 매력을 풍기는 우수작이라고 칭찬하였던 것이다.

'그 독립문이라는 추상화는 정말 문제작이야. 애영 씨의 획기적인 발견을 대표하는 작품이거든. 여하간 애영 씬 훌륭한 인재야. 이번 오월에 연다는 개인전엔 어떻게 힘이 돼 줘야 할텐데.'

갑자기 거칠게 노크하는 문소리가 났다.

"네."

직원은 물론 아니요, 손님도 신사는 아닐 것이다. 이용준은 이상한 예감에서 나지막한 대답을 하였으나 저쪽에서는 또 한 번 문을 두드렸다.

"네. 들어오십시오."

그는 약간 목청을 돋우었다. 강한 노크소리와는 반대로 도어가 빠끔히 열리면서 방한모가 보이고 퇴색한 밤색 외투가 들어섰다.

이용준은 모자에서 내놓은 얼굴을 빤히 쳐다보다가 쭉 째진 눈만으로 그가 누구인 것을 알아챘다.

"어, 김군! 웬일인가?"

그는 손을 내밀면서 일어섰다. 재작년보다 더 혈색이 좋지 못한 김민수였던 것이다.

"어서 이리로 와서 앉게."

이용준은 오일스토브 옆으로 의자를 놓으며 김민수에게 자리를 권했다. 김민수의 손은 얼어서인지 싸늘한 촉감에 소름이 끼칠 듯하였다.

"아니 어떻게 여기 있는 걸 알았나? 미처 알리지도 못했는데."

"흥, 어딘들 모를 데가 있을라고."

벌써 나오는 말투가 시비조이어서 이용준은

'이자가 내게 톡톡히 덤비겠군.'

하는 직감을 가지고 정신을 차려야 하겠다는 배짱을 정했다.

"어떻게 서울에 와 있게 됐나?"

"나야 자유자잰 걸 뭐."

"그래? 남에게 매여 사는 나로서는 꽤 부러운 걸."

"그야 지극히 부럽겠지."

언중유골(言中有骨)이라더니 말속에는 뼈가 들어서 빠드득거렸다. 이용준은 벨을 눌러서 차를 가져오게 하였다. 구수한 내음이 풍기는 커피였다.

"차 들게."

이용준은 목이 칼칼하던 차라 한 컵을 대번에 마셨으나 김민수는 차쯤은 돌아보지도 않았다.

"겨울 내내 강마르던 천지에 눈이 와서 제법 깨끗하게 윤이 나지 않던가?"

"홍취는 여전하시군!"

김민수는 입을 비틀면서 픽 웃었다. 이용준은 담배 케이스를 내놓으며

"담배나 피우게."

하고 자기는 한 개를 뽑아 유유히 연기를 내뿜었으나 김민수는 담배에도 눈을 주지 않았다.

"자네 담배 끊었나?"

동경 있을 때에야 어떻게나 몹시 담배를 빨던지 김민수에게서는 언제나 니코틴 내가 풍겼던 것이다.

"뭐 그렇지도 않지만……."

김민수는 벽에서 돌아가는 전기 시계를 바라보며 초조한 시선으로 방 안을 살폈다.

"차도 담배도 안 팔려서 어디 손님 대접이 됐나? 우리 요 앞 동화백화점 지하식당에 가서 간단히 점심이나 하고 오세."

"아직 내키지 않네."

"아니 자넨 신선인가? 이것저것 모두가 다 싫으니 말야. 그 방한모랑 좀 벗어놓고 차분히 맘을 놓게 그려."

이용준은 혼연히 농담을 걸었으나 김민수를 보는 순간부터 애영에게서 들은 각가지의 비행이 생각해서 자칫하면 경계심을 노골적으로 보일 성 싶었다.

"오늘은 내가 자네하구 중대한 얘기가 있어서 왔네."

김민수는 결심한 듯이 입을 떼면서 또 시계를 보았다.

"누구하고 약속이라도 했나?"

"아니. 별로……."

"그럼 시곈 왜 자꾸 봐?"

김민수는 입맛만 쩝쩝 다시다가 무의식으로 담배에 손이 갔다. 이용준

은 얼른 라이터를 댔다. 김민수는 독약이나 삼키는 듯이 눈살을 찌푸리고 연기를 마시면서도 연신 시계를 보았다.
 '저 사람이 시간하고 무슨 관련이 있어서 저렇게 제약을 받나?'
 이용준은 외모에까지 불량성이 내밴 김민수의 검은 면상이며 손끝을 바르르 떨면서 저속하게 담배를 빠는 몰골을 바라보면서
 '저게 애영 씨의 배필이었던가?'
하고 새삼스럽게 눈을 두리번댔다. 일본에서도 공부한답시고 주, 야간을 다닐 때도 변변찮고 편협하고 정직하지가 못했는데 어떻게 해서 애영과의 결혼에까지 파고들었는지 이용준은 고개를 기울이며 애꿎은 한숨을 쉬었다.
 김민수는 어서 치워버리고 얘기를 해야겠다는 심산에서인지 급하게 담배를 빨아댔다.
 '저 사람이 처음으로 나를 찾았을 때도 저랬겠다.'
 칠 년 전엔가 상처한지 두어 달이나 됐을 적이었다. 그때는 부산에 본사가 있어서 이용준은 대구에서 부산으로 내려와 하숙생활을 하고 있었다.
 하루는 오후 퇴근시간에 돌연히 김민수가 찾아왔다. 6·25때 행방불명이 되었단 사실을 수소문으로 알고 있던 차라 이용준의 놀람과 반김은 컸었다.
 "아니, 자네가 다! 그래 댁내 다 무고하신가?"
 탐탁지 않은 우정보다도 애영의 남편이라는 점에서 이용준은 그를 환대하였고 넌지시 안부를 물었던 것인데,
 "응. 그저 죽진 않고 있는 셈이지."
하고 뚱딴지같은 대답을 했다.
 지금처럼 변형이 되도록 수척하지는 않았으나 어디엔가 초조하고 비굴한 그리고 경계하는 눈초리를 파닥거리는 것이 불쾌하였다.

"나 급하게 자네하고 의논할 일이 있어서……."

그때도 벽에 걸린 시계를 자주 쳐다보면서 얘기를 꺼내다가

"자, 우선 이걸 좀 봐 주게."

하고 웃옷을 활딱 뒤집어 옆구리를 보였다.

외투가 필요 없었던 가을이라 손쉽게 노출되었던 것이다.

김민수가 지적하지 않더라도 옆에서 가슴께로 비스듬히 꽤 길고 깊은 상처가 눈에 띄었다.

"이게 웬 상천가?"

그는 눈을 크게 뜨고 묻지 않을 수 없었다.

"전선에서 입은 총탄자국이야."

"칼자국 같은데?"

"중공 오랑캐놈들이 총질을 해서 거꾸러뜨리고 또 칼로다 찔렀지."

"어느 전선에서 말인가?"

"무슨 고지더라?"

김민수는 옷을 내리며 어물거렸다. 이용준은 직감하는 바가 있으면서도

"용케 살아왔네 그려. 참 천행일세."

하고 칭찬해 주었다.

"이런 꼴로 살아 무엇하나?"

"생명이나 신체에 영향은 없겠지?"

"웬걸. 이게 합창이 될 때까지의 고통이 어떤 줄 아나? 진정제가 없인 한시도 못 살았지."

"아니, 군에서 치료받지 않았나?"

그 물음에 김민수는 딱 막혔다.

"그땐 군에서 치료해 줄 능력이 없었어."

"이 사람아. 그게 말이 되나? 어떤 격전지에서라도 병사가 부상하면 아

무리 중환자라도 기어코 수용하여서 각별한 치료를 하는 데가 군 아닌가?"
"난 낙오까지 됐었어. 그래 혼자서 뒹굴면서 살아난 셈이야."
"그랬어?"
이용준은 머리를 기웃거리며 의아스럽다는 표정을 하다가 김민수의 째진 눈 속에서 불길한 핏발이 서는 것을 보고
"여하간 죽을 고빌 잘도 넘겼네. 그래 지금은 어떻게 지내나?"
하며 슬쩍 눙쳤던 것이다.
"집에라고 찾아가니 꼴이 말 아니야."
"저런! 왜?"
이용준은 상반신을 앞으로 다가들며 급하게 물었다.
"내 상처가 이렇게 크고 깊은데 뼈가 상하지 않을 턱이 있나? 늘 흉부에 고통이 심해서 노동을 할 수가 있어야지. 처자를 벌어 먹일 방도가 끊어진 셈이지."
"부인께서 능력이 있지 않으신가?"
"그까짓 계집의 돈, 새발의 피야. 남의 셋방에 나가지 일곱 식구가 우글거리지 않나? 처갓집 식구까지 말야. 처남은 전사했지만서도"
"셋방에서?"
"그럼. 단칸방에서 말야. 그래 어떻게 집이나 하나 마련해 보려고 갖은 노력을 다하지만, 어디 그게 쉬운가? 본댁이라야 가난에 빠진 농촌이고."
"거 정말 안 됐군."
"내가 전처럼 몸만 성하다면야 문제는 간단하지. 그렇지만 이 병신 몸으로야 큰 문제란 말이네."
만일 애영이가 곁에서 듣는다면 몸이 성할 때는 무엇을 어떻게 해서 가족들의 책임을 졌느냐고 면박을 주련만 이용준은 묵묵히 고개만 끄덕였다.

"그래서 생각다 못해 자네라면야 이 괴롬에서 우리를 건져주겠지 하고 자네의 회사를 알아내지 않았겠나?"

"……."

"여편네에게도 자네에게 온다고 하니까 아무쪼록 성공하라고 빌얼랑 주데 그려."

"애영 씨가?"

"그럼. 그래서 불원천리하고 예까지 내려온 거야."

이용준은 가슴이 딱 막혔다. 형님은 상당한 자산가지만 자기는 하나의 샐러리맨이 무슨 여유가 있을 것인가. 그러나 애영 씨의 간청이라니 묵과할 수는 없다고 이용준은 잠잠히 연기만 뿜다가

"대관절 얼마나 가지면 되겠는가?"

하고 물었다. 이런 때 무슨 생각을 했던지 김민수는 움찔하고 놀라면서

"이백만 환만 있다면야 움막이라도 사니까 문제는 간단하지만. 자네도 갑자기 어려울 테고. 그저 방이나 좀 넉넉한 전세나 얻자면 그래도 백만 환은 있어야 하겠는데."

김민수는 간절하고 진실한 안색으로 천장을 쳐다보며 한숨을 쉬었다.

'형님께 내가 여기다가 전세를 얻겠다고 거짓말을 할까? 그런데도 며칠은 걸려야 할거고.'

"자네 여기서 며칠 놀구 있을 텐가? 어디 주선 좀 해보게 말야."

"내일은 가야해. 하루라도 늦음 걱정하니까."

김민수는 태연히 주워 섬겼다.

김민수의 그러한 태도를 보고 이용준은 은근히 다행하다고 생각하였다. 그 전에는 가끔씩 들어보는 소식에도 김민수가 처자에게 무책임하였을 뿐 아니라 6·25 동란에 행방불명이 되어서 수복 후에는 김민수를 없는 식구로 치고 있다고 하였는데 이제 보니 가족에게 대한 정성이나 애영을 위하는 품이 여간 아니라고 모쪼록 애영의 여생에 행복이 있기를 바라는

마음에서 김민수의 청을 들어주기로 결심하였다.
 "내가 대구에 갔다와야겠으니 여기서 좀 기다리게 이삼 일 동안만……."
 "아냐. 이왕 자네가 내 사정을 봐주기로 했다면 내일 가도록 해주게 집안꼴이 이만저만해야 말이지."
 김민수는 진정 고통스러운 얼굴을 하였다.
 "하루가 민망해서 그러네. 게다가 여편네가 지금 앓아 누웠어. 그러니 어떻게 무리라도 해주게. 자네라면 문제없지 않나?"
 처음보다는 차차 애걸조로 나오면서 그는 비굴한 웃음까지 보였다.
 "그럼 어떻게 해 봄세."
 이용준은 김민수의 청대로 내일 해줄 테니 밤에는 자기 하숙에 와서 함께 지내자 하였다.
 "원, 천만에. 뭐 그런 폐까지."
 김민수는 펄쩍 뛰었다. 하룻밤의 숙식이 무슨 폐가 될까 보냐니까
 "나랑 자네의 생활이 다른걸."
하고 야릇한 미소를 지었다.
 "생활이라니, 자넨 하룻밤 새에도 무슨 색다른 생활을 한단 말인가?"
 "뭐 꼭 그렇단 것도 아니지만……."
 그는 또 장황히 부인하였다.
 '워낙이 헤아릴 수 없는 저런 위인이니까…….'
 이용준은 대수롭지 않게 여기고 경리 과장을 거쳐 사장에게까지 품하여서 백만 환을 만들어 주었더니 한 번 간 이후로는 편지 한 장이 없었다가 본점이 서울로 오고 부산에는 지점을 내게 되어서 이용준이 서울로 오자 김민수는 또 찾아왔다.
 삼 년 전보다 더 수척하고 몰골도 사나왔다. 희뜩거리는 눈망울에 전에 어리던 천치성이라고는 그림자도 없이 살기마저 스쳐갔다.
 "고맙네. 내가 서울에 온 건 또 어떻게 알고 예까지 찾아왔나?"

"맘이야 자넬 따르고 있는 증거지."
"어쨌든 고마우이."
김민수는 부산에서 가져간 백만 환은 완전히 잊어버렸는지 거기에 대한 인사라고는 일언반구가 없었다. 그래서 이용준이 먼저
"그래 그때 그거로다 급한 불은 껐나?"
하니까 김민수는 그제야 생각난 듯이
"오, 그거? 아암, 그냥 전세를 얻어 줬지."
하고 이용준이 내미는 담배를 받았다.
"그런데 오늘은 또 자네 신세지러 왔네."
이용준은 어처구니가 없었다. 가만히 생각하면 자기가 김민수에게 호의를 베풀어야 할 이유는 조금도 없었다. 애영을 놓친 잘못이 누구에게 있건 저는 지금 장애영의 남편이 아닌가.
삼 년 전 상처한 지 두 달쯤 해서 돈을 뜯어가더니만 사랑하는 딸을 잃고 아직 자기의 정상적이 정신상태를 간직하지 못하는 사람에게 또 무슨 부담을 씌우려 하는 것이냐.
'이번만은 결코 넘어가지 않으리라.'
이용준은 맘을 단단히 먹고 그러나 겉으로는
"사위스러운 소리 말게. 신세질 수 있는 경우엔 잔뜩 져야지."
하고 호언(豪言)을 하였다.
"자네도 딸을 잃고."
"아니, 그건 또 어떻게?"
"그걸 몰라서야 어디 친군가?"
참 편리하게 써먹는 친구도 있나보다 하였으나 그 말에 이용준에게서는 부지중 한숨이 새어 나왔다.
"서울에도 방금 떨어져 여유도 없겠네만은 형편이 하도 딱하기에……"
"무슨 일인데?"

창공에 그리다

이용준은 묻지 않을 수 없었다. 김민수는 입맛을 쩍쩍 다시다가
"여편네가 입원을 했어."
하고 이맛살을 찌푸렸다.

이용준의 동정을 얻으려면 애영을 들고나서야만 하는 까닭이다.
"응? 언제? 무슨 병으로?"
이용준은 깜짝 놀라며 다급하게 물었다. 애영 두 자에 그는 언제나 맹목이 되는 때문이었다.
"급성 복막염으로."
"뭐야? 그럼 왜 진작 내게 알리지 않았나?"
이용준은 어느 샌지 일어나서 방안을 거닐고 있었다. 그가 만일 한 달 전에 서울에 왔더라도 애영의 소식을 들었을 터이나 엊그제 도착한 그로서는 알 도리가 없었던 것이며 또한 김민수는 그 점을 노려서 부랴부랴 이용준을 습격(?)한 것이었다.

김민수는 그러한 이용준의 뒤통수에 차디찬 조소를 퍼부으며 입귀를 일그러뜨렸다.
"그래 며칠쯤 됐나?"
"한 닷새 됐을까?"
"가세! 나랑 가서 뵙기루 하세."
"아니, 아냐."
김민수는 당황해서 벌떡 일어나 요란스럽게 손을 저었다.
"면회사절이야."
"응?"
"아직은 면회 사절하라고 병원에서 그러거든."
"어느 병원에서?"
"영등포에 있어."
"아니, 왜 거기까지?"

"수원에서 오다가 그랬으니 아무 데나 입원할 수밖에 더 있나?"
"공교롭게도 됐군."
이용준은 의자에 털썩 몸을 맡겼다. 김민수도 따라 앉으며
"나중에 퇴원하거든 얼마든지 찾아와 주게. 그리고 지금은 우선 급하니까 십만 환만 돌려주게."
하였다 자기는 지금 혈혈단신의 외로운 몸이건만 김민수는 그를 위하여 애써 줄 아내와 자식이 있지 않느냐.
"그러기로 하세. 잠깐만 기다려 줘."
이용준은 기어이 현금 십만 환을 그에게 주었던 것이나 김민수에게서는 한결같이 아무런 통지가 없었다.
이용준은 신숙경여사를 찾아 여대에 갔다. 그는 애영의 모든 것을 잘 알리라는 믿음에서였다. 과연 신숙영은 애영의 가정사를 손살피 같이 알고 자세한 얘기를 들려주었다.
두 번을 깨끗이 사기 당한 이용준은 정초에 애영에게서 최후로 그간의 비행을 들었으나 머리털만큼도 내색을 하지 않았는데 오늘 김민수가 세 번째로 온 것이었다.
'설마 이번에야 돈 문제는 아닐테지. 이상 더 속진 않을 테니까……'
이용준은 무슨 심각한 결심이나 하고 있는 듯한 김민수를 바라보며 그런 생각을 하고 있노라니까
"난 자네가 그렇게까지 할 줄을 몰랐네."
하고 험상궂게 눈망울을 굴려서 이용준을 건너다보았다.
"내가 뭣을 했길래?"
원이 환으로 바뀌진 지 얼마 안 되어 백만 환이라면 큰 돈이건만 아낌없이 던져주니까 전세는커녕 애영에겐 비밀로 덮어 저 혼자 깨끗이 써버렸고 다음에는 애영이 입원했다는 거짓 핑계를 꾸며서 조약돌을 주워 가듯이 십만 환을 가져다가 용처도 모르게 소비해 버린 위인이 입이 천이런

들 무슨 소리를 지껄이는가 하고 이용준은 멍해서 김민수의 입을 지켰다.

김민수 또한 이용준이 애영과 직접 만난 것을 아는 만큼 멍청히 전의 수단으로 속을 뽑힐 작자는 아니었다.

"자넬 유일의 친구로 믿고 갖은 청탁을 해왔는데 그래 그렇게 배신을 해야 맛인가?"

"그러니 내가 어쨌단 말인가?"

이용준의 목소리가 약간 격해졌다. 유일의 친구로서 갖은 청탁을 다 해 왔다니 거액의 금전을 손해만 본 이쪽으로는 유일의 친구란 게 큰 액운이 었고 청탁을 받지 않았던 것이 천만다행일 뻔하지 않았더냐.

아무리 파렴치의 무뢰배로 전락한 녀석인들 무슨 큰 은혜나 뒤집어씌 운 듯이 눈을 부라리며 방약무인하게 뇌까리는 꼴이 너무나 추악하다고 이용준은 창 밖에 떨리는 시선을 보내며 지그시 입술을 모았다.

이용준의 변해 가는 안색을 살피며 김민수는

"아니, 시치미를 땐다고 무사할 줄 아나?"

하고 한 술을 더 떠서 그의 심정을 건드렸다.

"뭐라고?"

이용준의 시선은 안정되지 못한 채로 김민수의 눈을 쏘았다. 그러나 순간

'나는 이자와 상대해선 안 된다.'

하는 총명을 잃지 않았다. 막 들어설 때부터 시비조로 던지던 그의 말투 에

'이자가 내게 톡톡히 덤비겠군.'

하는 직감을 가지고 정신을 차려야겠다는 배짱을 정하지 않았던가. 이제 와서 저 무지막지한 미물 같은 인간의 충동에 못 이겨 자아를 상실한다면 이용준의 자존심과 인격은 땅에 떨어지는 것이 아니냐.

"자네가 저지른 일이 무엇인가 가만히 반성해 보면 알겠지."

"……."

"그리고 그 결과가 어떻게 된다는 것쯤도 미리 알았을 거야."

이자가 지금 무엇을 말하고 있다는 것에 짐작이 간 이용준은

"난 대관절 자네가 무슨 말을 지껄이는지 알아들을 수가 없네. 그렇게 외곽으로만 돌 게 아니라 구체적으로 조건을 들어서 내가 무엇을 잘못했다는 건지 지적을 하게."
하고 엄숙한 표정으로 어깨를 폈다.

"정 내 입을 통하여서만 알고 싶다면 말해주지, 난 자네와 애영을 걸어서 간통죄로 고소할 결심을 하고 있네."

김민수는 어떤 중대한 선언이나 한 듯이 입을 한 번 악물었다가 펴며 혀끝으로 입술에 침을 발랐다.

그러한 김민수의 과장이 무색할 만큼 이용준은 너무나 태연하였다. 그야말로 눈썹 하나 까딱하지 않고 눈을 창 밖에 둔 채 엄연하게 앉아 있다가 서서히 김민수에게로 눈을 돌리며

"그래, 무슨 정확한 증거라도 잡았단 말인가?"
하고 남의 말하듯이 담담하였다.

"증거야 많지."

내뱉듯이 대답하고 김민수가 시계를 보았다.

"나 바빠서 자네하고 장황한 시비를 가릴 겨를이 없네. 두말 할 것 없지. 나중에 이러쿵저러쿵 잡음이 있을까 봐 미리 알리는 것 뿐이야. 난 고소한 제기하면 문젠 간단하니까……."

김민수는 할 말을 다했다는 듯이 엉거주춤 일어날 기세를 보였다.

"아, 잠깐만."
하고 이용준이 잡고 늘어질 것을 기대하였던 김민수는 바위처럼 무겁게 앉아 있는 이용준에게 우선 기가 눌렸다.

"그 많은 증거에서 하나도 분명하게 대지 못하고 그냥 가다니 말이 되

나?"

비로소 이용준의 환하고 큰 눈이 광채를 내면서 김민수를 노렸다.

"인간 대 인간이야. 빨리 정확한 증거를 대게!"

"일월 팔 일 오후 여섯 시로부터 여덟 시 반까지 두 시간 반 동안 외교구락부 밀실에서 일어난 사실은 어떤가?"

이용준은 속으로 깜짝 놀랐다. 이자가 어떻게 그 사실을 아는가? 그러나

"밀실은 그 집에 없네."

하고 가볍고 태연하게 받아 주었다.

"밀실이건 말건 그 시간에 거기서 이루어진 비행에 대한 책임을 느끼느냐 말이야."

"허허. 자넨 이제 못하는 소리가 없네 그려."

"뭐야?"

"생물에게 있어서 먹는다는 일은 가장 중대한 사실일세. 어째서 그게 비행이란 말인가? 내가 애영 씰 초대하고 그와 함께 저녁을 먹은 일이 어째서 비행인지 그 이유를 말해 보게."

"남의 아내를 무단히 끌어다가……."

"잠깐만. 난 애영 씨의 의사를 존중히 여기어서 외교구락부로 모시고 간 거야. 난 그분을 납치한 건 아니니까."

김민수는 쭉 째진 눈이 귀가 나도록 부릅떠 보이며

"밥을 두 시간 반이나 먹어? 밥 먹고 나선 무슨 지랄들을 했는지 이쪽은 다 알고 있으니까 변명할 여지가 없지."

하고 방한모를 건드려 바로 쓰고 외투 앞섶을 털며 일어났다.

"그렇다면 맘대로 하게. 자네 뜻대로 고소를 제기하게마는 증거 없이는 자네에게 불리할 것일세. 하는 수 있나? 흑백은 법정에서 가릴 수밖에……."

이용준도 따라 일어서며 무관심한 태도를 보였다.
"흥. 공영사 전무 이용준과 대학 교수이며 유명한 화가인 장애영의 간통사건이 대대적으로 신문에 보도되면 그 결과가 어떻게 되는지 알지?"
김민수는 이용준에게 삿대질을 하면서 다가왔다.
"자넨 모가지고 애영은 먹국이야. 누가 그런 더러운 것들을 신성한 직장에 두느냐 말이지."
"하하. 그런 상식적인 문제보다는 호식남매가 학교에서 받는 상처가 절실할 거야. 난 애영 씨와의 염문이라면 어떤 종류의 것이라도 즐겨 받을 테니까 불감청이언정 고소원일세."
찬바람이 일도록 냉랭한 이용준의 말에 반박이라도 할 듯이 입을 움찔거리던 김민수는 갑자기 가슴을 움키며 눈살을 찌푸렸다.
"왜 어디가 아픈가?"
그래도 자기에게 온 손님인데 모른 체할 수가 없어서 한 마디 베풀었다.
"나 오늘은 그냥 가지만 내일이라도 다시 올 테니 잘 반성해 보란 말야."
김민수는 도망치듯이 총총히 나가고 이용준은 언제까지나 방 가운데 멍하니 서서 맞은편 벽의 높은 곳을 쳐다보고만 있었다.
"반성을 하라? 뭘 반성해?"
고소를 하고 싶으면 잠자코 실행할 일이지 미리 와서 위협조로 예고를 하고 나중에는 반성까지 해보라는 김민수의 배포가 무엇이라는 것을 이용준은 그냥 알아챘다.
'그자의 목적은 오로지 돈에 있는 것이다. 수단과 방법을 가리지 않고 돈만을 긁어다가 과연 어디다 쓰는 것인가? 부모와 처자의 부양이 없이, 계획하는 사업도 없이, 무작정 들어 그에게 번개같은 직감이 왔다. 부산에 백만 환은 청구하러 왔을 때 하룻밤을 함께 지내자니까 서로 생활이 다르다고 하여서

"생활이라니, 자넨 하룻밤 새에도 무슨 색다른 생활을 한단 말인가?"
하고 핀잔주던 기억이 났다.
"으음."
이용준은 그제야 자리를 떠서 자기의 의자로 돌아왔다. 곰곰이 따져 보자니 김민수의 그 꼬락서니며 일거일동이 다 의심스러웠다.
'상처도 총탄 자국은 결코 아니야. 분명한 칼자국이었지. 게다가 제가 부상한 전선까지 모르고 있으니…….'
그렇다면 동란 중에 불량배들과 몰려다니며 노름이나 하다가 칼싸움을 한 거나 아닌가.
'어쨌건 상처는 무지스럽게 컸어. 그러니까 합창이 될 때까진 너무나 고통이 커서 진정제 없인 한시도 못 살았다지 않나?'
진정제? 두 번째의 직감이 섬광처럼 지나갔다. 순간 방금 전에 갑자기 뱃살을 움켜지고 도망치듯이 달아난 김민수의 행동이, 그리고 자주 시계를 쳐다보던 버릇이, 생생하게 이용준의 머리를 쳤다.
'옳지. 그자는 틀림없는 환자였어.'
애영에게서는 갖은 구실을 다 붙여서 뜯어 가느니 돈이라지 않던가? 아편 중독자가 아니고야 그렇게까지 몰염치일 수는 없을 것이다.
'내일 다시 온다고 했으니 어디 두고 봐야겠다 어쨌거나 저런 작자가 애영 씨의 남편이라니 신의 형벌도 너무나 가혹하지 않은가?'
이용준은 애영의 생각이 나자 노인이 계신 집안에 음력설을 소홀히 지나칠 수 없다고 사과 한 궤짝과 고기 댓 근을 보내려고 일어나서 우연히 창 밖을 내다보다가 깜짝 놀라며 눈을 크게 떴다.
거기서 바른편으로 내다보이는 큰 길 네거리에서 동화백화점을 등지고 '가시오'의 글자가 나타나기를 기다리고 서있는 여성을 이용준은 보았기 때문이었다.
까만 외투에 붉은색의 머플러가 뭇 여성들의 머리 위에 솟아있는 큰

키는 틀림없는 애영이었다. 흑공작처럼 우아한 몸맵시가 멀리서도 뛰어나게 아름다웠다.
'이 시각에 어디를 갔다 오는 것일까?'
그는 시계를 보면서 모르는 새에 층계를 내려오고 있었다. 두 시 십 분. 점심시간도 어느 샌지 지났으나 시장기도 느끼지 못하게 정신을 놓고 있었던 모양이었다.
이용준이 바쁘게 걸음을 옮기는데 애영은 신호에 풀려서 이쪽으로 건너왔다.
그는 앞을 막는 이용준을 보고 어깨를 추스르며 놀라운 기색을 보였다.
"어디 갔다 오십니까?"
모자도 없이 반 곱슬머리칼을 바람에 날리는 흰 이맛전을 쳐다보며 애영은
"저기 좀 갔댔어요."
하고 우체국의 건물로 눈을 보냈다.
이용준은 애영의 시선이 향하는 데로 걸어가며
"점심은 어떡하셨어요? 난 지금에야 나오는 길입니다."
하고 애영의 눈치를 살폈다.
"저두 아직은……"
"마침 잘됐군요. 함께 가셔도 좋겠지요?"
"네."
둘이는 미장그릴로 들어갔다. 자그마한 방이 하나 비어서 그들은 보이의 안내로 그 방에 들어가 커튼으로 가렸다.
"어젯밤엔 참 통쾌했었죠?"
이용준이 물수건으로 손을 닦으며 허두를 내자
"눈 말씀이죠? 정말 기막혔어요."
하고 애영이 맞장구를 쳤다. 그 뿐으로 그들은 잠잠하였다.

창공에 그리다 327

이용준은 어젯밤 우이동 사장의 별장에서 오는 길에 백운대의 장관과 눈 속에 묻힌 야외의 수려한 설경을 감탄하며 못 견디게 애영을 그리워하던 심정을 되살렸다.

'저 여인! 바로 저 여성이다. 내 혈관에 맥맥히 흐르는 붉은 피는 애영 한사람을 위하여서 돌고 있지 않는가.'

이용준은 몇 시간 전에 결단코 애영만은 놓치지 않겠다는 그 맹세를 다시금 거듭하며 자기 앞에 단정하게 앉아 있는 애영의 면모를 새삼 더듬고 있었다.

애영은 애영대로 눈이 내리기 시작하자 서쪽 창 내에 붙어 앉아서 금화산의 벌거벗은 몸뚱이며 초가마을들이 한결같이 백옥의 베일 속에 잠겨 가던 광경을 즐기던 일을 회상하고 바로 그때 지금 자기 앞에 버젓이 자리잡고 있는 이 남성을 그리워하던 감정을 되잡았다.

"그 동안이라도 별고 없으시겠죠?"

이용준이 먼저 말문을 열었다. 애영은 초록 스웨터의 깃에 잠깐 손을 대며 연연한 목소리로

"어머니가 감기로 잠깐 편찮으셨지만 이젠 쾌차하셔요."

하였다. 이용준은 방금 전에 헤어진 김민수의 그 추악한 모습과 언행을, 이 제비 마냥 단려하고 백학인 양 고아한 애영과 비교하며 탄식하고 있는데 애영이

"사실은 제가 지금 변호사에게 갔다 오는 길이에요."

하고 앞질러서 결말을 내렸던 것이다.

애영이 이혼 문제를 구체적으로 결심한 것은 청수장 사건 이후이었다. 그 구지레한 돈 관계로만 김민수에게서 칠팔 년을 부대껴 오면서도 떠들썩할 것이 싫어서 질질 끌어왔던 것인데 작년 십이월 백남혁과의 현장에서 김민수가 나타난 이래 철저하게 나서는 남혁의 용감성에 애영은 어쩌는 수가 없었다.

지난 십일일 청수장에서 돌아오는 길에 강제로 수향에까지 동반하여서.
"애영 씨! 오늘만은 오늘밤만은……."
하고 전후를 가리지 않고 덤벼들던 그 야수적인 애욕!
그 날 낮에부터 맹렬하게 뜨거워지면서도 어느 부분인가 정확하게 마비되어 있었던 애영의 육체가 혼미 중에서 남혁에게 정복되려던 그 순간에 문을 두드리며 급하게 소리치던 사환은 구세주가 아니었던가?
내용인즉 그 날 점심을 잘못 먹었든지 윤씨가 관격이 되어서 토사를 심히 하는데 거기다가 그의 숙환 중인 위경련이 악화되어서 자꾸만 애영을 부르며 까무러친다고 인영이 사방에 수소문 하다가 결국 수향으로 최후의 전화를 걸었던 것이다.
저녁들도 들지 않으면서 밤도 깊지 않았는데 겹장지 덧문까지 첩첩이 닫고있는 남녀에게서 무슨 눈치를 챘는지 소년은 덧문만을 똑똑 두드리면서
"선생님! 선생님!"
하고 불렀다. 남혁의 피는 거꾸로 흘렸고 애영의 심장도 정지되었다.
한참 있다가야 겨우 왜 그러느냐고 묻는 남혁에게
"인영 씨가 왔어요."
하는 보고가 들렸다.
애영은 발딱 일어났으나 사지가 바르르 떨렸다. 열에 띤 남혁이 다시 소년에게 물어서
"인영 씨에게서 전화가 왔어요."
하였다는 것을 소용돌이 속에서 날뛰던 그들이 잘못 알아들었던 것을 알고 애영은 즉시 집으로 달렸던 것이다.
'아아, 그 날 어떻게 될 뻔했을까?'
애영은 다시 한 번 몸서리를 쳤다. 까딱했으면 몸도 망칠 뻔했고 어머니도 놓칠 뻔하지 않았던가.

어머니는 애영을 보자 우선 안심하여서 숨을 내쉬었고 남혁은 자기 집의 주치의를 차로 모셔다가 갖은 방도를 다 하였던 것이다.

다행히 어머니는 이삼일 후에 완쾌했으나 그때의 그 아슬아슬하던 기억은 지금도 생생하였다.

애영이 으쓱 몸서리치는 양을 보고 있던 이용준은

"왜? 비위에 맞지 않으십니까?"

하고 스푼을 놓으며 냅킨으로 입을 닦았다.

"아아뇨."

애영은 황망히 부인하면서 얼결에 빵 한 조각을 떼었다. 그러나 무슨 맛인지 모르는 채로 냉수를 두 모금이나 마셨다.

"변호사에게 가셨다고 하셨죠?"

"네."

"어떻게 위탁은 하셨나요?"

"네."

이용준은 방금 전에 김민수가 이러이러한 이유로 왔다 갔노라고 사실을 알려려다가 그자가 어련히 애영에게 먼저 다녀가지 않았으랴 싶어 좀 더 얘기를 기다려 보기로 하였다.

"힘이 되지 못해서 죄송합니다."

새로 온 음식에 손을 대면서 이용준은 은근하게 사과하였다.

"제 일이니깐 어디가지나 자신이 해야죠. 어디 딴 분의 힘을 입게 됐어요?"

"그야 해석하기에 달렸겠죠."

"웬일인지 한 달 남짓 잠잠하군요. 그러니깐 어제나 저제나 조마조마하긴 해두 안 본다는 것만이 얼마나 시원한지 몰라요."

'옳거니, 이자가 제 일착으로 내게 왔군.'

"그야 어련하겠어요?"

"칠 년이나 어떻게 견디어 났는지 지금 생각함 아주 아득해요. 인젠 한시두 그렇겐 살아날 수 없을 거 같아요."

"진작 그런 용단을 내실 걸 만시지탄이 없지 않은 걸요."

애영은 고깃점을 몇 번 포크로 찍어 입에 넣고 오물거렸다

"어머니두 이번에 앓고 나셔선 절대로 이혼을 해야만 눈을 감으시겠다고 하시면서."

"참, 그 후로 쭈욱 안녕하신가요?"

이용준이 갔을 때는 아직 병색이 가득 하여서 간절한 눈초리고 무엇인가를 호소하는 윤씨의 모습이 그지없이 가엾다고 느꼈던 것이다.

"신 선생님께서도 빨리 서둘라고 야단치셨구요 강윤기 씨 내외분도 극구찬성이었어요."

"어느 누가 반대할 형편이 돼야 말이죠. 지극히 당연한 일인 걸요."

바로 어제 애영은 유일의 선배이며 동지인 강윤기 부처를 찾아갔다. 애영이 이혼설을 내자 강윤기는

"허. 인제야 천지개벽이 될 모양이군요. 제발 여성으로서 여생을 보내도록 하십시오."

하고 비꼬았다. 애영이

"아이참, 언젠 제가 남성이었나요?"

하니까

"그럼 당신이 언제 여성 노릇을 했단 말요?"

"그 동안 중성으로 계신 기억밖에 없는걸요. 허허허허."

강윤기는 끝내 웃음으로 얼버무렸고 그 부인은 발그레 상기된 애영의 뺨을 새삼스럽게 관찰하였다.

"장 선생, 정신 바짝 차리슈. 용호상박 알지? 동청룡 서백호라며?"

"그게 무슨 소리죠?"

"호호 서에는 백남혁이라는 호랑이가 있고 동에는 이용준이라는 청룡

이 서로 싸운다던데? 하하하하 어쨌건 장 선생 정신 바짝 차려요. 우선 선결은 이혼 완료니까."

유머가 많기로 이름난 강윤기와 그 아내는 시종일관 애영을 놀리면서도 진정으로 자기의 이혼을 찬성하였던 것이다.

이용준의 말마따나 어느 누가 반대할 입장에 있으랴 그렇게 만인이 바라는 사건을 자기는 왜 입때껏 밀어오고만 있었던가.

작년 섣달에 백남혁이 그만큼 철저하게 이혼설을 주장하지 않았던들 또한 이용준이 금년 정월에 상경하여서 적극적인 구애를 하지 않았던들 더구나 백남혁의 도발적인 행동이 아니런들 애영 자신이 변호사를 찾아다니며 결론을 짓지 않았을지도 모른다.

애영은 자기가 남의 아내라는 허울을 쓰고 있으면서 남성들의 대상이 되어 있는 것에 우선 맘이 괴로웠다.

'어서 자유로운 몸이 되자. 그리하여서 시시각각으로 나를 주름 잡는 양심의 가책에서 해방이 되자.'

이러한 결심도 있으려니와 저번 윤씨의 병환 이후 갑자기 쇠약해지는 어머니의 정신상태가 애영으로 하여금 자진하여 나서게 한 것이다.

"내가 아무래도 오래 못 살려나 보다. 그러니 내가 눈을 감기 전에 우리 애영이가 저 녀석하고 갈라서는 것을 봐야지. 그래야만 호식이 남매도 깨끗하게 자랄 게고 제 에미도 한세상 맘놓고 살아볼 게 아니야?"

윤씨는 염불처럼 이 말을 자주 외우고 그 끝에는 반드시

"난 이번에 백 선생 덕분에 살아난 셈야. 젊은 사람이 어쩌면 그렇게 침착하고도 다심할까? 그저 내 생전에 우리 인영이에게 그런 신랑을 맡겨줘야 할텐데."

하는 소원을 달았다.

참으로 백남혁은 좀 드물게 볼 수 있는 사내다운 남성이다. 작열(灼熱)적인 애정에서 순간적인 실수를 저지를망정 그때만 지나면 언제 그랬더

나 싶게 태연하고 초월한 자세로 한결같이 친절하고도 씩씩한 벗이 되어 있었다.

"변호사는 어떤 분으로 정하셨죠?"

샐러드 접시를 앞으로 당기며 이용준은 또 물었다.

'그러면 그렇지. 저이가 그 사건에 대범할 수가 있나?'

애영은 열심히 그 문제만을 캐고 있는 이용준의 태도에서 처음에 가졌던 실망을 충분히 만회하였다.

"신 선생님께서 소개해 주신 분인데 퍽 학구적인 데가 있어요."

"거 다행입니다."

"이쪽의 얘길 쭈욱 하니깐 당당히 승소할 거라구요. 그래서 그분께 전부를 위탁하구 오는 길이에요."

"잘 하셨어요. 그렇지만 난 불만인데요."

뭐가 그러냐고 애영은 이용준에게 눈으로 묻고 있었다. 복잡한 정감을 담고 있는 애영의 눈동자가 흑수정처럼 맑은 광채를 냈다.

"알 만한 분은 다 알고 있는데 나만 까맣게 모르는 게 불만이란 말입니다. 아까도 우연히 나를 만났으니까 여기 오신 거고. 그래서 말이 난 게 아닙니까?"

"그럼 뭐가 자랑이라고 외치고 다녀요?"

"하하. 정 그렇게 생각하신담 하는 수 없죠. 다음은 인영 씨 차롄데 어떻게 진전이나 있어요?"

"뭐가 말씀이죠?"

"인영 씨의 경사 말입니다."

"그렇담 어폐가 있잖아요?"

"어폐라뇨?"

"다음은 인영의 차례라니 누가 경사 만난 사람 있나요?"

애영은 눈을 힐긋 흘기며 코카콜라를 홀짝 마셨다.

"애영 씨에겐 그게 경사일 거 같은데요."
"성질이 다르지 않아요? 하난 파탄이지만 하난 성혼 아니겠어요?"
"파탄이라니 그렇게 억울하신가요?"
"……."
"아까 말씀과는 모순이 있는데요?"
애영은 잠자코 샐러드에 손을 댔다. 까만 머리털이 유난히도 윤택했다.
"과거 생활의 청산이며 새 생활에의 진출이 경사가 아니고 무엇일까요? 그 의미에서 난 주저 없이 축하해 드리겠어요."
"새 생활의 진출이요?"
"그렇죠. 반드시 새로운 생활이 애영 씰 기다리고 있으니까요."
희열에서일까 흥분에서일까 이용준의 낯이 불그레 물들고 애영의 귀밑은 홍훈으로 연연하게 고왔다.
잠시 침묵이 흘렀다.
인영을 빙자하여 두 사람의 신경은 감전(感電)의 전율을 일으키며 부딪쳤다. 목적을 이루었다는 듯이 그들은 인영의 말을 또다시 입 밖에 내지 않은 채로 일어섰다.
"정초에 세배 드리러 가겠습니다. 두둑이 장만해 놓으십시오."
이용준은 이런 농까지 던질 여유를 가졌다. 그는 애영에게 자기의 차로 가라고 권하였으나 애영은 백화점에 들러서 가겠노라고 거절하였다.
애영은 이용준의 뼈 있는 말들을 음미하면서 두어 군데의 상점에서 호식남매의 간단한 선물을 사 가지고 돌아왔다.
집에는 벌써 이용준이 보낸 세찬이 도착하여 있었고 백남혁은 오전에 귤 한 상자를 가지고 다녀갔다 하였다.
"인영은 어디 갔어요?"
"학교에서 아직 안 왔다."
"백 선생님 왔을 때 인영인 없었나요? 저 나갈 땐 집에 있었는데요."

"오. 인제 보니까 함께 나갔군. 마침 인영이가 나가려던 참이라 태워다 줬나 보지?"

애영은 잠잠히 이층으로 올라갔다. 어머니는 귤을 가지고 와서 침대에 걸터앉았다.

"애! 인영일 어떻게 해야지 않니?"

윤씨는 거의 애원하는 음성이 되어 있었다.

"때가 되면 어련할까봐서요."

애영은 한복으로 갈아입고 어머니와 나란히 몸을 걸쳤다.

"넌 밤낮 그 소리지만 때가 언젠지 까마득하지 않니? 또 그때란 건 꾸욱 기다리구 있느냐 하면 그렇지도 않구 밤낮 흘러만 가니 봐라, 인영이가 몇 살이냐? 스물 일곱이야 스물 일곱!"

"전들 맘이야 오죽 써요?"

"네가 맘을 쓴다면야 이러구 있겠니? 네가 무성의하니깐 이러지."

윤씨는 애원을 지나 원망으로 들어갔다.

"나 인제 말이다마는 백남혁이란 청년은 인영이겐 관심이 아주 적더라. 그 무관심을 네 성의루 다 적극적으로 나가게 해얄 게 아니냔 말야."

애영은 정신이 번쩍 들었다. 어머니에게서 이런 성질의 책망을 처음 듣는 까닭이었다.

"이런 말은 좀 심할 거 같다만 이번에 병을 겪고 나선 나로도 내 성밀 걷잡을 수 없이 자꾸만 곡하게 생각이 든단 말야. 너만 힘쓰면 인영인 손쉽게 결정될 거 같으니 말이다."

"……."

"가만히 보면 인영인 무척 백씰 좋아하는 모양인데 백씨란 사람의 온 정신은 딴 데로 쏠려 있으니 될 턱이 있느냔 말이다."

비록 그의 입에서는 다음 말이 나오지 않았으나 고즈넉이 서창만을 바라보며 말하고 있는 윤씨의 표정은 애영에게 사실을 문초하고 있는 듯싶

창공에 그리다 335

게 엄숙하였다.

"난 이렇게 생각한다. 남녀간의 애정이란 것도 자유롭게 진전할 수 있는 환경에서 타올라야 성공하는 거지. 환경이 허락하지 않는 걸 정열의 탓이라고 억지로 부합시키려면 남의 이목만 상스럽고 결과는 어긋나고 마는 거라고……."

"……."

"우리 인영이야 백씨하고 대면 천생의 배필이지. 사랑이 어떻고 하지만 백씬들 와락 인영을 싫어하지 않는 모양 아니냐?"

"그럼요. 그러기에 지가 때를 말씀하는 거예요."

애영은 비로소 한 마디를 했다. 입술이 다 바삭바삭 타는 것 같았다. 그래서 얼른 귤 한 개를 집었다.

"어머니도 한 개 드셔요."

애영은 껍질을 벗겨서 윤씨에게 주고 또 한 개를 집어 쪽을 떼어 빨면서 문득 청수장에서 남혁이 입 속에 넣어주던 귤맛을 연상했다.

'아이 이루지 못할 사랑이어! 가엾은 남혁 씨여!'

"어쨌건 금년엔 인영일 결혼시키도록 힘써봐라. 개도 시름시름 자꾸 앓으니, 원!"

윤씨는 간곡한 말을 남기고 아래층으로 내려갔다. 미상불 인영이도 건강에 자신을 잃은 것 같았다.

오늘 아침만 하여도 머리가 많이 아프니까 하루 쉬겠다고 하더니만……. 어머니의 간호에 너무 몸을 돌보지 않은 탓도 있으렷다.

'내가 없어져야 둘이가 접근할 텐데. 어서 파리로나 가버렸음…….'

애영은 화실을 열었다. 남혁의 의견에 따라「눈 온 뒤」라고 제를 붙인 정릉계곡의 스케치를 완성한 그림이 빤히 애영을 쳐다보았다.

굉장한 선동으로 또한 굉장하게 좋은 풍경을 잡은「타오르는 하늘」은 아직 종이에 옮아가지 않고 애영의 머리에서 날마다 상(想)만 오락가락 익어가고 있었던 것이다.

'아아, 남혁 씨가 가엾다. 그의 값비싼 정을 어떻게 저버리나?'

애영은 시계를 보았다. 네 시 사십 오 분. 인영의 돌아올 시간인데 오늘 그들은 그냥 헤어지고 만 것인가? 다행히 우연이란 괴물에게 유혹되어서 인영의 작은 심회나마 풀 수가 있었던가?

아이들도 얼마 안 있으면 돌아올 테니 저녁이나 일찍 먹고 인영일 데리고 영화관에나 가야겠다고 애영은 화실을 나와 막 층계를 나오는데 순옥이가 허둥지둥 달려오며 소리쳤다.

"아줌마! 저 저."

"아이 기집애가 왜 이렇게 경망스러우냐?"

"아저씨, 저기 와요!"

"뭐?"

"수원 아저씨가 저기 온다니깐요."

순옥이는 숨이 목에 차서 헉헉댔다. 사탕가루를 사 가지고 오다가 김민수를 보고 달려왔다는 것이다.

"벌써 대문에쯤 왔을 거예요."

애영은 두말 없이 문 밖으로 나갔다. 중절모를 푹 눌러쓴 김민수가 막 대문 안으로 들어서려던 참이었다.

"집엔 들어오지 말구 저리로 나가세요."

마주 나오며 말리는 애영을 힐끗 쳐다보며 김민수는 입을 삐죽댔다.

"또 어떤 녀석이 있는 모양이군."

"있거나 말거나 집에서 만날 자리가 못 돼요. 애들이 곧 올 테니까 저리로 나가서 얘기해요."

애영의 말과 태도는 전에 없이 강경하였다.

"어디로 가잔 말야?"

"그 전에 갔던 데로 가요. 길 건너 골목으로 곧장 나가면 내 곧 외투를 걸치고 나갈 테니 어서 먼저 가세요."

김민수는 하는 수 없이 발길을 돌렸다. 애영은 안으로 들어갔다. 순옥에게서 보고를 받은 윤씨는 걱정스러운 얼굴로 딸을 지키다가 애영이 신을 꿰는 것을 보고,

"애, 그 불량한 녀석하고 어딜 가자는 거냐?"
하였다.

"염려 마시고 인영이랑 애들 오거든 아무 말 마세요. 그리고 저녁이랑 먼저 드세요."

애영은 오늘이야말로 김민수에게 선언을 하리라고 마음을 가다듬으며 그림자도 보이지 않는 김민수의 뒤를 따랐다.

'아직은 황혼이라 좀 열 적긴 하지만……'

낮에만 오라고 아무리 일러도 애들이 집에 있는 밤에 추적거리고 와서 찾으면 애영은 그를 달래어 거리로 데리고 나갔다. 제일 으슥하고 긴 골목이 미국 대사관 앞을 지나 덕수 국민학교로 빠지는 골목이었다.

애영은 몇 번이나 그 길을 걸으며 김민수와의 용무를 마쳤던 것이다. 전찻길을 건너 그냥 바로 걸어가노라니 E여고 담을 끼고 가던 김민수가 한 번 돌아보았다.

애영을 인식하자 그는 걸음을 늦추고 애영을 기다렸다. 애영은 그의 곁을 지나쳐 바쁘게 걸었다. 모쪼록 사람의 왕래가 적은 길로 빨리 가려는 심산이었다.

긴 골목에 들어서자 주위는 어둑어둑 하여서 비밀히 만나는 시간으로는 장소도 꼭 알맞았다.

"무슨 용무죠?"

애영이 먼저 입을 떼었다.

"용무야 많지."

목소리가 갈라져 나왔다.

"한 달에 하나씩 갈아대는 재주에 놀랐는걸. 그렇게 되면 여기저기서 생활비로도 듬뿍 생기렷다. 돈이 생긴다면야 나도 눈감아 주지."

"무슨 해괴한 소릴 지껄이는 거예요?"

"해괴라니 가장 적절한 현실인 걸."

"좋아요! 무슨 음모를 꾸민대두 겁나지 않아요. 난 벌써 이혼소송을 걸었으니깐요."

애영의 말소리는 차돌처럼 모질고 야무졌다.

"흐으, 장한데?"

김민수가 힐끗 이쪽으로 낯을 돌렸으나 애영은 앞만 바라보았다.

"당연한 결론인 걸 장한 것도 없죠."

애영은 할말을 다 했다는 듯이 입술을 꼭 오므렸다.

"언제 냈는지 모르지만 간통죄가 먼저 성립될걸."

"……."

"일월 팔일에 외교구락부에서 뭘 했는지 짐작이 나겠지?"

'이자는 또 어떻게 아는가?'

"난 부정한 남녀의 어떤 비밀이라도 모르는 게 없거든."

'흥. 누가 할 소린지.'

"외교구락부까진 미행을 했지. 그래 현장을 잡았으니 그냥 남산으로 돌아서 차를 기다리고 있노라니 연놈이 떡 부여안고 차를 몰아가더군."

'아이, 더러운 자식!'

"아, 조금만 있으니까 또 한 쌍이 올라온단 말야. 누군지 알겠지."

'저자도 인영이넬 봤군.'

"비상한 재주란 말야. 한 달 전에 차고 있던 사낼 척 동생에게 밀고 저는 옛 정부를 달았으니 말야."

'지지리두 못난 녀석 같으니.'

"그러니 책임상 안 가 볼 수가 있나? 슬슬 올라갔더니만 아 거기선 연놈의 정사가 벌어졌군. 내 어이가 없어서……."
"말조심해요."
애영이 그제야 한마디를 총알처럼 쏘았다.
"흐으, 인영이랑 그 애송이 국회의원 도련님인가도 저물도록 말조심하 랬지. 저희끼리 지랄 다 치면서 말도 못하게 하더라니까."
'저자 말이 참일까? 인영인 왜 거짓말을 했나?'
"이봐! 이래뵈두 난 인영이의 형부거든. 나 아니였더라면 거기서 깡패 들에게 현장을 들켜서 죽어 났지 죽어 났어."
"듣기 싫어요! 남 다 아는 소릴 왜 더럽게스리 중언부언해요?"
얼마 안 있으면 국민학교가 나설 것이라 애영은 더 느릿느릿 발을 옮 겼다.
"인영인가 그 색씨도 바람났어. 몇 살이라고? 이봐! 아까워서 떨지 말고 그 도련님에게 인영이나 맞춰 주란 말야."
"아니 무슨 참견요?"
애영은 김민수와 딱 마주 서며 뺨이라도 한 대 올릴 듯한 자세를 보였 다.
"얘 이거 뉘 힘을 믿고 이렇게 뻣뻣해 졌니? 이혼 이혼 밤낮 노래를 부 르다가 고소하게 당해 싸지. 간통죄로 고발했으니까 미구에 이용준이랑 너랑은 감옥소 신셀 진단 말이다. 알았지? 하하하하."
"오랜만에 끝장이 나겠군요. 참 잘 됐어요. 어서어서 시비흑백이 가려 저야 이 꼴을 더 안 볼 거 아녜요?"
"아암, 그러다 말다 넌 간부 요부 음부의 경력이 혁혁하니까 감옥쯤 무 섭지도 않을 거다만 그렇게 되면 제일 가엾은 게 자식들이지. 어미 죄로 얼굴을 못 들고 다닐 거 아냐?"
'이 작자가?'
애영은 후딱 걸음을 멈추고 아까처럼 또 김민수를 노렸다.

"어때? 그것엔 너무 찔끔하는구나."

"뭐야?"

대갈(大喝) 한 마디와 함께 애영의 손은 김민수의 뺨을 철썩 갈겼다.

한 번만이 아니라 두 번이나 그랬다. 손에 아무 것도 쥔 것이 없어서 왼 손바닥으로도 김민수의 왼편 뺨을 찰싹 쳤든 것이다.

"아니, 요게!"

김민수는 대뜸 애영의 멱살을 움켜쥐었다.

"형제끼리 깡패가 돼 가는 거냐? 네가 내 뺨을 쳤겠다. 옛다 너도 맛 한 번 봐라!"

김민수는 손을 쫙악 펴서 한바탕 호되게 갈길 양으로 멀찌감치 떼였다가 벼락같이 애영의 뺨을 올려붙였다.

그러나 다음 순간 애영은 날쌔게 머리를 숙여 손길을 피하면서 김민수의 아랫도리를 힘껏 밀었다. 그야말로 평생의 힘을 다하여서였다. 김민수는 애영의 등 너머로 땅에 푹 꼬꾸라졌다.

'이 작자가 풀잎처럼 약하구나.'

애영은 얼른 멀찌감치 물러서며 소리를 가다듬어 꾸짖었다.

"그 입으로 자식을 들먹이는 건 내 정의감이 허락지 않아요. 더러운 입으로 왜 신성한 자식들의 이름을 파느냔 말요. 그 애들과 당신이 무슨 관계가 있어요?"

애영의 음성이 격분에서 떨렸다. 참으로 김민수와 호식 신아가 무슨 실오라기만큼의 연관이라도 있단 말인가?

6·25 동란 이전에도 그에게 자녀에 대한 의리나 의무감은 티끌만치도 없었지만 수원에서 어린것들을 굶기지 않으려고 쌀을 구하여 오라는 최후의 금전마저 송두리째 가지고 도망친 그자가 아니냐.

겨우 안정이 된 애영에게 사탄처럼 나타나서 남매의 건강이나 학업이나 성장에는 머리칼만 한 관심도 없이 오직 사리사욕을 채우기 위하여 온

갖 수단을 가리지 않고 다소간의 돈을 우려 가는 짐승만도 못한 위인이 간통죄로 고소 운운하면서야 비로소 자녀를 끌고 들어가는 것에 애영은 극심한 분노를 느낀 것이다.
"내 자식들은 팔지 말고 어서 맘대로 고소해요. 조금도 두렵지 않으니깐."
애영은 싹 돌아서려는데 김민수는 번개 같이 달려들어 애영의 머리채를 쥐려 하였다. 애영은 마주 대들며 두 주먹으로 김민수의 면상을 후려쳤다.
"이 화냥년이 죽으려고 환장을 했나? 어디다가 손을 대는 거야?"
양처럼 순하기만 하던 애영이었다. 비둘기처럼 착하기만 하던 애영이였다. 그런데 이 암사자 마냥 사나운 성질은 언젯적부터냐고 김민수는 애영의 종아리를 걷어찼다.
"죽겠거든 내 손에 죽으려무나!"
길바닥에 쓰러진 애영의 허리에 두 번째의 발길이 떨어지려고 할 때 요란스러운 구두소리가 달려오며,
"어떤 놈이냐?"
하고 날카롭게 소리쳤다. 김민수가 잠깐 멈칫거리는 새에 애영은 발딱 일어났다.
"아이, 언니가 이게 웬일야? 행인도 없었나? 이 꼴을 당하게……."
인영은 먼저 애영을 붙들어 흙을 털어 주다가 김민수에게로 돌아섰다.
"아니, 경찰서 맛 좀 볼 테야? 소원이라면 거기 있어요. 내 가서 호위병 이삼 명 보내줄 테니. 언니 어서 갑시다. 순옥이도 저쪽에서 올 거예요. 둘이서 노나 왔거든요."
경찰이란 소리에 놀랐는지 김민수는 잠시 우두커니 서 있었다.
"아이참, 별꼴을 다 봐. 점잖지 못하게 폭행은 왜 해?"
인영은 아직도 문이 덜 풀려서 투덜거렸다.

"누가 먼저 폭행을 했기에? 기집들이 손버릇은 아주 개차반이거든."

김민수는 인영에게 눈을 흘기며 손을 털었다. 비로 그때 대사관 쪽에서 순옥이가 달려왔다.

"아유, 여기들 계셨군!"

순옥은 좌우를 두리번거리다가 심상치 않은 분위기를 감각하며.

"어서 빨리들 가세요. 법원 앞길에서 스리를 당했다나요. 도둑놈이 이 길로 튀었다고 지금 한 패가 쫓아와요!"

하고 사뭇 급한 소리를 했다. 그 말에 김민수가 먼저 움직였다.

"나 오늘은 그냥 가지만 너 후회할 날이 있을 거야. 정신 바싹 차려."

어둠 속에서 쭉 째진 눈이 음흉하게 빛났다.

"흥. 너희가 날 만만히 보고 있나 보다만 어림도 없지 두고 봐라!"

김민수는 휘적휘적 큰길로 나가 사라졌다. 인영은 애영의 손을 잡아끌었다.

"어서 갑시다, 언니. 정말 큰일날 뻔했어. 왜 지각없이 그자를 따라나서요?"

"너희들 올 때가 됐는데 그럼 어떡허니? 얘기가 있다니깐 따라 나설 수밖에, 애들은 왔지?"

"그럼요. 그 애들은 지금 아무 눈치도 몰라요."

"어떻게 거기 있는 줄 알았어."

"애들이 오기 전인데 내가 와 보니깐 어머니가 그러신단 말야. 올 때가 됐는데 안 온다고. 그런데 번쩍 이상한 예감이 들어요. 요새 우리가 이혼 문젤 내거니까 또 무슨 앙심을 먹었나 싶기도 해서."

"그래, 지가 가보자고 했어요."

순옥이가 중간에 끼여들었다.

"넌 또 어떻게 아는데."

"순옥이는 언니가 그자하고 여기서 만나는 걸 안다지 않아? 그래서 난 앞길로 오고 순옥인 저쪽 길로 돌아서 뛰어 오랬어요."

"아무튼 참 잘 왔어. 순옥아 넌 먼저 가서 할머니께 우리가 온다구 가만히 여쭈어. 애들 모르게 말야."

애영은 순옥을 앞질러 보내고 인영에게 전말을 보고하였다.

"지지리두 못난 위인 같으니, 고작해야 간통죄로군. 그자가 남산에서부터 그 지랄을 쳤어요. 언니에겐 숨겼지만 별일이 다 있었다고."

인영은 비로소 백남혁과 김민수의 대담(對談)장면을 자세하게 설명하고 그가 분명히 마약 중독자라는 증거까지 댔다.

"백 선생님이 언니께 얘길 말라고 해서 덮어 왔지만 그 날 나만 아니더면 그잔 백 선생님 손에서 어떻게 됐을 거야. 백 번 당해도 싸요. 정말 무지막지한 불량패류 악당이던데요 뭘"

"인영아! 그런 걸 난 오해마저······."

애영은 인영의 손목을 덥석 쥐었다. 그 손이 바르르 떨렸다.

"난 그자가 그 짓까지 할 줄은 몰랐어. 아아, 애들이 너무 가엾지 않니?"

"뭘? 어머니랑 우린 벌써 알고 있는 걸요. 무슨 상관이오. 일은 시작됐으니깐 이 소용돌이 속에서 그저 눈 딱 감구 한 번 돌고 나면 청명한 하늘은 우리의 것이 아니겠어요?"

인영은 맑은 얼굴로 말했다.

용(龍)과 범

오랜만에 늦잠을 잤으나 몸이 풀리기는커녕 웬일인지 팔다리가 무겁고 머릿속마저 뻐근하여서 이맛살이 저절로 찌푸려졌다.

'일기의 탓일까? 요샌 몸이 찌뿌듯하기만 하니……'

백남혁은 주먹으로 왼쪽 팔을 툭툭 쳐며 안락의자에 앉았다.

'너무 심정을 태운 탓인지도 모르지 연일연야……'

그는 머리를 의자에 얹어 누이며 천장을 쳐다보았다. 파르스름한 색채가 피곤한 그의 동공에 알맞았다.

남혁은 손만을 뻗쳐서 티테이블 위에 놓인 객초(客草)갑에서 담배를 한 개 집었다. 성냥을 더듬어 쥐어서 불을 대고 한 모금 길게 들이켰다가 긴 숨과 함께 훅 내뿜었다.

파르스름한 호수 같은 천장에서 애영의 얼굴이 물결쳤다.

새 학기가 시작되면서 처음으로 어제 애영과 나란히 차 속에서 속삭이며 돌아왔던 것이다.

'애영 씨가 어디로 달아나는 것도 아닌데 왜 나는 이렇게 초조하여야만 하나?'

초조라는 감정은 약자에게서만 우러나는 효소(酵素)인지도 모른다. 어느

창공에 그리다 345

때고 안정된 생각들을 북적북적 발효하게 하여서 가끔씩 안절부절못하게 하는 가벼운 발작을 일으켜 주는 초조!

자신 없는 자의 몸부림이 초조일진대 자기는 애영 씨에 대하여서 왜 자신을 가지지 못한단 말인가?

'그가 나를 사랑하지 않는 것도 아닐텐데. 깊은 호수처럼 그 속을 알 수가 없으니……. 그러나 정열로 어린 그의 눈이 내 사랑을 거부하지 않는 한…….'

그의 몸이 미구에 자유롭게 된다는 결론이 새삼 남혁을 들볶아대는 것이다. 비록 애영이 현재의 환경에서 영원히 벗어나지 못한다더라도 남혁은 그를 사랑하지 않고는 삶의 보람을 느끼지 못할 숙명의 인간이었다.

그런데 얼마 후에 애영은 그를 칭칭 감았던 이매망량의 독하고 징그럽고 추한 무수한 발에서 해방이 되고 새로운 천지에 첫발을 내놓게 된다.

이 사실은 애영의 행복만을 바라던 남혁에게 자기의 모든 행복 이상으로 최대의 환희가 아닐 수 없을 뿐더러 남혁 자신에게 있어서도 무한한 동경과 희망에 찬 새로운 이상이 아니고 무엇이겠는가.

그러나 그러한 큰 경사를 앞에 바라보며 남혁은 전보다 몇 배나 더 복잡하고 번거로운 잡념에서 헤매는 자신을 발견하고 이것은 이내 초조의 심연으로 자기를 몰아 넣고야 마는 것이다.

'내가 약자이기에 이러는 것일까?'

그 이용준이라는 장년의 신사는 버젓이 애영의 배후에서 굵다란 지주(支柱)가 되어 있는 모양이었다.

갑자기 안에서 라디오가 터졌다. 어젯밤의 호외가 돌고 새벽부터 목이 쉬도록 조병옥 박사의 이국에서의 급서(急逝)를 외쳤건만 이제 다시 백 번을 거듭 풀어서 어쩌는 수 없는 비보(悲報)를 되풀이하고 있는 것이다.

'흥. 비참한 최후였어. 그렇게 되면 강철이라도 하는 수 없었지. 비겁한 수단이야 추악한 정치가들의 음모고……'

어젯밤부터 타매하였던 넋두리를 다시금 입 밖에 내면서 남혁은 머리를 번쩍 들었다.
 어젯밤에 자기를 괴롭히던 번뇌의 한 가지는 이 억울한 사정이었다고 남혁은 주먹마저 쥐어 보았다.
 '음흉한 작자들이야. 그러고도 천벌을 받지 않을까? 그렇다면 신의 존재가 너무나 허무하지. 가만있자, 그래두 이자들은 하느님마저 저희들의 독점물인 줄 아는지 주일 예배란 신성한 제목을 걸고 기도시간에는 정적(政敵)죽일 계획이나 하고 있는 모양이거든. 타기(唾棄)할 노객들이야.'
 남혁은 거침없이 욕을 퍼붓다가 문득 자기 아버지를 연상했다. 백발이 섞인 아버지는 오십 오 세이지만 지금 자기가 저주하는 대상에는 들지 않았다. 적어도 육십 오 세로부터 팔십 오 세까지의 노정치가들을 가리켜서 노객이니 반송장이니 하고 조소를 끼얹었던 것이다.
 '하는 짓들이 도무지 돼 먹지 않았단 말야. 천하를 얻은들 정도(正道)가 아닌 부정으로 빼앗아서야 무슨 보람이 있으며 무슨 낯짝이 있을까? 내일 모레면 관속에 들어갈 위인들이 대관절 국민을 무엇으로 알기에 빤히 밑바닥이 들이비치는 궤술(詭術)을 부리느냐 말야. 정말 천인공노할 비애국자거든.'
 남혁은 어젯밤에도 공공연하게 아버지 앞에서 그들의 험담을 펴놓았다. 그의 부친은 심각하고 침통한 안색으로 넋을 잃고 있었다.
 "음모자들은 성공했다고 손뼉을 치고 환호하겠죠. 그런데 아버지께선 의외시군요."
 남혁은 따끔하게 일침을 놓았다. 여당의 분과 위원장 급이면 고급 간부가 아니냐고 평소부터 은근히 아버지를 곯렸다. 아버지는 잠잠하였으나 그의 종합적인 대답은 이왕 한 번 당원이 되었으니 정의에 위반되지 않는 한 당책에 순응하여 충실한 당원이 되겠노라는 것이었다.
 남혁은 재작년 12월 24일 의사당에서 이백여 명의 무술 경위로 야당의원들을 끌어내는 대파란을 일으킨 그 날 밤에 집에 돌아오지 않은 부친을 사방으로 찾아다녔으나 헛수고였고 다음 날 저녁에야 혼이 빠져서 돌아온 아버지를 붙들고 하루바삐 그 두려운 탁랑에서 빠져나오기를 권하였다.

아버지는 점두(點頭)하면서 기회를 보아 감행하겠노라 했는데 이어 조박사의 별세의 기별을 들은 것이었다.

"막다른 골목까지 왔군."

이 한 마디를 뱉고 부친은 이내 심각하고, 침통한 표정을 계속하고 있는 터이어서 남혁은 이번에야말로 아버지의 대용단을 기다릴 때라고 생각하였다.

"음양으로 혹은 간접적이나 직접적으로 위대한 한 생명을 모기의 그것처럼 알아서 죽이기를 일삼는 그 잔인무도한 노객들의 계열에 아버지야 어디 어울릴 노릇인가? 어쩌다가 첫번의 발걸음이 그쪽으로 갔지. 현재의 자리도 순전한 아버지의 실력으로 그만큼 올랐으니까 아부와 준수가 없는 한 아버지도 떨어질 때가 되셨지. 그러니까 하루바삐 자퇴하셔야 할텐데······."

한참을 울부짖던 라디오가 끝난 후 남혁은 부스스 일어났다. 아직까지 잊었던 다갈색의 커튼을 밀치자 따뜻한 햇볕이 가슴에 안겼다.

"맑은 날씨로군."

남혁은 오후 세 시에 애영의 집에 가기로 한 약속을 되살리며 맑은 얼굴이 되었다.

그러나 그것은 일순간이었다. 멀리 남산 쪽의 하늘을 바라보며 어느 날 밤 인영과 남산에서 김민수에게 봉변당하던 장면을 회상하고 가슴이 막막하였다.

'인영 씨의 말을 들으니까 그자가 애영 씨와 이씨를 걸어서 고발을 했다니 어떻게 된 셈인지 물론 무근지설이니까 흑백이야 가려질 테지만 그

동안이라도 남의 풍문이 사납지 않을까?'

　남혁은 소파로 와서 털썩 몸을 걸쳤다.

　'어쨌건 절대로 용납치 못할 위인이야. 게다가 애영 씨에게 폭행까지 했다니 앞으로 무슨 일이 생길지 불안하기 그지없거든. 그런 독소는 하루빨리 제거돼야 할텐데.'

　남혁은 또 담배를 물었다. 시장기가 느껴졌다.

　'이씨와는 무던히도 깊은 관계에 있는 모양이지. 그러니까 그는 도도하게 버티고 있는 것이 아닌가?'

　이용준이가 버티거나 말거나 남혁 자신과 무슨 관련이 있단 말이냐? 오로지 한마음으로 애영만을 사랑하면 그만일 것이다. 자기들의 진로(進路)에 누가 개입할까 부리오.

　똑똑 노크소리가 나며 도어가 빠끔히 열리고 소녀가 머리만을 내밀었다.

　"조반 드셔야죠?"

　"그래. 할아버지 나가셨니?"

　"그럼 입때까지 계셔요. 지금 몇 신데 그러세요?"

　"몇 시냐?"

　"열 시 반예요."

　"벌써?"

　"그럼요. 빨리 오세요!"

　소녀는 문을 닫고 가버렸다. 남혁은 책상 앞으로 가서 시계를 보았다. 화류색의 윤이 번질거리는 선반이 층층이 값진 각종의 서적을 잔뜩 싣고 서 있었다.

　수향의 장치와 마찬가지로 유명한 화가의 인물과 풍경화가 제자리를 찾아 걸려 있는 아담한 그의 침실 겸 서재는 몇 개의 화분으로 화려하게 보였다. 맨 위 선반에는 멋들어진 시계가 아홉 시 반을 가리키며 놓여 있

고 그 곁으로 다섯 꼭지의 은촛대가 서 있었다
 '고얀 녀석이로군. 한 시간이나 에누릴 해?'
 남혁은 그제야 목욕실로 가서 세수를 마치고 돌아오며,
 '조반 후에는 창작을 해야겠다.'
는 계획을 세웠다
 그러나 그는 원고지를 들며 몇 십 장인지 알 수 없는 푸념을 적어 갔다. 어젯밤의 큰 별이 떨어졌다는 탄식에서 예의 노정치가를 탄핵하는 노호가 계속되는 동안 언제인지 자신의 호소로 변하여서 이십 세 문학청년의 작문 같은 넋두리를 갈겨쓰고 나니 적이 심중이 풀렸다.
 그는 두 시 반에 집을 떠났다. 도보로 가려는 것이었다. 어제 오후에 애영과 함께 차를 타고 오면서 어디로 잠깐 들러 얘기하고 가자니까,
 "내일 오전엔 일 좀 하겠으니 오후에 집으로 오세요. 세 시쯤이 좋을 거예요. 그때 자세한 말씀 올리겠어요."
하였다. 오늘은 애영을 데리고 조용한 산보로나 더듬어 보겠다는 심산으로 천천히 걸어서 사잇길로 올라가니 애영의 집 옆에 한 채의 검은 지프차가 점잖게 망을 보고 있지 않는가,
 남혁은 좌우를 둘러보았다. 어떤 집의 방문차이었을까를 점쳐 보려는 것이었다.
 '으음. 별 수 없는 애영 씨 댁이로군'
 그렇다면 누굴까 하고 차의 번호를 슬쩍 훑었다. 운전수가 히터 곁에 앉아서 남혁을 내다보았다.
 '신 학장도 아니구'
 그는 대문을 밀었다. 전에 없이 문짝은 밀려 나갔다. 현관에는 윤나는 검정 구두가 단정하게 끝이 밖으로 놓여 있었다.
 구두 소리에 반드시 마중 나올 순옥이나 윤씨도 보이지 않았다.
 '빗장도 걸지 않고 다들 어디 갔을까?'

남혁은 이층에다 귀를 쫑그렸다. 나지막한 남자의 음성이 들리는 것도 같고 안 들리는 것도 같았다.
　막 주인을 찾으려는데 윤씨가 부엌에서 돌아오다가 남혁을 보고 반색했다.
　"아니, 왜 그러고 섰어요? 스스러운 손님이던가요?"
　"그럼 아무도 안 계신데, 막 들어갈 수 있습니까?"
　"어서 안방으로 들어갑시다."
　반찬거리를 만지다가 왔는지 윤씨는 양념 내음을 풍기며 앞장섰다.
　"거기 앉아요."
　"바쁘시면 들어가 보시죠."
　남혁은 윤씨가 음식을 만드는 것이라 지레 짐작하고 권해 보았다.
　"뭐 별일도 없어요. 이리로 편히 앉으시라니깐."
　"이층에 손님 오셨나요?"
　남혁은 앉음새를 편히 하면서 넌지시 물었다.
　"조금 전에 왔죠. 왜 입때 서로 모르시던가?"
　"누구신데요?"
　"이용준 씨라구 옛날부터 한집 식구처럼 무관한 분이죠."
　윤씨는 애영과 단 두 사람의 조용한 자리를 변명하는 듯이 자세한 설명을 붙였다.
　"말씀만은 많이 들었습니다."
　윤씨는 남혁을 새삼스럽게 관찰하였다. 여러 모로 눈을 씻고 뜯어보아도 인영의 신랑감으로는 백 퍼센트 만 점이건만……
　"올라가 보실 걸."
　"뭘요. 시간 약속이니까 곧 내려오시겠죠."
　남혁은 이층에 일별을 주면서 외투 포켓을 만지작거렸다. 윤씨는 눈치를 채고,

창공에 그리다　351

"담배 피시지."

성냥 곽을 그의 앞으로 밀면서 탐탁한 웃음을 보였다.

"그럼 잠깐만."

남혁은 윤씨의 앞을 떠나 현관 마루에 나와서 담배를 피웠다.

'요새 젊은이 아니로군.'

윤씨는 남혁을 칭찬하는데 남혁은 애영을 원망하고 있었다.

'얼마나 정신이 팔렸으면 약속 시간마저 잊고 있을까?'

남혁은 시간을 보았다. 이제야 겨우 세 시 정각이었다.

'흥. 십 분쯤이나 미리 왔었군.'

남혁이 열없는 고소를 흘리고 있는데 층계를 내려오는 조용한 발소리가 들리고,

"어마! 왜 이러고 서 계세요?"

하는 정답고 맑은 목소리가 등뒤에서 났다.

"그럼 손님이 계신데 어떡하란 말입니까?"

남혁은 획 돌아서며 범처럼 으르렁거렸다. 비록 가만히 위협이지만……

"어마! 어느 새 성나셨어요?"

"나중에 성내야 할 시간이 뭐 따로 있나요?"

남혁은 자기라서 씨익 웃었다. 애영도 따라 빙그레 웃으며,

"어서 올라가세요!"

하고 남혁의 어깨를 살며시 밀었다.

"손님이 계시지 않느냔 말입니다."

"계셔두 괜찮다니깐요."

"싫습니다. 남의 눈총 맞을 거 뭐 있어요?"

남혁은 애영을 똑 바로 보았다. 정열이 넘칠 듯한 그의 큰 눈은 나와의 약속만이 아니잖느냐는 힐책을 담고 있었다.

"이용준 씨가 오셨어요. 구정 초에 부산에 출장하시노라 어머니께 세배를 못 드렸다구, 오늘에야 틈을 얻으셨다나요. 그래서 방금 전에 오셨죠."
"그러니 말이죠, 전 나중에 오겠어요. 어서 가보십시오."
남혁은 돌아갈 기세를 보였다. 윤씨가 방에서 나왔다.
"아니 웬 고집이슈? 구면이 따로 있나요? 사귀노라면 친구가 되는 거죠."
"……."
"어서 올라가요!"
윤씨는 남혁의 등을 밀었다. 애영은 남혁에게 눈을 흘겨 보였다.
"공연한 생트집이셔요."
"트집인가요? 예의죠."
"여기 와선 제 의사에 맡기는 게 예의가 아닐까요?"
하긴 그렇다고 남혁은 그 뜻에 따르고도 싶었으나 이용준이가 용 마냥 서리고 있을 애영의 침실에 진정 들어가고 싶지 않아서,
"오늘만은 비례를 감행하겠습니다. 용서해 주시죠."
하고 몸을 돌렸다. 애영은 얼른 앞을 막았다.
"이러심 제가 뭣이 되는 거죠?"
"……."
"제 입장엔 도무지 무관심이시군요."
"장 선생님의 입장을 위해서가 아닙니까?"
"그렇지만 오늘 약속은 저이 요구였지 않아요 그런데 백 선생님이 이러신담 제가 어떻게 다음에 백 선생님을 뵙죠?"
"만일 저분이 긴급 용무라도 가지고 오셨다면."
"아니라니깐요. 그냥 세배 오신 거예요."
세배라면 방금 전에 오셨다는 사람이 어느 새 이층에 올라갔을까? 그것은 표면상의 구실이요 딴 배포가 있음이 분명할 것이라고 남혁은 오히

려 주저하였다.
"자 어서 올라가시오. 내 맛난 거 해드릴 테니 응?"
윤씨는 남혁을 쳐다보며 달래다가 애영에게 일렀다.
"얘, 어서 모시고 가라. 난 부엌에 좀 가봐야겠다."
윤씨가 없어지자 남혁은 애영의 두 팔을 잡아 복도를 걸리며,
"고대고대하시는 분에게 빨리 가 보세요."
하는 귓속말을 하는데 쿵쿵 발소리가 났다.
"애영 씨! 손님이 오신 모양인데 난 가보겠습니다."
굵다랗고 저력 있는 말소리가 층계를 굴러 내려오며 천천히 이용준은 그들의 앞에 나타났다.
"아이, 이 선생님은 또 웬일이세요?"
애영은 짜증 비슷한 억양을 넣어서 이용준에게 말했다. 주인이란 인물이 하도 오래도록 자리를 비웠으니 민망하기도 하겠지만 그런다고 자기까지 애를 먹일 것이 무엇이냐고 애영은 이용준에게 원망스러운 시선을 보냈다.
"손님 모시고 어서 올라가 보시죠. 난 또 딴 볼 일이 있으니까 가 봐야겠습니다."
이용준은 손에 들었던 검은 중절모를 반 고수가 보기 좋게 넘어간 머리털 위에 사뿐 얹으며 달래는 듯한 눈으로 애영의 복잡한 시선에 응대하였다.
"나야 뭐 괜찮지 않습니까?"
이용준은 여유 있는 미소마저 지으며 한 발자국 떼려고 하였다.
'흥. 자긴 손님이 아니고 뭐길래 괜찮다고 해?'
호시탐탐이 노리는 백남혁의 따가운 눈총을 느끼면서도 이용준은 빳빳하게 가슴을 가누며 옆으로 고개를 돌리지 않았다.
"이 선생님은 괜찮지만 우리가 어떻게 되는지 모르시겠어요?"

우리라는 복수가 자기네 가족을 말하는 것인지 백남혁 자신을 가리키는지는 정확하게 모르지만 남혁은 그 '우리'라는 지적에서 어쨌거나 쾌감을 가질 수 있었다.

매양 이런 때에는 주부의 역할이 좌우하는 것이리라 윤씨가 엄연히 그들에게 호통을 치며 나왔다.

"아니, 왜들 이러는 거요? 정말 별일 다 보겠네!"

한바탕 세 남녀의 얼굴이며 표정들을 살펴 본 후에 윤씨는 허허 웃었다.

"나 원, 사내 대장부들은 좀 대범한 줄 알았더니만 우리네보다도 더 옹졸하구려. 예로부터 지면이 따로 있나? 사귀어야 구면이지. 진작부터 서로 통성명하고 지내야 할 양반들이 우연히 여기서 만나게 됐거들랑 다행히들 알고 화기애애하게 한 자리 보낼 일이지 서로가 선후 양보를 하느라고. 이게 뭐람? 아유, 지지리들도 못났구려."

윤씨로는 수다스럽다고 할 만큼 꾸중인지 설교인지를 늘어놓았다.

"아무튼 신사야. 철두철미 신사 양반들이니 대견해요 대견해. 그렇지만 사양지심은 예지단야라고 겸양도 지나치면 비례가 되는 법이거든요, 그만큼 서로가 교양을 과시했으니. 자, 다들 올라가시오. 오늘은 내 명령에 복종할 의무가 있으니깐."

윤씨는 병아리나 모는 듯이 두 팔을 쫙 펴서 어서들 올라가라는 율동을 보였다.

"넌 또 뭐냐? 이런 땐 주인의 위력을 발휘해설랑 군이 모시고 가야 할 게 아니야? 양쪽 의견에 몰려서 진퇴양난이 돼 가지고 있으니 얌전하긴 천하의 일품이지만 사람이란 융통성도 좀 있어야 하는 법이니라. 우리 인영이 같으면야 입때 이러고들 있게 했으리라고?"

은연중에 인영이를 내세우며 윤씨는 분위기를 부드럽게 하느라고 자기 딴의 수완을 부렸다. 그리고 그것은 또 적중하여서 이용준과 백남혁의 입술에는 웃음이 넘실거려 금새 넘치려고 하였다.
"하하하하……."
호탕스러운 웃음소리가 이용준에게서 터져 나왔다. 백남혁은 입으로만 빙긋이 웃었다.
"어머님 말씀이 옳습니다. 지당하신 분부시라고 생각합니다. 그럼 전 도착의 순서대로 먼저 올라가죠."
그는 시원한 눈으로 남혁을 한 번 바라보고 이마를 슬쩍 숙이며 침착한 걸음으로 계단을 밟아갔다.
"아암, 그래야지."
윤씨는 이용준의 늘씬하고도 풍부한 뒷모습을 쫓던 눈으로 다시금 남혁을 재촉하였다.
"장 선생님이 앞장서세요."
애영은 말없이 몸을 돌려 남혁의 뜻대로 앞서고 뒤서서 조용한 발소리를 냈다.
날씬하고 호리호리한 남혁의 멋진 자태가 사라진 후에야 턱을 내리며 윤씨는 흡족해 하였다.
"둘 다 사윗감으론 안성맞춤이야. 그렇지만 백씨는 엉뚱한 궁릴 하고 있는지도 몰라."
윤씨의 미간에 어두운 그림자가 언뜻 스쳤다. 그는 잠시 그 자리에 서서 위쪽에 귀를 보냈다.
"인제 정식으로 인사들을 하시죠. 이용준 선생님이세요."
애영의 해맑은 목소리,
"성화는 익히 모셨는데 뵙기가 늦었군요. 저 백남혁이라고 합니다."
태도보다는 고분고분하면서도 세련된 말씨였다.
"저 이용준입니다. 말씀만은 애영 씨에게서 많이 들었습니다. 앞으로 좋은 친구가 돼 주시겠죠? 허허허허……."

어디까지나 겸손하고도 노련한 솜씨였다. 둘이 다 조금 전의 어색하던 장면에는 언급을 하지 않는 것이 특색이라고 윤씨는 머리를 크게 끄덕이며 방안으로 들어와서 순옥에게 차 준비를 시켰다.

두 남성은 서로 인사를 끝내고 담배를 서로 권하며 어젯밤에 일어난 조 박사의 불행에 화제를 선뜻 돌려 유유히 담화를 계속하고 있으나 애영만은 잠잠히 생각에 잠겨 있었다.

오전 중에 제작을 끝마치고 점심을 느지막이 먹고 나니까 이내 이용준이 왔다. 아무런 내용도 없이 자기의 사정대로 결례되었으나마 이제라도 세배를 왔다는 것이다. 부산에서의 선물로는 애영 형제에게 화장품을, 호식 남매에게는 학용품을 가져왔다.

애영은 세 시가 되어 오자 남혁 씨가 와서 오해나 하지 않을까, 그 성미에 까탈이나 부리지 않을까 조바심이 났던 것이다.

그런데 아니나다를까 남혁은 또 십 분이나 먼저 와서 기다리다가 제풀에 화를 냈고 탓을 잡았다. 나중에는 이용준이까지 나와서 이러쿵저러쿵 딱한 처지였는데 다행히 어머니의 수단으로 현장처리는 만점인 모양이나 앞으로 어떻게 자리를 끌어갈까 하고 망설이지 않을 수 없었다.

애영은 천연스럽게 얘기를 듣는 체하고 두 사람의 기색을 관찰하였다. 심리까지 해석하려니 관찰이라는 명사가 꼭 알맞다고 혼자 수긍하였다.

아무런 내색도 하지 않고 오직 화제에만 열중하는 이용준에게는 선배답고 군자다운 풍조가 있지만 남혁은 경계하고 탐색(探索)하는 눈초리를 늦추지 않고 있었다.

마침 순옥이가 차를 가져와서 애영은 퍼뜩 제정신으로 돌아왔다.

"차를 드시죠."

애영이는 두 사나이의 앞에 각각 밀어놓으며 권했다.

그들은 약속이나 한 듯이 찻잔을 들면서 애영을 보았으나 자기의 시선이 누구에게로 먼저 향할 것인가를 겁내는 애영은 눈을 떨어뜨리고 차만 훌훌 마셨다.
 어쩌다가 이용준과 애영이 마주칠 때면 그는 한결같이 자애와 우호의 빛이 넘치는 눈으로 곤경에 있는 애영을 감싸며 돌았다.
 그러나 남혁의 시선은 애영에게 강한 힐책과 무한한 정열을 쏟으며 날카롭게 감겨들었다.
 그러한 남혁을 바라보며 적이 놀란 것은 이용준이었다. 애영과 함께 차로 나가다가 평동 어귀에서 먼 빛으로 남혁을 보았을 때는 무심하게 지나쳤다.
 애영에게서 한 직장에 있는 청년이라는 말을 들었을 때도 어쩌면 인영에게 유관한 얘기가 나오면 좋겠다는 막연한 희망과 기대를 가져왔던 것이다.
 그런데 오늘 우연히 한자리에 앉게 되어 잠시 담화하는 동안 백남혁이 애영에게 전심전력을 기울이고 있다는 사실을 발견하고 그는 자신이 애영과 너무나 먼 거리에 있었다고 후회하였다.
 '저렇게 극렬한 성격을 가진 상대와 사 년 간이나 함께 지냈으니 더구나 한편에서 갖은 성의와 애정을 바쳤다면 지금쯤 둘의 정리는 끊을래야 어쩔 수 없는 정도에까지 이른 것이 아닌가?'
 참으로 자기처럼 어리석고 희미한 인간은 없으렷다. 애영에게서 무슨 확답을 들었다거나 정확한 증거를 잡은 것도 아닌데 다만 자신의 일방적인 고백만으로 그와의 결합을 바라고 있다니 이 얼마나 위험하고 무능한 처신이냐?
 '그들은 벌써 어떤 고비를 넘긴 것이나 아닐까 설마 애영 씨가 그처럼 호락호락 몸을 맡기진 않겠지만 애영 씨가 요새 바싹 이혼을 서두는 것도 하나의 이유가 아니겠는가. 그렇다면 차소위 십 년의 공부가 나무아미타불이 될 뿐 아니라 청춘을 허송하면서도 오로지 한 줄기의 광명을 바라며 살아오던 이용준은 어찌될꼬?'

이때까지는 혼연히 낙락하던 이용준에게 차차 침울의 그림자가 어리기 시작했다.

'입버릇처럼 아니 염불처럼 밤낮으로 외우던 나의 기원 나의 희망을 물거품으로 돌릴 수는 없다. 애영 씨만은 절대로 놓치지 않으리라고 순간마다 마음에 새겼단 들 나 혼자만의 공상에 지나지 않고 무엇이란 말이냐?'

이용준에게서 문득 긴 한숨이 새어나왔다. 남혁이 후딱 눈을 들었다. 희고 번듯한 이마에 우수가 서리는 듯하였다. 그는 담배를 한 대 피어 물고 숨결 마냥 긴 연기를 뿜더니 눈을 스르르 감았다.

'애영이 없이는 나의 일생이 너무나 참혹하지 않는가? 하찮은 여생이나마 애영 씨와면 값나가는 삶을 엮을 수 있으리라고 굳게굳게 믿었더니만……'

이용준에게 실망 비슷한 서글픔이 왔다.

자기에게 그런 큰 라이벌이 있으리라고는 꿈에나마 생각지 못하였던 만큼 놀라움과 안타까움도 그만큼 컸다.

'난 그런 줄도 모르고 백씨를 보자마자 이내 인영 씨의 배필로 가정하고 애영 씨와 협력하여서 성혼시키려구 하였지. 이런 것을 등하불명이라 할 것이다.'

그러나 사십이 된 자기가 한창 고조된 정열에서 날뛰는 저 백씨와 겨룬들 추태밖에 나타날 것이 무엇이랴. 시일이 해결 짓는 대로 나도 최선을 다할 뿐이라고 이용준은 스스로 자기 가슴을 달래며 눈을 뜨자 애영과 남혁의 시선을 동시에 느꼈으나 그는 천장을 쳐다보며 어색한 하품으로 얼버무렸다.

이용준이 고요하게 공상하는 동안 남혁은 애영과의 수 없는 밀어를 눈으로 교환하였다.

'인격자께서 꽤 고민하시는 모양이로군요?'

'좀 가만히 계세요!'

'당신의 가슴도 아프시죠?'
'아이, 왜 저러실까!'
'내가 먼저 가 버릴까요?'
'또 저러신다.'
'좀 위로해 드리시죠'
'염려 마세요!'
'저분도 잘못 걸리셨죠. 남혁은 일보도 후퇴하지 않습니다.'
이러는데 이용준이가 눈을 뜬 것이다.
이번에는 남혁이 황급히 담배를 찾았다. 너무나도 태연한 그의 태도에 역정이 났다.
'무슨 자신이 있길래?'
남혁은 짤막하게 연기를 뱉었다. 비록 기세는 당당하지만 입장에 있어서는 자신이 상대방에 미치지 못함을 잘 알고 있는 남혁이었다.
그러기에 때로는 아니 언제나 초조라는 효소에 걸려들지 않는가. 사랑과 조바심은 떨어질 수 없는 감정이라지만 이렇듯 불안 속에서만 살아갈 수 있을까?
나는 아무개를 사랑하노라고 천하에 외치고 싶은 심정은 자랑에서 우러나는 희열이 아니고 무엇이랴만은 그 기쁨에도 가끔씩 자신을 잃는 남혁은 이 자리에서도 문득 이용준과 비교하여 불리한 조건에 있는 자기를 발견하는 것이다.
'이씨는 애영 씨와 연령도 걸맞고 당당한 독신자이다. 자기야 물론 총각이지만 그러기에 기혼인 애영 씨가 꺼려하는 것이 아니냐.'
하나에서부터 열까지 이용준보다 더 우세한 것이 없는 자기라고 남혁은 자칫 실망에 들려 하였으나
'애영 씰 사랑하는 밀도에서만은 이씨가 나를 당하지 못할 것이다. 어떤 장해라도 어떤 난관이라도 기어이 뚫고 나가는 남혁을 보라!'

하는 자위와 스스로의 격려에서 그는 조급하게 빨던 담배를 끝내고 이용준에게 먼저 말을 걸었다.

"이 선생께선 연출을 하셨다는데 왜 방향전환을 하셨나요?"

자기를 지적하자 이용준은 몸을 꿈틀거려 답례를 하고 미소로 대답하였다.

"취민 굉장했는데 실력이 부족했던 모양이죠."

"예술부문에 발을 들여놓으면 깊이는 빠질망정 빼낼 수는 없는 게 상정인데 어떻게 용케 탈출하셨군요."

부드러운 말씨나 어디까지나 도전적이라고 애영은 남혁을 정시하며 주의하라는 암시를 보였다.

"그게 실력 부족의 증거죠. 감당하기 어려우니까 자퇴한 거밖에 더 되겠어요?"

이용준은 눈썹 하나 까닥하지 않고 겸손한 태도로 받아 넘겼다.

애영은 공연히 불안해 오는 심경을 달래기 위하여서 자리를 뜨고 싶었다. 아래층에서는 기름 냄새도 올라오고 고기 굽는 내음도 풍기는데 어머니나 도와드렸으면 좋겠으나 그럴 수도 없어서 망설이다가 잠깐 대화가 끊어진 틈을 타서,

"백 선생님, 그림 구경하시겠어요?"

하고 남혁을 보았다.

"그럴까요?"

남혁은 언뜻 이용준을 건너다보며 일어났다. 이용준은 전에 와서 보았지만 남혁에게는 웬일인지 미루어 왔던 것이다.

"이 선생님께서도 함께 보시죠."

남혁은 이용준에게 권했다. 자기는 전에도 보았노라는 말이 나오려 했으나 애영의 경우를 생각하여서 이용준은 잠자코 따라서 몸을 일었다.

두 번 아니라 열 번인들 싫증나지 않을 그의 작품이 아닌가.

완성되기 전에는 가끔씩 들여다보았지만 그 후로는 왔다가도 애정의 표시에 바빠서 기회를 잃었던 남혁이었다.

애영은 두 사람을 화실로 안내하였다. 테레빈의 냄새가 방 안에 가득하였다.

「독립문」이니 「눈 온 뒤」이니를 감상하면서도 남혁은 고의로 이용준의 발언을 슬슬 거슬렸다. 이래서는 안 되겠다고 애영이 머리를 썩히고 있을 때 통통통 발소리가 나며 인영이 올라왔다.

"아이, 너로구나! 어떻게 일찍 왔니?"

애영은 참으로 구세주의 출현처럼 인영을 반겼다.

"인영 씨 오랜만이로군요."

"인영 씨 재미 많았어요!"

그들이 인영에게 인사하는 동안에 애영은 슬그머니 화실을 나와 전의 좌석으로 돌아왔다.

"인영이 용케 빠져나왔구나!"

"애영은 신기해서 또 한 번 감탄하는데 인영은 책가방을 정돈하면서,

"언니가 빨리 오랬다구 순옥이가 전화했던데요. 그럼 언니 몰랐수?"

하고 고개를 갸우뚱했다. 급하게 걸어온 탓인지 발그레 상기한 뺨은 물앵두 마냥 금새에 터질 듯이 팽창하여서 이제야 이십 세 전후의 소녀와 같았다.

"이 선생님이랑 백 선생님이랑 벌써부터 오셔서 기다리시니깐 빨리 와야 한다구 전화가 두 번이나 온걸요."

"옳지, 어머니가 하셨구나. 오늘이 인영이 생일이래요."

애영은 이용준과 백남혁을 번갈아 보며 설명하였다.

"아무 것도 별다른 건 못하지만 저녁이나 모여서 함께 먹자고 얘더러 좀 일찍 나오라고 당분 하셨는데 우연히 두 분 선생님이 오시니깐 아마 어머니께서 재촉하셨나 봐요."

애영은 무심한 듯이 말하면서도 눈 속이 뜨끈하게 젖어졌다. 두 남성에게 끼어 있는 큰딸의 거북한 사정을 펴 주려는 어머니의 간곡하고 알뜰한 맘씨려니 하는 짐작에서였다.
 아니나다를까 층계 위에서인 듯 온화하면서도 명령적인 윤씨의 목소리가 들려왔다.
 "오늘이 우리 인영이 생일인데 뭐 별건 없지만 이왕들 오셨으니 저녁이나 같이 들구 가시도록 하시우."
 두 사나이는 마주 보며 의외라는 표정을 짓다가 이용준이가 먼저,
 "인영 씨 축하합니다. 그런데 선물을 못 가져왔으니 어떻게 하죠? 가만 있자 그 대신 내일이라도 톡톡히 잘 대접해 드리겠어요."
하고 귀엽다는 듯이 아직도 서있는 인영을 쳐다보았다.
 "얘, 옷 갈아입어. 응?"
 애영이 인영에게 채근하자 인영은 아래층으로 내려가더니 초록 반호장 저고리에 진분홍치마를 입고 왔다.
 "언니의 프레젠트예요."
 인영은 화려한 색채가 열없는 듯이 변명하면서 얼른 시선을 남혁에게 떨어뜨렸다가 황망히 거두어 이용준에게로 보냈다.
 "아, 눈부신걸요!"
 탄성을 올렸다. 아까 까지도 틀에 박힌 지성적인 훈장감이었는데 긴치마 밑에서 아른대는 흰 버선코며 비단처럼 내려간 어깨의 곡선, 등허리와 허리의 윤곽이 그의 도화색의 뺨과 함께 신방에서 갓 튀어나온 신부 마냥 연연하고 아련하였다.
 애영도 잠깐 처음으로 느끼는 인영의 교태에 넋을 잃고 남혁은 끝내 침묵이었으나 한 마디 없을 수 없다는 듯이.
 "잘 어울리시는 걸요."
하며 다리께까지 늘어진 자줏빛 고름에 눈을 주었다.

"인영이던가요? 그렇게들 주목하심 싫어요!"

인영은 음성에까지 교태를 머금어 앙탈하면서 애영의 곁으로 사붓이 앉았다.

애영의 곁이면서 이용준과 사이라 자연히 남혁과 마주치게 되었다.

"아, 자연히 눈이 끌리는 걸 어떻게 해요? 허허."

인영이가 참석하자 이용준은 안심하고 농담마저 하였다. 그러나 이용준은 남혁이가 하여야할 대답을 자기가 하는 것이요 인영이 역시 남혁에게 던졌던 말인 것을 피차 잘 알고 있었다.

"어쨌거나 인영이가 오기 때문에 자리는 한결 부드러워 졌다. 우선 애영이가 숨을 내쉬고 이용준이 맘을 놓게 되었으나 인영과 남혁은 마주 앉았으면서도 서로가 시선을 피하려 하였다.

'또 한 가지의 사실을 발견하였군.'

워낙이 연출가라 인물과 심리와 표정의 감정(鑑定)쯤은 누구에게도 지지 않은 이용준은 인영이 백남혁을 사랑하고 있다는 것을 직감하였다.

'현실은 언제나 꾀이기 마련이거든. 인영은 남혁을 사랑하고 남혁은 애영을 사랑하고 애영은?'

애영은 이용준 자기만을 사랑한다고 단정하고 싶으나, 대강 추측은 할지언정 애영의 저 세 치 가슴 속의 비밀을 어떻게 완전히 집어낼 수 있으랴.

애영과 인영이 남혁과 어울려서 오늘 학교에서 논의되었던 조 박사 서거에 대한 여러 의견들을 펼쳐 놓는 동안 이용준은 언젠가 외교구락부에서 애영과 주고받던 대화들을 상기하였다.

그때 애영은 인영의 혼인에 협력해 달라 하였고 자기는

"협력 문제가 아니죠. 인영 씨의 배필 될 만한 사람을 발견만 한다면야 업어다가라도 드릴 테니까요."

하였던 것이다. 청혼이라는 것은 모조리 거절하는 인영인 만큼 만일 인영이 쪽에서 맘에 들어하는 후보자만 있다면 자기는 그야말로 얼마의 노력까지라도 할 각오를 가지고 있었던 것이다.

그런데 그 상대자는 바로 백남혁이요 백씨는 애영 씨에게 정열을 쏟고 있으니 도저히 자기의 개입한 계제가 되지 못한다고 이용준은 인영과 남혁을 반 투어 바라보며 맘속으로 혀를 차고 있었다.

'묘하게 얼크러졌군.'

그러나 시간이 해결지어 줄 것이라는 막연한 희망을 가지며 자기는 이만큼 해서 사양해 보겠다고 막 말을 내려는데 밖에서 순옥이가 불렀다.

"아줌마 할머니가 잠깐 와보시래요."

"응."

인영이가 냉큼 대답하며 일어서려는 것을 애영이 잽싸게 그의 팔을 눌렀다.

"넌 이제야 왔잖아? 그러잖아도 내가 나가려고 했었어. 넌 손님 접대해야지. 그렇지 않니?"

애영은 장황하게 이르면서 몸을 빼쳐 나갔다. 이용준과 남혁의 시선이 애영의 등에 함께 업히는 것을 인영은 놓치지 않았다.

애영은 홀가분해진 어깨를 싹 펴보며 가벼운 발소리로 층계를 내려왔다.

위에서는 그들의 웃음소리가 터졌다.

"애! 밥상을 어떻게 하련? 안방에 차려? 이층에 차려?"

"여기가 좋겠군요."

"그럼 빨리 서둘러라. 별 것도 아닌 걸 괜시리 시간만 끌라."

애영은 어머니와 부지런히 상을 보면서

"용호상박 알지? 동에는 이용준이라는 용이 있고 서엔 백남혁이란 범이 있으니 말야."

하던 강윤기 부인의 말이 절절히 옳다고 생각하였다.

잠깐 다녀간다던 이용준은 운전수까지 저녁 대접을 받고야 애영의 집을 나왔다. 이른 만찬이라 아직도 황혼인 여섯 시 반밖에 되지 않았다.
애영에게서 남혁이 세 시에 약속이 있어서 왔다는 것을 귓결에 들은 터라 자기가 어서 일어나야 하겠기에 인영에게
"인영 씨! 난 선물을 못 드렸는데 그 대신 함께 나갈까요?"
하고 넌지시 꾀어 보았다.
"그래도 좋아요."
의외로 인영의 승낙이 빨라서 이용준은 인영과 차에 올라 회색 빛의 거리로 나왔다.
"오늘은 인영 씨가 하자는 대로 하겠지만 제의는 내가 해야겠군요. 자 어떻게 할까? 영화관에나 갈까요?"
"천만에. 따분해 싫어요."
"호호? 그럼 어느 다방에나?"
"허, 인영 씬 평생 다방에 출입하지 않겠군요?"
"청승맞은 감정에 지배될 때 누구와의 약속이 있을 때 그런 땐 가지만……."
"지금은 어느 종류의 감정인가요?"
"막 어디론가 헤매다니고 싶은 그리고 막 누구하고 싸우고 싶은 그런 심정인 걸요."
그럴 것이라고 이용준은 수긍하며 자기 역시 그런 심경이라는 말이 혀 끝까지 매달렸으나
"그럼 어디 원거리 드라이브나 할까요?"
하고 시침을 뗐다.
"제발!"
"그럼 코스를."
"이리로 꺾으세요!"

인영은 세종로에서 중앙청으로 갈 것을 명령하고 언젠가 남혁과 함께 달리던 그 길 순서대로 한 바퀴를 돌아서 한강으로 나가자 하였다.

'이 아가씨가 추억을 더듬고 있군.'

이용준은 인영의 옆모습을 훑으며 가슴이 싸하게 아려오는 것을 느꼈다.

"추운데 한강엔 왜요?"

"그 긴 다리를 왕래하잔 말씀예요. 쭈욱 영등포까지 몰아서 되돌아오는 거 싫으세요?"

"싫긴?"

이용준은 남대문을 돌아오면서 자기에게로 쏠리는 인영의 체중이 애영보다도 훨씬 가볍다고 생각하였다.

인영은 철교를 지나며 멀리 수향의 남혁의 방을 찾았다. 창은 어둡고 주인은 송월동 언니의 방에서 한창 정염을 태우고 있으련만 그쪽의 공간이나마 가슴에 파고드는 그리움! 인영에게서 가느다랗고 안타까운 호흡이 새었다.

"인영 씨!"

인영은 머리를 살그머니 돌려서 이용준을 쳐다보았다. 가두의 불빛에서 그의 선선한 눈은 이슬을 머금은 듯이 보였다.

"사랑을 체험해 본 일이 있어요?"

인영은 살래살래 고개를 가로 저었다. 앞 머리칼이 이마에서 나부꼈다.

"그럼 왜 사랑을 구하려 노력하지 않아요?"

"사랑을 노력으로만 얻을 수 있을까요?

"있구말구요. 노력 없는 성공이 있을 까닭이 없죠. 더구나 정열과 노력과 지성이 없이 사랑의 승리란 포기해야 하지 않을까요?"

인영은 입을 꼭 다물고 앞만을 보았다. 정열, 노력, 지성, 이 세 가지를 다 바치고도 사랑의 개가는커녕 패배의 쓴잔을 마시는 남녀가 얼마나 수

두룩한가.

"이 선생님께선 이 세 가지의 힘을 입으신 일이 있나요? 그 덕을 보신 일이 있느냐 말씀예요."

"반드시 있으리라고 믿으면서 진행 중에 있습니다."

"그렇지만 우리에게 예외가 얼마든지 있는걸요. 어젯밤에 돌아가신 조 박사께선 뭐가 모자랐어요? 정열이겠어요? 노력이나 지성도 그만큼 부리셨지만 성공은커녕 원한 중에 가버리지 않았어요? 외적 조건이 어느 만큼 협조할 때에만 성공이란 가능하다고 전 생각하는데요."

"외적 조건이라?"

"그럼요. 조 박사의 예만이 아니라 우리나라에서 혜택을 입은 특수층을 빼놓으면 일생을 이 세 가지의 연속 중에서 헤매다가도 기어이 뜻을 이루지 못한 채로 사라지는 가난하고 불행한 사람들이 얼마나 많아요? 자신이 아무리 정열과 노력, 지성의 결정체인들 외부의 모든 조건이, 즉 환경이 협조하지 않을 땐 하는 수 없이 성공을 저버리게 되는 거죠. 사랑도 마찬가지 아니겠어요? 성공한다는 의미에서 말이에요."

"그야 그렇다고도 할 수 있겠지만 어느 땐 내적 조건이 외부의 장애를 극복하기도 하니까."

"그렇지만 사랑은 달라요. 솟아나고 우러나는 애정이 없이 상대편 조건에만 굴복한대서야 그건 동정이지 참된 사랑은 아니잖아요?"

돌아오는 차 속에서 인영이 이용준과 열심히 사랑에 대한 토론을 하고 있을 때 송월동 이층에서는 애영과 남혁이 마주 앉아 이혼에 대한 대화를 하고 있었다.

여러 가지의 잡담이 끝난 후에 남혁은 정색하고 입을 떼었다.

"장 선생님은 고의로 내게 숨기셨죠? 인영 씨에게서나 들음들음 얻어 알았지 당신이 내게만은 침묵이시니까요."

"누구에겐 알렸나요? 무슨 장한 일이라고 여기저기 뿌리고 다니겠어요?"

"그래도 꼭 알으셔야 할 분들은 다 알고 있지 않습니까? 신 학장이며 강윤기 씨 부처, 또 아까 오셨던 그 인격자 신사랑요."

"백 선생님도 그 정도쯤은 알구 계시면서 괜시리 자꾸 뜯으셔."

애영은 남혁에게 살짝 눈을 흘겨 보였다. 무한한 친밀감이 스며들었다.

"뜯게 된 걸 어떡합니까?"

"사실은 자꾸만 오해를 하고 계신 것 같길래 오늘 조용히 오시랬는데 그만 시끄러워졌었죠."

남혁은 아무 말 없이 담배를 꺼내서 불을 붙였다.

"음력 섣달 그믐께 이런 일이 있었어요."

애영은 자기가 변호사에게 소송을 위탁하고 오던 날 밤에 김민수가 와서 이용준과 자기를 걸어 고발하겠다고 하면서 폭행을 하던 일까지 자세하게 보고하였다.

남혁은 인영에게서 그런 전말을 듣고 지극히 분노하였던 것이나 아는 척하고 나서면 행여나 입이 가볍다는 힐책이 인영에게 돌아갈까 봐 이제야 처음 듣는 척하였다.

"원! 그런 일이 있었던 가요?"

남혁은 눈을 크게 뜨며 놀라는 체하였다.

"거 보세요. 그게 언젯적 일인데 이제야 알려주십니까?"

"그럼 무슨 경사났다고 떠들어요?"

"어쨌거나 통탄할 일이군요. 그래 그 후는 또 어떻게 됐습니까?"

"아직은 아무 말 없지만 날뛰는 꼴이 꼭 무슨 일을 저지를 것만 같애서."

애영은 입술을 꽉 물면서 이마에 잠깐 살을 모았다.

"소위만 괘씸할 뿐이지 염려 조금도 없습니다. 일이 그렇게 간단한 건 아니니까요."

창공에 그리다

"그렇지만 떠들어대면 소문도 사납고……."

"허어, 소문이 왜 사나워요?"

"크게 명예 될 건 없지 않아요."

"그럼 한 마디 묻겠습니다. 그자가 장 선생님과의 이혼을 바라고 있나요?"

"천만에. 이쪽에서 동거를 거부하니까 그걸 구실로 이 날까지 갖은 수단을 부려서 돈만 긁어가는 게 아니에요? 이혼을 반대하니깐 이쪽에서 소송을 일으키는 건데요."

"그러면 그간 순전히 위협으로만 그러는 겁니다. 간통죄로 고소한다는 건 이혼이 전젠데, 그걸 싫어하는 작자가 무슨 고발입니까? 공연히 양쪽에서 금전만 뺏자는 음모죠."

"양쪽이라뇨?"

"장씨와 이씨 측에서 말입니다. 아마 이씨에게도 갔을 걸요."

"설마!"

"글쎄요. 그랬음 좋겠지만 제 생각엔 거기 가서도 공갈을 쳤을 거 같은데요."

"그랬을까요?"

애영은 의외라는 듯이 미간을 깊숙이 찌푸리며 눈을 깔고 생각에 잠겨 있었다.

"그러니까 이후엔 맘대로 하라구 강하게 나가심 됩니다. 그러는 동안 이쪽의 통고가 가서 재판이 되더라도 여섯 가지의 조건이 구비하니까 문제없이 해결되거든요."

"여섯 가지라뇨?"

"이혼의 이유 말입니다. 여섯 조목이 있지 않습니까? 양쪽의 부정한 행위가 있을 때, 직계 존속으로부터 학대를 받았을 때, 또 직계 존속을 학대할 때, 일부러 돌보지 않을 때, 삼 년 이상의 행방불명이 되었을 때, 혼인

생활을 계속하기 어려운 중대한 이유가 있을 때 이렇거든요. 이 중의 한 가지라도 충분히 해당되는데 벌써 몇 가집니까? 그러나 시일이 걸릴 뿐 장 선생님은 아무 걱정 없습니다. 그저 강하게만 나가십시오."

남혁은 변호사처럼 신이 나서 주워 섬겼다. 그런 문제도 적극적으로 알아본 모양이라고 애영은 언제나 자기에게 힘과 용기를 불어넣어 주는 남혁에게 감사하였다.

"얼마나 걸리겠느냐고 변호사에게 물어봤더니 이삼 개월 될 거라고 하는데 더 좀 일렀음 좋겠어요."

"한 번 더 독촉하십시오. 이왕이면 최대속도로 끝내야지 않습니까? 그리구 참 미리 각오를 하여야 할 걸요. 저쪽에서 최후의 발악이 나올 테니까요."

남혁은 수심을 가득히 담은 애영의 눈을 바라보며 참으로 고혹적인 여인이라고 새삼스럽게 감탄하였다. 일빈 일소에 나라가 왔다갔다하는 요녀가 아니면서도 저렇듯 아름다울 수 있는 것일까?

미인박명이라는 말이 있기는 하되 그것은 옛날에만 통하는 줄 알았던 남혁이었다. 미인의 표준이 다르고 미인의 취급이 다른 오늘에야 그런 고리타분한 표현이 어디 당하랴 싶었다.

그러나 오랜 세월을 애영과 함께 지내면서 그의 갖가지 표정에 따라 여러 가지의 매력이 솟아나는 그러면서도 청초하고 우아한 애영을 남혁은 하나의 경이로 바라보았던 것이다.

'그러기에 애영 씨의 반생이 저렇듯 기구한 것이 아니냐?'

결국 미인은 박복하다는 것을 시인하면서 남혁은 탐나는 듯 아끼는 듯이 애영을 주시하였다.

"내 얼굴에 무엇이 묻었나? 왜 이렇게 주목하실까?"

애영은 혼잣말처럼 중얼거리며 손으로 양 볼을 쓸어보았다.

"그게 싫으시다면 전 가야죠."

남혁은 엉거주춤 일어났다가 바닥에 놓인 담배 케이스를 집으려고 허리를 굽혔다. 그 서슬에 그의 포켓에서 꽈 접어진 종이조각이 떨어졌으나 남혁과 애영은 함께 깨닫지 못하였다.
"좀 더 놀다가 가시지 그러세요?"
애영은 만류했으나 남혁은 그냥 걸어나가며 말했다.
"일찍 쉬시죠. 오늘은 정신적인 부담이 크셨으니까요."
남혁을 배웅하고 어머니와 두어 마디 대화한 후에 자기 방에 돌아오니 방바닥에 착착 접힌, 그러나 구겨진 종이조각이 떨어져 있었다.
"이게 남혁 씨에게서 떨어졌겠지?"
막 펴 보려는데 인영의 발소리가 크게 들려서 애영은 얼른 자기의 테이블 서랍에 넣었다.
"인제 오니?"
애영은 돌아서서 인영의 손에 들린 과자 상자 두 개를 받아들며 발갛게 피어 오른 그의 얼굴을 바라보았다.
"참, 너 백 선생님 만났구나. 아니, 네가 차로 왔음 못 만났고."
"관상대 앞에서 내렸어요. 그래 백 선생님하고 엇갈렸죠."
"그래? 이건 웬 거야?"
"하난 내게 주신 벌스데이 케이크이고 하난 아직 손님이 계실 테니깐 어서 가서 어머니랑 손님께 드리라고 생과자를 잔뜩 사 주신 거예요."
인영은 외투를 벗었다. 낮에 입은 한복에 외투만 걸친 터라 밝은 불빛에 새삼 황홀하였다.
"이 선생님 너무 하신다. 부산에서 우리 선물을 또 많이 사오셨는데. 애어서 어머니께 갖다 드려."
"케이크를 먼저 치워야지. 이따가 언니랑 내려가서 애들이랑 함께 먹읍시다. 그런데 언니 저 원수를 어쩌면 좋우? 난 오늘 화가 치밀어 혼났어."
인영은 의자에 털썩 걸터앉고 애영도 따라 앉았다.

"왜?"

"김가가 이 선생님께도 갔더래요. 바로 우리 집에 왔던 그 날 정오예요."

그 날이라면 자기가 그와 함께 미장그릴에서 늦은 점심을 먹지 않았던가?

"그리구 인제 보니깐 언닐 빙자하구 두 번이나 돈을 가져갔대지 않아?"

인영은 오늘 말끝에서 튀어나온 이용준의 얘기를 애영에게 자세히 알렸다.

"어마! 백만 환씩이나!"

애영은 너무나 큰 분노에 떨면서 입술을 깨물었다.

'그러면서 어쩜 내겐? 정말 그인 용처럼 서리고만 있었어.'

회오리바람

"그렇게 말씀하시는 게 당연하죠."

강윤기는 윤정신여사의 말을 받으며 머리를 끄덕였다. 안경 속의 눈이 날카롭기는 하나 착하디 착하게 쩌벅댔다.

"우리에게 누가 있소? 아버지가 계신대야 별수도 없을 것이지만 그나마 나 혼자니 이거 어디다 대고 의논할 데가 있어야 않우? 고작해야 신학장이나 여기 내외분밖에. 게다가 내 몸은 차차 자신이 없어지고, 큰앤 저 원수 때문에 밤낮 시달리고. 그러자니 자연히 내가 나서는 수밖에 없지 않아요?"

"글쎄 지당하신 말씀이라니까요."

강윤기의 머리털은 화가답게 손이 잘 가 있지 않았으나 결코 궁상스럽게 보이지 않고 오히려 관록을 풍겼다. 어느 때의 것인지 마도로스 파이프를 빠끔거리는 네모진 얼굴에서 장난꾸러기 웃음이 맴돌고 있었다.

"그렇지만 큰따님이 계신데 작은따님 걱정만 하신대서야 하후상박 아닙니까?"

"아이 또!"

차를 가져온 부인은 남편에게 눈을 흘기며 나무랐다.

"몸두 거북하신데 이 꼭대기까지 올라오셨으니 농담은 집어치고 어서 착실하게 상대해 드리세요. 참 인영이가 몇 살이더라?"

"벌써 스물일곱이나 되지 않았소? 그러니 왜 걱정이 안 되느냔 말요."

"그러시고 말고요. 어서 차 드세요."

강 부인은 맞장구를 쳤다. 찻잔을 집어가는 윤여사의 손이 전보다 많이 늙었다고 느꼈다.

"날씨도 맹랑스럽게 찬데 여기까지 오실 게 아니라 저희들을 부르시지 그랬어요?"

"언제 또 오랄 때야 있겠지만 오늘은 내가 와야지 인사가 아니오?"

"따님들은 다 집에 계시군요. 오늘이 일요일이니까요."

강윤기는 파이프로 재떨이를 톡톡 치며 물었다.

"인영이도 오랜만에 집에 있다오. 그 동안에야 대학 입시 때문에 혼났지만."

"신부감이야 다시없는데 너무나 뜻이 높아서 차버리기만 하니까 늦어질 수밖에요."

강윤기는 천장을 쳐다보며 커다란 손으로 수염이 검실검실한 턱을 쓸었다.

"그러니깐 제 맘에 있는 데다 정해 주잔 말이 아닌가 봐."

윤씨는 엄숙한 낯으로 부부의 표정을 살폈다.

"인영이 맘에 있는 청년이 누군데요?"

"……"

"말씀하셔야 협력이라도 할 거 아니겠어요."

"아암 그래야지. 저 다른 사람도 아닌 바로 백남혁인가 봐."

"틀림없습니까? 아주머니께서 잘못 짚으신 건 아니겠죠?"

이번에는 강윤기가 조용히 물었다. 장난스러운 웃음기가 걷혔다. 부부는 함께

창공에 그리다 375

'백남혁은 애영에게 열중해 있는데.'
하는 염려를 하였다
"어미가 그걸 모르겠소? 애영이두 알지. 그렇지만 당자 쪽에서 어떻게 밀고 나가느냔 말요. 그래 생각다 못해 내가 오늘은 여길 온 거라우. 그러니 어떻게 두 분이 묘안을 내서 인영일 결혼시키두록 합시다."
청백하고 점잖은 윤여사로서는 대담하고 의외인 청탁이라고 강윤기는 생각하였다.
말은 그렇게 선선했지만 윤씨의 가슴은 막막하였다. 아무리 인영이가 좋아한다더라도 남혁은 뜬뜬하게 딴 일에만 몰두하고 있으니 강윤기 내외인들 뾰족한 수가 없을 것이라고 불안하게 생각하면서도 평소부터 맘 먹은 일이라 오늘은 예배당에 간다고 나선 것이다.
그가 다니는 곳은 신문로 교회인데 거기서 삼청동에까지 올라오자니 날씨는 차고 바람은 매운데 내일 모레 선거를 앞두고 사방에서 짖어대는 마이크 소리에 정신을 잃을 뻔하였다.
마침 강씨 부처가 집에 있기에 허행은 하지 않았으나마 윤씨의 소회는 무궁무진하게 쌓여 있는 듯 도무지 심정이 풀리지 않았다.
"이용준 씬 가끔씩 댁에 오나요?"
강윤기가 불쑥 물었다.
"한 달에 한 번 정도는 올걸요."
"그분이 먼저 속현을 해야만 실마리가 풀릴 겁니다."
윤여사도 항상 그 순서를 생각하지 않는 바도 아니나 애영의 이혼이 끝나야만 성립될 문제이기에 그저 막연하게 인영의 혼인만을 서둘러 왔던 것이다.
"아주머니. 답답하시지만 꾸준히 참으셔야겠습니다. 애영 씨의 문제도 쉬 끝날 테니까 잠깐만 더 참으십시오. 금년 중에야 작은따님의 일도 결정되겠죠. 그저 모든 것은 시간이 즉 세월이 해결지어 줄 테니까요."

강윤기도 애영과 마찬가지로 시일이 결정지어 줄 것이라는 말을 역설하는 것으로 미루어 역시 언제까지나 참고 기다려야 할 모양이었다.
"이제부터 저희들도 각별한 관심을 가지고 백씨와 인영 씨의 결합을 추진시키기로 힘써 보겠습니다."
"그 말만 들어도 내 맘이 얼마쯤 누그러지는군요. 그런데 부탁이 있어요. 애영인 괜찮지만 내가 여기 와서 이런 청을 했단 소리가 인영이 귀에 들어가는 날엔 큰일날 테니 부디 조심들 해야지 정말 난리가 나요."
"인영인 성미가 퍽 너그러운 줄 아는데 그렇게 우욱해요?"
"너그러울 땐 한량없지만 제가 옳지 않다고 생각할 땐 팔팔하기 이를 데 없지."
강 부인에게 대답하면서 윤여사는 미소를 지었다.
"어젠 글쎄 내 간이 콩알만큼 하게 줄어들지 않았겠소?"
"왜요?"
"요새 정·부통령 선거엔가 아니 부통령선거에 말야. 삼인조인지 무슨 조인지 신문에 났지 않아? 그런데 그걸 영락없이 실행하려 드는가 봐. 어제 저녁때 동회에서 특별 활동대가 나와서 삼 인씩 쭈욱 적은 이름을 구인조로 정해 놓군 인영이더러 조장을 하라는 구려."
"저런!"
강윤기 부부가 한꺼번에 외마디를 쳤다.
"인영이가 성을 발칵 내면서 국민을 무엇으로 아느냐고 절대로 못 하겠노라고 딱 잡아떼는구려."
"그래야지."
"그런니깐 어떤 자가 정 그렇다면 상부에 보고하겠노라니깐 그만 인영이가 발딱 일어서면서 그잘 깎아 세우는데 어떻게나 무시무시한지 난 그만 혼이 나갔어요?"
"그래 어쨌나요?"

"이쪽이 너무 강하게 나가니깐, 하기야 오죽이나 다 옳은 말이우? 그러니깐 그자가 기가 질린 데다 반장이 함께 오구 동회의 아는 이가 말리구해서 그냥들 가긴 했지만 인제 점이야 단단히 찍혔지 별수 있수?"

"그래요. 분명히 인영에겐 그런 의협심이랄까 정의감이랄까가 과분하죠. 그렇지만 인정스럽고 상냥스럽기야 그만이지."

강 부인은 군밤 껍질을 벗겨서 접시에 놓으며 인영의 칭찬을 하였다.

"그럼 오늘쯤 여기도 오겠군. 중앙은 안 그런 모양인데 변두리가 더 시끄럽단 말야."

강윤기는 또 담배를 파이프에 끼어 불을 붙여 뻐끔뻐끔 빨아 연기를 한번 훅 분 후에

"왔다만 봐라. 난 인영 씨 유가 아니거든."
하고 다시 조대를 물었다.

"그렇잖아도 말썽꾼이란 지목인데 어느 새 벼르면 어떻게 되죠? 제발 무난하게 나가세요"

아내는 남편에게 주의를 시키고 윤씨에게는 만문한 밤을 골라서 권했다.

"아주머니께선 후분이 좋으실 테니 맘 터억 놓으십시오. 애영 씨의 능력이나 인기가 여간 높지 않습니다. 대가에 육박하고 있으니까요. 그리고 인영 씨도 단연히 두각을 나타낼 겁니다."

"글쎄요."

"폭풍 일과 후에는 두 따님에게 기막힌 사람이 짝지어질 테고 호식이나 신아도 아주 장래성이 있는 애들이니까 전도 양양합니다."

"그렇다면야 오죽이나 좋겠소?"

윤여사의 후덕한 얼굴에 흐뭇한 미소가 어렸다. 그는 밤알을 집어 입맛을 다셔 보며 그림에 파묻힌 방안을 잠깐 둘러보았다.

"참 잊어버리기 전에 미리 일러두어야지. 아직은 멀었지만 음력 이월

그믐이 내 생일인데 이번에 내가 중병을 치렀대서 아마 애들이 가만 안 있을 모양이야. 그때 신 학장이나 오시래서 여기 두 분하고 백 선생하고 조용히 저녁이나 먹을 테니 그리 아시오."

"여보. 그 날이 양력으로 언젠가 좀 봐요."

강윤기가 부인에게 일러서 부인은 벽에 걸린 달력을 치켜서 더듬다가

"호호. 아주머니가 귀인은 귀인이시군요."

하고 깔깔 웃었다.

"왜?"

윤여사는 이쪽으로 오는 강 부인을 빤히 쳐다보았다.

"양력 삼월 이십육 일이니깐 영감님 생일 아녜요? 호호 귀인하고 한날이시니깐 귀인이지 뭐예요?"

"요일은?"

"토요일이던데요."

"마침 잘 됐군요. 그럼 그 날 밤에 두 사람에게 어떤 결정적인 암시를 주도록 노력해 보겠습니다."

"그렇게 빨리 될까?"

"밑져야 본전이니까 할 대로 해보죠."

워낙이 시원스런 강윤기라 선뜻 큰소리를 하였다. 윤여사는 만족하여서 몸을 일으켰다.

"그럼 난 믿고 갈 테니 애들 써요."

"더운 점심 잡숫구 가세요."

"진지 드시구 천천히 가시죠."

내외가 함께 만류했으나 윤씨는 그냥 고집하여서 강윤기는 택시로 배웅했다.

윤여사를 보내고 자기네끼리 더운 점심을 먹으며 강 부인은,

"삼월인데도 바람이 왜 이렇게 매울까? 모처럼 오셨다가 빈 입으로 그

창공에 그리다 379

냥 가셨으니 어떡허죠?"
하고 여자다운 걱정을 하였다.
 "따님들 모르게 오셨다니까 그러신 모양인데 그렇다면 우리도 오늘 일은 숨겨야겠군."
 "그럼요. 애영 씨도 어머니께 숨기는 일이 있잖아요."
 "제1회 공판이라는 거 말이지?"
 애영이 변호사에게 소송을 위탁한 지 한 달이 못 되어서 1회 재판이 있었는데 그때 김민수는 법정에 출두하여서 이쪽에서 제기한 이혼의 조건을 전부 부인하였다고 변호사는 말하였으나 애영은 그 사실을 윤씨에게 말하지 않았다.
 사흘 후에 김민수에게서는 애영에게 자기는 어디까지나 간통죄로 반소(反訴)하겠으니 그리 알라는 협박 비슷한 편지가 왔고, 애영의 변호사는 다음 공판에서는 틀림없이 승소할 테니 안심하라고 하였던 것이다.
 "아름다운 비밀이야. 서로서로의 평화를 위하여서 행하여지는 기만은 미덕이 아닐 수 없지."
 강윤기는 수저를 놓고 다시 파이프를 집어 연기를 뿜다가,
 "그런데 여보!"
하고 은근하게 아내를 불렀다. 부인은 남편을 바라보며 손을 쥐었다.
 "애영 씨의 의중인은 분명코 그 이씨라는 신산가?"
 "그렇다니깐요."
 "그럼 남혁 군은 허탕만 치게 되지 않아?"
 "그럴 가망성이 많죠."
 "그래도 사람의 일이란 모를 일이야. 의외로 역전(逆轉)하는 수가 많으니까. 저렇게 철저한 백남혁이 애영 씨에게서 일보도 후퇴하지 않는다면 말이지."
 "그래서야 돼요? 아주머니하고의 약속이 틀리잖아요?"

강 부인은 상을 물리고 남편의 곁으로 와서 먹다가 남은 밤알을 입에 넣었다.

"부인께서 무슨 복안이 있으신 모양인데 좀 피력해 보구려. 아닌게아니라 인영과의 결합이 더 자연스럽기야 하지. 애영 씬 저쪽으로 합쳐야 제격이고."

"김민수는 정말 못났어. 선선히 받는 게 낫지 제가 부인한다고 안 될 줄 알았던가? 애영 씨 말이 신 학장이랑 당신이랑 다 증인이 되셔야 한대요."

"증인이야 되거나 말거나 일은 벌써 결정적인 걸 말해 뭘 하오? 어서 총각 처녀 짝 맞춰 줄 묘계나 내봐요?"

"당신이 더 엉뚱한 꾀를 잘 내시지 않아요? 난 아까 이런 생각을 해 봤어요. 이번 봄방학에 백남혁 씨랑 인영일 동반해서 어디 가까운 데로 여행을 가거든요. 한 일 주일쯤이라고 해 놓구선 우린 이삼 일 있다가 슬쩍 모르게 도망쳐 오면 어떨까 하구요."

"허허. 기껏해야 그것이구려."

"그럼 당신 하나 말해 보세요."

"아냐. 당신 계책이 상은 못 되나마 하지 상은 되니까 어디 그 동안 충분히 연구해 보기로 합시다 그려."

그러나 그들은 별다른 묘책을 세우지 못한 채 날짜는 엄벙덤벙 지나서 윤여사가 직접 초대하던 3월 26일이 되었다.

윤여사뿐 아니라 일 주일 전부터 애영과 인영이 번갈아 가며 강윤기가 있는 H대학으로 전화를 걸었으나 방학중이라 한 동네에 사는 서무직원이 전갈을 해주었던 것이다.

강 부인의 말마따나 윤여사가 귀인이라 그랬는지는 모르나 거리에는 만수무강의 꽃 전차가 다니고 경축의 빛이 넘쳐서 은근히 윤여사의 생신을 축하하는 것 같았다.

창공에 그리다 381

애영의 집에는 벌써 남혁이 와 있었다. 강윤기 내외는 윤여사와 애영의 손을 잡고 새삼스럽게 감격에 잠겨야 했다. 바로 그저께 애영의 승소로 이혼의 판결이 내린 것이었다.

"아주머니, 정말 뭐라고 말씀을 드려야 할지 그저 가슴만 터질 듯해요. 오늘이야말로 실컷 즐겨야겠어요."

강윤기가 복잡한 표정으로 묵묵히 서 있는 곁에서 그의 아내는 목메인 음성으로 소회를 말했다.

"그저 모두가 다 주님의 뜻이오. 여러분의 맘으로 도와주신 덕분이죠."

윤여사는 조용히 대꾸하였으나 자꾸만 열리려는 입을 줄이지 못하면서 눈으로는 애영을 찾았다.

애영은 언제나 마찬가지로 활짝 펴지지 않은 아미를 나직이 숙이고 고요한 미소를 풍기며 답례하였다.

"어서 이 층으로들 올라가시죠."

남혁이 주인이나 처럼 두 사람에게 말하자 강윤기는 눈을 두어 번 껌벅거리고 나서,

"백 선생은 오신 지 오랜가요?"

하고 능청스럽게 물었다.

"저도 아직 인사가 덜 끝났는데요."

남혁은 씨익 웃으며 인영이가 매만지고 있는 큰 화분에 눈을 주었다. 고귀의 상징인 듯한 꽃이 다섯 송이나 피어 있는 군자란의 화분은 백남혁의 선물이라고 인영이가 알렸다.

"허어, 백 선생이 맘껏 뽐내셨군……."

강윤기는 감탄하면서 청청하고 싱싱한 군자란의 잎을 만져보았다.

"참, 이거 변변치 않지만……."

강 부인은 손에 들고 있던 납작하고 큰 상자를 인영에게 주었다.

"아니 왜들 이러우? 모두 이러면 되려 오시란 게 폐가 되지 않아요?"

윤여사가 꽃과 상자에 분주히 시선을 보내면서 소녀처럼 얼굴을 붉혔다. 인영은 어느 새 강 부인이 주던 상자의 내용을 살폈다.

"어마! 이거 보세요!"

인영은 자기의 분홍 치마 위로 고상한 빛깔의 비단을 주르르 드렸다.

"원, 저런! 뭘 하러 이렇게!"

윤여사는 윤나는 양단의 무늬를 어루만져보며 기쁨보다는 염려스러운 낯을 하였다.

"허허, 그 사람도 백 선생처럼 맘껏 뽐낸 모양이죠?"

강윤기는 너털거리며 웃고 부인은,

"아주머니께서도 소싯적부터 심려가 많으셨는데 이번에 이 생신이야말로 우환은 보내고 경사를 맞는다는 의미에서 의복 한 벌을 마련했지만 맘에 드실지 모르겠어요."

하는 겸양을 하는데 클랙슨이 바로 대문 밖에서 점잖게 울렸.

개방된 대문으로 신 학장이 산뜻한 빛깔의 두루마기 차림으로 들어오고 뒤에는 운전수가 큰 뭉치를 안고 따랐다.

"아, 모두들 오셨군!"

신 학장은 마중 나간 사람들에게 일일이 악수를 베풀며 위로 올라와서 최후로 윤여사와 손을 마주 잡았다.

"이제야 재난은 갔나 보죠? 앞으로는 운수대통 소원성취 각가지 행복이 절로 굴러올 테니. 아유 부러워 죽겠네."

신 학장의 익살에 모두들 소리를 놓아 웃었다. 신 학장은 안방 한쪽에 크게 자리잡은 호화스런 화분과 미처 상자에 넣지 못한 채 펼쳐진 비단에 눈을 주다가 그 둥그런 눈을 크게 뜨며,

"아니, 굉장한 선물들인데? 얘, 애영아 그 뭉치 펴지도 마라. 난 부끄러워 어쩌지?"

하고 탐스러운 두 손으로 얼굴을 가리는 체하여서 또 왁자그르르 웃음소

리가 터졌다.

애영이 분주하게 종이를 풀었다. 연분홍 저고리의 등허리 곡선이 아담하게 눈에 들어오고 그가 깔고 앉아서 남은 수박색 치맛자락이 사붓이 방바닥을 덮고 있었다.

종이에서 풀려 나온 것은 보기에도 먹음직스러운 정육 등심살이 몇 근이나 되는지 무척 큰 덩이였다.

"아유!"

모두들 감탄하는데 신 학장은,

"여봐요 형님 우린 늙은이라 별수 있어요? 그저 먹을 거나 더 소중하지 그렇지 않아요? 끼니때 고기가 없으면 난 짜증나더라."

하여서 거듭 웃음은 계속되었다.

"얘들아, 흉잡지 말고 두고두고 어머니 반찬해 드려라. 응?"

신 학장은 금시에 정색하여서 애영과 인영에게 일렀다. 자유자재로 사람을 웃기는 그의 재주는 비상한 것이었다.

또 다른 뭉치는 봉강만을 담은 과실 채롱이어서 그의 맘씨가 얼마나 알뜰하다는 것을 알 수 있었다.

"선생님, 주의 벗으세요."

애영이 신학장의 등뒤로 돌아가 말하여서 그는 목도리를 먼저 주고 천천히 두루마기를 벗었다.

"어쩜 어머니하고 꼭 같이 입으셨어요!"

인영의 외침에 모두들 보니 옥색 저고리에 회색과 팥색을 섞은 양색의 치마가 약속이나 한 듯이 빛깔이 같았다.

"그렇지만 똑똑히들 좀 봐요! 이 형님 건 국산이고 내건 홍콩산인데 그래?"

신 학장이 두 팔을 척 올리며 콧등을 쭝긋거렸다.

웃음소리가 또 소란했다. 부엌 마루에서도 젊은 웃음소리가 들려왔다.

"그렇지만 선생님 말씀하군 정반대예요. 어머닌 홍콩제신데 선생님께서 국산이시군요."

인영이가 진상을 해명하자 신 학장은 입까지 과장해 벌려서 항의했다.

"얘, 인영이 탈났다. 오늘부터 당장 안경을 써야지 저게 눈뜬장님이 돼 가는 모양이지?"

"천만에. 이 안경쟁이의 눈에도 그렇게 비치는 걸요."

강윤기가 한 마디 끼어서 또 웃음판이 되는데 갑자기 신 학장이,

"자 어디들 앉읍시다. 이거 모두 선달인가? 그런데 왜 오늘 중요한 멤버의 한 분이 안 보이누?"

하고 좌우를 들러보았다.

"초대하지 않았거든요."

인영의 분명한 대답이었다.

"왜? 마땅히 조청을 받을만한 분이 아냐?"

"그렇지만 때와 장소를 따라 범위도 달라지지 않을까요?"

꾀꼬리처럼 맑은 음성이라고 남혁은 다시 한 번 칭찬하였다.

"그럴까?"

하고 일부러 멍하게 눈을 뜨는 신학장의 어깨를 뒤에서 감싸며,

"선생님 잠깐만 올라가셔서 쉬세요. 그 동안에 여기다가 식탁을 펴겠어요."

인영은 조심스럽게 그의 몸을 앞으로 밀었다.

애영이 앞서고 다음이 신 학장, 인영, 강윤기 내외, 백남혁의 순서대로 올라가며 인영은 말을 계속했다.

"오늘은 대학 교수님들만의 향연이시거든요. 색다른 분이 끼시면 서로서로가 불안하실까 봐서요."

"에끼! 정반대로 알았군!"

이층에 다 올라와서 신 학장은 홱 돌아서며 인영을 때리는 체했다.

"어쨌거나 자 이리루들 오셔요."

인영은 손수 깨끗하게 정돈해 놓은 화실로 손님들을 안내하였다. 적당한 온도를 담은 방에는 다섯 개의 방석이 주인들을 기다리고 있었다.

"아니, 인영 씬 어디 앉게?"

강 부인은 인영을 방에 잡아 두려고 하였으나 인영은

"전 내려가서 상을 봐야죠. 언니 꿈쩍 말고 여기서 손님 대접하세요."

하고 미닫이를 조용히 닫았다.

"이건 바로 강압적인데요?"

강윤기가 코를 벌름하면서 빙그레 웃었다.

"고마운 강압이지."

신 학장은 강의 말을 얼른 받으며 눈을 쨍긋했다. 근엄하기로 이름 높은 신숙경 여사의 이런 장난꾼다운 일면이 그의 인간성을 더욱 윤택하게 하는 것이라고 남혁은 혼자 수긍하면서도 웬일인지 오늘만은 말이 막혔다.

'애영 씨의 완전 해방이 내게 너무나 큰 충격을 준 탓일까?'

"백 선생은 꼭 신랑 같구먼. 얌전하게 앉았기만 하니 말야."

강윤기가 마도로스 파이프를 내어 담배를 꽂으며 남혁을 건드리자 부인은,

"좋은 신부감 있으니 그러실만도 하시죠."

하고 남편의 말에 장단을 맞췄다.

"그래요? 그럼 내가 중매 설까? 이거 꼭 제격이군 그래."

세 마음이 꽉 들어맞아서 그들은 제풀에 큰 소리로 웃었다.

"왜들 이러십니까?"

당돌한 남혁도 얼굴을 붉히는데 마침 인영이가 자르르 끌리는 치맛단을 버선 끝으로 차면서 차반을 들고 왔다.

"하하 여기 신부가 오는군."

"허허 호랑이도 제 말 하면 온다더니만. 허허."

신 학장과 강윤기가 떠드는 바람에 인영이는 영문을 몰라 눈이 동그래졌다.

"호호. 신방에 듭시는 색시 같아요."

강 부인의 야무진 설명에 눈치를 챈 인영은 빠른 시선으로 남혁을 감았다가 풀고 얼른 차반을 방바닥에 놓으며,

"모두들 웬 주책이세요?"

하고 뺨이 벌개서 달아났다. 애영은 미소하며 찻잔을 들어 각각의 앞에 밀었다.

"이게 술이라면 더 적절할 텐데."

강윤기는 차를 마시면서도 쓴 입맛을 다셨다.

희뿌연 황혼이 창에 서리자 백남혁은 잠자코 일어나서 불을 켰다.

"어마? 웬 불이 어느 새?"

"오늘이 무슨 날인지 아시죠?"

애영이 놀라는 것을 귀여운 듯이 내려다보며 남혁이 말하는데 여봐라는 듯이 장안을 울리며 포 소리가 터져 나왔다.

"흥. 불꽃을 튀기는군."

강윤기가 콧소리를 퉁명스럽게 던졌다. 따닥딱, 연방 불꽃 찢어지는 포성이 소란했다.

"아유, 너무 늦어져서 죄송합니다."

언제 올라왔는지 인영이가 미닫이를 방싯 열고 조용한 사과를 한 후에.

"인제 와 주실까요?"

하고 문을 활짝 열었다.

인영을 따라 그들이 층계로 내려가려고 유리창 앞에 이르자 마침 굉장한 폭음과 함께 하늘에는 찬란한 불줄기가 수백 갈래로 꽃을 이루며 확 피어올랐다.

그들은 약속이나 한 듯이 창 앞에 서서 그 광경을 바라보았다.
"경축은 무슨 경축이야? 축하할 무슨 건덕지가 있다고, 저 야단들일까?"
인영의 토라진 목소리가 먼저 침묵을 깨뜨렸다.
"금년이 마지막일걸요?"
"그걸 누가 장담한담?"
남혁과 강 부인이 말을 주고받을 때 줄줄이 맺혔던 불덩이들은 또 다른 폭음을 내며 다시 높다랗게 솟아올랐다.
"저거 하나에 꽤 경비가 많이 든다죠 아마?"
강윤기도 한 마디 했다.
"철면피들이야. 부정도 무서운 줄 모르고 범죄도 두렵지 않고, 금시에 송장이 될 인간들 때문에 밤낮 국민은 허덕여야 하고."
인영은 안내역도 잊은 듯이 창에 착 붙어 서서 혼잣말처럼 종알댔다.
"글쎄 저게 마지막이란 밖예요 두고들 보세요. 제 말이 맞나 안 맞나."
남혁이 자신 있게 단언하는 것을 신 학장이 그의 등을 탁 쳤다.
"백 선생! 정신차려요! 불경죄로 고소당하려구 말조심들 해요!"
"제가 고소당하기 전에 반송장들의 처단이 먼저 있어야죠."
"쉬잇! 정말 야단났군. 교수님들이 이래 가지고야 어떻게 학생들을 지도한담?"
신 학장은 정색한 체 하면서 음성을 가다듬었다.
"교수들이니까 더 각성을 해야죠. 그래야만 정당한 길로 학생들을 지도할게 아닙니까?"
"그렇고 말고요."
인영이가 냉큼 찬성하고 나섰다. 그들의 뒤에서 강 부인이 남혁과 인영을 두 팔로 끌어다가 한데 모으며 속삭였다.
"그저 두 분은 말만 해서 다 합의가 되는군요. 그럴 거야. 세대와 연령이 꼭 맞으니 별 수 있어요. 게다가 사상과 감정이 최고로 융합되시구……."

"두말 할 여지가 없지."

강윤기도 얼른 말을 끼어서 인영은 남혁을 힐끗 쳐다보다가 재빨리 옆으로 물러섰다. 애영은 강씨 부부의 은근한 계획을 눈치채고 방그레 웃으며,

"인제 내려가 보실까요?"

하고 그들의 앞장을 섰다. 남혁이 시무룩한 얼굴로 따르는 것을 보며 강윤기와 그의 아내는 가만히 마주 웃었다.

아래층에서는 윤여사가 처음 오는 손님들인 냥 정중하게 맞았다.

"어서들 오세요. 이리들 앉으세요!"

윤씨는 그들에게 각각 자리를 지시하였다. 안방에 있던 책상나부랭이들을 말끔히 치워서 넓은 방안에는 색채도 조촐하게 꾸며진 교자상이 한가운데 자리잡았고, 큰 생일 떡을 따로 모신 작은 상이 곁들여 있었다.

"이건 아까 이용준 씨가 보내 주신 거예요."

인영이 화려한 케이크를 가리키며 설명하였다.

"아유, 형님은 복도 많으셔! 모두가 장안 일등품으로만 선물이 들어오는구려."

신 학장이 윤여사의 곁에 앉으며 호들갑을 떨었다.

"그게 복이리까. 모두가 다 신세지는 것뿐인 걸요."

"그래요, 그렇습니다. 아주머니께 그만한 신세를 지워놓으면 나중에 그만큼 받을 테니까 그분들이야말로 엉뚱한 배짱들이죠. 허허."

강윤기의 뼈 있는 농담에 웃음소리는 높았다. 그 소리를 이기려는 듯이 밖에서는 연달아 화포가 터지고 있었다.

백남혁의 침울해 가는 안색을 살피며 애영은 그에게 상냥스러운 시선을 보냈다.

"백 선생님! 저하고 마주 앉으실까? 여긴 강 선생님 두 분이 앉으시기로 하구요, 네?"

윤여사와 신학장의 맞은 편에 강윤기 내외를 앉게 하고 상 모서리에 둘이 앉자는 제의에도 남혁은,

"아무렇게나요."

하고 내키지 않는 대답을 하며 자기가 가져온 화분보다도 더 큰 케이크를 슬쩍 훑었다.

"인영이 자린 어디야?"

강 부인은 또 인영을 찾았다. 하얀 행주치마로 분홍치마의 중동을 잘끈 동여맨 허리를 간들거리며 나비 마냥 분주히 왔다갔다하는 인영은 제 이름이 불리니까

"아이 지가 어느 틈에 낀단 말씀예요?"

하고 여전히 일손을 놀리며,

"일개의 교사가 언감생심 교수님들 좌석엘요?"

하였다.

"민주주의를 아직 덜 배웠군."

강윤기는 히죽 웃으며 천장을 쳐다보고 윤여사는 인영에게 권해 보았다.

"얘, 너두 어지간하면 이리 오렴!"

"어머니두 참, 지 동무들이랑 다 있잖아요? 이따가 천천히 맘껏들 놀테니 염려 마시구 어서들 드세요."

인영은 두 개의 신선로 뚜껑을 열어서 가져가며 어른답게 말하였다.

"저 색신 누구의 업이 되려나! 원, 볼수록 탐만 나니."

애영이가 따라주는 포도주를 마시며 신 학장이 인영을 칭찬하여서 강씨 부처는 더욱 신이 나서 인영을 치켜세웠다.

'이 사람들이 오늘 단단히 한몫 하려는군.'

미리 약속한 터라 윤여사는 내심 흐뭇하게 미소만 띠웠다.
만찬이 거의 끝나려는데 순옥이가 애영에게 가서 귓속말을 했다. 애영이 순옥과 두어 번 문답하더니 바스스 일어나서 이층으로 올라갔다.
뒤미처 시중들고 있던 인영도 따라가더니 이내 둘은 다시 내려왔다.
"언니가 잠깐 나갔다 온대요"
인영은 여전히 방싯거렸으나 애영은 한복에 코트만을 걸치고 방문께에서
"저 잠깐 나갔다가 곧 돌아올게요"
"왜 무슨 일루?"
윤씨의 눈이 둥그래졌다. 지레 겁을 먹은 모양이었다.
"응. 오래야 안 있겠지. 빨리 갔다오나"
신 학장은 태연하였다.
"지금 안 가선 안 되나요?"
강 부인은 잠시나마 애영을 놓기가 아쉬운 듯이 좀 날카롭게 물었다.
"저기서 누가 좀 만나자나 봐요."
인영이가 대신 대답하는 순간 남혁의 고개가 번쩍 들렸다. 그는 다른 사람들의 기색을 살필 여유도 없이 몸을 일어 성큼성큼 걸어 나갔다.
애영이 막 뜰에서 대문으로 나가려는데 남혁은 그를 불렀다.
"장 선생님!"
애영은 살긋이 머리를 돌렸다. 불빛에서도 창백하다고 느꼈다.
"어딜 가시는 겁니까?"
"저기죠……."
"누굴 만나신다죠?"
"네."
애영은 누가 잡아당기기라도 하는 듯이 자꾸만 대문으로 가려고 하였다.

"누구? 영국신사가 오셨나요?"
"천만에요."
"그럼요?"
"그자가 저기 온대요. 그래서 여기 못 오게 길에서 만나려구요. 그럼 얼른 갔다 오겠어요."

애영은 형형하게 쏘아보는 남혁의 시선을 남기고 총총히 나갔다. 남혁은 문 밖에 나서서 가물가물 사라지는 애영의 뒷모습을 바라보며 가슴 깊숙히서 복받쳐 오르는 한숨을 내쉬었다.

"가엾은 나의 사람이여!"

비록 기쁨의 결과를 가졌다 할지라도 그자의 최후의 발악을 무시하지 못할 것이라고 미리 각오하였던 남혁이었다.

'혼자 보내서 될까?'

문득 기우가 머리를 때렸다. 남혁은 애영의 뒤를 밟을 듯이 몸을 움직이다가 우뚝 섰다.

'조금만 더 기다려 볼까?'

그러는데 등 뒤에서 인영의 부르는 소리가 들렸다.

"백 선생님, 모두 기다리시는데요."

인영은 뜰에까지 내려와서 자기를 찾았던지 남혁이가 문 안에 들어서니까 말끄러미 쳐다보고 있다가,

"언닌 갔어요?"

하고 물었다. 동그란 앞치마가 더욱 하얗게 떠올랐다.

"그런데 인영 씨!"
"네?"
"혼자 가셔도 됩니까? 지난 달의 일 잊으셨나요?"
"저두 그건 생각했지만. 오늘이야 길에서 잠깐 만나고 올 테니깐."
"……."

"우선 안심하시고 들어가셔서 진지 마저 끝내세요."

그들은 방으로 들어갔다. 강윤기의 눈이 안경 속에서 남모르게 두 사람을 관찰하고 있었다.

그들은 완전히 상을 물렸을 때에도 애영은 돌아오지 않았다.

"대관절 애영이가 어디 갔어?"

신 학장은 인영이 벗겨주는 사과 쪽을 찍어 먹으며 인영에게 물었다.

"금시에 오겠다더니 너무 늦네요."

강 부인도 배 쪽 한입을 베어 물며 남편에게 말했다. 남혁은 실과에도 구미가 당기지 않는 듯 침울한 얼굴로 담배만을 빨았다.

"다른 게 아니라 아마 그 녀석이 온 모양인데 인영아 너 숨길 이유가 있니? 다들 가족 같은 분들인데 말야. 어디 똑똑히 말해 봐!"

윤여사는 주인 행세를 하느라고 참고 있다가 견디다 못해 인영에게 하소하였다.

"정말 오긴 온 모양인데 언니가 말 막으려구 나간 모양이에요."

"그걸 어떻게 알았어?"

신 학장이 물었다.

"순옥이가 봤대요. 순옥이가 심부름을 갔다가 오는데 저 아래 어느 술집에 들어앉아 있더래요. 그래서 막 뛰어와서 언니께 말했거든요. 언닌 여기 오는 게 싫으니까 언니가 나가서 용건을 미리 듣군. 그냥 보내려고 나갔어요."

"그런데 왜 입때 안 오는 거냐?"

윤여사의 한 번 데운 가슴이 또 벌렁거리기 시작했다.

"너무 오래지 않니? 좀 나가 보렴."

주인인 윤여사의 초조해하는 양은 손들의 기운마저 들뜨게 하지 않을 수 없었다.

"그럼 인영 씨가 나가 보시지."

강윤기가 인영을 권하여서 미상불 잘됐다고 인영은 과도를 놓고 일어나 행주치마를 벗었다.
"저도 함께 가겠습니다."
남혁이 담뱃재를 털고 따라 일어섰다. 모두들 차라리 잘 되어간다고 생각했다.
"먼젓번의 그리로 가볼까요?"
저고리에 스웨터만 덧입고 나서는 인영에게 말을 걸며 남혁은 구두를 신었다.
"거기밖에 가 볼 데가 있어야죠."
"시간이 오래 걸렸으니까 차를 몰아 가야죠."
"외려 더 거추장스럽지 않을까요?"
"아닙니다. 위험이란 시각을 다투는 거니까요 우리가 너무 늦었다는 감이 없지도 않습니다. 자, 가시죠!"
남혁은 인영을 앞세우고 자기의 차 속으로 들어가 발동을 걸고 핸들을 잡아 총알처럼 돌진하였다.
'이분처럼 감정을 운전에 나타내는 분은 없어 언니도 늘 그랬겠다.'
나는 듯이 달리는 차 속에서 인영은 몸을 가누지 못하여 구불거리는 길을 지나 평동의 언덕을 내렸다.
"어느 쪽으로 가나요?"
인영은 잠깐 주저하다가 E여중으로 가는 골목을 가리켰다. 애영은 언제나 이리로 해서 담을 끼고 저쪽 D국민학교 앞을 통과하기 때문이었다.
'길가에서 간단히 말이 끝나지 않으니까 슬슬 이리로 걸어왔겠지.'
인영은 앞을 살피며 애영의 모습을 찾았다.
남혁과 인영이 나간 후에야 윤여사는 저번에 김민수의 폭행이 있어서 아이들의 구호가 필요했다는 얘기를 하였다.
"아 그랬던가요? 그럼 진작 가 볼 걸 그랬지. 나두 좀 나가야겠군. 그런데 어딘 줄 알아야지?"

신 학장은 두루마기를 떼어 입으며 서둘렀다.

"저랑 가세요."

부엌에서 새된 소리가 들려왔다. 순옥이는 손의 물을 닦으며 나왔다.

"지가 안내해 드리겠어요."

"옳지. 됐어."

신 학장은 만족하여서 순옥의 등을 밀며 나가려 하였다.

"자, 그렇다면 저두 모실까요?"

강윤기가 느릿하게 말하면서도 어느 새 먼저 현관으로 나왔다. 거기까지 따라온 강 부인이

"동행하고 싶은데요?"

하고 남편의 뜻을 물었으나 강윤기는,

"당신은 아주머니 모시고 여기 있어야지 다 나가버려서야 되나?"

하는 부정의 의사를 표시하였다.

신 학장은 강윤기와 뒷자리에 앉고 순옥을 운전수 곁에 두어서 길을 알리라고 하였다.

"김가가 꽤 악질이군요."

"악질이구면요? 이건 뭔지 몰라요 갖은 못된 성격은 다 가지고 있거든요."

"악당에겐 차라리 사내다운 일면들이 있는 법인데 이건."

"이건 천하에 옹졸하기루 첫째지? 비겁하고 잔인하고 악독하고."

"조물주도 어지간히 심술궂군요. 애영씨와 짝을 지어 주다니, 원!"

"그러니 어긋나긴 했지만 이게 끈끈이처럼 독을 품고 있으니 걱정이지."

강윤기와 신숙경 여사가 이러한 문답을 하고 있는 동안에 순옥은 E여중의 골목을 버리고 바로 왼편으로 꺾으려 하였다.

창공에 그리다 395

지난 이월에 자기가 그 길로 갔더니 인영에게 뒤지던 일을 생각을 하고 큰길로 가다가 D국민학교로 들어가는 지름길을 택한 것이었다.

애영은 애영대로 남혁의 뜨거운 시선을 등에 받으며 바쁘게 홍파동 세거리를 지났다.

'원수! 하필이면 왜 오늘 오는 거야? 하기야 그제 판결이 내렸으니 오늘쯤 올만도 하지만 언제나 원수는 외나무다리거든'

그런데 김민수가 중절모를 푹 눌러쓰고 건너편에서 왔다.

즐겨 입고 다니던 외투도 없이 허청허청 걸었다.

'순옥인 눈도 빨라 여우처럼 알아내기 마련이야.'

좀 높은 곳에서는 화포 터지는 구경을 하느라고 사람들이 몰려 있었다.

김민수는 앞만 보고 걷다가 애영을 보자 멈칫 서며 단박에 눈귀를 추켰다.

"흥."

그는 그야말로 봉의 눈을 부릅뜨고 애영을 노리더니 침을 탁 뱉었다.

전에 없는 야비한 조롱이었다. 비록 상스러운 표현으로 비꼬기는 하였을 망정 댓바람에 이 따위의 조소를 퍼붓지는 않았던 것이다.

'이것이 남혁 씨가 말하던 최후 발악의 시초인지도 모르지.'

애영은 도시 탓하지 않으리라 결심하고 애써 심정을 가라앉히며,

"나 만나려 집에 가는 거죠?"

하고 나직이 물었다.

"그래."

"마침 잘 됐군요. 우연히 만났으니 할 말이 있으면 여기서 해요."

하고 가던 길을 천천히 계속했다. 김민수는 잠시 버티었다가 슬슬 애영을 따랐다.

애영은 그쪽에서 먼저 말 내기를 기다리느라고 어느덧 평동 어귀에까지 이르렀으나 김민수는 잠잠히 애영의 뒤만 밟았다.

'싱거운 자식. 누가 저랑 산책하겠대? 집엔 손님들 그뜩 앉혀 놓고, 이게 무슨 꼴이람?'

애영은 전차 선로를 건너서 맞은편 골목으로 향했다. 그래도 김민수는 말이 없어서 애영은 E여중 담 아래서,

"할 말이 있다더니만."

하다가

"말이 없으면 난 혼자 가겠어요."

하고 결연히 몸을 돌렸다.

"가만있어! 뭐가 그렇게 급해?"

김민수는 애영을 획 잡아채서 이끌었다. 애영은 처음부터 횡포하게 대드는 이자와 동반한 것을 후회했다.

'제가 와서 찾으면 손님들이 계시니 훗날 오라고 할 걸. 이자도 어머니 생신인 줄은 알았을 텐데……'

그러나 다음 순간 애영은 강하게 맘을 먹었다.

'쇠뿔은 단김에 빼렸다구 제가 조바심이 나서 찾아 왔으니 깨끗하게 선언해 버려야지. 날짜만 밀어 가도 더 복잡할 거 아닌가. 제까짓 게 날 어떻게 하리라고.'

애영은 그자의 손을 몸으로 뿌리치고 꼿꼿하게 몸과 목을 가누며 당당하게 김민수와 나란히 걸었다.

"행여나 일이 끝난 줄 알아선 안 돼! 내가 그대로 물러설 거 같으냐?"

"도의와 법률이 엄연한 판단을 내렸으니 그 이상 말을 더 붙일 필요가 없지 않아요?"

"홍. 법률? 네게만 법이 있다더냐?"

법원 앞을 지나 대사관 길로 잡아들며 김민수는 소리마저 높였다.

"조용히 말해요! 쓸데없는 일로 떠들지 말아요!"

"쓸데없다? 이게 어디서 간덩이만 커졌어. 그래 어제부터 넌 김민수의

처가 아니라고 자랑하고 다닌다며?"

"말조심해요! 정 이런다면 난 개수작 듣지 않고 그냥 갈 테니깐."

애영도 단호하게 말을 박았다. 김민수는 걸음을 멈췄다.

"뭐야? 개수작?"

주먹을 번쩍 들고 애영의 머리를 갈기려다가 어둠 속에서도 새파란 독기를 뿜는 애영의 눈을 보자 주먹을 내리고 발을 떼었다.

"개수작이 널 잡는 올가미가 된다면 어떡할 테냐?"

애영은 말 같지 않은 것은 땅에 떨어지라고 대꾸하지 않았다.

"나하구 법적 이혼이 되면 이간지 용준인지 그 녀석하구 멋지게 한번 붙어보려고 발버둥을 쳐 보려무나마는 그게 맘대로 되는 게 아니란 말야."

"이용준 씬, 왜 걸고 들어가요?"

순간 애영은 왈칵 치미는 분노를 느꼈다. 백만 환이니 십만 환이니 하고 자기를 팔아 이용준에게서 강탈해 갔다는 기억이 살아난 까닭이었다. 더구나 지난달에 자기와 이씨를 걸어서 고발하겠다고 먼저 이용준에게 가서 위협하고 그 길로 자기에게 폭행했다는 사실은 생각할수록 견디지 못할 지극한 분노였던 것이다.

"그만큼 이용준 씨에게서 긁어갔으면 그래도 인두겁을 쓰구 양체가 있어야지 배은망덕은커녕 적반하장이니."

말이 끝나기 전에 김민수의 손이 애영의 뺨을 갈겼다.

"뭐라구?"

애영의 말이 칼끝인 양 제 급소를 찌른 까닭이었다. 사실 오늘까지의 화수분이 깨어지는 날에는 이용준이나 애영에게서 최후로 두둑이 뜯어야 할 것이었으며 또한 그 계획으로 오후에 이용준에게로 먼저 갔던 것이 아니었던가.

그는 이용준에게 노골적으로 타협적인 언질을 주었다. 즉,

"이왕 이렇게 된 바이니 행상이라도 할 만한 자본만 준다면 고소는 하지 않겠다."
는 것이었다. 이용준은 어처구니가 없어서 한동안 김민수의 얼굴을 물끄러미 보다가,

"이 사람아, 그러니 그게 나하고 무슨 관계가 있나? 자네가 아무리 조작을 하려고 애를 쓴들 나와 애영 씨는 결백하기가 이를 데 없으니 기껏 자네만 헛수고를 하게 된단 말야."
하고 냉소하였다.

"그걸 누가 보증하느냔 말야. 그리고 결과야 어찌 되든 난 자네들에게 복수하기 위해서라도 기어이 명예를 뜯고 말 테니까 이건 단행하겠네."

이용준은 도무지 말의 상대가 되지 않는 자와 지껄일 필요가 없다고 생각하였으나 제 말마따나 고소가 되는 날에는 피차의 명예에 플러스가 될 수 없는 일이라 잠잠히 앉아 있노라니 김민수는 그것에 힘을 얻어

"잘 고려해 보게. 내 말이 옳지 않나? 이왕 이렇게 된 바에야 자네들이 잘 살건 말건 내 문제나 해결지어야 할 테니 어떻게 좋도록 해보세."
하고 얼마쯤 애걸하는 투로 나왔다. 그 시꺼멓고 광대뼈만 솟은 낯짝이며 인제는 제법 중독자의 티가 나는 피부의 색깔과 그 비루한 태도가 미워하기보다는 하나의 가련한 동물을 보는 듯한 연민의 감정이 움직였다.

'가엾은 존재다. 파멸의 인생이다.'

이용준은 본래의 인자한 성격으로 김민수의 운명을 탄식하고 동정하기에 이르러서,

"그럼 한 가지 조건을 내세우겠네."
하고 드디어 그의 요구를 들어주기로 결심하였다.

"내가 자네에게 얼마만큼의 금전을 주긴 주되 이건 그 문제와 완전히 관련이 없는, 즉 김민수 개인의 입장을 동정하여서 베푸는 우정으로 한다면 혹 가능성도 있을 것일세."

"피장파장 아닌가?"

"어림도 없지. 어째서 이러나 저러나 마찬가지란 말인가? 엄연히 흑백의 차이가 있는 조건인데……."

"……."

"아무리 환장을 한 자네라도 그것쯤이야 판단해야할 게 아닌가? 만일 자네가 시비를 혼동한다면 난 단연코 자네의 의사를 거절할 뿐이니까 알아서 하게. 그리고 자넨 맘대로 행동해도 좋아. 난 추호도 거리낄 것이 없으니까."

말을 마치고 이용준은 담배를 피웠다.

착하기로 이름난 그지만 한 번 그 입에서 떨어진 다음에는 두 번 다시 번의하지 않는 그의 성격을 잘 아는 김민수라 어쩔 수 없이 뜻을 굽혔다.

"그야 어렵지 않지."

"그런가? 그렇다면 또 한 가지 중대한 조건을 내세우겠네."

이용준은 산처럼 무겁게 앉아서 김민수를 똑바로 보았다.

김민수는 무엇이냐 듯이 찢어진 눈을 가늘게 뜨고 이용준을 마주 보았다.

"전엔 법적으로라도 관계가 있다면 있을 수 있었으니까 자네가 애영 씰 찾거나 말거나 내게 아랑곳이 없었네. 그렇지만 이젠 자네와 애영 씬 분명한 타인이 되지 않았는가?"

"흥."

"그런데 사내 대장부가 돼 가지고 연약한 여자를 무한정 괴롭혀서야 되겠는가 말야. 그러니 내가 자넬 개인적으로 돕는다면 자네도 개인적인 우정이랄까 의리쯤이야 지켜 주어야지 않나?"

이용준은 우정인지 의리니 등을 논하는 것부터가 개에게 진주를 던지는 격이라고 생각하면서도 어차피 발설은 제대로 해야 되겠기에 그대로 계속했다.

"이것은 나 개인이 친구인 자네에게 충고하는 것이니까 전자에 자네가 끄집어낸 문제와는 전연 별다른 방향이야 알겠나?"

"말해봐!"

"다신 애영 씰 괴롭히지 말게. 구체적으로 말한다면 나와의 관련된 고소니 뭐니를 입 밖에라도 내지는 말란 말야. 치사하지 않나? 적어도 자넨 최고 학부를 나온 인텔린데 말이지?"

"설교는 그만둬!"

"인간이 동물과 다른 점은 수치를 안다는 거가 아닌가? 즉 파렴치가 아니라는 거 말일세"

"설교 집어치라니까!"

"난 자넬 힘껏 도움세. 자네가 행상할 수 있는 자본을 만들어 보겠네. 그러니 이용준 대 김민수로서 이번 일은 깨끗이 끝내기로 하세."

김민수는 이용준의 말을 듣는지 마는지 가장 깊은 궁리에 잠기는 듯 눈자위가 불량스럽게 일그러졌다.

이용준은 속으로 한숨을 쉬었다. 이성(理性)이 없는 인간! 체념이 강하지 못하고 판단력이 영점(零點)인 김민수에게 자기의 지성을 다한 충고가 통할 수가 있으랴.

그러나 동물처럼 비판이나 반성의 힘이 전혀 없는 그러면서도 복수 열에서만 날뛰는 김민수를 애영에게 가지 말도록 붙들자니 자연히 여러 마디를 소비하지 않을 수 없었다.

"약속하겠나?"

"두고 봐야지."

"그런가? 그럼 나도 두고 봐야겠네."

이용준은 전달에 김민수가 애영에게 감행했다는 폭력행위를 상기하면서 다소의 증오감이 앞섰다.

"내가 자네에게 권고하는 일은 모두가 다 옳고 정당한 것뿐이라는 사실을 깨달아야 하네. 돌아가서도 깊이 생각해 보게."
"그럼 언제 줄 텐가?"
김민수는 충혈된 눈을 추켜 떠서 이용준을 보며 다짐했다.
"얼마쯤이 필요한데?"
"그야 다다익선이지."
"그렇지만 어디 그럴 수야 있나? 내 처지도 고려해야지 힘에 부치는 거야 어떻게 장담한단 말인가?"
"최소한도 오십만 환은 있어야겠네."
"그건 자네의 의견이고. 나야 단순한 우정에서 자넬 돕는 것이니까 이십만 환을 내일 아니 내일은 일요일이니까 모레 줄 테니 소규모로 행상을 시작해 보게."
"흥, 고까짓 이십만 환으로 날 잡으려고?"
"그게 무슨 소린가? 잡다니! 돕는다는 데도 불만이면 그만둘 수밖에 없지 않나?"
이용준은 한숨과 함께 쓰디쓴 입맛을 쩝쩝 다셨다.
'내가 무엇 때문에 이자와 상대해야만 하는 것인가?'
그에게 서글픔 같은 허무감이 왔다. 백 마디를 묻는대도 장애영을 사랑하는 까닭이라는 짤막한 대답밖에 없지 않은가?
'그러나 애영 씨의 사랑이 꼭 내게만 돌아올 것이라는 것을 누가 보증할 것인가?'
그의 눈앞에 백남혁의 정열적이요 도전적이며 자신에 차 있는 당돌한 모습이 떠올랐다.
'하는 수 없지. 나로서의 바칠만한 최선을 다하는 밖에야 무슨 도리가 있겠느냐.'
"그런데 그거마저 언제 된다고 했지?"
김민수의 입귀가 처지는 양했다. 눈동자도 거칠게 굴렀다.

"모레라야 된다지 않던가?"

"홍 모레까지 언제 기다려? 그까짓 걸 가지구."

"김군!"

이용준은 엄숙하게 김민수를 불렀다. 그의 째어진 눈이 치뜨며 대답했다.

"이십만 환이란 자네가 생각하듯이 결코 적은 돈이 아닐세. 호옥 이천 환이면 몰라도 이십만 환쯤도 급수가 높은 금액인데 하물며 이십만 환이 일개 월급쟁이인 내게서 어떻게 당장에 나간단 말인가? 모레라는데도 나로서는 퍽 고통스럽게 마련해야 되는 형편일세."

"내기도 전에 공치산가?"

"공치사가 아니라 사실을 얘기하는 것뿐이지."

"그럼 난 이때까지의 자네와의 협상을 백지로 돌리겠네. 저 무(無)로 인정하고 내 맘대로 하겠단 말야."

"모레는 결코 먼 시일이 아닐세."

"내겐 오늘이 있을 뿐이야. 모레나 내일은 미지수거든."

"원, 이 사람이 하루살이가 아닌 바에 오늘만이 생의 전부래서야 되겠나?"

이용준은 김민수의 그 말에서 차라리 치기(稚氣)를 느끼고 괴롭게 웃었다.

"자네 같이 대단한 인격자야 미래에서 살겠지만 난 순간적인 행복에만 도취하면 그만야. 그러기에 오늘만이 내겐 소중하거든.".

"그렇다면 행상한다는 자본설도 다 모순이지."

"그럴는지도 몰라. 어쨌거나 오늘은 안 된다구 했겠다?"

김민수는 갑자기 벌떡 일어나서 돌아갈 기세를 보였다. 이용준도 따라 일어서며

"그러니까 오늘은 없는 셈치고 모레 다시 들르게 그려."

하고 부드럽게 말하였다.
 "모렌 없어! 난 오늘만의 실패로 자넬 원망할 거야. 알았나? 자네도 후회하지 말아야해!"
 김민수는 문소리를 요란스럽게 내며 돌아갔다.
 '저래가지고도 모렌 다시 올 걸, 뭐.'
 이용준은 잠시동안 정신을 정돈하여서 윤여사의 생일 선물을 보냈고 김민수는 밤에 애영을 찾아 기어이 시비를 건 것이었다.
 "어떤 놈에게서 들은 말이냐? 그 녀석이 뭐라고 지껄인 모양이지?"
 별안간 왼편 뺨을 유린당한 애영은 얼얼하게 아픈 것을 참고 입술을 깨물었다.
 "뻔뻔스러운 녀석. 제가 내게 뭘 어쨌다구 뻐기는 거야? 철면피 같은 녀석!"
 진짜 철면피에는 네가 아니냐고 외치고 싶은 것을 참노라니 불쑥
 "아무런 관계없는 사람에게서 그만큼 뜯어 갔음 말지 무한정으로 바랄 이유가 어디 있어요?"
하는 말이 쏘아졌다.
 "기집이란 이래서 어리석단 말야. 그녀석이 허풍치는 소릴 곧이듣고 배은망덕이니 적반하장이니 내게다 뒤집어씌우니까 손찌검을 하지 않느냔 말이다."
 김민수는 애영의 뺨친 것을 눙치는 듯이 어조를 고쳐서
 "피차 바쁠 텐데 무익한 승강이 할 필요가 없지. 요약해서 말하자면 이혼이 됐다구 거들거릴 것만 아니라 너도 책임을 져야 한단 말이다."
하고 계속해서 말머리를 끄집어냈다.
 "너 알다시피 난 병신이야. 신체를 자유로 쓸 수 없는 몸이거든. 그러니 네가 너 좋아서 네가 욕심나는 사람에게 가려고 이혼을 했거들랑 내가 위자료를 줘야 한단 말이다."

애영은 중치가 막혀서 발을 끌어 옮길 뿐 잠잠하였다.

"아까 너두 인두겁 어쩌구 하더라마는 너희야 말고 인두겁을 쓴 연놈이라면 그냥 손을 뺄 수가 없지 하기야 그냥 있도록 가만히 있을 병신의 자식도 없지만 말이다."

년이니 놈이니 하는 욕설을 듣는 순간 애영은 이자가 저번처럼 이용준에게 들려서 온 것을 직감하였다.

"그러니 길게 말할 것 없이 딱 잘라서 말하자. 위자료로 얼마나 줄 테냐? 너도 예산이 있어 했을 테니 말야."

"이치에 닿지도 않는 말을 입 밖에 내지도 말아요!"

애영은 짤막한 몇 마디로 억눌렀다. 김민수가 그 자리에 우뚝 섰다.

"이건 놈보다 더 악질이군. 그럼 싫다는 말이구나. 그래, 좋아! 그럼 넌 간통죄로 반소 당할걸 각오해야 한다. 난 그래도 자식들을 생각해서 네 명예라도 고려해 준 건데 그게 싫다면 하는 수 없지."

"언제부터 떠들더니 왜 포기했죠? 좋아요! 얼마든지 고소해요!"

"너 후회하지 않을 테냐?"

김민수가 애영과 딱 마주 서며 다리를 쩍 버리고 두 팔을 허리에 꽂았다. 거추장스럽던 외투도 없어서 더 홀가분하게 보였다. 폭죽이 터지는 구경에 골목길을 왕래하는 인기척도 없이 김민수의 기세는 자못 맹렬했다.

"최후로 한 마디! 네 진정 돈내기 싫단 말이지?"

"맞았어요!"

애영의 대답은 총알처럼 빠르고 단단했다. 무엇인가를 체념한 절규였다.

김민수는 애영에게 다가왔다. 애영은 두어 발 뒤로 물러섰다. 김민수는 왼손으로 애영의 멱살을 쥐고 바른손을 높이 들었다. 어둠의 빛에서도 그것은 날이 시퍼런 단도였다.

"죽어도 좋으냐?"

김민수는 애영을 내려다보며 가만히 그러나 잔인하게 외쳤다. 그 눈에서도 푸른 독기가 쏟아져 나오는 것 같았다.

"좋아요!"

애영은 주저 없이 대답했다. 사실 이 순간 그는 죽음이라는 것이 호말도 두렵지 않았다. 이런 추악한 인간과 맞서야 하는 자신이 그지없이 미웠다.

'이런 현실에서 난 떠나야 한다.'

이매망량보다 더 추근추근하고 악독한 김민수와 일생을 이렇게 질질 끌려가며 만나야 하느니 차라리 깨끗하게 잊는 것이 낫지 않을까라는 증오감이 앞섰기 때문이었다.

"후회하지 말어!"

김민수는 스스로의 행동에 도취된 양 또 한번 다짐하며 애영의 멱살을 잡아 흔들었다.

사랑하는 언니와 생명 이상으로 소중한 애인의 생명이 위기에 있는 것을 까맣게 모르는 인영과 남혁은 서서히 차를 몰아가며 애영이 같은 여인의 자태를 찾았다.

"얘기가 끝이 나지 않으니깐 아마 저쪽으로 돌아갔나 봐요."

"언제나 이 코스를 택하셨던 가요?"

"네. 흔히 밤에만 오니깐 그땐 애들이 다 집에 있지 않아요? 걔들 못 만나게 하려구 언닌 꼭 자기가 나와서 길에서 해결을 짓곤 했거든요."

"모두가 다 비극의 연출뿐이군."

남혁은 자기라서 긴 한숨을 뿜었다.

이제야 그 비극의 종막이 내리려는데 왜 끝내 말썽을 일으킬까 보냐고 남혁은 김민수에게 최대의 저주를 퍼부으며 주먹이 떨리도록 강하게 핸들을 쥐어 골목길로 잡아들었다.

"하필이면 왜 이런 으슥한 길을 고르셨던가요?"

"여기가 조용하고, 또 큰길에서는 남의 이목도 사나우니깐 그러나 봐요."

"그렇지만 그런 잔인하고 비정상적인 인간을 상대로 이렇게 긴 골목길을 걷다니 말이 되나요. 다음엔 절대로 여기를 피하시라고 인영 씨가 충고하시오. 진정 부탁입니다."

"이제야 뭐 또 오겠어요? 오늘이 아마 최후쯤 될 거예요. 어마! 저기 저거 아니에요?"

인영은 몸을 와락 앞으로 숙여 창으로 밖을 내다보았다. 과연 불줄기가 가늘게 뻗친 곳에서 한 덩이가 진 남녀가 아득하게 비쳐왔다.

"아! 애영 씨가!"

남혁의 눈이 번쩍 빛나면서 차는 살처럼 흘러갔다.

삶을 체념한 애영의 귀에 차 구르는 소리가 들리는 성하여서 애영은 머리를 돌렸다. 아니나다를까 법원 쪽의 골목이 환해지며 지프차가 총알처럼 날아왔다.

김민수는 당황하여서 재빨리 애영을 찌르려는 찰나 죽을힘을 모은 애영은 기운껏 김민수를 떠다밀었다.

그 동시에 D 국민학교 쪽에서도 머리불을 부릅뜨고 차 한 대가 나타났다.

"이년 봐라."

외마디의 노호(怒號)와 함께 길바닥에 동그라진 김민수의 위를 탄환인 양 돌진하던 백남혁의 차는 걷잡을 새도 없이 달리다가 끼익 멈췄다.

맞은편의 차도 그 자리에 섰다. 돌연한 차의 출현으로 김민수가 깔리는 것을 목도한 애영은 양쪽에서 들이대는 밝은 불빛에 저도 모르게 두 손으로 얼굴을 쌌다.

창공에 그리다

때는 봄인 성했다. 날은 따뜻한데 아무 데서도 꽃을 볼 수가 없었다.
"꽃 없는 봄인가 보죠?"
애영은 곁에 앉은 남혁을 돌아보며 교태를 머금었다. 남혁의 팔이 애영의 허리를 감았다. 몸이 금새 녹아날 듯이 간간했다.
"강물에서 꽃이 핀다나요? 우린 지금 그 구경을 가는 길이 아닙니까?"
남혁이 허리에서 손을 풀어 핸들을 잡았다. 차가 나는 듯이 달려갔다.
"아이, 좋아! 오늘은 기적을 보여주시는군요."
애영은 남혁의 어깨에 머리를 기댔다. 차의 동요에 따라 머리도 흔들렸다.
"기적은 여기도 있습니다."
남혁은 애영을 안고 일어났다. 차가 제대로 굴러가면서 크나큰 트럭이 되었다.
"어머나!"
애영은 널따란 트럭 위에서 깡충 뛰었다. 남혁이 애영의 손을 잡았다. 그들은 팔을 늘여 흔들며 아이들 마냥 음악에 맞춰 걸었다. 괴상한 원무곡(圓舞曲)의 리듬을 타고 둘은 발름발름 춤을 추었다. 구경꾼이 한 사람도 없어서 안심이었다.
 그러는데 육중한 차체는 가로수의 숲 속으로 들어섰다. 갑자기 어두워졌다.
 "아이, 캄캄해!"
 애영이 눈을 비볐다. 남혁은 애영을 업었다.
 "아이 남이 보면 어떡해요?"
 "보면 어때요. 나의 신부인걸."
 별안간 앞이 트이며 전날 그들을 황홀경으로 이끌던 황혼의 하늘이 열렸다.
 "아이, 시원해!"
 애영이 남혁에게서 떨어져 나오며 하늘을 쳐다보았다. 새파아란 창공이었다.
 "타오르는 하늘이 아니네요."
 "애영 씨더러 거기다가 그림을 그리라는 거죠. 어떻게 그려보겠어요?"
 "그럼 안 그려요? 평생의 소원인걸.!"
 "마침 잘 됐군요. 자, 이리로 와요.!"
 남혁은 애영을 번쩍 안아서 올렸다.
 가없이 넓고 넓은 바탕이라 쌓이고 쌓인 화상이 맘껏 쏟아져 나오려고 가슴이 터질 듯했다.
 "어마! 그런데 붓이 없네요!"
 "아, 여기 있잖아요?"
 남혁은 가로수를 한 손으로 쑥 뽑아서 툭툭 털었다. 잎들이 우수수 떨어졌다. 애영이 받아드니 홍모(鴻毛)와 같이 가벼웠다.
 "에트나의 분화구에서 꺼냈으니 그대로 그리세요!"
 "호호, 저더러 하이네가 되라셔요."
 애영은 웃으면서 붓을 들었다. 푸른 바탕에 그린다는 게 꿈틀거리는 용이었다.

"아니, 왜 용을 그리십니까?"

"하늘엔 용이 있어야지 않아요?"

애영은 남혁이 성내는 것을 보고 이번에는 범을 그렸다.

"애영 씬 동물에 미련이 많으시군요. 왜 저번 날 그 기억을 잊으셨나요?"

애영은 비로소 용과 범을 쓸어버리고 장엄한 황혼의 풍경을 그려갔다. 산이며 층층한 집들, 교회당, 삼림, 그리고 신기루 같은 누각들…….

"여기선 우리들이 산다구요, 네?"

남혁은 누각을 가리키며 속삭였다. 애영은 머리를 저었다.

"거기서 인영이랑 사세요!.

남혁은 와락 애영을 떠밀었다. 애영은 구만 길 아래로 떨어지며,

"아이그머니!"

하고 자지러지는 듯 비명을 쳤다.

"언니! 언니!"

인영이 애영을 조심스럽게 흔들었다. 애영이의 이마와 콧등에는 송골송골한 땀이 흥건했다.

"아유!"

애영은 눈을 뜨고 한숨을 쉬었다. 입술이 바싹 말랐다.

"날마다 이래서 어떻게 해요?"

인영은 침대 머리에서 타월을 떼어 애영의 이마와 콧등을 닦았다.

"내 등을 좀……."

애영은 저쪽으로 돌아누우며 등을 돌렸다. 인영은 파자마 아래로 수건을 넣어 애영의 등허리의 땀을 훔쳐냈다. 그 동안에 살이 좀 빠진 듯 했다.

"아유 이 땀 좀 봐! 허한이 이렇게 심해서 어쩌지 오늘은 약 좀 지어옵

시다 응?"

"약은 무슨?"

애영은 반듯이 누우며 이제야 뿌옇게 된 창을 바라보았다.

"언니! 또 꿈꾸셨지?"

"응 아주 이상야릇하구 허황난측한 꿈이야."

"요샌 늘 그렇지 않우? 나두 어제 꿈은 참 요란했어요."

인영에게서도 굳어 삼키려는 한숨이 가만히 터져 나왔다.

"사건이 악화되려나 보지?"

애영이 인영에게로 돌아누웠다. 멎었던 땀이 또 전신에 확 올랐다.

"언니! 우리 그일 생각지 말기로 하지 않았어요? 것보다도 언니 꿈 얘기나 들려주세요."

인영도 몸을 돌려 마주 향했다. 스프링이 스르렁 울렸다.

"너무나 허황해서 어떻게 얘길 만들 수가 없어."

애영은 그래도 애써 꿈을 설명했다. 그러나 인영과 관계된 끝 장면은 뺐다.

"참 꿈에만은 언니가 이인이 됐었구려. 얼마나 통쾌해요? 그래도 다 언니가 평시 맘에 먹은 거 아니에요?"

"하기야 골똘하게 궁린 했었지."

"그런데 왜 난데없이 용하고 범은 그랬을까?"

애영의 깊은 짐작을 눈치 못 채는 인영은 기이하다는 듯이 눈을 치떴다.

"아마 무슨 경사가 생기려나 봐요."

"우리에게 경사라곤 남혁 씨가 무사히 되는 거밖에 또 있니?"

"그러게 말야."

인영은 잠잠하였다. 아래층에서는 요새 들어 바짝 쇠약해진 윤여사의 기침소리가 올라왔다.

"언니! 그래 꿈에 그려본 게 지금 머리에 남아 있어요?"

"그럼 환하게 그 장면이 떠오르는걸. 정말 꿈은 꿈이야. 어쩜 그 큰 나무가 그렇게 가벼울까? 그리구 허공에다가 그리는 게 어쩜 그렇게 또 다역력하게 나타나느냔 말야."

"그 감명이 사라지기 전에 오늘 그냥 종이에 옮기세요."

"그야 아무 땐들……"

애영은 다시 몸을 반듯이 하며 천장을 바라보았다. 지난 일월에 청수장에서 남혁과 함께 돌아올 때에 보던 황혼의 장관과 어젯밤의 꿈의 정경이 교차하여서 천장에 나타났다.

'남혁 씨의 가장 큰 선물이었어.'

문득 층계를 올라오는 발소리가 삐걱 났다. 숨어서 발을 딛는 도둑 걸음이었다. 형제는 서로 꾹 찌르며 몸을 도사렸다.

순간 애영은 김민수를 생각했다. 언제나 지긋지긋하게 사람을 들볶던 위인이었다. 두 달이 멀다 하고 찾아다니며 간담을 서늘하게 해주던 작자였다.

진두찰이처럼 붙어서 떨쳐지지 않던 기생충이었다.

그러나 이제는 없다. 영원히 자기에게서 사라진 것이다. 어머니의 생신날 밤에 남잡이 저잡이로 단도를 든 채 동그라져서 차에 깔린 것이다. 그의 시체는 경찰에서 당장 병원으로 보내어 해부하였고 유해는 수원 본집에서 인수해 갔다 하였다.

그렇지만 이제 이상한 발소리에서도 이내 김민수를 연상하는 것은 그만큼 김민수에 대한 증오심이 고질이 되어 있는 까닭이라고 애영은 총망한 중에서도 혼자 탄식하였다.

발소리는 층계 위까지 올라온 모양이었다.

'문이 닫힌 채이니 외인은 아니고 집안 식구일 것이다. 아이들일까?'

찌개 내음이 새어 오는 것으로 순옥만은 벌써 일어났을 것이나 아이들의 동정은 없었으니 혹시 어머니일까?

그런데 도둑 걸음은 마룻방에서 자유롭게 소리를 냈다.

"아줌마! 아줌마!"

순옥이가 제법 당황하게 불러댔다. 애영과 인영이 동시에 미닫이를 바라보고 함께 소리쳤다.

"왜 그래?"

미닫이가 방긋이 열리고 순옥의 웃는 얼굴이 쏙 나왔다.

"아줌마! 저기 백 선생님이 와 계셔요."

"뭐?"

애영과 인영은 용수철 마냥 발딱 튀어 일어났다.

"어디?"

"밖에 계신데 조용히 나오시래요."

그들은 흐트러진 머리를 가누지 못한 채로 파자마를 벗어 동댕이치고 분주하게 옷을 주워 입었다.

그러나 애영은 떨리는 손으로 겨우 외투만 파자마에 걸쳤다.

"발소리 내지 마세요!"

순옥은 앞을 서서 조심조심 내려가고 그들도 순옥이가 하는 대로 안방을 돌아 부엌으로 향하는 복도를 가만가만 걸어갔다. 무슨 까닭으로 도둑 걸음을 걸어야 하는지 생각할 여유도 없이 그저 무턱대고 순옥이만 따라가는 것이었다.

부엌 뒷문에 나서니 밖은 완전히 밝았으나 새벽바람은 매섭게 찼다.

"어디 계신단 말야?"

인영이가 날카롭게 물었다. 인영은 그 순간 순옥이가 갑자기 돌지나 않았는가 하고 순옥의 눈을 관찰하였으나 그의 맑고 검은 눈은 여전히 웃음만을 담고 있었다.

"아줌마! 내가 아줌마들을 잠시라도 기쁘게 해드리려고 거짓말했어요."

"뭣이?"
"해해 오늘이 사월 일 일 아녜요?"
순옥은 몸을 비틀며 킥킥댔다. 그의 긴 머리칼이 바람에 날렸다.
"아유!"
애영은 맥빠진 숨을 내뿜으며 그 자리에 주저앉으려 했다. 인영이 얼른 그를 부축했다.
"못된 기집애! 장난도 분수가 있지 이 계제에 그게 당한 짓이야?"
인영은 순옥에게 언성을 높이며 때릴 듯이 대들었다.
"되지 못하게 스리. 못된 버릇만 배웠군!"
인영은 순옥에게 찢어지라고 눈을 흘기며 애영의 팔을 끼고 부엌으로 걸어왔다.
"너무 귀여워하니깐 기집애가 버릇이 잘못 들었어. 못된 기집애 같으니."
"아줌마! 소리 높이지 마세요! 할머니 들으심 꾸중하실 텐데."
순옥은 한술 더 떠서 당부까지 하였다. 발소리를 죽인 것은 할머니를 꺼림이라고 이제야 깨달으며 인영은,
"듣기 싫어! 어린 기집애가 엉뚱한 장난을 한단 말야."
하면서도 말소리는 나직했다. 사실 어머니마저 동원시키기는 싫었던 것이다.
"아줌마! 성만 내지 말고 제 말이랑 들어보세요. 어젯밤에 이 선생님이 오셨더랬어요."
순옥은 부엌마루에 걸터앉을 자리를 마련해주며 저는 한쪽으로 비켜섰다.
"언제 말야?"
인영은 애영을 좁다란 마루에 앉히며 자기도 곁에 앉았다.
"어젯밤이라니깐요. 아줌마들이 변호사 댁에 가셨을 때 말예요."

"그럼 왜 인제야 말하는 거야?"

"이 선생님이 할머니께 여러 말씀하시는데 잠깐 들어보니간 백 선생님은 꼭 나오시게 된대요. 아주 쉬 나오신다나 봐요. 그러기에 오늘 한바탕 장난해 본 거예요."

순옥은 속삭이듯이 변명하고 나서 애영의 눈치를 살폈다.

"그리구 참. 이 선생님이 아마 당부하셨나 부죠. 할머니가 저더러 이 선생님 오셨네 마네 지껄이지 말라구 하셨어요."

"알았어. 그만둬!"

인영은 내뱉듯이 말을 던지고 애영과 이층으로 올라왔다. 알았는지 몰랐는지 윤여사는 끝내 조용하였다.

그들은 다시 침상에 몸을 던졌다. 애영은 지난밤의 꿈이 괴상망측했던 것이며 오늘 새벽의 순옥의 방정이 다 불길할 징조라고 타는 듯한 한숨만 푹푹 내뿜었다.

"언니, 너무 상심 말아요. 순옥이 말에도 일리가 있잖아요?"

"글쎄."

"이용준 씨가 누구라구 허튼 소리하러 일부러 오시겠어요."

"그런데 왜 우리에겐 비밀로 하래?"

"언니 것두 짐작 못해요?"

인영은 애영의 어깨를 탁 치며 웃었다. 애영도 짐작하는 바가 있었다.

이용준은 사변이 일어났던 그 뒷날 아침 일찍이 왔었다. 그의 말인즉,

"전 날 김민수의 태도가 아무래도 수상하기에 밤엔 못 왔을망정 아침에 일찍 왔더니 과연 이런 변사가 났다."

고 하였다. 그때 애영에게는 서대문 경찰서에서 출두하라는 명령이 나왔기에 이용준은 인영에게 매일처럼 오고 싶으나 웬일인지 그렇게 되지 않는다고 자기의 심경을 말한 적이 있었다고 하였다.

"더구나 밤엔 처음이니깐 구태여 말할 필요가 없다고 어머니께 여쭌

것뿐이겠죠. 어쨌건 철두철미 신사야."

인영은 또 한 번 이용준을 칭찬하고 학교에 나갈 준비를 하였다.

인영과 아이들이 등교한 후에 애영은 순옥이 때문에 들떴던 가슴을 좀체 진정시킬 수 없어서 외투를 걸치고 대문을 나섰다.

애영의 발은 지남철에 이끌리는 쇠끝처럼 저절로 집 앞의 왼편 언덕길로 향했다. 쭉 바로 가면 사직공원으로 빠진다는 길목을 끝까지 걸어 본 일은 없었으나 가끔씩 안개 낀 아침이면 올라와서 몽몽하게 잠긴 거리를 내려다보곤 했던 것이다.

애영의 눈은 금화산 마루터기에 엎어진 초가 마을에 보다는 시종 번번하게 자리잡은 붉은 벽돌집에서 떠나지 않았다.

전에 같으면 그쪽에는 조그마한 관심이 가지 않을 저 넓은 담 안에 멋없이 서 있는 붉은 건물들이 이 아침에는 하나 하나가 바늘 끝처럼 가슴팍을 쑤시며 들어오지 않는가.

언제나 자신과 정력에 차 있는 눈이 굽힐 줄 모르고 아첨을 발라 본 일이 없는 그 꽉 맺혀진 입이, 자유를 잃고 쇠창살 아래서 무엇을 보며 무엇을 악물고 있는 것일까?

'아아, 남혁 씨! 당신은 나 때문에 이 애영 때문에…….'

애영의 눈에서 뜨거운 눈물이 주루루 흘렀다.

갈기갈기 찢기는 가슴이 그나마 터지려고만 했다.

애영은 길에 더 서 있을 기력이 없어, 어느 민의원인가가 새로이 꾸미고 있다는 정원의 층계를 몇 개나 더듬어 밟아갔다.

언젠가 김민수가 서 있던 성머리에 높직이 올라 깨끗한 잔디에 털썩 주저앉았다.

'저 건물 어느 방에 벅차오르는 만 가지의 회포를 누르고 갇혀 있는 것일까?'

경찰서에서 어제 송청이 되었으니 공판은 십오 일 경에 열릴 것이라고 변호사는 말했다.

'사실은 다른 사건보다 얼른 검사국으로 넘겼다고 했지. 자기 집 안에 서들은 얼마나 우릴 원망할까?'

요새 며칠 들어 갑자기 날카로워진 바람이 사정없이 애영의 뺨을 핥아 가건만 애영은 그편의 하늘을 바라보며 악몽 같은 지난 일 주일 간의 일들을 회상하였다.

어머니의 생신이면서도 저주의 날인 3월 26일 밤! 시간은 아마 여덟 시가 넘었으렷다. 자기 집 방안에 존경하고 사랑하는 사람들을 가득히 앉혀 놓고도 김민수에게 끌려가던 운명의 여인!

애영은 김민수의 칼을 피하려고 하지 않았다. 비록 노모와 어린 자식들이 걸리기는 하였지만 한 번 삶을 단념한 바에야 구차스럽게 버둥거릴 까닭이 어디 있으랴.

그런데 문득 귀에 익은 경적이 들렸다. 자동차가 달려오는 것을 보는 순간 애영은 깜박 잊었던 생(生)에의 집착을 찾았던 것이다.

'남혁 씨가 오는 것이다. 남혁 씨! 나의 예술의 동반자! 그림! 제3회 개인전! 앞으로 찬란하게 열릴 제4회 전! 타오르는 하늘을 그릴텐데…… 내 많은 창작품들! 남혁 씨가 온다! 살아야 한다! 나는 살아야지!'

번갯불처럼 번쩍번쩍 희망이 지나갔다. 애영은 죽을힘을 모아서 김민수의 칼날을 물리쳤다. 이를테면 창작에의 의욕이 끓으며 새로운 힘은 넉넉히 김민수를 길바닥에 동댕이쳤던 것이다.

일은 끝났다. 정신이 멀어 가는 그의 귀에 힘차게 외치는 소리가 들렸다.

"인영 씨! 빨리 언닐 모시고 집으로 돌아가세요! 학장선생님! 부탁입니다. 애영 씰 데리구 가주십시오."

'아아, 어느 용감한 기사가 그렇듯 최후의 정열이 저렇듯 거룩하였으랴.'

애영은 눈을 감고 그때의 그 희생심에 타오르던 그 목소리를 다시금 불러내어 뜨거운 그 정열에 잠기려 했다.
'아아, 끝내 사내답던 남혁 씨!'
신 학장은 남혁의 말대로 애영을 실어다가 집에 두고 윤여사에게 간단한 설명을 덧붙여서 맡기고는 다시 현장으로 달려갔던 것이다.
오랜 시간을 김민수에게 시달리다가 요행히 죽음을 벗어났으나 돌연한 충격으로 실신에 가까웠던 애영은 자정이 지나서야 정신이 돌아왔다.
머리맡에는 어머니와 인영이 앉아 있었고, 발치에는 호식과 신아가 그 커다란 눈들에 겁을 잔뜩 머금어서 어미를 지키다가 눈을 뜨는 애영을 보고,
"어머니!"
"엄마!"
를 부르며 환성을 올렸다.
애영은 어머니와 아이들의 손을 붙잡고 얼마나 울었는지 모른다. 인제 위협은 끝났다. 모든 강박은 사라졌다.
아이들에게서 추악한 아버지가 영원히 떠났거늘 어찌하여서 눈물은 그칠 줄을 몰랐던가?
이튿날은 다행이 일요일이어서 어머니와 아이들은 아래층으로 보내고 인영은 밤을 새우다시피 애영을 돌보면서 그간의 경과를 들려주었던 것이다.
그 자리에 경관이 출동하여서 현장을 검시하고 백남혁은 경찰서로 연행되었으며 시체는 병원으로 운반되었다 하였다.
그 자리에서는 현장을 착실히 목도한 신 학장과 강윤기가 그때의 상황을 자세히 설명하였고, 남혁도 차를 달려가는데 김민수가 뛰어들었다고 역설하였다고 했다.
증거물로는 김민수의 손에 들렸던 단도가 퍽 중요한 것이요 상대자이

던 애영이 혼돈상태에 있으니 다음 날 부를 것이라고 하였다.

"나 때문에 백 선생님이 생고생을 하셔야지 않니? 어서 가서 바로 말해 줘야 백 선생님이 빨리 나올 것 아니냐."

"다들 그러시는데 이번의 이 사건은 큰 게 아니래요. 그리구 자기 집에서들도 가만있지 않을 테니깐."

그 이튿날 이용준이가 일찍 다녀가면서 자기로서도 최선을 다하여 알아보겠노라고 하였던 것이다.

애영이 수사계에 이르니 남혁이 나와 있었다.

"백 선생님!"

여전히 씩씩해 보이는 남혁에게 애영은 염치없이 대들었다. 그는 애영의 두 손을 마주 잡으며 눈물짓는 애영에게,

"염려 마십시오. 잠깐 지나갈 복잡한 과정이니까요."

하고는 미소마저 보였던 것이다.

애영은 김민수를 자기가 떠밀었다고 내세웠다. 자기가 떠밀지 않았으면 남혁의 차가 그를 다칠 까닭이 없으니 죄는 자기에게 있다고 주장하였다.

"그럼 수사의 각도가 달라지는 데요."

담당형사가 주의를 하였으나 애영은 끝내 우겼다. 그리하여서 남혁은,

"사실은 내가 그자에게 적의가 있어서 죽였다. 그 순간 꼭 죽이고 싶었다."

는 백팔십 도 의견 전환의 진술을 하였던 것이다.

남혁과 애영이 서로 죄를 맡으려고 결사적으로 나서는 것을 보고 수사진에서는 두 사람의 애정 관계를 의심하여서 남혁의 주장에 기울어지려 하였다.

두 남녀의 치정의 결과가 김민수를 죽였다면 남혁의 죄명은 과실치사가 아니라 어엿한 살인죄가 아니겠는가.

여기에 나선 것이 인영이었다. 인영은 두 사람의 결백을 증명하기 위하여서 자기와 남혁은 약혼자라는 것을 허위로 증언하였다.

약혼의 남녀가 언니의 행방을 찾기 위하여서 달려가다가 질주 도중에 뛰어드는 장애물을 치고 넘는 일은 얼마든지 있을 수 있는 일이어서 담당관의 의혹은 쉽사리 풀렸던 것이나 남혁은 당황하지 않을 수 없었다.

남혁은 인영의 고충을 이해하고 처녀로의 위신을 살리기 위하여서라도 그의 주장에 묵인하는 태도를 가졌으리라. 애영은 이 허위증언이 사실로 나타나기를 바라는 마음에서 그들이 약혼한 사이라는 것을 역설하고 남혁의 입장을 환원시켰던 것이다.

'신 선생님도 강윤기 씨도 한결같이 남혁 씨가 무사할 것이라는 것을 말씀하셨지. 더구나 변호사는 자신만만하게 장담을 하는 터고.'

애영의 이혼 수속을 맡았던 변호사이니 만큼 모든 사정을 투철 세밀하게 알고 있을 뿐만 아니라 친자식의 일이나 같이 성의와 노력을 바치는 데는 감탄하지 않을 수 없었다.

'남혁 씬 거기서도 내 건강만을 염려하면서 자긴 여느 때보다도 더 낙천적인 표정을 하고 있었지.'

애영의 눈은 오랜 시간의 주목으로 통증을 느꼈다. 그는 사르르 눈을 감았다. 캄캄한 망막에도 즐비한 벽돌집의 배열은 그대로 박혀 있었다.

"아하!"

쓰라린 한숨과 함께 애영은 머리를 무릎에 묻었다. 등이 뜨뜻하게 햇볕을 흡수해 왔다. 다정한 촉감이었다. 문득 어젯밤 꿈에 자기의 허리를 감았던 남혁의 체온을 동시에 느꼈다.

'그는 지금도 나의 제작을 바라고 있는 것이다. 그러기에 몽매에서라도 나를 충동하고 격려하는 것이 아닌가? 오늘부터 난 맘을 잡아서 그림에 착수해야만 그의 뜻을 받는 것이 될 것이다.'

애영은 다시 머리를 들어 그쪽의 하늘과 건물의 어느 한 곳을 지적하며 맘으로 남혁에게 언약하였다.

'안심하세요! 애영은 반드시 대작을 만들 테에요. 당신이 나오셔서 기뻐하고 칭찬하실 만큼의 큰 작품을 완성하겠어요.'

애영은 아쉬운 대로 몸을 일었다. 이제로는 매일 아침, 시시로 틈날 때마다 여기 와서 남혁 씨가 있는 저 집을 바라보려니 맘먹었다. 그리고 그쪽의 하늘을 향하여 기운껏 뜨거운 입김을 불어 보내리라. 그렇다면 철창으로 새어 나오는 남혁 씨의 호흡과 저 중공의 어디서 합쳐질 것이 아니랴.

'우리의 입김은 분홍색의 가는 실오라기 되어 저 흰 구름에 얼기설기 감기겠지. 그리하여서 저녁놀이 타는 하늘에도 한가롭게 떠다닐 테지.'

애영은 마른 잔디를 털며 성터에서 내려왔다. 먼 데서 까마귀 울음이 들려왔다. 애영은 방에 돌아오자마자 책상 서랍을 열어 언젠가 남혁이 떨어뜨린 종이쪽지를 집어냈다.

몇 겹으로나 접혀진 종잇장을 펴고 있는데 순옥이가 차반에 김이 오르는 커피 잔을 받쳐들고 왔다.

애영은 머리를 돌려 순옥을 쳐다보았다. 순옥의 긴장한 얼굴에서 조심스럽게 큰 눈알이 굴렀다.

'죄가 있으니 눈치를 살피는 게군.'

애영은 짐짓 모르는 체하고 몸으로 의자만을 뒤로 밀치며 마지막 굽이를 마저 폈다.

"아줌마, 차 드세요!"

찬데서 바람을 맞고 왔기에 미상불 차 생각이 나기도 했으나

"차는 갑자기 웬 차야?"

하고 딴청을 댔다.

"나 다 알아요. 저기 성터에서 떨다가 오신 걸 뭐. 여기서 빤히 뵈는데 것도 모를까 봐서요."

창공에 그리다 421

애영은 실소하였다. 순옥에게 걸리면 하는 수 없다고 애영은 찻잔을 당겨서 두어 모금 마셨다. 목이 따끈했다. 계속해서 마시고 나니 가슴이 후련했다.

"아줌마, 오늘 새벽엔 지가 잘못했어요."

애영의 찻잔이 비어지는 것을 보고 순옥은 안심했는지 방바닥에 살포시 쪼그리고 앉으며 말을 시작했다.

"클리닝 집 애가 지네 아줌마를 속여 본다지 않아요. 그래서 저도 한번 아줌마들을 기쁘게 한다는 게 그만 너무 지나쳤나 봐요."

"……"

"아줌마가 저 때문에 나가셔서 안 들어오시니깐 지가 어쩔 줄을 모르겠어요. 전 큰 아줌만 어머니거니, 작은 아줌만 언니거니 하고 믿고 있길래 그런 장난을 해 본 건데 그만……."

순옥은 목이 메었는지 말을 끊고 고개를 탁 숙이고 손가락으로 새파란 다다미의 올을 결 따라 문질렀다. 아마 그 큰 눈에는 눈물도 괴었으리라.

애영의 가슴이 뿌듯해졌다. 어려서 어머니를 잃고 아버지는 계모를 얻었는데 학대가 극심하여서 그의 아버지는 먼 촌 고모뻘 되는 윤여사에게 그의 양육을 부탁하였던 것이다.

국민학교는 마친 아이라 윤여사는 순옥을 야간 여중에 입학시켰다. 순옥은 눈치꾸러기의 티가 없이 명랑하고 영리하여서 졸업 때는 우등을 하였다.

그러나 윤여사는 자기가 늙어 감에 따라서 순옥의 고등학교 진학을 중지하고 집에서 가사에 전력하게 하였다. 언제나 애영에게는 순옥의 고등학교 졸업장 없는 것이 죄가 되고 한이 되어 있는지라 지금 순옥의 목매어 하는 것을 보고 애영의 콧날마저 시큰하여 졌다.

"장난이니까, 그리고 네가 너무 지나쳤다는 걸 깨달았으니깐 괜찮아."

사실 가지각색 유행이 이 나라에 다 들어와서 별스런 광경이 다 벌어지는 세상에 호기심에 찬 계집애들이 에이프릴 풀쯤 흉내내 보았댔자 그게 무슨 큰 실수이랴. 다만 때가 걸맞지 않았다는 것뿐일 것이다.

"아줌마!"

순옥은 은근하게 애영을 부르고 애처로울 만큼 눈에 표정을 넣었다.

"너무 근심 마세요. 이 눈으로도 똑똑히 본 걸요. 백 선생님은 정말 아무 죄도 없으세요. 이 선생님 말씀이 꼭 맞을 거예요. 그래서 저도 한 번 미리 노문 놓은 거예요. 신 선생님, 강 선생님도 다 한 말씀인 걸요. 정말 염려 마세요."

물에 빠지면 지푸라기라도 힘이라는 말대로 순옥의 자신 있는 간절한 부탁이 애영에게 듣기 싫을 턱이 없었다.

"네 말대로라면 오죽이나 좋겠니? 그래 알았다. 내려가서 할머니께도 차 드려!"

"할머니껜 벌써 드렸어요."

"신통하구나."

애영은 방긋이 웃어 보였다. 순옥은 해죽 웃고 통통 발소리를 내며 가버렸다.

애영은 이때까지 손에 쥐고 있었던 종이를 테이블 위에 놓고 손바닥으로 구김살을 폈다. 틈만 있으면 들여다보는 심심풀이였다.

처음에 주울 때는 남혁의 비밀기록이 되어 있는 쪽지거나 누구에게 보내는 글발인 줄 알고 호기심에서 가슴마저 설렜었는데 조용한 때 열어서 읽어보고는 눈을 크게 떴던 것이다.

      구름은 탄다
      창공에 펴다
      창공의 신화(神話)
      창공에 그리다

　　　　창공의 연정(戀情)
　　　　별들의 밀어(密語)」

　이런 무슨 제목 비슷한 구절들이 쭉 나열되어 있어서 애영은 남혁 자신의 시제(詩題)이거니만 여겼었다.
　그리고 빈자리에는 영(瑛)자와 혁(爀)자가 여기저기 함부로 낙서되어 있어서 애영은 혼자 웃었다.
　"어린애들처럼 무슨 장난이야?"
　다음에 남혁을 만나면 그것이 무엇인가를 물어 보려고 하였으나 번번이 잊어 버렸고 3월 26일에 구속된 후로는 경황이 없어서 깜박 잊었다가 아까 성터에서 번쩍 지나가는 예감에 집에 오자마자 이 종이를 또 꺼낸 것이었다.
　애영이 처음부터 다시 훑어보는데 윤여사가 올라왔다.
　"양력 사월인데도 날씨가 왜 이렇게 매워? 요샌 별스럽게 더 추워만 지니……."
　다음의 말은 한숨으로 얼버무렸다. 들으나마나 어머니는 감방 속에 있는 남혁을 걱정하는 말이 나오려는 것을 딸의 심경을 살펴서 중단한 것이라고 애영은 추측하였다.
　"침대에 올라앉으세요."
　"뭘 허니? 안방에 가지구 가서 읽으려무나."
　윤여사는 걸치는 듯 마는 듯 엉덩이를 침상에 올려놓으면서 애영의 손에 들린 헌 종잇장에 눈을 주었다.
　"네, 이거 좀 보고 나중에 가겠어요."
　애영의 시선은 여전히 종이 위에서 떠나지 않았다.
　"얘! 호식이가 의심을 먹고 내게 묻는데 어떻게 하련?"
　"네? 호식이가요?"

"그럼 열다섯 살이나 된 사내녀석이 그만 눈칠 못 챌까 봐서?"
"뭐랬기에요?"
"그 녀석이 워낙 충정 깊은 애라 지 애비의 비행을 모조리 알면서도 모른 척 했지 않니? 그런데 어젯저녁엔 불쑥 집안에 무슨 큰 일이 나지 않았느냐고 그런단 말야."
"저런! 그 애들 알까 봐 신문에도 못 내게 이 선생님이랑 강 선생님이랑 모두 앨 쓰셨는데요. 신아는 아직 모르죠?"
"모르긴! 그 여우가 뭐란지 아니?"
"그 앤 또 뭐래요?"
애영은 완전히 윤여사에게로 돌아앉았다. 그의 뺨에서 핏기가 가셔 갔다.
"우리 집에선 저희들을 인형이나 등신으로 안다고."
"……."
"가만히 있자니깐 사람을 너무나 무시한다고."
"어젯밤에 그래요?"
"아냐. 고건 그저께 밤에 잘려다가 그러구 호식인 어젯밤에 그러더라니깐."
"저희들 말이 옳을는지도 모르죠."
애영은 가슴이 불룩하게 숨을 마셨다가 천천히 내쉬었다.
"그러니깐 요것들이 저희끼린 무슨 의논이 있었던 모양이지? 호식이가 말할 때 신아는 아주 깊이 잠든 척 했어."
"하기야 호식인 중학 삼 학년이고 신안 국민학교 육 학년인데 안 그러겠어요? 지능은 우리들보다도 더 발달했는지 모르죠?"
"옛날엔 남자 십오 세가 되면 나라 일에 참례할 자격이 있었는데 왜 안 그러겠니? 신아도 고게 열두 살이야. 게다가 남달리 깜찍한 게 속엔 육지 배포를 하구 있단 말야."

윤여사는 신아의 칭찬에서 약간 신이 났다. 아까보다는 훨씬 원기가 있어 보였다.

"정말예요. 법대로 하자면 그자의 출상 땐 애들이 참례하여야 했거든요. 그렇지만 우리가 모를 뿐이지 자기들도 넌덜머리가 났을 거 아녜요? 그러니 쉬쉬하고 자기들끼리 어떻게 처치해 버렸나 보죠."

"무슨 염치에 알려?"

"염치고 뭐고 또 그만큼 예의나 차릴 줄 아나요 무슨 혈육붙이라고 나중에 찾을 위인들이 못 되니깐."

"불감청이언정 고소원이다. 제발 그런 일가양반들 우리에겐 영원히 없습니다구 하랄 테다."

윤여사의 얼굴이 화끈 달아오르며 열을 벌컥 냈다. 요새 들어 윤여사의 감정의 발로가 퍽 날카로워졌다. 항상 무던하게 희로애락을 표시하지 않았는데 자칫하면 벌겋게 흥분하고 나서는 어머니를 바라보며 이 모든 원인이 애영 자신에게 있음이라고 애영은 죄송한 생각에 어머니의 귀뿌리에 흩어진 머리칼을 가만히 쓸어 올려주며,

"그저 모든 게 다 제 불효의 탓이죠. 어머니께서 요새 갑자기 쇠약해지시는 것도……."

하고 끝말은 입 속에 문 채로 애영은 머리를 숙였다. 딸의 심정을 알아채고 윤여사는 이내 태연하게 말을 이어 갔다.

"호식이가 떠억 집안에 무슨 큰일이 났느냐고 묻길래 내가 왜 무슨 큰일이 생긴 것 같으냐니깐 그렇다고 하면서 그 날 말야. 내 생일날 그 녀석이 죽은 날 말이다."

"그래서요."

"호식인 딴 방이니깐 잘 몰랐지만 신아는 자면서 거진 다 알아챘던 모양이야."

"그렇게 감쪽같이 했어도요?"

"그럼 요게 순옥일 조르더라나 그래서 순옥이가 뚝 잡아뗐지만 남매가 저희끼리 공론해서 앞뒤를 맞췄는지 영락없이 그럴싸하게 주워대지 않아?"

"그래, 뭐라셨어요?"

"난 엄마더러 물어보라고 했지."

"잘 하셨어요. 오늘밤엔 제가 어머니랑 인영이랑 있는 데서 얘기하죠."

"그래라. 애들은 얼렁뚱땅 덮어둘 그런 애들이 아냐. 호식인 어린 게 얼마나 속이 들이 깊은 줄 아니? 신아 또 얼마나 영악스럽게 약아빠졌게? 애들이야 잘 돼먹었지."

윤여사는 그게 다 자기 혼자의 자랑인 듯이 기가 높았고 애영은 살그머니 안도와 만족의 감정에 잠겨갔다.

잠깐 흐뭇한 침묵이 흐른 후에도 윤여사는 아직 손자들의 얘기에 흥이 가시지 않았다.

"그 날 밤에 네가 정신을 못 차리니깐 호식이랑 신아가 어찌나 놀라서 바둥거리는지 차마 못 보겠더라. 그거 보면 너두 귀한 몸이야. 나중엔 효도를 받을 테니 지나가는 액운에 너도 맘쓰지 말아라."

"그건 지가 어머니께 드리구 싶은 말씀예요. 어머니께서 요새 너무나 상심이 크시니깐 지가 치신무지인 걸요."

"나야 뭘? 이러다가 죽는 날 닥치면 눈감을 거 아니야?"

윤여사는 서글프게 웃었다. 그 찬웃음이 애영의 눈시울을 화끈 뜨겁게 하였다.

"어머니께서 오래오래 사셔야 호식이랑 신아의 성공을 보실 거 아녜요?"

"흐윽, 어느 세월에?"

윤여사는 놀라는 듯 흐윽하고 숨을 들이마시며 눈을 크게 떴다.

"제발 인영이 짝맞는 거나 본다면."

"염려 마세요. 인영인 좋은 상대자가 나설 터이니."
"그러구 너도 안정하는 걸 봐야지."
"글쎄 다 잊어버리시라니깐."
애영은 일부러 밝은 웃음과 들뜬 어조로 어머니를 안심시켰다. 윤여사는 들어올 때와는 딴판인 화기를 미간에 보이며 몸을 일으켰다.
"내려가지 않으련? 추울 텐데."
"저 뭣 좀 보고 나중에 갈게요."
"그래라."
윤여사는 든든한 발소리를 내면서 층계를 내려갔다. 애영은 어머니가 여는 안방문 소리를 듣고야 아까 보던 종이에 눈총을 쏟았다.
첫줄부터 끝까지 제삼 제사 음미하던 애영은 손바닥으로 무릎을 탁 쳤다.
"옳지 맞았어! 이게 모두 그거야!"
애영은 테이블 위에 있는 연필을 들어서 하나씩 체크해 갔다.
"자기가 내게 선전하던 그 황혼의 그림 제목이야. 그리긴 내가 할텐데 자기가 화제를 고르기에 꽤 머릴 썩혔나 부지? 아무튼 열심이야."
그러기네 어젯밤 꿈에도 그렇게 역력하게 선동을 하지 않았던가?
"창공에 그리다."
에 이르러서는 이윽이 들여다보았다. 전에는 무심하게 지나쳤는데 이제 한 글자씩 뜯어보고 있으려니 그 여섯 자 곁에는 보일 듯 말 듯이 찍어 놓은 점이 있는 것이었다.
'자기도 이것에 뜻이 있었던 게지.'
꿈에 그는 새파란 창공을 가리키며,
"애영 씨더러 거기다가 그림을 그리라는 거죠."
하고 자기를 번쩍 안아다가 하늘에 대주었다. 그리고 붓이 없다니까 가로수를 뽑아 손에 쥐어주지 않았던가.

애영은 먼지처럼 미미한 점에 동그라미를 그려갔다.

그 이튿날 애영은 신 학장을 만나러 B여자대학에 갔다. 전화로 연락을 했기에 신여사는 애영을 기다리고 있었다.

"얼굴이 다 까칠했구나! 무슨 일이 있음 내가 갈 텐데, 여기까지 안 와도 되지 않아?"

신숙경여사는 애영의 손을 끌어다가 불 앞에 앉히며 은사다운 걱정을 하였다.

"선생님께 또 폐를 끼쳐야 하겠어요. 선생님 저 교실 하나 빌려주세요."

"교실은 왜? 특별 지도가 있나?"

"지가 써야겠어요."

"네가?"

"네. 제작을 할텐데 제방이 좁아서요."

"그래? 맘대로 하렴. 무척 큰 걸 하려나 보지?"

"네 좀……."

신여사는 애영이 일에 몰두하겠단 것만이 다행하여서 얼른 승낙하였다.

"어느 방을 주시겠어요?"

"네가 달라는 데로."

"그럼 지금 가 보겠어요."

애영이 일어나자 신학장도 따라나섰다 애영은 미술실의 옆 교실을 열었다.

"얘! 이층은 어떨지?"

"오죽이나 좋겠어요? 그렇지만 운반이 까다로워서요. 그냥 이리로 하겠어요."

"미술실 곁이라 시끄럽지 않을까?"

"비어 있는 걸 이용하죠. 뭐."

"아무 데서나 그리기나 잘하렴."

"네. 선생님 이번에만은 저도 자신이 있을 거 같애요."
"언젠?"
"저 오늘부터 이 방 사용해도 좋아요?"
"아 그러라니깐."
"그럼 저 지금 집에 가서 모두 가지고 오겠어요."
"마침 잘 됐다. 나도 나가려던 참이니깐."

신 학장은 서무실에, 애영은 잠깐 교수실에 들러서 학장실로 왔다가 함께 차에 올랐다.

"그 방에 불이랑 피워 놓으라고 했으니깐 오후에라도 오려무나."
"선생님 감사합니다."

입에서만이 아니라 뼛속에서 우러나오는 치사를 하면서도 애영은 슬펐다. 3회 전 때 남혁의 애쓰던 모습이 떠올랐기 때문이었다.

아무 일도 없었더라면 이 토요일은 반드시 둘이서 신설동의 로터리를 돌아 삼선교로 혜화동, 원남동의 가로수 아래를 통과할 것이 아니겠느냐?

'기어이 그는 자동차 때문에 봉변당한 것이다. 그 위태로운 속도로.'

애영은 먼지가 뽀얗게 날리는 청량리의 길을 지나면서도 그 날카로운 바람 속에 분명히 봄의 입김이 섞인 것을 느꼈다.

'여긴 아직 춥지만 시골 어느 산기슭에선 진달래가 피고 있을 것이다. 어린 보리가 잔 물결치는 새파란 들판에는 나물 캐는 소녀들이 종달새 노래에 취하여서 칼자루만 만지작거리겠지.'

신 학장은 정신을 딴 데다 주고 있는 애영의 손목을 가만히 잡았다. 그의 손길은 부드럽고 따뜻했다.

"애, 머지않아 봄이야. 봄이 지나면 네 개인전은 문을 열고…… 그렇지?"
"네, 선생님."
"기운을 내! 오늘부터 일이야!"

애영은 이른 점심을 먹고 화구를 정돈하였다. 기회가 있는 대로 힘이 닿는 대로 구해 놓았던 오일칼라가 아직도 꽤 많이 남은 것을 모조리 꺼냈다.

캔버스와 캔버스 툴이며 컬러박스에 넣고도 남은 오일칼라는 보자기에 싸서 택시에 싣는데 캔버스와 틀은 너무나 길어서 차 속에 들어가지 않아 차 위에 잡아맸다.

나를 때는 순옥이와 어머니까지 동원하였고 잡아맬 때는 운전수가 힘이 되었다.

"순옥이가 아줌마랑 갈 테냐? 거기 내릴 때도 맞들어야지 않니?"

"호호. 어머니도. 거긴 사람이 없나요? 조수들이 기다리고 있는걸요."

애영의 눈과 얼굴이 맑게 빛났다. 딸의 밝은 표정에 어머니도 웃음을 보였다.

"하기야 그렇겠지."

"그럼 어머니 다녀오겠어요."

애영은 생기가 발랄하게 넘치는 가슴을 안고 청량리로 달렸다. 신 학장과 돌아올 때의 감상적인 기분은 어디론지 사라지고 금방이라도 무엇인가가 이루어질 듯이 팔뚝에는 힘이 뛰었다.

조수들의 협조로 짐은 옮겨졌다. 훈훈하게 온기가 퍼진 방안에 들어서며 애영은 신여사의 인정에 새삼 흐느끼지 않을 수 없었다.

"아유, 선생님. 이번엔 정말 대작에 손대실 작정이시군요."

F 백 오십 호를 캔버스 틀에 손수 매는데 양쪽에서 도와주던 조수들이 환성을 올렸다.

"그건 나중에 봐야 알겠지만 아닌게아니라 여기도 겨우야."

장방형의 방이라 짧은 쪽의 벽은 캔버스로 꽉 찬 듯하였다.

"아니 이거 굉장하구나!"

언제 왔는지 신 학장이 과장하게 말하며 눈을 휘둥그렇게 떴다.

"오늘부터 시작인가?"

"내일이 일요일이니깐 아침부터 종일 묻히겠어요."

"오라잇! 그럼 오늘은 미리 성공을 축하하는 의미에서 축배들 들자꾸나."

큰소리는 하면서도 신학장의 가슴에는 찬바람이 일었다. 누구보다도 기뻐할 백남혁을 생각함에서였다.

이튿날 아침에 애영은 식구들의 전송을 받으며 집을 떠났다.

"언니! 내 이따가 점심 가지고 갈게. 응?"

"아냐. 오늘은 점심 굶겠어. 그 대신 내 여섯 시쯤 돌아올게."

"그럼 그때 마중 갈게요."

"엄마 빠이빠이."

"어머니! 많이 그리세요!"

신아와 호식이 손을 흔들며 각각 소리쳤다. 애영은 고개를 끄덕이며 웃음으로 대답하였다.

토요일인 어젯밤에 가족이 다 모인 데서 애영은 호식 남매에게 이번에 일어난 일을 설명하자니 자연히 김민수의 비행이 튀쳐나왔고 그때에 호식의 표정은 극히 심각하였던 것이다.

"어머니가 그 동안 퍽 고생하셨군요. 이젠 다 잊으시고 좋은 그림 많이 그려 주세요."

호식의 최후의 말이었다. 신아는 눈물이 글썽해서 빤히 오빠의 입만 바라보고 있었다.

'신통한 내 아들! 어쩜 어린것이 어른 같은 말을 할까?'

애영의 가슴이 풍선인 양 부풀었다. 애영은 만족과 안도의 큰 숨을 내쉬었다.

신이 오른 듯이 빠른 애영의 손은 머리에 가득한 화상을 오후 다섯 시까지에서 그 방대한 캔버스에 거의 다 옮겼다가로수 마냥 거추장스런 것은 아니나마 특대호의 큰 붓을 들고 잠깐 명상에 잠겼던 최초의 순간을 빼놓고는 참으로 한눈도 팔지 않은 여덟 시간의 계속이었던 것이다.

하늘은 레드의 바탕이나 화이트, 옐로우, 빌리잔, 오렌지의 칼라로 천가지의 홍색을 나타냈다 양쪽 어귀에는 바이올렛을 짙게 섞은 그름이 떠돌았다.

집과 숲, 층층의 누각들 이런 것들은 블랙이지만 레드, 블루, 빌리잔, 옐로우를 적당하게 조합한 것으로서 흑공작의 것처럼 은근하고 화사한 맛이 있었다.

전체로 홍(紅)과 흑(黑)의 대립이었다. 즉 대자연의 극치를 과시한 저녁 놀의 하늘과 인위적인 각가지의 미(美)를 감추고 오직 조형의 각도만으로 대공을 점령하는 인간의 창조물의 대결이었다.

언뜻 보면 시뻘겋게 성이 나서 달아있는 하늘이 나지막한 그러나 높은 숲과 교회당의 십자가 끝으로 가닥질하는 건물들을 마저 삼키려드는 것 같았다.

"어마, 언니! 어느 새 이렇게나?"

애영이 붓을 놓고 일어나서야 등뒤에서 인영의 열에 뜬 맑은 음성이 들렸다. 획 돌아서던 애영은 눈이 부신 듯 스르르 눈을 감았다. 이용준의 시원한 두 눈이 황홀한 듯 빛을 내고 있었기 때문이었다.

"실례가 아닐까요?"

"언니! 재주지? 소리 없이 들어왔으니 말야. 오랜 안 됐어요. 언니가 물러서서 감상하실 때 왔으니깐."

둘이는 애영에게로 다가왔다. 이용준의 시선은 화면을 종횡으로 헤매었다.

"정말 대작이시군요."

"뭘요? 두고 봐야죠."

창공에 그리다 433

"언니, 자, 나갑시다. 내가 막 나오려는데 이 선생님이 오셨길래 모시고 왔어요."

인영은 변명처럼 말하면서 앞장섰다.

그들은 오랜만에 저녁을 함께 하였다.

열흘이 지나 그림이 완성에 가까웠을 때 애영의 심경은 돌변하여서 하늘은 흑으로, 건물은 홍으로 뒤바뀌어 버렸다.

가끔씩 들여다보던 신 학장은 발연 변색하였다.

"이게 웬일이냐? 어두워 쓰겠니?"

"그려가는 동안 제 맘이 변한 걸요. 지금의 제 심정을 꼭 그대로 표현한 데 지나지 않아요."

애영은 깊은숨을 가만히 삼켰다가 조용히 내뿜었다.

애영이 계속하여 검은 하늘에 손질하고 있을 때 남혁의 공판날인 사월 십오 일은 닥쳐왔다.

신문은 간단히 끝났다. 남혁의 차가 질주하는 길로 김민수를 떠다민 애영은 정당방위였고, 신숙경, 강윤기, 윤순옥 삼 인은 그때의 장면을 여실히 증명하였다.

그러나 검사는 과실치사의 혐의로 삼 년의 구형을 하였고 이어 변호사의 뜨거운 변호가 있었다.

백남혁의 언도는 사월 십팔 일에 있을 것이나 무죄가 되리라는 예감에서 모두의 가슴은 높직이 뛰었다.

애영의 희망에 떨리는 손은 처음대로 붉은 자연과 검은 인위의 대결로 환영시키기에 신이 올랐다. 화면을 갉는 나이프도 바쁘려니와 다시 레드의 온갖 색채를 나타내는 큰 붓은 십팔 일 오전 여덟 시까지 계속하여 캔버스에서 달리고 있었다.

"아하, 과연 대작이시군요!"

공판정에 가자고 애영을 마중 나온 강윤기는 홀린 듯이 미완성의 그림을 주목했다. 그의 부인과 신 학장이 함께 왔다.
"이 놀라운 작품의 제는 뭐죠?"
"「창공에 그리다」라 했어요."
애영은 뜻 있는 미소를 지으며 창공 아닌 자기의 붉은 하늘에 눈을 보냈다.

■후기

『창공에 그리다』를 끝내고

  나는 화가(畫家)에게 매력을 느낀다. 다같이 붓을 들되, 우리네처럼 여러 말을 주어다가 늘어놓고 설명하고 결론을 짓고 하는 수다를 떨지 않고도 선과 색채와 자리의 배치만으로 그의 가득한 상(想)을 기묘하게 표현하는 까닭이다.
  나는 나의 소설의 주인공으로 여러 부내(部內) 학술인이나 예술가나 또한 색다른 종류의 인간형을 다루어 오던 중에 꼭 한 번 고도(高度)의 예술인인 화가로 여주인공을 삼고 싶은 소망이 있었다.
  그래서 시작한 것이 이『창공(蒼空)에 그리다』인데, 이것이 한국일보에 연재될 때에 특별히 젊은 여성들에게서 애독을 받던 기억이 새롭다.
  주인공 장애영은 그를 거의 맹목적으로 사랑하는 시인 백남혁에게서 받은 하이네의「선언」이라는 시에서 화상(畫想)을 얽어내려 하였다.

    (전략)
    나 억센 손으로
    저 노르웨이의 삼림(森林)에서
    제일 높은 젓나무를 뿌리째 뽑아
    그것을 에트나의 불타오르는
    저 새빨간 분화구(噴火口)에 넣었다가

그 불이 붙은 거대한 붓으로
나 어두운 저 하늘을
바탕 삼아 쓰겠노라
"아그네스, 나
그대를 사랑하노라"고.

그 다음 절은

그렇게 하면 밤마다 그 하늘에서 영원한 불꽃으로 타고 있을 사랑
한다는 문구를 후예들이 환호로써 읽으리라.

는 내용의 시구(詩句)이었다.

지극히 낭만적인 이 시상(詩想)을 어떻게 미화할까 하고 신경을 쓰고 있던 애영은 어느 십이월 저녁에 장엄무비(壯嚴無比)한 황혼을 혜화동에서 창경원 앞길에서 친히 목격한 것이다.

평소에는 눈에 띄우지 않게 티끌만 뒤집어쓴 채로 땅에 착 붙어있던 건물들이 그 광활하게 타오르는 붉은 하늘에 어쩌면 그렇게도 대담하게 솟아올라 있을 수가 있을까?

교회당이, 빌딩이, 울창한 수목이, 언덕배기의 납작한 집들이 시꺼먼 윤곽으로 대공(大空)을 높직하게 점령하고 있는 광경은 애영에게 '자연과 인간의 대결'이란 엄숙한 과제를 깨닫게 하였다.

장애영은 검은 하늘에 영원히 타고 있을 '사랑의 문구(文句)' 대신으로 붉은 하늘을 영원히 점령하고 있을 '삶'의 상징을 표현하리라고 맘먹었다.

그리하여서 복잡한 얘기얘기의 실마리들이 얽히고 설키는 중에서 애영의 그림은 완성된 것이다.

나는 웬일인지 악인을 만들어내지 못한다. 『백화』에서 황파라는 악녀를 그린 것이 고작이었는데, 여기서는 김민수라는 대단한 악한을 만들어

서 장애영을 무한히 괴롭혔으나, 애영은 끝내 그의 예술에 승리하였고, 사랑에도 실패하지 않는 여운을 남긴다.

　어쨌거나 얘기는 책으로 나오게 되고 내게는 독자들의 심판을 받을 일만이 남아 있다.

　이 어지러운 때에 그들의 첫 작품으로 『창공에 그리다』를 밝은 태양 아래 내놓아주신 영창도서(永昌圖書)의 강현택, 이병두, 두 분에게 감사와 축복을 드리며 책의 장정을 맡아 주신 이충근(李忠根) 화백에게도 한가지로 감사를 드린다.

　　　　　　　　　　　　　　　1965. 8. 17
　　　　　　　　　　　　　세한루(歲寒樓)에서 지은이

박화성 연보

1903(1904·1세) 전남 목포시 죽동 9번지에서 음력 4월 16일에 아버지 박운서(朴雲瑞)와 어머니 김운선(본명 金雲奉, 후일 운선 雲仙으로 개명)의 4남매 중 막내딸로 태어나다. 아명 말재(末才), 본명 경순(景順). 문인사전 등 공식 기록에 출생연도가 지금까지 1904년으로 되어 있으나 실제 그의 출생연도는 1903년이다. 아버지 박운서는 소싯적에 서울에서 무슨 구실인가 했다는데 낙향해서 만혼을 하고 1902년에 목포로 와 선창에서 객주를 하여 돈을 잘 벌었다. 아호는 화성(花城), 소영(素影). 정명여학교 학적은 화재로 소실되어 남아 있지 않으나 남아 있는 사진 자료에는 박경순(朴景淳) 11세라고 표기되어 있다.(『정명100년사』)이때부터 어머니, 교회에 나가기 시작함.

1907년(4세) 찬미책과 성경을 줄줄 내리 읽음. 부모님 세례 받음. 이 때 박화성도 젖세례를 받음. (교회는 목포 양동 교회인 듯.) 어머니 김운봉 씨, 목사가 지어준 김운선으로 이름을 바꿈.

1908년(5세) 정월에 천자책을 뗌. 집에서 제사를 치우고 큰오빠 일경(호적명, 起華) 결혼. 언니를 따라 학당에 다님. 시험을 보면 늘 '통'(만점)을 맞음.

1909년 (6세) 교회와 학당에서 말재를 신동이라 함. 교회신문에 말재의 이야기가 크게 보도됨. 가장 따르던 원경 오빠 사망.

1910년(7세) 정명여학교에 3학년으로 입학. 말재에서 경순으로 승격. 언니 경애(敬愛)도 景愛였으나 김함라 선생이 景이 좋지 않다고 敬으로 고쳐주었고 말재도 敬順으로 바꾸어 주었다. 그러나 호적에는 여전히 景順으로 되어 있다. 이때부터 소설에 흥미를 갖고 소설 읽기에 밤을 새움.

1911년(8세) 성적이 좋아 5학년으로 월반함.

1912년(9세) 언니 경애 윤선을 타고 평양으로 가 숭의여학교에 입학하다.

1913년(10세) 신 학제에 따라 고등과 3학년이 되다. 60칸짜리 큰집을 지어 이사함. 한 달 동안 중병을 앓음. 꿈에 이기풍 목사가 나타나 먹여주는 약을 먹고 낫는 체험을 함. 두 달 보름만에 회복.

1914년(11세) 목포 항구에 철도가 개통되다. 고등과 4학년이 되다. 그때까지 읽은 책이 100권은 넘었을 것. 소설을 쓰다. 제목은 「유랑의 소녀」. 자신의 아호를 박화성으로 짓다. 아버지의 축첩으로 상처를 받다.

1915년(12세) 목포 정명여학교를 졸업하다. 이때부터 노래를 짓고 시를 습작하기 시작하다. 보습과 입학.

1916년(13세) 보습과 졸업하고 서울 정신여학교 5학년으로 시험을 치르고 들어가다. 김말봉과 한반이었다. 편지를 검열하는 등 자유를 구속하는 정신여학교의 생활이 싫어 가을 학기에 숙명여학교로 가, 시험을 치르고 본과 2학년에 편입함. 풍금실에서 김명순을 만남.

1917년(14세) 숙명여자고등보통학교 3학년이 되다. (김명순 졸업). 소설 쓸 결심을 하고 식물원에 가기도 하면서 모방소설 「식물원」을 쓰다. 시도 쓰다. 왕세자 전하 모신 자리에서 풍금 연주를 하다.

1918년 3월(15세) 숙명여자고등보통학교 제9회 졸업. 음악학교에 진학한다면 교비생으로 해주겠다는 말이 있었으나 전문가로서의 음악가는 원치 않았기에 거절하다. 그렇다고 소설가나 시인이 되겠다는 생각도 없었고 우리나라 독립을 위해 큰 일꾼이 되겠다는 이상을 품음. 아버지와 약속한 내년의 동경유학을 기다리며 일 년만 보통학교의 교원으로 일하기로 하다. 학교에 말해 천안 공립보통학교 교원으로 가다. 본가의 죽동 9번지 집이 팔리고 양동 126번지 작은 집으로 이사하다. 8개월 근무 후 아산 공립보통학교로 가다.
1919년(16세) 3월에 교원 사직하고 귀향하다. 아버지 사업의 재기가 어려워 일본 유학 약속이 지켜지기 어렵게 되다. 언니 경애 나주로 시집을 가다.
1920년(17세) 우울증을 달래러 언니와 형부가 교사로 나가고 있는 광주로 가다. 김필례 씨로부터 영어와 풍금의 개인교수를 받다. 몇 달 후 북문교회 유치원의 보모로 일하고 밤이면 부녀야학에서 가르치다.
1921년(18세) 영광 중학원 교사로 부임하다. 조운이 주도하는 자유예원에 글을 써 번번이 장원이 되다. 조운의 문학지도를 받다. 조운으로부터 덕부노화의 『자연과 인생』을 받아 읽고 처음으로 무한히 넓은 창공과 가슴이 태양처럼 툭 터져나가는 상쾌함과 신비로움을 감각하다. 소설작법 희곡작법의 소책자와 일본 문인들의 작품과 서구 문호들의 방대한 소설을 밤새워 읽다. 자유예원에서 장원한 수필 〈ㅎㅍ형께〉〈K선생께〉〈정월초하루〉를 ≪부인≫에 싣다.
1923년(20세) 단편 「팔삭동」을 쓰다. 연희전문에서 내는 ≪학생계≫라는 교지에 시 「백합이 지기 전에」실리다. 김우진 김준연 박순천 등의 동경유학생 하기순회강연에서, 채동선의 바이올린 연주에 풍금으로 반주를 하다.
1924년(21세) 단편 「추석전야」를 쓰다. 조운이 계룡산에서 수양하고 있는 춘원 이광수에게 가지고 가 전하다.
1925년(22세) ≪조선문단≫ 1월호에 단편 「추석전야」가 춘원의 추천으로 실려 문단에 등단하다. 3월에 신학제에 따라 숙명여고보 4학년에 편입하다. 춘원선생을 처음 만나다. 서해 최학송 만나다.
1926년(23세) 숙명여자고등보통학교를 최우등으로 졸업하다. 오빠 박제민, 노동조합 선동의 혐의로 검속되다. 오빠의 친구인 P씨(본명 미확인) 박화성의 일본 유학 학비 도와주다. 4월에 일본으로 건너가 일본여자대학교 영문학부 1학년에 입학하다.
1927년(24세) 여름방학에 오빠로부터 김국진 소개받다. 가을부터 보증인이 되어있는 세이께 부인의 권유로 독서회에 나가다. 근우회 동경지부 위원장이 되다.

1928년(25세) 삼 학년에 진급만 하고 귀국하다. 학비지원을 받던 P씨와 파혼을 한 까닭에 학업을 계속하기 어려워지다. 장편『백화』쓰기 시작. 6월 24일 아침 김국진 씨 체부동 하숙으로 찾아오다. 6월 30일 오후 7시 Q라는 은사의 주례로 김국진 씨와 결혼하다. 참석인원은 20명. 어머니도 오빠도 몰래 비밀로 한 결혼. 결혼반지에 Be Faithful L&I(사랑과 이즘에 충실하자)고 새기다.

1929년(26세) 2월 숙명 4학년 때 학비를 지원해 준 이윤영 씨를 찾아가 여비와 학비를 도움받다. 3월 말 동경으로 가 혼고(本鄕)라는 동네에 2층 6첩 방에 들다. 김국진은 와세다대 정치경제과에 적을 두다. 5월 27일 오후 8시 15분 첫딸 승해(勝海) 출산. 음력 9월 아버지 박운서 사망.

1930년(27세) 오빠에게서 여비와 약간의 금액을 얻어 동경에서 하숙을 치다. 일본여자대학교 영문학부 3년을 수료하다. 임신으로 다시 귀국.

1931년(28세) 3월 13일 목포에서 장남 승산(勝山) 출산. 보통학교 근처(북교초등학교)에 사글세 집을 얻어 생활. 28년부터 쓰기 시작했던『백화』집필 수정 계속. 춘원이 목포에 와『백화』탈고를 알림. 반전데이 삐라 사건으로 김국진 피포. 3년 언도를 받고 복역. 옥바라지 시작.

1932년(29세) 1월 ≪동아일보≫ 신춘문예에 동화「엿단지」가 박세랑이란 필명으로 당선되다. 5월에 중편「하수도공사」를 ≪동광≫에 발표. 6~11월 한국여성 최초의 장편소설인『백화』를 ≪동아일보≫에 연재하다. 10월「떠나려가는 유서」를 ≪만국부인≫에 발표하다.『백화』가 창문사에서 간행되다.

1933년(30세) 1월 연작소설「젊은 어머니」를 ≪신가정≫에, 2월 콩트「누가 옳은가」,≪신동아≫에, 11월에 단편「두 승객과 가방」을 ≪조선문학≫에 발표하다. 8~12월에 중편「비탈」을 ≪신가정≫에 연재하다. 경주·부여 등 고도 답사, 기행문과 시조를 ≪조선일보≫에 연재.
1934년(31세) 남편 김국진 복역 끝내고 나옴. 팔봉 형제에게 부탁하여 간도 용정의 동흥중학교의 교원으로 가게 함. 성해 이익상이 ≪매일신보≫에 4배의 원고료를 줄 테니 글을 쓰라고 했으나 거절하다. 6월 희곡「찾은 봄·잃은 봄」을 ≪신가정≫에, 7월「논 갈 때」를 ≪문예창조≫에, 10월에「헐어진 청년회관」을 ≪청년조선≫에, 11월 단편「신혼여행」을 ≪조선일보≫에 발표하다.「헐어진 청년회관」이 검열에 걸려 발표되지 못하자 팔봉 김기진이 시〈헐어진 청년회관〉을 써 발표하고 후일 원고를 돌려주어 해방 후 창작집에 실리다.
1935년(32세) 4.1~12.4 장편『북국의 여명』을 ≪조선중앙일보≫에 연재하다. 1월 단편「눈 오던 그 밤」을 ≪신가정≫에, 2월 단편「이발사」를 ≪신동아≫에, 3월 단편「홍수전후」를 ≪신가정≫에, 11월에 단편「한귀」를 ≪조광≫에 발표하다. 10월에 모교 동창의 집이자 천독근 씨의 집 방문. 그 후 편지가 오고 부부가 함께 오기도 하고 혼자 오기도 하는 등 왕래.
1936년(33세) 1월 단편「불가사리」≪신가정≫에 역시 1월에 단편「고향 없는 사람들」, ≪신동아≫에 발표하다. 4월 연작소설『파경』1회분 ≪신가정≫에 발표하다. 4월에 딸 승해 초등학교 입학, 7월에 용정에 있는 남편 찾아가다. 6월에 단편「춘소」≪신동아≫에 발표하고 역시 6월에 단편「온천장의 봄」을 ≪중앙≫에, 8월에 단편「시들은 월계화」를 ≪조선문학≫에 발표하다. 가족은 버려도 동지는 버릴 수 없다는 남편과 헤어질 결심을 함. 천독근 씨 청혼. 강경애로부터 김국진에게 돌아오라는 권고의 편지 받음. 9월에 언니 경애 사망.
1937년(34세) 일본 개조(改造)지에 단편「한귀」최재서 씨의 일역으로 실림. 9월 단편「호박」을 ≪여성≫에 발표한 것을 끝으로 해방이 되기까지 일제의 우리말 말살정책에 항거하여 각필하다.
1938년(35세). 3월 2일 승준 출생. 5월 14일 천독근과 혼인신고. 5월 22일에 결혼예식. 8월 하순 김국진이 목포에 와서 승해와 승산 남매 데리고 용정으로 감. 9월에 큰오빠 기화 별세. 장례 후 제주도에 가서 한 달간 지내다 옴. 아이들 다시 데려오기로 결심. 동기방학에 전진항에서 아이들을 데려온 김국진과 만남. 아이들 목포 연동에서 외할머니와 함께 생활.

1939년(36세) 2월 23일 승세 출생. 여름에 시모, 겨울에 시부 사망.

1940년(37세) 목포에서 후진 지도.

1941년(38세) 6월 14일 승걸 출생, 12월 대동아전쟁 발발.

1942년(39세) 응하지 않으니 원고청탁이 뜸해짐. 승해 중학교 입학. 천독근 씨가 도회의원, 부회의원, 상공회의원, 섬유조합 이사, 전남도 이사장, 회사사장을 겸하여 손님 치르기에 부엌에서 도마와 칼만 쥐고 살다시피 함.

     삼 년상, 조석 삭망에 제사 때마다 음식 마련과 손님 치다꺼리에 겨를이 없이 지남. 친정 어머니, 젖세례까지 받은 네가 그렇게도 우상 섬기는 데에 얽매일 줄 몰랐다고 함. 9월 28일에 오빠 제민 사망.

1943년(40세) 3월 승산 목포중학교 입학. 7월 11일 금강산 탐방. 10월 9일에 다시 금강산 추풍악을 여섯 살짜리 승준을 데리고 탐승.

1944년(41세) 5월 시동생 둘 결혼. 함께 친영. 승준 국민학교 입학.

1945년(42세) 8월 15일 목포 자택에서 해방 맞음. 12월엔 강도까지 듦. 목포 고녀 교가 작사.(김순애 작곡) 장녀 승해 이화여대 영문과 입학.

1946년(43세) 광복과 함께 다시 붓을 들어 오빠 제민을 추모하는 수필 〈시풍 형께〉를 ≪예술문화≫에 발표. 친일파로 몰려 수난. 단편 「봄안개」를 민성에 발표하다. 천독근 씨 호열자로 와병 후 회복.

1947년(44세) 2월 조선문학가동맹 목포지부장에 뽑힘. 최영수, 백철, 김안서, 김송, 정비석 흑산도 갔다가 목포에 들러 박화성 씨 자택에 들름. 단편 「파라솔」을 ≪호남평론≫에 발표하다.(미확인) 9월 승산 경기중학에 편입. 역시 9월 승걸 국민학교 입학. 11월에 2학년으로 월반. 첫 단편집『고향 없는 사람들』을 중앙보급소에서 간행하다. 12월 31일 목포에서『고향 없는 사람들』출판기념회.

1948년(45세) 1월 정지용 씨 목포에 와 만찬회. 지역문인들 만당하는 성황. 4월 콩트「검정사포」≪새한민보≫ 발표, 7월 단편「광풍 속에서」를 ≪동아일보≫에 발표하다. 10월 제 2단편집『홍수전후』를 백양당에서 간행하다. 여순반란사건. 반민특위에서 천독근 씨 조사 결과 수사에서 제외되다. 서울 사간동에 집 마련. 승해, 승산 이대와 경기중학 통학.

1949년(46세) 승산이 서울대 문리대 영문과 진학. 승준, 승세, 승걸 모두 서울 수송국민학교로 전학. 제주 4·3사태를 다룬 단편「활화산」을 탈고, 게재 전 소실되다.

1950년(47세) 승준이 경기중학에 입학. 1월 콩트「거리의 교훈」≪국도신문≫에 발표, 단편「진달래처럼」을 ≪부인경향≫창간호에 발표하다. 6·25 발발. 7월 24일 친구에게 들켜 나간 승산이 끝내 돌아오지 못함. 한성도서에서 출간하기로 되어 있었던『북국의 여명』신문 스크랩, 회사의 철궤에서 집으로 가져와 다락에 두고 떠나 잃어버림. 9월 3일 목포를 향해서 걸어서 감. 헌병대와 CIC 등에 가서 조사를 받는 등 고역을 치렀으나 무사히 석방. 관상쟁이가 백일 기도를 하면 영험이 있으리라해서 잃어버린 아들 승산을 위해 절에 가서 3·7기도를 함.

1951년(48세) 승세 중학에 입학. 단편「형과 아우」를 ≪전남일보≫에 게재하다.

1952년(49세) 승걸 국민학교 일등으로 졸업. 4월에 중학 입학. 단편「외투」를 ≪호남신문≫에 콩트「파랑새」를 ≪주간시사≫에 게재하다. 여름에 이동주, 서정주 등 문인들 목포 방문.

1953년(50세) 승준 고교 입학. 승해 목포여중 영어교사로 근무. 남편의 회사 운영 어려워짐.

1955(52세) 사간동에서 팔판동 작은 전세 집으로 이사. 아이들 헌 스웨터를 고치면서 눈이 쑤시고 아플 땐 또 뇌빈혈로 쓰러졌을 때는 죽음에 대한 공포를 느끼다. 전에도 이렇게 쓰러질 때 "걸작을 내지 못해서 어쩌나?" "어머니 앞에서 죽어서야…" "내 아들을 못보고 죽어서야…" 이 세 가지 큰 숙제 때문에 눈을 감지 못하리라 했다. 9월 단

편「부덕」을 ≪새벽≫에 발표. 8월부터 56년 4월까지 장편소설『고개를 넘으면』을 ≪한국일보≫에 연재하다. 이제서야 서울 문우들과 교우 시작. 11월 5일 모친 김운선 씨 사망.

1956년(53세) 8월 단편「원두막 풍경」을 ≪여성계≫에 발표하다. 10월 3일 고향에서『고개를 넘으면』출판기념회. 30일에는 서울 동방살롱에서 출판기념회. 11월~57년 9월 장편『사랑』을 ≪한국일보≫에 연재하다. 장편『고개를 넘으면』을 동인문화사에서 간행하다. 딸 승해 손주현 씨와 약혼.

1957년(54세) 대학동창회(일본여대)에서 출판기념회 열어주다. 2월 26일 승세가 맹장 수술을 해 목포에서 병간호를 하며 20일 간 소설을 써 보내다. 4월 27일 딸 결혼. 이 무렵부터 천독근 씨 와병. 5월 8일 권농동으로 이사. 남편의 신경질로 건넌방 구석에 숨어서 소설을 쓰며 눈물. 여자란 아내라거나 어미라거나 그런 책임만이라도 감당하기 어려운데 주제에 소설을 쓴다니 천만 부당하지 않느냐?(『눈보라의 운하』373면) 11월 장편『사랑』전편을 동인문화사에서 간행하다. 단편「나만이라도」를 ≪숙명≫에 발표하다. 10월 3일 인의동으로 이사. 천독근 씨 해남 대흥사, 삼각산 승가사에서 요양. 10월~58년 5월『벼랑에 피는 꽃』≪연합신문≫에 연재. 섣달 그믐 승세 ≪동아일보≫ 신춘현상문예에 당선작 없는 가작 당선 소식 오다.

1958년(55세) 1월 단편「하늘이 보는 풍경」을 ≪조선일보≫에 발표. 승걸 서울대 영문과 입학. 승세 ≪현대문학≫에 추천완료 문단 등단. 단편「어머니와 아들」을 ≪여원≫에, 단편「딱한 사람들」을 ≪소설계≫ 창간호에 발표하다. 목포시 문화상을 수상하다. 4월~59년 3월 장편『바람뉘』를 ≪여원≫에 연재하다. 6월~12월 장편『내일의 태양』을 ≪경향신문≫에 연재하다. 영화화 원작료로 정릉에 20평 집을 사서 이사. 연말에 장편『사랑』후편을 동인문화사에서 간행하다.

1959년(56세) 장편『고개를 넘으면』『내일의 태양』등이 영화화되다. 5월에 병석의 남편이 별세하다. 10월에 장편 집필을 위하여 유관순의 고향인 천안 지령리를 답사하다.

1960년(57세) 1~9월 유관순을 주인공으로 한 장편『타오르는 별』을 ≪세계일보≫에 연재하다. 2~9월 장편『창공에 그리다』를 ≪한국일보≫에 연재하다. 11월~61년 7월 장편『태양은 날로 새롭다』를 ≪동아일보≫에 연재하다. 승세 결혼. 유관순 전기『타오르는 별』출간하다. 차남 승세가 이철진(연극인)과 결혼.

1961년(58세) 12월 단편「청계도로」를 ≪여원≫에,「비 오는 저녁」(소설집『잔영』에 수록)을 발표하다. 5·16 군사혁명 발발. 이화여자대학교 제정 문학선구공로상을 받다. 한국문인협회 창립과 동시에 이사로 선임되다.

1962년(59세) 단편「회심록」을 ≪국민저축≫에,「별의 오각은 제대로 탄다」를 ≪현대문학≫에 발표하다. 장편『가시밭을 달리다』를 ≪미의 생활≫에 연재하다. 교육제도 심의위원에 피촉되다. 7월~63년 1월 장편『너와 나의 합창』을 ≪서울신문≫에 연재하다.

1963년(60세) 3~9월 장편『젊은 가로수』를 ≪부산일보≫에 연재하다. 국제펜클럽 한국본부 중앙위원에 위촉되다. 4월~64년 6월 자전적 장편『눈보라의 운하』를 ≪여원≫에 연재하다. 6월~64년 2월 장편『거리에는 바람이』를 ≪전남일보≫에 연재하다.

1964년(61세) 정릉의 진풍사를 떠나 하월곡동으로 이사. 회갑기념으로『눈보라의 운하』를 여원사에서 간행하고 출판기념회를 열다. 가정법원 조정위원에 위촉되다. 오월문예상 심사위원에 위촉되다. 최정희와 공저로 여인인물전기『여류한국』을 어문각에서 간행하다. 7월에 한국여류문학인회가 창설되고 초대회장으로 추대되다.

1965년(62세) 장편전기『열매 익을 때까지』를 청구문화사에서, 장편『창공에 그리다』를 영창도서에서 간행하다. 5월 단편「원죄인」을 ≪문예춘추≫에, 7월에 단편「샌님 마님」을 ≪현대문학≫에, 11월에 단편「팔전구기」를 ≪사상계≫에 발표하다. 자유중국부인사작협회 초청으로 대만을 방문, 각계를 시찰하고 강연, 좌담회 등을 갖다.

1966년(63세) 1월 단편「증언」을 ≪현대문학≫에,「어떤 모자」를 ≪신동아≫

에 발표하다. 장편전기 『새벽에 외치다』를 휘문출판사에서 간행하다. 6월에 한국 예술원 회원이 되다. 같은 달에 미국 뉴욕에서 열린 국제펜클럽 세계연차대회(34차)에 한국대표로 도미, 2개월간 각지 문화계를 시찰하다. 10월에 단편 「증언」으로 제3회 한국문학상을 받다.

1967년(64세) 단편 「애인과 친구」를 ≪국세청≫에 단편 「잔영」을 ≪신동아≫에 발표하다.

1968년(65세) 제3단편집 『잔영』을 휘문출판사에서 간행하다. 단편 「현대적」 ≪여류문학≫을 발표하다. 7월, 한일친화회의 초청으로 도일, 동경 대판 경도 나라 등지를 시찰하고 문학강연, 좌담회 등을 갖다. 장남 승준, 작가 이규희와 결혼.

1969(66세) 수상집 『추억의 파문』을 한국문화사에서 간행하다. 중편 『햇볕 나리는 뜨락』을 ≪소년중앙≫에, 5월 단편 「이대」를 ≪월간문학≫에, 단편 「비취와 밀화」≪여성동아≫에 발표하다. 서울대병원에서 위암수술을 받다. 10월에 제1회 문화공보부 예술문화상 심사위원에 위촉되다. 11월에 〈나와 ≪조선문단≫ 데뷔 시절〉을 대한일보에 연재하다.

1970년(67세) 3월 단편 「성자와 큐피드」를 ≪신동아≫에, 11월에 단편 「평행선」을 ≪월간문학≫에 발표하다. 제15회 예술원 문학상을 수상하다. 서울시 문화상 심사위원에 위촉되다. 3남 승걸 서울대학교 영문과 교수로 부임하다. 10월에 3남 승걸 정혜원(상명여대 국문과 교수)과 결혼하다.

1971년(68세) 11월 단편 「수의」를 ≪월간문학≫에 발표하다.

1972년(69세) 장편 『고개를 넘으면』이 삼성출판사에서 간행되다. 장편 『내일의 태양』이 삼중당에서 간행되다

1973년(70세) 단편 「어머니여 말하라」를 ≪한국문학≫에 발표하다.

1974년(71세) 중편 「햇볕 나리는 뜨락」을 을유문화사에서 간행하다. 10월에 문화훈장을 받다(은관). 12월, 제2수필집 『순간과 영원 사이』를 중앙출판공사에서 간행하다.

1975년(72세) 모처럼 아들, 사위와 더불어 대천에 피서를 다녀와 9월 단편

「해변소묘」를 ≪신동아≫에 발표하다.

1976년(73세) 1월 단편 「신록의 요람」을 ≪한국문학≫에, 8월 단편 「어둠 속에서」를 ≪한국문학≫에 발표하다.

1977년(74세) 제4단편집 『휴화산』을 창작과 비평사에서 간행하다.

1978년(75세) 11월에 단편 「동해와 달맞이꽃」을 ≪한국문학≫에 발표하다.

1979년(76세) 7월에 단편 「삼십 사년 전후」를 ≪한국문학≫에 발표하다.

장편 『이브의 후예』 상하를 미소출판국에서 간행하다.

1980년(77세) 단편 「명암」을 ≪쥬단학≫에, 7월 단편 「여왕의 침실」을 ≪한국문학≫에 발표하다.

1981년(78세) 1월에 단편 「신나게 좋은 일」을 ≪한국문학≫에 11월에 단편 「아가야 너는 구름 속에」를 ≪한국문학≫에 발표하다.

1982년(79세) 8월 단편 「미로」를 ≪한국문학≫에 발표하다.

1983년(80세) 6월 단편 「이 포근한 달밤에」를 ≪한국문학≫에 발표하다.

1984년(81세) 5월 단편 「마지막 편지」를 ≪한국문학≫에 발표하다. 제 24회 삼일문화상을 수상하다.

1985년(82세) 5월 단편 「달리는 아침에」를 ≪소설문학≫에 발표하다.

1988년(85세) 1월 30일 까맣게 잊고 있던 암세포가 19년만에 다시 췌장에 나타나 약 1개월간 와병 후, 새벽 6시에 영면하다.

1990년 8월 우리문학기림회에서 창작의 산실이었던 목포시 용당동 986번지에 '박화성문학의 산실'비를 건립하다.

1991년 1월 30일 우리나라 최초의 문학기념관인 〈소영 박화성 문학기념관〉이 목포에 세워지다. 작가의 문학작품과 생활유품 1,800여 점이 전시되다. 1월 30일 오후 7시 〈박화성 문학기념관〉 개관기념 〈민족문학의 밤〉이 민족문학작가회의 주최로 목포에서 개최되다.

1992년 10월 9일 한국문인협회 목포지부와 소영 박화성 선생 기념사업추진위원회 공동주최로 제1회 소영 박화성 백일장이 목포 KBS홀에서 열림. 이후 매년 개최돼 현재에 이름.

1996년 9월 6일 한국문인협회와 SBS 공동으로 소영 박화성 문학기념관 앞

정원에 문학공로 표징석을 세움.
1996년 9월 6~7일 「박화성 문학 재조명」을 위한 세미나가 한국여성문학인회 주최(회장 추은희)와 한국문화예술진흥원 후원으로 목포에서 열림.
2002년 10월 11일 예총 목포지부와 문인협회 목포지부 공동주최로 「소영 박화성 문학의 발자취를 찾아서」 연구발표회가 목포에서 열림.
2003년 12월 장편 『북국의 여명』 서정자 편저로 푸른사상사에서 출간.
2004년 4월 16일 문학의 집·서울(이사장 김후란)에서 박화성 탄생 100주년 기념 〈문학과 음악의 밤〉 개최.
2004년 4월 29, 30일 민족문학작가회의(이사장 염무웅)와 대산문화재단(이사장 신창재) 주최로 박화성 이태준 계용묵 등 탄생 100주년을 기념하는 문학제 '어두운 시대의 빛과 꽃'을 세종문화회관 컨퍼런스 홀 등에서 열렸으며 박화성 작 「한귀」가 연극으로 공연되었다.
2004년 5월 서정자 편저 『박화성문학전집』 푸른사상사에서 출간예정.
2004년 6월 한국소설가협회 주최(이사장 정연희) 박화성 탄생 100주년 기념 세미나, 서울 아카데미하우스에서 열릴 예정. 주제 발표 중앙대 교수 문학평론가 임헌영, 초당대 교수 서정자.

박화성 작품연보

1923	단편	「팔삭동」	자유예원
1925.1	단편	「추석전야」	≪조선문단≫
1932.1	동화	「엿단지」	≪동아일보≫ 신춘문예 당선작
1932.5.	중편	「하수도공사」	≪동광≫
1932.6-11	장편	『백화』	≪동아일보≫
1932.10	단편	「떠나려가는 유서」	≪만국부인≫
1933.2	콩트	「누가 옳은가」	≪신동아≫
1933.1	연작소설	「젊은 어머니」(1회)	≪신가정≫
1933.8~12	중편	「비탈」	≪신가정≫
1933.11	단편	「두 승객과 가방」	≪조선문학≫
1934.6.	단편	「논 갈 때」	≪문예창조≫
1934.7	희곡	「찾은 봄·잃은 봄」	≪신가정≫
1934	단편	「헐어진 청년회관」	≪청년문학≫
1934.11.6~21	단편	「신혼여행」	≪조선일보≫
1935.1	단편	「눈 오던 그 밤」	≪신가정≫
1935.2	단편	「이발사」	≪신동아≫
1935.3.	단편	「홍수전후」	≪신가정≫
1935.4~12	장편	『북국의 여명』	≪조선중앙일보≫

1935.11	단편	「한귀」	《조광》	
1935.11	단편	「중굿날」	《호남평론》	
1936.1	단편	「불가사리」	《신가정》	
1936.1	단편	「고향 없는 사람들」	《신동아》	
1936.4.	연작소설	「파경」(1회)	《신가정》	
1936.6	단편	「춘소」	《신동아》	
1936.6	단편	「온천장의 봄」	《중앙》	
1936.8	단편	「시들은 월계화」	《조선문학》	
1937.9.	단편	「호박」	《여성》	
1946.6	단편	「봄안개」	《민성》	
1947	단편	「파라솔」	《호남평론》 (미확인)	
1948.4	콩트	「검정 사포」	《새한민보》	
1948.7	단편	「광풍 속에서」	《동아일보》	
1949	단편	「활화산」	게재 전 소실	
1950	단편	「진달래처럼」	《부인경향》	
1950	콩트	「거리의 교훈」	《국도신문》	
1951	단편	「형과 아우」	《전남일보》 (미확인)	
1952	단편	「외투」	《호남신문》 (미확인)	
1952	콩트	「파랑새」	《주간시사》 (미확인)	
1955.8~56.4	장편	『고개를 넘으면』	《한국일보》	
1955.9.	단편	「부덕」	《새벽》	
1956	단편	「원두막 풍경」	(창작집 『잔영』 수록)	
1956.11~57.9	장편	『사랑』	《한국일보》	
1957.10~58.5	장편	『벼랑에 피는 꽃』	《연합신문》	

1957	단편	「나만이라도」	≪숙명≫
1958	콩트	「하늘이 보는 풍경」	≪조선일보≫ 신년호
1958	단편	「어머니와 아들」	≪여원≫ (미확인)
1958.6~12	장편	『내일의 태양』	≪경향신문≫
1958	단편	「딱한 사람들」	(창작집『잔영』수록)
1958.4~59.3	장편	『바람뉘』	≪여원≫
1960.2~9	장편	『창공에 그리다』	≪한국일보≫
1960.1~9	장편	『타오르는 별』	≪세계일보≫
1960.11~61.7	장편	『태양은 날로 새롭다』	≪동아일보≫
1961.12	단편	「청계도로」	≪여원≫
1961	단편	「비 오는 저녁」	(창작집『잔영』수록)
1962	단편	「버림받은 마을」	≪최고회의보≫
1962	단편	「회심록」	≪국민저축≫ (160매를 6개월간)(미확인)
1962	장편	『가시밭을 달리다』	≪미의 생활≫ (3회 연재 확인, 미완)
1962.11	단편	「별의 오각은 제대로 탄다」	≪현대문학≫
1962.7~63.1	장편	『너와 나의 합창』	≪서울신문≫
1963.3~9	장편	『젊은 가로수』(『이브의 후예』로 개제 출간)	≪부산일보≫
1963.6~64.2	장편	『거리에는 바람이』	≪전남일보≫
		(단행본, 휘문출판사)	
1963.4~	장편	『눈보라의 운하』	≪여원≫
1964	인물열전	『여류한국』	어문각(최정희 공저)
1965.5.	단편	「원죄인」	≪문예춘추≫
1965.7	단편	「샌님 마님」	≪현대문학≫

1965.11	단편	「팔전구기」	《사상계》	
1965	장편	『열매 익을 때까지』	청구문화사	
1966	장편	『새벽에 외치다』	휘문출판사	
1966.1	단편	「증언(금례)」	《현대문학》	
1966.7	단편	「어떤 모자」	《신동아》	
1967	단편	「애인과 친구」	《국세》	
1967.10	단편	「잔영」	《신동아》	
1968	단편	「현대적」	(창작집『휴화산』수록)	
1969	중편	「햇볕 나리는 뜨락」	《소년중앙》	
		(국제펜클럽, 한국중편소설전집)		
1969.5	단편	「삼대」	《월간문학》	
1969	단편	「비취와 밀화」	(창작집『휴화산』수록)	
1970.3	단편	「성자와 큐피드」	《신동아》	
1970.11	단편	「평행선」	《월간문학》	
1971.11	단편	「수의」	《월간문학》	
1971	단편	「오 공주」	(창작집『휴화산』수록)	
1973.12	단편	「어머니여 말하라」	(휴화산」으로 개제)	
			《한국문학》	
1975.9	단편	「해변소묘」	《신동아》	
1976.1	단편	「신록의 요람」	《한국문학》	
1976.8	단편	「어둠 속에서」	《한국문학》	
1978.11	단편	「동해와 달맞이꽃」	《한국문학》	
1979.7	단편	「삼십사 년 전후」	《한국문학》	
1980	콩트	「명암」	《쥬단학》	
1980.7	단편	「여왕의 침실」	《한국문학》	
1981.1	단편	「신나게 좋은 일」	《한국문학》	
1981.11	단편	「아가야 너는 구름 속에」	《한국문학》	
1982.8	단편	「미로」	《한국문학》	

1983.6	단편	「이 포근한 달밤에」	《한국문학》
1984.5	단편	「마지막 편지」	《한국문학》
1985.5	단편	「달리는 아침에」	《소설문학》

장편 17편(미완1편・전기소설 4편 포함)
중편 3편
단편 62편
연작소설 2회
여성인물열전 10편
콩트 6편
동화 1편
희곡 1편
총 101편

기타 수필 다수

■ 단행본

『백화』(1932 창문사)
『고향 없는 사람들』(1947 중앙문화보급소)
『홍수전후』(1948 백양당)
『고개를 넘으면』(1956 동인문화사)
『사랑』상, 하(1957 동인문화사)
『타오르는 별』(1960 문림사)
『태양은 날로 새롭다』(1978 삼성출판사)
『벼랑에 피는 꽃』(1972 삼중당)
『눈보라의 운하』(1964 여원사)
『거리에는 바람이』(1964 휘문출판사)

『여류한국』(1964 어문각)
『열매 익을 때까지』(1965 청구문화사)
『창공에 그리다』(1965 영창도서)
『새벽에 외치다』(1966 휘문출판사)
『잔영』(1968 휘문출판사)
『추억의 파문』(1969 한국문화사)
『내일의 태양』(1972 삼중당)
『햇볕 나리는 뜨락』(1974 을유문화사)
『바람뉘』(1974 을유문화사)
『순간과 영원 사이』(1974 중앙출판공사)
『너와 나의 합창』(1976 삼중당)
『휴화산』(1977 창작과비평사)
『북국의 여명』(2003 푸른사상사)

박화성 문학전집   제8권 창공에 그리다

서정자 편저/1판 1쇄 인쇄 2004년 5월 20일/1판 1쇄 발행 2004년 6월 3일/발행처·푸른사상사/발행인·한봉숙/등록번호 제2-2876호/등록일자 1999년 8.7/주소·서울특별시 중구 을지로3가 296-10 장양빌딩 202호 우편번호 100-847/전화·마케팅부 02) 2268-8706, 편집부 02) 2268-8707, 팩시밀리 02) 2268-8798 /편저자와의 협의에 의해 인지는 생략합니다. /이메일   prun21c@yahoo.co.kr/prun21c@hanmail.net/홈페이지·http : //www.prun21c.com
편집·송경란/김윤경/심효정·기획 마케팅·김두천/한신규/지순이

값 전20권   650,000원

ISBN 89-5640-216-7-04800 / ISBN 89-5640-208-6-(세트)

• 이 전집의 간행에는 대산문화재단의 지원이 있었습니다.

■ 서정자(徐正子)

초당대학교 교수.
숙명여대, 한양대, 한국외국어대강사, 동국대대학원 국어국문학과 석 박사과정 강사 역임. 숙명여대 대학원 문학박사, 문학평론가, 현대소설 전공. 한국여성문학학회 고문, 한국현대소설학회 회원, 한국여성학회 회원. 한국문학평론가협회 회원, 한국 여성문학인회 회원, 국제펜클럽회원.

• 저서로는 『한국근대여성소설연구』 『한국여성소설과 비평』, 편저로 『한국여성소설선』 1, 『정월 라혜석전집』 『지하련전집』 박화성의 『북국의 여명』 『박화성전집』, 수필집으로 『여성을 중심에 놓고 보다』, 공저로 『한국근대여성연구』 『한국문학에 나타난 노인의식』 『한국현대소설연구』 『한국문학과 기독교』 『한국문학과 여성』 『한국노년문학연구』 II, III, IV. 논문으로 「김말봉의 페미니즘문학연구」 「가사노동 담론을 통해서 본 여성 이미지」 「페미니스트성장소설과 자기발견의 체험」 「김의정의 모계가족사소설연구」 「나혜석의 처녀작 <부부>에 대하여」 「이광수 초기소설과 결혼 모티브」 「최초의 여성문학평론가 임순득론」 「지하련의 페미니즘 소설과 '아내의 서사'」 등 50여 편.